colección EL DORADO

Besos que matan

JAMES
PATTERSON

Besos que matan

Traducción de Juan Fernando Merino
y Luis David Merino

Grupo Editorial Norma

Barcelona Buenos Aires Caracas Guatemala
Lima México Panamá Quito San José San Juan
San Salvador Santa Fe de Bogotá Santiago

Título original en inglés: *Kiss the Girls*
Primera edición en inglés: Warner Books, 1995
© James Patterson, 1995
Reservados todos los derechos

Primera edición en castellano: junio de 1998
© Editorial Norma S.A., 1998
   Apartado 53550, Santafé de Bogotá

Reservados derechos en español para América Latina
Diseño de cubierta: Ignacio Martínez
Fotografía de cubierta: Jorge Gamboa

Los personajes y situaciones presentados en este libro son ficticios.
Cualquier parecido con personas reales, vivas o muertas, es
coincidencial y escapa a la voluntad del autor.

Impreso por: Printer Colombiana S.A.
Impreso en Colombia - *Printed in Colombia*

Este libro se compuso en caracteres Linotype Garamond 3

CC 21125
ISBN 958-04-4304-1

Crímenes perfectos

Casanova
Boca Ratón, Florida. Junio de 1975

El joven asesino llevaba tres semanas viviendo literalmente *dentro de las paredes* de esa extraordinaria casa de playa de quince habitaciones.

Aunque podía escuchar perfectamente el rumor del oleaje del Atlántico, nunca había cedido a la tentación de asomarse siquiera a mirar el océano o la playa privada de blanca arena de más de treinta metros. Había demasiadas cosas para explorar, para examinar o para realizar en su escondite de la esplendorosa mansión de estilo mediterráneo, ubicada en uno de los sectores más exclusivos de Boca Ratón. Su pulso no había cesado de palpitar agitadamente durante todos esos días.

En la inmensa casa vivían cuatro personas: Michael Pierce, su esposa Hannah y las dos hijas del matrimonio. El asesino había espiado sigilosamente a la familia hasta en los más íntimos momentos y le apasionaban los pequeños detalles que formaban la vida cotidiana de los Pierce; le producían especial deleite la delicada colección de conchas marinas de Hannah y la flota de pequeños veleros de madera que colgaba del cielo raso en uno de los cuartos de huéspedes.

Día y noche vigilaba a Coty, la hija mayor, que había sido su compañera de secundaria en el St. Andrews High School. Era maravillosa. Ninguna otra muchacha era más bella o más inteligente que Coty. Tampoco podía ignorar a Karrie Pierce que, aunque sólo contaba con trece años, ya era toda una delicia de mujercita.

Aunque él medía más de un metro ochenta, podía colarse fácilmente por entre los ductos del aire acondicionado, pues era delgado como el alambre. Sin embargo, pese a su delgadez, no dejaba de ser atractivo con su estilo de colegial rico del nordeste.

Apiladas en su escondite guardaba unas cuantas novelas

obscenas que había conseguido en febriles incursiones de compras a Miami. Había ido desarrollando una adicción a *La historia de O,* a *Las colegialas en París* y a *Iniciaciones voluptuosas.* Con igual celo, guardaba entre las paredes que constituían su albergue un revólver Smith & Wesson.

Se deslizaba entre el interior y el exterior de la casa a través de una claraboya del sótano que tenía el pestillo dañado. Algunas veces hasta había pasado la noche allá abajo, arrullado por el suave ronroneo del viejo refrigerador Westinghouse en el que los Pierce guardaban cerveza y refrescos para sus fiestas de gala que, por lo general, terminaban alrededor de una fogata en la playa.

Aquella noche de junio él se sentía más extraño que de costumbre; no había nada de qué preocuparse. Todo estaba en orden.

Al caer la tarde había pintado su cuerpo con rayas y manchones brillantes color rojo cereza, naranja y amarillo cadmio. Era un guerrero, un cazador.

Agazapado con su revólver cromado calibre 22, su linterna y sus libros, en el cielo raso de la alcoba de Coty se sentía —por así decirlo— encima de ella.

Esta era la noche de las noches. El comienzo de la fase verdaderamente importante de su vida.

Se acomodó lo mejor que pudo y comenzó a releer sus pasajes favoritos de *Las colegialas en París.* Su linterna proyectaba un luz tenue sobre las páginas. Este libro definitivamente lo excitaba, pero a veces también lo hastiaba. Era la historia de un "respetable" abogado francés que le pagaba a la pechugona directora de un colegio para que le permitiera pasar las noches en el interior de un candente internado para muchachas. La historia estaba plagada de las expresiones vulgares típicas de este género de literatura: "Su tranca de punta plateada", "Su pérfida porra," "Lamía la vulva en flor de las siempre dispuestas colegialas."

Al rato, se cansó de leer y miró la hora en su reloj de pulsera. Había llegado el momento esperado. Eran casi las tres de la madrugada. Con manos temblorosas retiró el libro y cuidadosamente espió a través de la rejilla. Al observar a Coty dormir plácidamente, sintió que su respiración se entrecortaba. La aventura real estaba ante sus ojos, tal como se la había imaginado.

En su agitada mente no podía dejar de saborear este pensamiento: *Mi verdadera vida está a punto de comenzar. ¿Realmente voy a hacerlo?... ¡Sí, voy a hacerlo!*

Indiscutiblemente había estado viviendo entre las paredes de la casa de playa de los Pierce. Pronto este hecho horripilante —propio de la peor de las pesadillas— sería la noticia más destacada en los principales diarios de los Estados Unidos. No veía la hora de leerlo con sus propios ojos en el *Boca Raton News*.

¡EL MUCHACHO DE LAS PAREDES!

¡EL ASESINO QUE VIVÍA DENTRO
DE LA MANSIÓN FAMILIAR!

¡UN EXTRAVAGANTE Y MANIÁTICO ASESINO
PODRÍA ESTAR VIVIENDO EN SU CASA!

Coty dormía como una hermosa bebita. Llevaba una camiseta de talla grande estampada con el logotipo de los *Miami Hurricanes*, pero esta se le había subido de tal forma que se alcanzaba a ver su bikini de satín rosado.

Dormía boca arriba con una de sus bronceadas piernas cruzada sobre la otra. Sus labios, ligeramente abiertos, como formando una diminuta *o*, parecían estar haciendo pucheros y desde el punto estratégico desde donde el asesino la miraba se veía llena de luz y de inocencia.

Ya era casi una mujer. Él la había observado pavonearse frente al espejo hacía tan sólo algunas horas. La había observado cuando se quitaba el sostén de encaje rosado... y se quedaba contemplando sus senos perfectos.

Coty era intolerablemente altiva e *intocable.* Pero esta noche eso iba a cambiar. Él iba a hacerla suya.

Cuidadosa y silenciosamente removió la rejilla del cielo raso y se descolgó hasta caer en la alcoba de Coty, decorada en colores rosa pálido y azul celeste. Sentía el pecho oprimido, y su respiración era rápida y dificultosa. En un instante parecía arder de calor y en el otro, tiritar de frío.

Previamente se había cubierto los pies con bolsas de plástico ajustadas en los tobillos y se había puesto los guantes azules de goma que usaba la criada de los Pierce para hacer los oficios domésticos.

Desnudo y con todo el cuerpo pintado, se sentía como un vistoso guerrero Ninja y lucía como la encarnación misma del terror. El crimen perfecto. Sentía un delicioso estremecimiento.

¿Sería un sueño? No, sabía que no era un sueño. Era la vida real. Aspiró profundamente y sintió que el aire le quemaba los pulmones.

Durante unos instantes estudió a la apacible muchacha que tanta admiración le había despertado en sus años de estudiante en St. Andrews y luego, cuidadosamente, se coló en la cama de la "única y extraordinaria" Coty Pierce.

Se quitó uno de los guantes de goma y suavemente acarició su piel perfecta y dorada por el sol, como si estuviera esparciendo sobre ella una loción bronceadora con olor a coco. Su pene estaba ya duro como una piedra.

La melena rubia de Coty se había aclarado con el sol y era sedosa como la piel de un conejo. Sus gruesos cabellos despedían, como un bálsamo, un suave olor a bosque. *Sí, los sueños se hacen realidad.*

Coty abrió repentinamente los ojos, que recordaban a las finas esmeraldas que se exhiben en la elegante joyería de Harry Winston en Boca Ratón y, casi sin aliento, balbuceó el nombre del muchacho, el nombre con el que lo había conocido en el colegio. Pero él se había dado a sí mismo un nuevo nombre… se había rebautizado… recreado.

—¿Qué haces aquí? —exclamó con un grito sofocado—. ¿Cómo entraste?

—Sorpresa. Soy *Casanova* —le susurró al oído. Su pulso estaba desbocado—. Te escogí entre todas las mujeres hermosas de Boca Ratón, de toda la Florida. ¿No te complace?

Coty comenzó a gritar desesperadamente.

—Silencio —murmuró, mientras la acallaba con su propia boca en un amoroso beso.

También besaría a Hannah Pierce en esa noche inolvidable de crimen y violencia inusitados en Boca Ratón.

Luego pasaría a donde la joven Karrie. Y antes de que acabara la noche, estaría convencido de que efectivamente *era* Casanova; el amante más famoso del mundo.

El Caballero Visitante
Chapel Hill, Carolina del Norte, Mayo de 1981

Él era el *caballero* perfecto. Siempre un *caballero*... atento y discreto.

Pensaba en eso mientras escuchaba los susurros sibilantes de una pareja de amantes que paseaba por las orillas del lago de la universidad. Todo esto era tan encantadoramente romántico, tan hecho a su medida.

—¿Te parece buena idea, o es una tontería? —escuchó a Tom Hutchinson preguntarle a Roe Tierney.

Ambos maniobraban tratando de abordar el bote azul cobalto que, amarrado al muelle, se mecía suavemente al ritmo de las ondas del agua. Tom y Roe iban a "tomar prestado" el bote durante algunas horas, una travesura común entre los estudiantes.

—Mi bisabuelo solía decir que no hace ningún daño dejar que el bote sea arrastrado por la corriente —comentó Roe—; es una idea estupenda Tommy, hagámoslo.

Tom Hutchinson empezó a reírse.

—¿Y si es otra cosa lo que haces en el bote? —preguntó.

—Bueno, depende; si la cosa incluye cualquier tipo de aeróbicos, hasta puede que se alargue la vida.

Al cruzar las piernas, la falda de Roe rozó suavemente sus muslos.

—De manera que tú crees que robarle por un rato a esta buena gente su bote para dar un paseo a la luz de la luna no es una mala idea —dijo Tom.

—Es una *gran* idea —insistió Roe—. La mejor. Vamos.

A medida que el bote se alejaba del muelle, el Caballero se fue deslizando entre el agua sin producir ningún sonido. Escuchó cada palabra, cada movimiento y cada matiz del fascinante ritual de cortejo entre los amantes.

La luna estaba casi llena y a Tom y Roe les parecía serena y hermosa mientras remaban lentamente adentrándose en el reluciente lago. Al comenzar la noche habían tenido una cena romántica en Chapell Hill, y ambos estaban vestidos para la ocasión. Roe tenía puesta una falda plisada negra, una blusa de seda de color crema, pendientes de conchas plateadas y el collar de perlas de su compañera de cuarto. El atuendo perfecto para navegar.

El Caballero se preguntaba si el traje gris que lucía Tom Hutchinson era realmente suyo; probablemente no. Tom era de Pennsylvania. Aunque era hijo de un mecánico de automóviles, se las había ingeniado para llegar a ser el capitán del equipo de fútbol americano de la Universidad de Duke, y mantenía además un promedio de calificaciones casi perfecto.

Roe y Tom formaban la "pareja ideal". Esto era quizás lo único en lo que podían ponerse de acuerdo los estudiantes de Duke y los de la cercana Universidad de Carolina del Norte. El "escándalo" que producía el romance entre el capitán del equipo de fútbol de Duke y la Reina de las Azaleas de la U.C.N. hacía que el noviazgo fuera aún más excitante.

Batallaban torpemente con botones y cremalleras poco colaboradores a medida que se internaban en el lago. Roe acabó sólo con sus pendientes y el collar de perlas prestado. Tom conservaba puesta su camisa blanca pero estaba abierta totalmente de manera que formó una especie de carpa cuando se inclinó para penetrar a Roe. Bajo la vigilante mirada de la luna, comenzaron a hacer el amor.

Sus cuerpos se movían acompasadamente mientras la barca se mecía de manera suave y juguetona. De vez en cuando Roe emitía un quejidito que se entremezclaba con un coro lejano de estridentes cigarras.

El Caballero sintió que una nube de ira crecía dentro de él. Empezaba a manifestarse su lado oscuro: el brutal, el del animal reprimido, el del hombre lobo de los tiempos modernos.

Repentinamente, Tom Hutchinson fue desprendido de Roe y se escuchó un breve "flop". Alguna fuerza poderosa lo había echado de la barca. Antes de caer al agua, Roe lo oyó gritar. Fue un sonido ahogado y prolongado.

Tom tragó agua del lago y boqueó con violencia. Sentía un dolor terrible y punzadas en su garganta, un dolor localizado, intenso y aterrador. Luego, inesperadamente, cualquiera que hubiera sido la poderosa fuerza que lo había arrastrado hasta el agua, lo soltó. La asfixiante presión había cesado. De repente. Y lo dejaba libre.

Sus manos grandes y fuertes, manos de futbolista, se alzaron hasta su garganta y sintieron algo tibio. De ella salía un chorro de sangre que se esparcía por las tranquilas aguas del lago. Un miedo terrible, muy cercano al pánico, se apoderó de él. Horrorizado, volvió a palpar su garganta y encontró que tenía un cuchillo clavado en ella. *Oh Dios mío*, pensó, *me dieron una puñalada. Voy a morir en el fondo de este lago, y ni siquiera sé por qué.*

Mientras tanto, en el bote que se balanceaba a la deriva, Roe Tierney se encontraba demasiado confusa y aturdida para gritar.

Su corazón galopaba con tal fiereza y rapidez, que a duras penas podía respirar. Frenéticamente se puso de pie en el bote y comenzó a buscar alguna señal de Tom.

Este tiene que ser un chiste de mal gusto, pensó. *Nunca volveré a salir con Tom Hutchinson. Nunca me casaré con él... ni en un millón de años. Esto no tiene ninguna gracia.* Sintiendo que se congelaba, comenzó a tantear en la oscuridad en busca de su ropa esparcida en el fondo del bote.

De improviso, cerca de la embarcación, algo o alguien surgió bruscamente de las parduscas aguas. Se sintió como una explosión proveniente del interior del lago.

Roe vio una cabeza que emergía a la superficie. Indudablemente era la cabeza de un hombre... pero no era Tom Hutchinson.

—No quiero asustarte —dijo suavemente el Caballero, casi en tono familiar—. No te alarmes —susurró a medida que se aferraba al casco del bote–. Somos viejos amigos. Para serte franco, hace dos años que te observo.

En ese instante Roe comenzó a gritar como si no existiera un mañana.

Efectivamente, para Roe Tierney, no existiría.

PARTE UNO

Peguita Cross

CAPÍTULO I
Washington, D.C., abril de 1994

Todo comenzó cuando me encontraba en el porche de nuestra casa de la Calle Quinta. Estaba "lloviendo un aguacero" como suele decir mi pequeña hija Janelle, y el porche era un buen sitio para estar. Alguna vez mi abuela me enseñó una oración que nunca olvidaré: *"Gracias Señor por todas las cosas tal como son"*. Parecía apropiada para ese día... bueno, casi.

En la pared había una caricatura de Gary Larson recortada del *Far Side*. Mostraba el banquete anual de los "Mayordomos del Mundo". Uno de los mayordomos había sido asesinado. En el pecho tenía un cuchillo clavado hasta la empuñadura. En la escena del crimen un detective decía: "Por Dios, Collings, detesto comenzar un lunes con un caso como este". La caricatura estaba allí para recordarme permanentemente que la vida era algo más que mi oficio de detective en Washington D.C. Junto a la caricatura había un dibujo de cuando Damon tenía dos años, con la inscripción: *"Para el mejor de los papitos"*. Este era otro recordatorio.

Yo estaba tocando en nuestro viejo piano temas de Sarah Vaughan, Billie Holiday y Bessie Smith. Últimamente los *blues* me habían cautivado con su furtiva melancolía. Había estado pensando en Jezzie Flannagan. Algunas veces, cuando perdía la mirada en la distancia, podía visualizar su bello y cautivante rostro. Trataba de no perder mucho la mirada.

Mi dos hijos, Damon y Janelle, estaban sentados junto a mí en la confortable, aunque un poco coja banca del piano. Jannelle tenía su bracito estirado al máximo sobre mi espalda, o sobre una tercera parte de ella, que era hasta donde alcanzaba.

Con la mano que tenía libre agarraba su bolsa de "ositos", que como era su costumbre, compartía con sus amigos. Yo chupaba lentamente un osito rojo.

Ella y Damon silbaban al ritmo de mis canciones, aunque para Jannie silbar era más bien escupir a un ritmo preestablecido. Una ajada copia de *Green Eggs and Ham* reposaba sobre el piano y vibraba con cada acorde.

Tanto Jannie como Damon sabían que últimamente yo había tenido problemas, sobre todo durante los dos últimos meses. Trataban de animarme. Tocábamos y silbábamos blues, soul y una combinación de ritmos, pero también reíamos y la pasábamos bien, como suelen hacerlo los niños como nosotros.

Amaba estos ratos con mis hijos más que cualquier otra cosa en la vida, y cada vez trataba de pasar más y más tiempo con ellos. Las fotos Kodak siempre me recordaban que ellos iban a tener cinco y siete años una sola vez y no pensaba perderme nada de esto.

De repente, nos interrumpió el sonido de unas fuertes pisadas que subían apresuradamente los escalones de madera que comunican con el porche trasero. Luego se escuchó el timbre; uno, dos, tres cortos timbrazos. Quienquiera que estuviera allí afuera, tenía muchísima prisa.

—Ding dong, la bruja está muerta —fue el inspirado pensamiento que Damon nos ofreció para el momento. Llevaba puestos unos lentes de sol en semicírculo que para él eran la imagen del hombre atractivo. Y realmente él *era* un hombre atractivo.

—No, la bruja no está muerta —contestó Jannie. Ya había notado que últimamente se estaba convirtiendo en una acérrima defensora de su sexo.

—Puede que la bruja no haya colgado los tenis —repuse muy a tiempo. Los niños soltaron una carcajada. Pescaban la mayoría de mis chistes, lo que hasta cierto punto me resultaba sobrecogedor.

Alguien comenzó a dar golpes insistentemente en el marco de la puerta, y gritó mi nombre de una forma dolorosa y alarmante. *Maldita sea, déjenos tranquilos, no necesitamos nada doloroso o alarmante en este momento.*

—¡Doctor Cross, por favor venga! ¡Por favor! Doctor Cross —continuaron los insistentes gritos. No reconocí la voz femenina que me llamaba, pero parecería que la intimidad no cuenta para nada cuando uno lleva el apelativo de "doctor".

Puse mis manos encima de las cabecitas de los niños para evitar que se levantaran y les dije:

—El doctor Cross soy yo, no ustedes, así es que sigan entretenidos y guárdenme el puesto. Ya vuelvo.

—¡Regreesaréééé! —dijo Damon en su mejor imitación de la voz de *Terminator*. Reí de buena gana con su broma. Este chico, en segundo de primaria, y ya era todo un comediante.

Me apresuré hacia la puerta trasera, mientras tomaba mi revólver de dotación. Este puede ser un vecindario peligroso aun para un policía, que es lo que soy. Me asomé a través del ventanal empañado y sucio para averiguar quién estaba en la escalera del porche.

Reconocí a la joven. Vivía en la barriada de Langley. Rita Washington era una drogadicta de veintitrés años que rondaba por las calles como un gris espanto. Rita era lista y amable, pero impresionable y débil. Había llevado su vida por un mal camino, y había echado a perder su belleza, y ahora posiblemente era ya muy tarde para volver atrás.

Al abrir la puerta, sentí una fuerte corriente de aire frío que me golpeaba el rostro. Había mucha sangre en las manos y muñecas de Rita, así como en su abrigo verde de cuero sintético.

—Rita, ¿que demonios te ha sucedido? —pregunté. Me imaginé que la habían apuñalado o que le habían dado un tiro por algún asunto relacionado con drogas.

—Por favor, se lo ruego, venga conmigo —dijo comenzando a toser y a sollozar al mismo tiempo—. Es el pequeño Marcus Daniels. ¡Lo han apuñaleado! ¡Está muy mal! Pidió que viniera usted, doctor Cross.

—¡Quédense ahí niños, ya regreso! —grité por encima de los gemidos histéricos de Rita—. Nana, por favor vigila a los niños

—grité aún más recio—. ¡Nana, tengo que salir! —agarré mi abrigo para seguir a Rita bajo la fría y pertinaz lluvia.

Traté de no pisar las gotas de sangre rojo brillante que como pintura habían caído sobre los peldaños del porche.

CAPÍTULO 2

Corrí calle abajo tan rápido como pude. El corazón me latía con violencia; sudaba copiosamente a pesar de la tenaz lluvia de primavera. La sangre me llegaba a borbotones a la cabeza. Cada músculo, cada tendón de mi cuerpo estaba tenso, y sentía el estómago entumecido.

Allí estaba Marcus Daniels, un niño de apenas once años. Lo tomé en mis brazos y lo estreché contra mi pecho. Sangraba profusamente. Rita Washington había encontrado al muchacho en las oscuras y grasosas escaleras que conducen al sótano de su edificio y me había guiado hasta el maltrecho cuerpo.

Corrí como el viento; lloraba por dentro pero sin demostrarlo, como había aprendido a hacerlo en mi trabajo.

La gente de esta parte de la ciudad, el sureste, que no suele ser muy impresionable, me miraba fijamente a medida que trataba de abrirme camino como un camión de diez ejes sin frenos en pleno centro de la ciudad.

Rebasé taxistas malencarados, gritando por doquier que me abrieran paso. Atravesé una tras otra las bodegas fantasmas repletas de tablones de madera oscuros y enmohecidos, y pintadas con grafitis. Corrí sobre escombros y vidrios quebrados, botellas de *Irish Rose* y ocasionales parches de maleza y tierra suelta. Este era nuestro vecindario; nuestra porción del sueño americano; nuestra capital.

Recuerdo un dicho que alguna vez escuché sobre Washington: *"Agáchate y te pasarán por encima, empínate y te pegarán un tiro".*

Mientras corría, el pobre Marcus sangraba como un cachorro húmedo que estuviera sacudiéndose el agua. Los brazos y el cuello me ardían y tenía los músculos en plena tensión.

–Aguanta, nené –le decía al chico, y rogaba por dentro.

A medio camino, Marcus balbuceó con débil voz:

–Hombre, doctor Alex.

Eso fue todo lo que me dijo. Yo sabía por qué. Sabía muchas cosas acerca del pequeño Marcus.

Corrí a toda velocidad por la rampa recién pavimentada del hospital Saint Anthony. "La Casa del Espagueti de San Tony", como a veces se le conoce en la barriada. Una ambulancia me sobrepasó a toda velocidad camino de la calle L.

El conductor llevaba una cachucha de los *Chicago Bulls* puesta de lado, con la visera apuntando en mi dirección. De la ambulancia salían estrepitosos sonidos de música *rap*, lo que hacía suponer que dentro del vehículo el volumen era ensordecedor. Ni el conductor ni el paramédico se detuvieron, ni siquiera lo consideraron. A veces la vida en el sureste es así. Saben que no pueden detenerse por cada asesinato o atraco que se encuentren en sus rondas diarias.

Yo conocía el camino hasta la sala de emergencia del Saint Anthony. Había estado allí muchas veces. Tal vez demasiadas. Con el hombro empujé la ya familiar puerta de vaivén. El vidrio tenía pintada la palabra EMERGENCIAS, pero las letras ya se estaban pelando y tenían rayones hechos con las uñas.

—Ya estamos aquí, Marcus, en el Hospital —le informé en voz baja al chico, pero él no me escuchó; estaba ya inconsciente.

—¡Necesito ayuda! *¡Necesito ayuda con este muchacho!* —grité.

Un repartidor de Pizza Hut hubiera obtenido mayor atención. El guardia de turno me dirigió una mirada aburrida de su estudiada cara inexpresiva. Una camilla desvencijada circulaba ruidosamente por los pasillos.

Alcancé a ver a algunas enfermeras que conocía. A Annie Waters y a Tanya Heywood, entre otras.

—Tráelo aquí —dijo Annie Waters y despejó rápidamente el camino para hacerse cargo de la situación. No me hizo ninguna pregunta mientras se abría paso entre empleados del hospital y heridos que deambulaban por el salón.

Pasamos por el escritorio de recepción en el que se veía un letrero que decía: *"Regístrese aquí"* en inglés, español y coreano.

El ambiente estaba invadido por el olor a desinfectante típico de los hospitales.

—Trató de cortarse el cuello con un cuchillo de carnicero. Creo que se cercenó la arteria carótida —le dije mientras nos lanzábamos por el atestado corredor verde vómito de puertas intercaladas con borrosos letreros: RAYOS X, TRAUMATOLOGÍA, CAJA.

Por fin, localizamos un cuarto del tamaño de un guardarropas. El joven médico que entró apresuradamente me pidió que me retirara.

—Este niño tiene sólo once años —dije—. No me pienso mover de aquí. Tiene ambas muñecas cortadas. Fue un intento de suicidio… Aguanta, pequeño —le susurré a Marcos—; sólo aguanta un poco más.

Casanova jaló la manija del baúl de su auto y se quedó mirando los ojos húmedos y brillantes que lo observaban. *Qué lástima, qué desperdicio,* pensó mientras la examinaba.

—Cuclí, cuclí —dijo—, corre que te vi —ya se había desenamorado de la universitaria de veintidós años que yacía atada en la bodega. Además estaba furioso con ella por haber desobedecido las reglas del juego y haber echado a perder la fantasía *du jour*—. Estás hecha un desastre —dijo—; relativamente, claro está.

La joven había sido amordazada con un trapo húmedo y no podía contestar, pero en cambio le lanzó una mirada fulminante. Sus ojos pardos reflejaban el dolor y el miedo. Sin embargo, aún daban muestras de su carácter obstinado y decidido.

Primero sacó su maletín negro, y luego alzó con brusquedad los 52 kilos que pesaba la muchacha; ya no hacía ningún esfuerzo por ser gentil.

—De nada —le dijo al ponerla en el piso—. ¿Se nos están olvidando los buenos modales, no? —Las piernas de la chica temblaban y casi perdía el equilibrio, pero Casanova la sostuvo fácilmente con una sola mano.

Ella llevaba una pantaloneta deportiva color verde oscuro con la insignia de la universidad Wake Forest, una camiseta blanca y unas zapatillas Nike recién estrenadas. Él sabía que era la típica universitaria mimada, aunque dolorosamente bella. Sus esbeltos tobillos habían sido atados con una tira de cuero que sólo le permitían dar pasos de unos 60 centímetros. Sus muñecas habían sido atadas detrás de su espalda con otra tira similar.

—Simplemente camina frente a mí; sigue derecho a menos que te indique otra cosa; ahora empieza a caminar —le ordenó—. Mueve esas hermosas y largas zancas.

Comenzaron a internarse en el tupido bosque que se iba haciendo más denso a medida que avanzaban. Más denso y más oscuro. Cada vez más terrorífico. Él balanceaba su maletín negro como un niño su lonchera. Le encantaban los bosques oscuros. Siempre le habían gustado.

Casanova era alto y atlético, bien formado y apuesto. Sabía que podía tener muchas mujeres, pero no de la forma como él quería. De esta forma.

—Te pedí que me escucharas, ¿no? Pero no me escuchaste —dijo con voz pausada e indiferente—. Te dije cuáles eran las reglas del juego, pero tú querías dártelas de sabelotodo. Así que reclama tu premio por saberlo todo.

A medida que la joven luchaba por seguir adelante, su temor aumentaba hasta llegar casi al pánico. El bosque era aún más tupido ahora y las ramas más bajas herían sus brazos desnudos dejando en ellos largos rayones. Sabía el nombre de su captor: Casanova. Él se las daba de gran amante y, de hecho, podía mantener la erección por más tiempo que cualquier otro hombre que ella conociese. Parecía siempre racional y controlado, pero ella sabía que *tenía que estar loco.* Aunque ocasionalmente actuaba de manera muy cuerda. Ahora recordaba la premisa que tantas veces le había repetido: *"El hombre nació para cazar... a las mujeres."*

Él le había informado las reglas de su casa y le había advertido claramente cómo debía comportarse. Ella simplemente no lo había escuchado. Había sido caprichosa y estúpida y había cometido un gravísimo error táctico.

Ahora trataba de no pensar en lo que le esperaba en la profundidad de estos bosques que parecían salidos del programa *Dimensión Desconocida.* Todo esto acabaría provocándole un ataque cardíaco. En todo caso, no quería darle la satisfacción de verla descomponerse y comenzar a llorar.

Si sólo le quitara la mordaza. Su boca estaba seca y tenía una sed espantosa. Además, a lo mejor podía convencerlo de que abandonase esta idea... cualquiera que fuese.

Se detuvo y se volteó a mirarlo... era como hacer una pausa en un reloj de arena.

—¿Quieres detenerte aquí? Por mí está bien. Pero no voy a dejarte hablar. No va a haber últimas palabras, cariño. No va a haber indulto. Metiste la pata muy hondo. Si te detienes aquí, puede *que no te guste.* Si caminamos otro poco, podrías disfrutar un poco más del paseo. A mí me encantan estos bosques, ¿a ti no?

Estaba convencida de que tenía que hablarle, llegarle de alguna forma, preguntarle el *por qué.* Tal vez apelar a su inteligencia. Trataba de pronunciar su nombre, pero sólo lograba emitir sonidos incoherentes a través de la mordaza húmeda.

Él parecía más seguro y calmado que de costumbre. Caminaba con paso jactancioso.

—No entiendo ni una palabra de lo que dices pero, aunque entendiera, nada cambiaría.

Tenía puesta una de esas extrañas máscaras que usaba siempre. La había llamado la máscara de la muerte y, según le había contado, era de las que se usan en los hospitales y las morgues para reconstruir rostros.

El color piel de la máscara era casi perfecto y los detalles aterradoramente realistas. La que había escogido correspondía a un joven bien parecido, un muchacho típicamente americano. Ella se preguntaba cómo era en realidad. ¿Quién diablos era? ¿Por qué usaba máscaras?

Se dijo que *encontraría la manera de escapar.* Luego lo haría encerrar por mil años. Nada de pedir la pena de muerte... que tuviese tiempo de sufrir.

—Si eso es lo que quieres, está bien —dijo él, y con una zancadilla la hizo caer pesadamente sobre la espalda—. Vas a morir aquí mismo.

Extrajo una aguja del ajetreado maletín de médico que había traído consigo y luego la blandió, como si fuera una diminuta espada, para asegurarse de que ella la viera.

—A esta aguja se le llama Tubex —explicó—. Primero se carga con thiopental sódico, que es un barbitúrico. Hace cosas propias de los barbitúricos. Extrajo un chorrito del líquido pardusco que tenía la apariencia del té helado, un menjurje que ni ella ni nadie hubiera querido inyectarse en las venas.

—¿*Qué hace eso? ¿Qué me vas a hacer?* —gritó ella a través de la apretada mordaza—. *Por favor quítame esto de la boca.*

Estaba bañada en sudor y escasamente podía respirar. Sentía su cuerpo rígido, anestesiado y entumecido. ¿Porqué le iba a dar un barbitúrico?

—Si lo hago mal, mueres de inmediato —le dijo—. *Así que no te muevas.*

Ella asintió. Trataba desesperadamente de mostrarle que podía portarse bien, extremadamente bien. *Por favor no me mates,* rogó en silencio. *No lo hagas.*

Le pinchó una vena del codo y ella sintió un doloroso corrientazo.

—No quiero dejarte unos moretones repugnantes —le susurró—. No tomará mucho tiempo. Diez, nueve, ocho, siete, seis, *cinco. Eres, tan, tan, hermosa,* cero. Todo se acabó.

Ahora estaba llorando, no podía evitarlo. Gruesas lágrimas rodaban por sus mejillas. Él estaba loco. Apretó los ojos, no podía seguir mirándolo. *Por favor, Dios mío, no me dejes morir así,* rezó. *No completamente sola y aquí.*

La droga actuó rápidamente, casi al instante. Se sintió adormecida. Una ola de tibio estupor la invadía.

Él le quitó la camiseta y comenzó a juguetear con sus senos como un prestidigitador. Ella no podía hacer nada para impedírselo.

Dispuso sus piernas como si ella fuera su obra de arte, su escultura humana, y se las abrió hasta donde lo permitía la tira de cuero que las sujetaba. Se dejó caer bruscamente sobre las piernas de la joven. La arremetida hizo que ella abriera los ojos y contemplara frente a sí la horrible máscara. Esos otros ojos parecían devolverle la mirada fijamente. Eran unos ojos de mirada vacía y sin emoción alguna, y sin embargo extrañamente penetrantes.

Al sentirlo dentro de ella, su cuerpo dio un brinco, como si hubiera recibido la descarga de una poderosa corriente eléctrica. El miembro del hombre estaba totalmente duro, en el punto máximo de su erección. Se agitaba dentro de ella, mientras que la muchacha moría a causa del barbitúrico. Él la observaba morir. Ese era el momento clave.

El cuerpo de ella se estremecía, se convulsionaba, se agitaba. A pesar de su debilidad, trataba de gritar. *No por favor, por favor. No me hagas esto.*

Misericordiosamente, le llegó la oscuridad.

* * *

No sabría decir cuánto tiempo había estado inconsciente. No le importaba. Había despertado y todavía estaba viva.

Comenzó a llorar y los sonidos amortiguados por la mordaza se escuchaban agonizantes. Las lágrimas corrían por sus mejillas. Se percataba de cuánto deseaba seguir viviendo.

Notó que la habían cambiado de sitio. Sus brazos estaban amarrados a un árbol y sus piernas cruzadas e inmovilizadas; la mordaza aún le apretaba. La habían desnudado. Sus ropas no se veían por ninguna parte.

¡Y ahí estaba él!

—Verdaderamente me importa un rábano si gritas —le dijo. No hay absolutamente nadie que te pueda escuchar por acá. Sus ojos destellaron. No quiero que espantes a los pájaros y a los animales hambrientos —examinó brevemente el hermosísimo cuerpo—. Qué lástima que me desobedeciste, que rompiste las reglas.

Se quitó la máscara y dejó que ella viera su rostro por pri-

mera vez. Fijó la imagen de la cara de la muchacha en su mente.
Luego se inclinó y la besó en los labios.

Besos que matan.

Por último, se retiró del lugar.

CAPÍTULO 4

A pesar de que la mayor parte de mi rabia se había disipado en la frenética carrera hasta el hospital cargando a Marcus Daniels y de que la emisión adicional de adrenalina ya se había agotado, aún sentía una fatiga anormal.

El área de espera de la sala de emergencias no era más que ruidos y confusión. Llanto de bebés, padres que daban rienda suelta a su dolor, y el altoparlante que llamaba médicos incesantemente. Un hombre que se desangraba no dejaba de repetir: "Ah mierda, ah mierda."

En mi mente todavía podía *ver* los hermosos y tristes ojos de Marcus Daniels; todavía podía *escuchar* su suave voz.

Esa noche, un poco después de las seis y media, John Sampson, mi colega en estos menesteres, llegó inesperadamente al hospital. Aunque sospeché que algo malo sucedía, no le presté mayor atención.

John Sampson y yo éramos grandes amigos desde que ambos teníamos diez años y jugábamos en las mismas calles del sudeste del D.C. Milagrosamente habíamos logrado sobrevivir sin que nos rebanaran el cogote. Luego yo había incursionado en la psicología clínica y obtenido un doctorado en la Universidad John Hopkins. Sampson se había alistado en el ejército. Por algún motivo extraño y misterioso, ambos habíamos terminado trabajando para el cuerpo de policía de la capital.

Yo estaba sentado en una camilla desnuda que se encontraba estacionada a la salida de la Sala de Urgencias. A mi lado se encontraba la destartalada camilla en la que habían transportado a Marcus, de cuyas negras manijas colgaban torniquetes de caucho a manera de serpentinas.

—¿Cómo está el muchacho —preguntó Sampson. Ya sabía lo de Marcus. De alguna forma, él siempre se enteraba de todo. Las gotas de lluvia formaban hilillos de agua que bajaban por su impermeable negro en forma de poncho, pero a él no parecía importarle.

Meneé tristemente la cabeza. Aún me sentía agotado.

—No sé todavía. No me quieren informar por no ser pariente suyo. Se lo llevaron a la Sala de Urgencias. Se cortó horriblemente. Bueno, ¿y qué te trae a esta fiesta?

Sampson se quitó el impermeable y se sentó junto a mí en la dura camilla. Tenía puesta una de esas vestimentas típicas del detective policial: sudadera roja y plateada marca Nike, zapatillas que le hacían juego, una esclava delgada de oro y un voluminoso anillo de grado. Su disfraz de detective incógnito era insuperable.

—¿Dónde está el diente de oro? —dije tratando de sonreír—. Se necesita un diente de oro para complementar ese atuendo, o por lo menos una estrella de oro en un diente. Tal vez una trencilla en el pelo.

Sampson logró ahogar una carcajada.

—Vine tan pronto me enteré —respondió haciendo caso omiso a mis comentarios. ¿Y tú te encuentras bien? Pareces el último mastodonte de la sabana.

—Ese muchachito trató de matarse. Un chiquillo encantador, como Damon. Sólo once años.

—¿Qué quieres que haga? ¿Que desmantele ese nido de *crack* y saque de circulación a los padres del muchacho? —su mirada era dura como el acero.

—Lo haremos luego —le dije.

No me faltaban ganas de hacerlo. Lo único bueno de la historia era que los padres de Marcus vivían juntos, pero lo malo era que mantenían a Marcus y a sus cuatro hermanas en un expendio de *crack* ubicado cerca a la ciudadela de Langley Terrace. Las edades de los niños fluctuaban entre los cinco y los doce años, y todos trabajaban en el negocio. Eran los "patinadores".

—¿Qué haces aquí? —pregunté por segunda vez—. Me imagino que no has aparecido en el hospital por pura casualidad. Dime qué pasa.

Sampson extrajo con destreza un cigarrillo Camel, usando una sola mano, y se tomó su tiempo para encenderlo. Por todos lados se veían médicos y enfermeras.

Le arrebaté el cigarrillo y lo extinguí bajo la suela de mis Converse negros.

—¿Te sientes mejor ahora? —me preguntó Sampson mientras me observaba sonriendo con su fila de dientes grandes y blancos. La parodia había terminado. La magia de Sampson había obrado en mí, y esto *era* magia, incluido el truco del cigarrillo. Me sentía mejor. Las parodias a veces funcionan. De hecho me sentía como si me hubieran acabado de abrazar una docena de parientes cercanos y mis dos hijos. Por algo Sampson era mi mejor amigo. Sabía qué botones debía apretar en cada momento.

—Ahí viene el ángel de la caridad —dijo señalando el caótico corredor.

Annie Waters se dirigía hacia nosotros con las manos clavadas dentro de los bolsillos de su delantal de enfermera. Tenía una mirada dura, pero eso era lo usual.

—Lo siento mucho, Alex. El muchacho no sobrevivió. Creo que ya estaba medio muerto cuando lo trajiste. Se mantuvo vivo gracias a esa transfusión de esperanzas que tú le diste.

Por mi mente pasaron rápidamente las imágenes y sensaciones viscerales del momento en que cargaba a Marcus por las calles Quinta y L. Ahora me imaginaba una sábana blanca sobre su cuerpo exánime; son tan pequeñas las sábanas que utilizan para cubrir a los niños.

—El muchacho era paciente mío, me había adoptado la primavera pasada —dije tratando de explicar a los otros dos porqué me afectaba tanto.

—¿Puedo traerte algo Alex? —preguntó Annie Waters con mirada de consternación.

Negué con un movimiento de cabeza. Tenía que hablar. Tenía que soltar de inmediato todo esto que me estaba abrumando.

—Marcus supo que a veces yo ayudaba en el hospital, que hablaba con algunos de los pacientes. Un día vino a verme. Una vez que me gané su confianza, me contó sobre su vida y sobre el expendio de *crack*. Todas las personas que conocía eran drogadictas. Una de ellas fue la que pasó por mi casa hoy… Rita Washington. No fue ni la madre de Marcus ni su padre. El chico trató de cercenarse el cuello y las muñecas. Con sólo once años.

Mis ojos estaban húmedos. Un pequeño acababa de morir, alguien debería llorar. El psicólogo de un joven de once años que se había suicidado debería estar de duelo. Al menos eso me parecía.

Finalmente Sampson se puso de pie y con gentileza me pasó su largo brazo por encima de los hombros. De nuevo había recuperado sus 1.83 metros de altura.

—Vámonos a la casa Alex —dijo—. Vamos muchacho, hora de irnos.

Fui y miré a Marcus por última vez.

Tomé su pequeña mano inerte y comencé a recordar las conversaciones que habíamos tenido, la tristeza inefable que inundaba siempre sus ojos pardos. Recordé un proverbio africano hermoso y sabio: *"Para sacar adelante a un buen niño hace falta toda una aldea."*

Por último Sampson me llevó fuera de la vista del muchacho; me llevó a casa.

Allí las cosas se pondrían peor aún.

CAPÍTULO 5

No me gustó en absoluto lo que vi al llegar a casa. Numerosos autos se encontraban estacionados alrededor de ella y formaban un caos inexplicable. La mayoría me resultaban familiares; eran los autos de mis parientes y amigos.

Sampson se detuvo detrás de un viejo y abollado Toyota que pertenecía a Cilla Cross, la esposa de mi hermano mayor Aaron y una buena amiga mía. Era una mujer fuerte e inteligente. Había terminado por caerme mejor que mi propio hermano; ¿qué hacía ella aquí?

—¿Qué *demonios* sucede en esta casa? —pregunté de nuevo a Sampson. Estaba empezando a preocuparme.

—Invítame a tomar una cerveza fría —dijo sacando la llave del encendido—. Es lo menos que puedes hacer.

Sampson ya se encontraba fuera del auto; cuando se lo proponía era capaz de moverse con la rapidez del viento invernal.

—Entremos, Alex.

Yo tenía la puerta del auto abierta pero aún estaba sentado en su interior.

—Yo vivo aquí. Entraré cuando me venga en gana.

De repente no sentía el menor deseo de hacerlo. Un sudor frío bajaba por mi nuca. ¿Paranoia de detective? Tal vez sí, tal vez no.

—No te hagas el difícil —dijo Sampson por encima del hombro—; al menos por una vez en tu vida.

Una corriente helada estremeció todo mi cuerpo y me vi obligado a respirar profundamente. Recordé al monstruo humano a quien recientemente había hecho encerrar y que todavía me visitaba en pesadillas; temía que algún día pudiera escapar. El múltiple asesino y secuestrador ya había actuado en la calle Quinta una vez.

¿Pero qué diablos era lo que sucedía en mi casa?

Sampson no golpeó en la puerta principal ni timbró uniendo los cables azules y rojos que servían para tal efecto; simplemente entró como si fuera su casa, como siempre, *mi casa es su casa.* Lo seguí al interior.

Mi hijo Damon corrió a los brazos extendidos de Sampson quien lo elevó como si fuera de aire. Jannie patinó hacia mí gritando "papitooo" mientras se acercaba. Ya tenía puesta su piyama y olía a talcos para después del baño. Mi pequeña damita.

Sus grandes ojos pardos delataban que algo había sucedido y de inmediato sentí que se me congelaba la sangre.

—¿Qué pasa mi vida? —pregunté mientras frotaba mi nariz contra su tibia mejilla. Frotar nuestras narices era un rito que nos gustaba mucho—. ¿Qué ocurrió? Cuéntale a tu papi.

Pude ver que en la sala estaban tres de mis tías, mis dos cuñadas y Charles, mi único hermano que aún vive. Se notaba que mis tías habían estado llorando pues sus rostros se veían enrojecidos y abotagados. Igual lucía mi cuñada Cilla, y ella no era de las que llora sin una buena razón.

El salón tenía el aspecto claustrofóbico y poco natural de un velorio. *Se murió alguien,* pensé. *Ha muerto alguien a quien todos amamos.* Pero todas las personas que yo amaba parecían estar presentes en persona.

Mamá Nana, mi abuela, servía café, té helado y trozos de pollo frío, que nadie parecía estar comiendo. Nana vivía con nosotros en la calle Quinta. Le gustaba pensar que nos estaba criando a los tres.

Al cumplir los ochenta años Nana se había encogido hasta medir poco más de metro y medio. Pero continuaba siendo la persona que más me impresionaba en la capital de la nación, a pesar de que conocía a muchas importantes... el clan de los Reagan, los Bush, y ahora los Clinton.

Mientras servía a los visitantes, mi abuela no lloraba. Rara vez la había visto llorar, pese a que era una persona cariñosa y compasiva. Simplemente no había vuelto a llorar. Decía que no le quedaba mucho tiempo de vida y no quería gastarlo en lágrimas.

Por fin me decidí a entrar en el salón y hacer la pregunta que martillaba en mi cabeza.

—Me da mucho gusto verlos a todos, Charles, Cilla, Tía… pero, *¿puede alguien decirme qué es lo que está pasando?*

Todos se quedaron mirándome fijamente.

Todavía tenía a Jannie acunada en mis brazos. Sampson sostenía a Damon como si fuera un peludo futbolista con un balón bajo su enorme brazo derecho.

Nana habló en nombre del grupo allí reunido. Sus palabras casi inaudibles me llegaron como llega un dolor agudo.

—Es Naomi —dijo quedamente—. Peguita ha desaparecido, Alex —luego empezó a llorar por primera vez en muchos años.

CAPÍTULO 6

Casanova lanzó un grito, y el fuerte sonido que provenía de sus entrañas se convirtió en una especie de áspero aullido.

Se abría camino entre el profundo bosque pensando en la chica que había dejado abandonada. El horror de lo que había hecho. *Una vez más.*

Una parte de él quería volver y *rescatar* a la muchacha en un acto de piedad.

Ahora, mientras experimentaba espasmos de culpabilidad, comenzó a correr más y más de prisa. Tanto su grueso cuello como su pecho se encontraban cubiertos de sudor. Sentía una gran debilidad y las piernas poco estables, como si fueran de caucho.

Tenía plena conciencia de lo que había hecho. Simplemente no le era posible frenarse.

De cualquier forma era mejor así. Ella había visto su rostro. Era estúpido de su parte creer que algún día ella iba a llegar a entenderlo. Había visto el terror y el odio reflejado en sus ojos.

Si sólo la hubiera escuchado cuando trató de hablarle. Después de todo, él era distinto de otros asesinos múltiples, *él podía sentir todo lo que hacía.* Podía sentir amor... sufrir por una pérdida... y...

Arrojó con furia la máscara de la muerte. Todo había sido culpa de ella. Ahora debía cambiar de personalidad. Tenía que dejar de ser Casanova.

Necesitaba volver a ser *él mismo.* Ese pobre diablo.

CAPÍTULO 7

—Se trata de Naomi. Peguita ha desaparecido, Alex.

En nuestra cocina se llevaba a cabo la reunión de emergencia más intensa en la historia de la familia. Nana preparó más café y una taza de agua aromática para ella. Primero acosté a los niños. Luego abrí apresuradamente una botella de Black Jack y serví tragos generosos de whisky por doquier.

Me enteré de que mi sobrina de 22 años había desaparecido en Carolina del Norte desde hacía cuatro días. La policía del lugar había esperado todo ese tiempo antes de contactar a nuestra familia en Washington. Era algo que, como policía, me parecía difícil de entender. En casos de desapariciones se suele esperar un máximo de dos días. Haber esperado cuatro días no tenía ningún sentido.

Naomi Cross era estudiante de Derecho en la Universidad de Duke. Había pasado por los exámenes probatorios y había ocupado uno de los mejores puestos del curso. Era el orgullo de toda la familia, incluyéndome a mí. Le pusimos el sobrenombre de "Peguita" desde que tenía tres o cuatro años, pues le encantaba sentarse muy cerca de la gente, hacer toda clase de mimos, abrazar y ser abrazada. Cosa que solía suceder, pues ella era dulce, divertida, dócil y muy inteligente. Después de la muerte de mi hermano Aaron yo le había ayudado a Cilla a criarla. Lo cual no había sido difícil... Naomi era una chica dulce y divertida, servicial y muy muy inteligente.

Peguita había desaparecido. En Carolina del Norte. Hacía ya cuatro días.

—Hablé con un detective de apellido Ruskin —le comentó Sampson al grupo de la cocina. Trataba de no comportarse como un detective, cosa imposible pues ya estaba involucrado en el caso, con su cara plana y seria y su mirada característica.

—El detective Ruskin parecía saber sobre la desaparición de

Naomi y por teléfono sonaba como una persona clara y directa; sin embargo, la cosa no deja de extrañarme. Me dijo que fue una compañera de Derecho la que reportó su desaparición; su nombre es Mary Ellen Klouk.

Yo conocía a la amiga de Naomi. Era una aspirante a abogada de Garden City, Long Island. Naomi había llevado a Mary Ellen a Washington en un par de oportunidades. Una vez, en Navidad, fuimos juntos a escuchar el *Mesías* de Hændel en el *Kennedy Center.*

Sampson se quitó sus gafas oscuras y permaneció sin ellas, lo que en él era algo extraño. Sentía un gran cariño por Naomi y estaba tan golpeado como el resto de nosotros. Ella lo llamaba "Su Severidad" o " El Rápido", y a él le encantaba cuando bromeaban juntos.

—¿Por qué ese tal detective Ruskin no nos llamó antes? ¿Porqué no me llamó esa gente de la Universidad? —preguntó mi cuñada. Cilla tenía cuarenta y un años. Se había dejado engordar bastante. No creo que llegara al metro sesenta y dos, pero pesaba cerca de 90 kilos. Me había confesado que ya no tenía ningún interés en resultar atractiva para los hombres.

—Todavía no podría responder a eso —contestó Sampson—. Le dijeron a Mary Ellen que no nos llamara.

—¿Cuál fue exactamente la explicación que dio Ruskin para justificar la demora? —le pregunté a Sampson.

—El detective me informó que existían circunstancias atenuantes. Se negó a ahondar en el asunto a pesar de lo insistente que puedo llegar a ser.

—¿Le dijiste que deberíamos sostener esa conversación en privado?

Sampson asintió lentamente con la cabeza.

—Ajá; aseguró que el resultado sería el mismo. Le dije que lo dudaba, pero el hombre no se dejó acorralar.

—¿Es un negro? —preguntó Nana, racista y además orgullosa

de serlo. Decía que estaba muy vieja ya para ser "social y políticamente correcta". No era tanto lo que le disgustaban los blancos como lo que desconfiaba de ellos.

—No, pero no creo que ese sea el problema, Nana. Algo más está pasando —Sampson me lanzó una mirada desde el otro lado de la mesa del comedor—. No creo que *el hombre* pudiese hablar.

—¿Algo que ver con el FBI? —pregunté. Es la pregunta obvia cuando las cosas se vuelven demasiado secretas. El FBI tiene mayor certeza que la compañía de teléfonos *Bell Atlantic,* el *Washington Post* o el *New York Times,* de que la información es poder.

—Ese podría ser el problema. Ruskin no podría admitirlo por teléfono.

—Es mejor que yo hable con él —dije—; y más vale que lo haga en persona, ¿no creen?

—Creo que eso estaría bien, Alex —afirmó Cilla desde un extremo de la mesa.

—A lo mejor me pego —dijo Sampson sonriendo como el viejo zorro que es.

Hubo asentimiento general y por lo menos un aleluya dentro de la abundante concurrencia. Cilla se levantó y vino a abrazarme. Mi cuñada temblaba como un gran árbol en medio de una tormenta.

Sampson y yo viajaríamos al sur y traeríamos de vuelta a Peguita.

CAPÍTULO 8

Tuve que contarles a Damon y a Jannie lo de su "tía Pegui", como solían llamarla ellos. Mis niños presentían que algo malo estaba pasando. Simplemente lo sabían, así como conocían mis puntos más secretos y vulnerables. Se habían negado a dormirse hasta que yo no subiera a hablar con ellos.

—¿Dónde está la tía Pegui? ¿Qué le pasó? —preguntó Damon en cuanto entré a la alcoba de los niños. Habían escuchado lo suficiente como para saber que Naomi se encontraba en medio de algún terrible problema.

Es para mí una necesidad, cuando es posible, decirle siempre la verdad a mis hijos. Tenemos el mutuo compromiso de hablar siempre con la verdad. Pero a veces no es fácil hacerlo.

—Desde hace algunos días no sabemos nada de la tía Naomi —comencé a decir—. Por eso es que está todo el mundo tan preocupado esta noche, y por eso vinieron a casa —Y continué—: Papi se ha hecho cargo del caso ahora. Voy a hacer todo lo posible para encontrar a la tía Naomi en un par de días. Ustedes saben que su papi por lo general resuelve los problemas, ¿verdad?

Damon asintió y se sintió satisfecho con lo que le había dicho, más que por las palabras en sí, por el tono serio de mi voz. Vino hasta mis brazos y me estampó un beso, cosa que últimamente no hacía con mucha frecuencia. Jannie también me dio un beso, uno muy suavecito. Los tomé a ambos entre mis brazos. Mis dulces niños.

—Papi se ha hecho cargo ahora —susurró Jannie. Eso me reconfortó algo el espíritu. Como dice Billie Holiday "Dios bendice al hijo que tiene el suyo propio".

Hacia las once ya los niños dormían tranquilamente y la casa comenzaba a desocuparse. Mis tías mayores se habían marchado a sus nidos y Sampson se preparaba para hacerlo.

Por lo general él entraba y salía a su antojo. Pero esta vez

Nana lo acompañó hasta la puerta, lo que era una verdadera rareza. Yo fui con ellos. En momentos así, mientras más, mejor.

—Gracias por acompañar a Alex al sur mañana —le dijo Nana
a Sampson en tono confidencial. Me pregunto quién se habría
imaginado ella que pudiera estar escuchando, tratando de fisgonear nuestros secretos—. Ya ves, John Sampson, que puedes ser
civilizado y hasta útil cuando te lo propones. ¿No te lo he dicho
siempre? —y luego apuntó con su nudoso dedo a la prominente
quijada—: ¿Sí o no?

Sampson le sonrió socarronamente; disfrutaba de su superioridad física aun con una mujer de ochenta.

—Voy a dejar que Alex se vaya solo, Nana, y luego voy a rescatarlos a él y a Naomi.

Nana y Sampson se rieron agudamente como un par de
cuervos parados en una cerca, en una película de dibujos animados. Daba gusto oírlos reírse. Luego, de alguna manera ella logró rodearnos a los dos con sus brazos y se quedó parada como
una anciana abrazando sus árboles favoritos. Podía percibir el
temblor en su frágil cuerpo. Mamá Nana no nos había abrazado
a los dos así desde hacía veinte años. Sabía que amaba a Naomi
como si fuera su propia hija, y que temía mucho que le hubiese
ocurrido algo.

No puede ser Naomi. Nada malo podría pasarle a ella, no a Naomi. Estas palabras zumbaban en mi cabeza. Pero algo le había
pasado, y ahora debería comenzar a pensar y a actuar como un
policía. Como un detective de homicidios. *En el sur.*

"Tener fe y perseguir un fin desconocido". Esto lo había dicho
Oliver Wendell Holmes. Tengo fe. Persigo lo desconocido. Así
se define mi trabajo.

CAPÍTULO 9

A finales de abril, las siete de la noche solían ser uno de los momentos de más movimiento en el extraordinariamente hermoso campus de la Universidad de Duke. La presencia física de los estudiantes se hacía visible por todas partes en la autoproclamada "Harvard del Sur". Los árboles de magnolia, sobre todo los que bordeaban la Chapel Drive, estaban por esta época cargados de flores. El cuidado estricto con el que se mantenían los prados hacía que este fuera uno de los campus más atractivos de los Estados Unidos.

Al cruzar la alta portada de piedra gris para dirigirse a la parte occidental del campus de la universidad, Casanova sintió que la fragancia del aire lo embriagaba. Eran las siete de la noche pasadas. Estaba allí con un único objetivo: el de cazar. La totalidad de este proceso le resultaba estimulante e irresistible. Era imposible detenerse una vez que comenzaba. Era como una excitación preliminar que de cualquier forma le resultaba gozosa.

Soy como un tiburón asesino, con cerebro humano y hasta con corazón, pensaba Casanova al caminar. *Soy un depredador sin igual, un depredador pensante.*

Estaba convencido de que a los hombres les encantaba cazar, que de hecho vivían para ello, aunque muchos no quisieran reconocerlo. Los ojos de los hombres nunca se cansaban de buscar la hermosura y la sensualidad en las mujeres, o en los otros hombres y muchachos, según el caso. Esto resultaba más cierto aún en un sitio tan selecto como el campus de la Universidad de Duke, o los campus de las universidades de Carolina del Norte en Chapel Hill, o de la Universidad Estatal de Carolina del Norte en Raleigh, o muchos otros que ya había visitado a lo largo y ancho del sudeste de los Estados Unidos.

¡No era sino mirarlas! Con ese toque de engreimiento, las estudiantes de Duke podían contarse entre las más finas y "con-

temporáneas" mujeres americanas. Aun en sus poco pulcras pantalonetas cortadas a tijeretazos, o en sus ridículos *"jeans* 501" llenos de rotos estratégicos, o en sus bolsudos *baggies,* eran algo digno de verse, de mirar, ocasionalmente de fotografiar, o algo con lo que se podía fantasear sin límite.

Nada podía ser mejor, pensó Casanova, mientras silbaba el estribillo de una vieja y alegre tonada sobre la vida muelle en las Carolinas.

Sorbía una Cocacola helada mientras observaba jugar a las estudiantes. Él mismo estaba participando en un juego de destreza —en realidad, eran varios juegos simultáneos. Estos juegos se habían convertido en su propia vida. El hecho de que tuviera un empleo "respetable", u otro tipo de vida, ya no tenía ninguna importancia.

Escrutaba con atención *a cada mujer que pasaba,* y analizaba si reunía aunque fuera vagamente las características de su colección. Estudió a las bien contorneadas estudiantes, a las profesoras un poco mayores, y finalmente a las visitantes, que al usar los suéteres azules con el emblema de los *Blue Devils* de Duke quedaban inexorablemente identificadas como forasteras en la universidad.

Humedeció sus labios en un gesto de placer anticipado. Algo espléndido aparecía ante sus ojos…

Una exquisita mujer morena, alta y esbelta, estaba recostada contra uno de los antiguos y robustos robles del *Edens Quad.* Leía el periódico estudiantil, doblado en tres secciones. Pese a que el suave brillo de su piel oscura y su cabello artísticamente trenzado le fascinaron, continuó su camino.

Sí, los hombres son cazadores por naturaleza, pensaba mientras se metía de nuevo en su mundo de fantasías. Los maridos "fieles", con sus miradas cautelosas y furtivas. Los muchachos de once y doce años, tan aparentemente inocentes y juguetones, con sus miradas impúdicas. Los abuelos, que aparentan estar por encima del bien y del mal, y cuyos coqueteos pasan como simples cariños. Pero Casanova sabía que todos ellos estaban siempre en guardia, haciendo constantemente su elección, obsesionados por lograr el total dominio del arte de cazar, desde la pubertad hasta las puertas de la tumba.

Era una necesidad biológica, ¿no? Estaba completamente seguro de eso. Las mujeres de hoy exigían que los hombres aceptaran el hecho de que sus relojes biológicos seguían avanzando... bueno, con los hombres, eran sus vergas las que avanzaban.

Esas vergas, que siempre apuntaban al frente.

Ese también era un hecho natural. A todas partes a donde iba, a cualquier hora del día o de la noche, él podía sentir adentro esa marcha palpitante. *Tic-toc. Tic-toc.*

¡Tic-toc!

¡Tic-toc!

Sentada en la hierba, con las piernas cruzadas e interceptando su camino, había una hermosa estudiante de cabello rubio como la miel. Leía una versión económica de la *Filosofía de la existencia* de Karl Jaspers. El grupo musical Smashing Pumpkins emitía unos murmullos parecidos a mantras desde un equipo de sonido portátil. Casanova sonrió para sus adentros.

¡Tic-toc!

Para él la caza era implacable. Se sentía como una especie de Príapo de los noventa. La diferencia entre él y muchos otros hombres cobardes de la actualidad era que él actuaba guiado por sus instintos naturales.

Implacable, buscaba hasta encontrar una belleza irresistible, ¡y luego le echaba mano! Qué idea tan atroz, pero a la vez tan simple. *Qué historia de terror moderna tan contundente.*

Observó a dos diminutas estudiantes japonesas engullir sendos platos de grasoso asado al estilo de Carolina del Norte, de los que se ofrecen en el nuevo restaurante *Crooks Corner II* en Durham. Se veían tan apetitosas ingiriendo su comida, devorando sus asados como si fueran un par de animales pequeños.

Los asados de Carolina del Norte consistían en trozos de cerdo a la brasa marinados en una salsa de vinagre y finamente picados. Era un plato tan típico que resultaba curioso comerlo sin acompañarlo con una ensalada de repollo y sin tener puestos unos mocasines de cuero.

Sonrió ante esta inusual escena y se relamió de placer.

No obstante, continuó su camino. Algunas imágenes y escenas cautivaron su atención. Por aquí una ceja perforada con un aro de oro, por allí un tobillo tatuado, más allá una sugestiva camiseta... senos hermosos y libres bajo la ropa, piernas, muslos por cualquier lado que mirara.

Por último llegó a un edificio de apariencia gótica, cerca a la división norte del hospital de la Universidad de Duke. Un anexo especial donde se atendía durante sus últimos días a los pacientes terminales de cáncer provenientes de regiones de todo el sur de los Estados Unidos. Su corazón se agitó con violencia y una serie de temblores estremecieron su cuerpo.

¡Ahí estaba ella!

CAPÍTULO 10

¡Allí estaba la más bella de las mujeres del sur! Bella en todos los sentidos. No sólo era físicamente deseable, sino supremamente inteligente. A lo mejor ella podría entenderlo. Tal vez era tan especial como él.

Estuvo a punto de decir estas palabras en voz alta, convencido de que eran absolutamente ciertas. Se había preparado muy bien para su próxima víctima. La sangre comenzó a palpitarle y a agolparse en sus sienes. Sentía un estremecimiento que le recorría el cuerpo entero.

Se llamaba Kate McTiernan. Katelya Margaret McTiernan para ser más preciso, como le gustaba a él.

En ese momento salía del pabellón de cáncer terminal, donde trabajaba para ayudarse a pagar sus estudios de medicina. Estaba sola, como siempre. Su último novio le había advertido que iba a terminar "vistiendo santos".

¡Qué va! Si estaba sola era porque la misma Kate McTiernan lo había decidido así. Habría podido estar prácticamente con quien se le antojase. Era bella en extremo, supremamente inteligente y, además, de buen corazón, a juzgar por lo que él había visto hasta el momento. Sin embargo, Kate era obsesiva en sus cosas: dedicada de lleno a sus estudios de medicina y al trabajo en el hospital.

No había nada de ostentoso, de exagerado en ella, y él sabía apreciar esta cualidad. Sus cabellos castaños y ondulados enmarcaban hermosamente su delgado rostro. Sus ojos eran azules oscuros y destellaban cuando sonreía. Su risa era contagiosa e irresistible. Tenía el aspecto de una chica muy americana pero nada banal. Su cuerpo era duro, pero su apariencia, muy suave y femenina.

Había visto cómo la buscaban —ya fuera mediante las artimañas propias de uno de sus jóvenes y calientes compañeros o con los ridículos atrevimientos de algún profesor. De cualquier forma nunca lo tomaba a mal, y a él le constaba que declinaba sus pretensiones con cierto grado de amabilidad y hasta con algo de generosidad.

Pero siempre mantenía esa sonrisa endiablada y rompecorazones que decía claramente: *No estoy disponible. Nunca me podrás tener. Por favor, ni siquiera lo pienses. No es que sea demasiado buena para ti, sólo es que yo soy... distinta.*

Kate la confiable, Kate la buena persona, aparecía justo a tiempo esta noche. Siempre salía del anexo de cáncer entre las ocho menos cuarto y las ocho. Al igual que él, tenía sus rutinas diarias.

Hacía el primer año de internado en el hospital de la Universidad de Carolina del Norte en Chapel Hill, pero desde enero trabajaba en un programa voluntario de asistencia en la Universidad de Duke, en el pabellón experimental de cáncer. Él lo sabía todo sobre Katelya McTiernan.

En unas pocas semanas cumpliría treinta y un años. Tendría que trabajar durante tres años más para pagar sus estudios universitarios en la facultad de medicina. También había pasado dos años junto a su madre enferma en Buck, West Virginia.

Caminaba con paso decidido por el Flowers Drive, camino del estacionamiento de varios pisos que había en el centro médico. Tuvo que apresurarse para no quedarse atrás mientras contemplaba sus largas y bien torneadas piernas, un poco pálidas para su gusto. *¿No tienes tiempo para tomar el sol Kate? ¿Te asusta un pequeño melanoma?*

Apoyados en una de sus caderas cargaba gruesos volúmenes de medicina. Era la combinación perfecta de belleza y cerebro. Tenía pensado ejercer en West Virginia, donde había nacido. No parecía interesada en ganar grandes cantidades de dinero. ¿Para qué? ¿Para comprarse diez pares de zapatillas negras?

Kate McTiernan usaba su acostumbrada vestimenta: un delantal de médico de un blanco reluciente, una blusa color caqui, gastados pantalones marrones y sus inseparables zapatillas negras. A ella le lucía aquel atuendo. Kate el Personaje. Ligeramente excéntrica. Impredecible. Extraña y poderosamente seductora.

A Kate McTiernan casi cualquier cosa le quedaba bien, aun la moda más sencilla y casera. A él le encantaba la irreverencia que Kate profesaba hacia la universidad y hacia la vida en el hospital, y sobre todo hacia ese "sancto sanctorum" que era la Facultad de Medicina. Lo demostraba en la forma como vestía; en la forma en que se comportaba; en todo lo que tenía que ver con su estilo de vida. Rara vez usaba maquillaje. Lucía muy natural y hasta ahora no había detectado nada fingido o pretencioso en ella.

Hasta tenía algo de torpe. A comienzos de la semana, la había visto enrojecer hasta más no poder al tropezar con un pasamanos a la salida de la biblioteca Perkins y chocar con una banca. Esto lo emocionó profundamente. Él *podía* emocionarse y sentir ternura humana. *Deseaba que Kate lo amara... Y quería corresponderle.*

Por eso es que era tan especial, tan diferente. Esto era lo que lo distinguía de otros asesinos unidimensionales y carniceros sobre los cuales había escuchado o leído. Y había leído todo lo imaginable sobre este tema. Podía sentirlo todo. Podía amar. Estaba seguro de eso.

Kate le dijo algo divertido a un profesor cuarentón antes de dejarlo atrás. Casanova no alcanzó a escuchar nada desde donde observaba, pero la vio voltear la cabeza para oír la réplica mientras continuaba su camino, dejando al profesor con el regalo de su luminosa sonrisa.

Percibió una pequeña vibración en el momento en que Kate se dio la vuelta después del breve encuentro con el profesor. Sus senos no eran ni muy grandes ni muy pequeños. Su cabello largo color castaño, grueso y ondulado, relucía bajo la suave luz crepuscular con unos tenues visos rojizos. Perfecto en todos sus detalles.

Había estado observándola durante más de cuatro semanas y sabía que ella era la escogida. Podría amar a la doctora Kate McTiernan más que a cualquier otra. Lo *creyó* por un momento. Se *esforzaba* por creerlo. Pronunció suavemente su nombre

—Kate...

La doctora Kate.

Tic-toc.

CAPÍTULO 11

Sampson y yo nos turnábamos para conducir en el viaje de cuatro horas desde Washington hasta Carolina del Norte. Mientras yo manejaba, el hombre montaña dormía. Llevaba puesta una camiseta negra que proclamaba en forma terminante: SEGURIDAD. Economía de palabras.

Mientras Sampson conducía mi viejo Porsche, yo me puse unos viejos audífonos marca Koss. Escuchaba a Big Joe Williams… pensaba en Peguita… seguía sintiendo un gran vacío interior.

No podía dormir; no había dormido más de una hora la noche anterior. Me sentía como un padre devastado por la angustia de la desaparición de su única hija. Había algo en este caso que no encajaba en absoluto.

Entramos en el sur al mediodía. Yo había nacido a unas cien millas de ese lugar, en Winston-Salem. No había vuelto por allí desde que tenía diez años, el año en que mi madre murió y en el que mis hermanos y yo fuimos trasladados a Washington.

Había estado antes en Durham para la graduación de Naomi. Ella había terminado sus estudios universitarios en Duke con "summa cum laude", y había recibido una de las ovaciones más escandalosas y entusiastas de la historia de las graduaciones. La totalidad de la familia Cross estuvo allí presente. Fue un día en el que todos nos sentimos muy alegres y orgullosos.

Naomi era la hija única de mi hermano Aaron, muerto de cirrosis a los treinta y tres años. Después de su muerte, Naomi parecía haber crecido más rápido. Su madre se vio obligada a trabajar sesenta horas a la semana durante años para poder mantenerlos, así es que Naomi tuvo que hacerse cargo de la casa desde que tenía cerca de diez años. Toda una pequeña generala.

Era una niña precoz; a los cuatro años ya había leído las aventuras de Alicia en *A través del espejo*. Un amigo de la familia le había dado clases de violín, y lo tocaba bien. Le encantaba la música y todavía la interpretaba cada vez que tenía tiempo. Se graduó con el primer puesto en el John Carroll High School en Washington. A pesar de sus ocupaciones con los estudios, encontraba tiempo para escribir con una impecable prosa sobre las experiencias de crecer en una de las barriadas subvencionadas por el gobierno. La veía como a una Alice Walker joven.

Dotada.

Muy especial.

Desaparecida hacía más de cuatro días.

En la estación de policía de Durham no hubo exactamente un comité de bienvenida, ni siquiera cuando Sampson y yo enseñamos nuestros carnets de identificación de la Policía de Washington. Detrás del escritorio, el sargento no se veía muy impresionado.

Tenía un parecido con Willard Scott, el meteorólogo de la televisión. Llevaba un corte de pelo al rape, patillas gruesas y largas y la piel del color del jamón fresco. Después de averiguar quiénes éramos, la cosa se puso aún peor. No hubo alfombra roja, ni la hospitalidad típica del sur, ni ninguna clase de deferencia.

Tal vez para bajarnos un poco los humos, fuimos acomodados en el salón en el que atendían los guardias de turno del Departamento de Policía de Durham. Alrededor todo eran cristales relucientes y madera. Recibimos el tipo de miradas hostiles y vacías que usualmente se destinan a los distribuidores de droga pillados en los alrededores de una escuela primaria.

—Me siento como si acabáramos de aterrizar en Marte —comentó Sampson mientras esperábamos y observábamos el ir y venir de todo tipo de demandantes—. No me gusta la sensación que percibo de estos marcianos. No me gustan esos ojillos marcianos parecidos a las cuentas de un collar. Creo que no me gusta el Nuevo Sur.

—Sería igual en cualquier parte —le repuse—. Nos darían la

misma recepción y las mismas frías miradas en la estación de policía de Nairobi.

—Tal vez —asintió Sampson detrás de sus lentes oscuros—. Pero al menos serían marcianos negros. Al menos sabrían quién es John Coltrane.

Una hora y cuarto después de nuestra llegada, por fin se dignaron bajar los detectives de Durham, Nick Ruskin y Davey Sikes.

Ruskin me recordaba un poco a Michael Douglas en sus papeles de policía heroico. Vestía un traje que hacía juego, si bien se trataba de un juego algo extraño: una chaqueta verde y marrón de paño, unos jeans desteñidos y una camiseta amarilla. Era más o menos de mi altura, es decir de un metro noventa, bastante grandecito. Sus cabellos más bien largos estaban peinados hacia atrás y parecían cortados con navaja.

Davey Sikes era un hombre fuerte. Su cabeza era un bloque sólido que formaba definidos ángulos rectos con los hombros. Tenía unos ojos soñolientos de color castaño muy claro. Casi ninguna afectación que yo pudiera discernir. Sikes tenía tipo de segundón y definitivamente no de líder. Por lo menos si es que las primeras impresiones tienen algún valor.

Los dos detectives intercambiaron apretones de manos con nosotros y actuaron como si todo estuviera perdonado, como si nos estuviesen perdonando por nuestra intromisión. Tuve la sensación de que Ruskin, en especial, estaba acostumbrado a hacer lo que le diera la gana en el Departamento de Policía de Durham. Aparentaba ser la estrella del lugar. El hombre más importante de los alrededores. El ídolo del matiné en el Durham Triplex.

—Sentimos mucho la espera, detectives Cross y Sampson. Hemos estado putamente ocupados por estos lados —comentó Nick Ruskin. Tenía un ligero acento sureño y una gran confianza en sí mismo.

Todavía no había mencionado el nombre de Naomi. El detective Sikes permanecía en silencio, sin decir ni una palabra.

—¿Quieren dar una vuelta con nosotros? Les explicaré la situación en el camino. Ha habido un homicidio. Eso es lo que nos ha tenido ocupados. La policía halló el cuerpo de una mujer en Efland. El asunto pinta muy feo.

CAPÍTULO 12

El asunto pinta muy feo. El cadáver de una mujer en Efland. ¿Quién puede ser la mujer?

Sampson y yo seguimos a Ruskin y Sikes hasta su auto, un Saab Turbo verde selva. Ruskin se acomodó en el volante. Recordé las palabras del sargento Esterhaus en *Hill Street Blues*: *"Tengan cuidado allá afuera".*

—¿Saben alguna cosa sobre la mujer asesinada? —le pregunté a Nick Ruskin mientras nos dirigíamos a la calle West Chapel Hill. Había puesto a ulular la sirena del carro y conducía a toda velocidad. Conducía con una mezcla de impetuosidad y arrogancia.

—Todavía no sé lo suficiente —repuso Ruskin—. Ese es el problema que tenemos con esta investigación. No hemos podido obtener una maldita información coherente. Tal vez por eso es que estamos de tan buen humor. ¿Lo han notado?

—Sí, ya nos dimos cuenta —contestó Sampson. No quise voltear a mirarlo, pero alcanzaba a sentir el vapor que salía del puesto trasero; el vapor caliente que despedía su piel.

Davey Sikes miró de reojo a Sampson y frunció el ceño. Tuve el presentimiento de que no iban a ser los mejores amigos.

Ruskin continuó hablando. Era obvio que le gustaba ser el centro de atención, ser el protagonista.

—Todo este caso está ahora a cargo del FBI. La DEA también tuvo algo que ver. No me sorprendería si la CIA entrara a formar parte de este "equipo de crisis". Ya enviaron a uno de sus superpelotudos norteños desde sus lujosas dependencias en Sanford.

—¿Qué quiere decir con *todo este caso?* —le pregunté a Ruskin. Todo tipo de alarmas se habían disparado en mi cabeza. Pensé de nuevo en Naomi.

El asunto pinta muy feo.

Ruskin giró con rapidez la cabeza y me clavó la mirada. Tenía unos penetrantes ojos azules que parecían estar escudriñándome.

—Entienda que se supone que no debemos decirles nada. Ni siquiera tenemos autorización para traerlos aquí.

—Entiendo lo que me está diciendo —respondí—. Y aprecio su ayuda.

Una vez más, Davey Sikes se volvió para mirarnos. Sentía como si Sampson y yo fuéramos del equipo contrario en un partido de fútbol americano y estuviéramos enfrentados en la línea de arranque, esperando el lanzamiento de la bola y el choque de los cuerpos.

—Nos dirigimos hacia la escena del *tercer* crimen —continuó Ruskin—. No sé quién es la víctima, aunque sinceramente espero que no sea su sobrina.

—¿De qué se trata este caso? ¿Por qué tanto misterio? —preguntó Sampson mientras se enderezaba en su asiento—. Aquí todos somos policías. Hablemos sin rodeos.

El detective de homicidios de Durham vaciló antes de contestar.

—Unas cuantas mujeres, digamos que *varias,* han desaparecido en el área de tres condados: Durham, Cahtham y Orange, donde nos encontramos ahora. La prensa hasta el momento ha reportado un par de desapariciones y dos asesinatos. Asesinatos no relacionados.

—No me diga que los medios están colaborando realmente con una investigación —observé.

Ruskin forzó una sonrisa.

—Ni en sus fantasías más salvajes. Ellos sólo saben lo que el FBI ha decidido contarles. No es que alguien esté reteniendo la información, pero nadie la está regalando tampoco.

—Usted mencionó que varias mujeres jóvenes habían desaparecido —dije—. ¿Exactamente cuántas? Cuénteme sobre ellas.

Ruskin habló gesticulando con un solo lado de la boca.

—Creemos que entre ocho y diez mujeres están desaparecidas. Todas jóvenes. Entre los diecisiete o dieciocho y los veintitantos. Todas estudiantes de universidad o de bachillerato. Sin embargo, apenas se han encontrado dos cadáveres. El que estamos próximos a ver podría ser el tercero. Todos los cuerpos han sido descubiertos en las últimas cinco semanas. Los del FBI piensan que podríamos estar en medio de la peor orgía de secuestros y asesinatos que ha habido en el sur.

—¿Cuántos del FBI hay en la ciudad? —preguntó Sampson—. ¿Un escuadrón? ¿Un batallón?

—Están aquí con un despliegue impresionante. Tienen "evidencias" de que las desapariciones se extienden más allá de la frontera del estado: Virginia, Carolina del Sur, Georgia e incluso la Florida. Creemos que nuestra ardilla amistosa secuestró este año a una de las porristas del Orange Bowl. Lo llaman "la Bestia del sudeste". Es como si fuera invisible. Hasta el momento sigue con el control de la situación. Se llama a sí mismo Casanova... está convencido de que es un gran amante.

—¿Dejó Casanova algún tipo de nota en las escenas de los crímenes? —le pregunté a Ruskin.

—Solamente en la última. Parece que está saliendo de su concha. Ahora quiere comunicarse, buscar un vínculo; nos contó que era Casanova.

—¿Era alguna de las víctimas de raza negra? —volví a preguntar. Una de las características que tienden a repetirse en estos asesinos en masa es que suelen escoger a sus víctimas dentro de un mismo grupo racial. Todas blancas. Todas negras. Todas hispánicas. Por lo general, sin muchas mezclas.

—Otra de las chicas desaparecidas es negra. Una estudiante de la Universidad de Carolina del Norte. Los dos cadáveres que se encontraron son de raza blanca. Todas las muchachas que han desaparecido son *bastante* atractivas. Tenemos una cartelera con las fotos de las desaparecidas. Alguien le puso el título de "Las bellas y la bestia" en la parte de arriba, encima de las fotos. Esa es otra de las pistas que tenemos.

—¿Encaja Naomi Cross dentro de sus pautas? —preguntó Sampson en voz baja—. ¿Qué ha establecido hasta el momento el equipo de crisis?

Nick Ruskin no contestó en forma inmediata. No podría decir si estaba pensando, o si sólo estaba tratando de ser considerado.

—¿Está la foto de Naomi en la cartelera del FBI? ¿En la cartelera de las Bellas y la Bestia? —le pregunté a Ruskin.

—Sí, sí está —el que contestó finalmente fue Davey Sikes—. Su foto está en la cartelera.

CAPÍTULO 13

No permitas que sea Peguita. Su vida apenas está comenzando, recé en silencio a medida que nos acercábamos a la escena del crimen.

Cosas terribles e innombrables suceden a diario últimamente, a todo tipo de personas inocentes y desprevenidas. Suceden casi siempre en todas las grandes ciudades, y aun en los pueblos pequeños, en aldeas de cien personas o menos. Pero estos crímenes violentos e impensables parecen suceder más comúnmente en los Estados Unidos.

Ruskin pasó bruscamente de tercera a segunda cuando dimos una curva cerrada y vimos de repente las luces parpadeantes azules y rojas. Autos de policía y ambulancias surgieron ante nosotros, reunidos solemnemente al borde de un espeso bosque de pinos.

Había por lo menos doce vehículos estacionados al azar a lo largo de la carretera de doble vía. El tráfico era muy escaso en aquel remoto lugar. Las ambulancias aún no comenzaban a ulular. Ruskin estacionó el auto al final de la cola, detrás de un Lincoln Town azul oscuro tan evidente como si exhibiera grandes letreros del FBI.

El escenario de un crimen perfecto empezó a surgir ante mis ojos. Una cinta amarilla había sido colocada entre los pinos, para acordonar el perímetro. Las dos ambulancias del servicio médico de emergencia habían sido estacionadas con sus chatas narices apuntando hacia una hilera de árboles.

Me sentí succionado por una especie de experiencia extrasensorial en la que flotaba desde que salí del auto. Tenía la visión tan estrecha como la boca de un túnel.

Era como si nunca antes hubiera visitado "La escena de un crimen". Recordé con claridad lo peor del caso Soneji. *Un niño pequeño encontrado cerca a un río pantanoso.* Recuerdos terroríficos se entremezclaban con el aterrador momento presente.

No permitas que sea Peguita.

Sampson tomó suavemente mi brazo mientras seguíamos a los detectives Ruskin y Sikes. Caminamos cerca de un kilómetro y medio por entre el espeso bosque. En el corazón de una arboleda de pinos gigantescos vimos por último las formas y las siluetas de varios hombres y unas cuantas mujeres.

Por lo menos la mitad del grupo estaba vestido con trajes oscuros de oficina. Fue como si de pronto hubiéramos llegado a un improvisado paseo de campo de una firma de contadores o a un aquelarre de prestantes abogados y banqueros citadinos.

Todo era misterioso y silencioso, excepto el obturar de las cámaras de fotografía de los técnicos. Se tomaban fotos de primer plano del área.

Un par de profesionales en escenas de crímenes buscaban evidencias con guantes translúcidos y tomaban notas en libretas de espiral.

Tenía la premonición escalofriante, sobrenatural, de que nos disponíamos a encontrar a Peguita. La eché de mi mente como si fuera el indeseable toque de un ángel de Dios. Giré la cabeza bruscamente hacia un lado —como si eso fuera a ayudarme a evitar lo que se avecinaba.

—Con seguridad es el FBI —murmuró Sampson con suavidad—. De excursión campestre por estos lares. Era como si camináramos hacia un formidable nido de avispas zumbantes. Estaban parados alrededor, susurrándose secretos entre sí.

Tenía plena conciencia de cada hoja que crujía bajo mis pies, del ruido de las pequeñas ramas que se quebraban a mi paso. Aquí no era un policía. Era un civil.

Al final vimos el cuerpo desnudo, o al menos lo que quedaba de él. No había prenda de vestir visible en la escena del crimen. La mujer había sido atada a un pequeño árbol con lo que aparentaba ser un grueso cinto de cuero.

Sampson soltó un suspiro...

—Dios mío, Alex.

CAPÍTULO 14

—¿Quién es esa mujer? —pregunté sin levantar la voz mientras nos aproximábamos al inusual grupo de policía, al "lío multijurisdiccional" como lo había denominado Nick Ruskin.

Era el cadáver de una mujer blanca. A estas alturas no resultaba posible decir mucho más que eso. Las aves y otros animales se habían dado un banquete con ella y ya casi ni parecía humana. No había ojos de mirada fija, sino unas cavidades que parecían cicatrices de quemaduras. Ya no tenía rostro; la piel y los tejidos habían sido devorados.

—¿Quiénes diablos son estos? —le preguntó a Ruskin una rubia regordeta de unos treinta años, una agente del FBI. Era tan poco atractiva como desagradable en su trato, con abultados labios rojos y una nariz ganchuda y bulbosa. Al menos nos había ahorrado la sonrisa feliz de niño explorador que suelen dar los del FBI, o su famoso "sonriente apretón de manos".

Nick Ruskin le contestó con brusquedad. Era la primera acción suya que resultaba de mi agrado:

—Este es el detective Alex Cross y este su compañero, el detective John Sampson. Vinieron desde Washington; la sobrina del detective Cross desapareció de la Universidad de Duke. Se trata de Naomi Cross —luego nos la presentó—: La agente encargada especial Joyce Kinney.

La agente Kinney frunció el ceño, o más bien levantó una ceja.

—Pues bien, lo cierto es que la que está aquí no es su sobrina —dijo.

—Les agradecería que ustedes dos regresaran al auto. Por favor —Pero sintió la necesidad de continuar—. Ustedes no tienen ninguna autoridad en este caso, ni tampoco derecho a estar aquí.

—Como le acaba de informar el detective Ruskin, mi sobrina está desaparecida —le dije suave pero firmemente a la agente especial Joyce Kinney. Ese es todo el derecho que tengo. No vinimos aquí para admirar el tapizado de cuero ni el tablero del auto deportivo del detective Ruskin.

Un fortachón rubio de veintitantos años se paró enérgicamente al lado de su jefa.

—Me parece que ya todos escucharon a la agente especial Kinney. Les agradecería que se fueran ahora mismo —anunció. Bajo otras circunstancias su pantomima hubiera resultado cómica. No en este momento. No en la escena de esta masacre.

—No existe la más remota posibilidad de que pueda usted detenernos —le advirtió Sampson al rubio agente con su voz más grave y sombría—. Ni usted ni sus engominados amiguitos.

—Déjalo, Mark —dijo la agente a su subordinado—. Nos encargaremos de esto más tarde.

El agente Mark se retiró, pero no sin antes fruncirnos el ceño con patente irritación, un gesto similar al que habíamos recibido de su jefa. Tanto Ruskin como Sikes sonrieron divertidos al ver que la agente se retractaba.

Se nos había permitido permanecer con el contingente del FBI y de la policía local en la escena del crimen. *Las Bellas y la Bestia.* Recordé la frase que había utilizado Ruskin en el auto. Naomi estaba en la cartelera de la Bestia. ¿La mujer asesinada estaría también en esa cartelera?

El clima había estado caliente y húmedo y el cuerpo se encontraba en un avanzado estado de descomposición. La mujer había sido tan cruelmente atacada por los animales del bosque, que yo sólo esperaba que ya hubiera estado muerta en el momento del ataque. Pero algo me decía que no había sido así.

Noté la posición poco usual del cuerpo. Estaba recostada boca arriba. Ambos brazos parecían estar dislocados, a lo mejor de cuando ella se retorcía y luchaba por liberarse de las ataduras de cuero. Era la escena más macabra que hubiera visto en Washington o en cualquier otra parte. Casi que no pude sentir alivio de que no se tratara de Naomi.

Un rato después entablé conversación con uno de los forenses. Él conocía a un amigo mío de la oficina, a Kyle Craig, quien trabajaba cerca de Quantico, Virginia. Me contó que Kyle tenía una casa de campo en esa área.

—Este hijo de puta es muy listo, muy cuidadoso, aunque sea sólo eso —Al forense del FBI le gustaba parlotear—. No dejó ni un vello púbico, ni semen, ni siquiera rastros de transpiración en ninguna de las víctimas que he examinado. Dudo mucho que vayamos a encontrar aquí algo que nos de un perfil del ADN. Al menos no fue él quien la devoró.

—¿Tiene relaciones sexuales con sus víctimas? —pregunté antes de que el agente se fuera por las ramas y empezara a hablar de sus experiencias sobre canibalismo.

—Sí, las tiene. *Alguien* las penetra sexualmente repetidas veces. Hay *muchísimas* contusiones vaginales. El cabrón es bien dotado, o utiliza algo voluminoso para simular el sexo. Pero cuando lo hace, debe utilizar una bolsa de celofán para cubrirse el cuerpo. O las limpia de alguna forma para no dejar huellas de vello púbico o de cualquier fluido corporal. El forense ya recolectó sus muestras. Podrá darnos con exactitud la hora en que murió.

—Esta podría ser Bette Anne Ryerson —escuché comentar en voz baja a uno de los canosos agentes del FBI—. Había un reporte sobre su desaparición. Una muchacha rubia, un metro setenta de altura, unos cincuenta y cinco kilos de peso. Llevaba un Seiko de oro cuando desapareció. Absolutamente despampanante, al menos lo era.

—Madre de dos hijos —continuó una de las mujeres agentes—. Estudiante de último año de inglés en la Universidad Estatal de Carolina del Norte. Entrevisté a su esposo, que es profesor. También conocí a sus dos niños, uno de tres años y otro de uno... Maldito sea el cabrón ese —al llegar a este punto la voz de la agente sonaba entrecortada.

Pude ver el reloj de pulsera, y la cinta con que se había anudado el cabello, que se había desatado y yacía sobre su hombro. Ya no era bella. Lo que había quedado de ella estaba hinchado y viscoso. El olor de descomposición era acre, aun al aire libre.

Las cuencas vacías parecían estar mirando una abertura semicircular que se formaba en la copa de los pinos, y me preguntaba cuál habría sido su última visión.

Traté de imaginarme a "Casanova" divirtiéndose a su manera en estos oscuros bosques antes de que nosotros llegáramos. Calculaba que estaría en sus veinte o al comienzo de sus treinta años, y que era de constitución fuerte. Ahora más que antes temía por la suerte de Peguita.

Casanova, el mejor amante del mundo... que Dios nos libre.

CAPÍTULO 15

Ya eran bien pasadas las diez de la noche y todavía nos encontrábamos en la espeluznante y perturbadora escena del crimen. Las intensas luces de los autos de policía y de las ambulancias iluminaban la trocha que conducía al sombrío bosque. Poco a poco iba descendiendo la temperatura. El frío viento nocturno era como una arenosa bofetada en la cara.

El cadáver todavía no había sido removido.

Observé a los técnicos del FBI inspeccionar con cuidado el bosque, para recolectar muestras forenses y tomar medidas. A pesar de que el área inmediata había sido acordonada, logré dibujar un boceto en la tenue luz y comencé a tomar notas preliminares. Intentaba recordar lo que más podía sobre el Casanova original. Aventurero del siglo dieciocho, escritor, libertino... en alguna época había leído fragmentos de sus memorias.

¿Aparte de lo que resultaba más obvio, por qué había escogido el asesino ese nombre?

¿Verdaderamente creía que amaba a las mujeres? ¿Era esta la forma como lo demostraba?

A veces se escuchaba el graznido sobrecogedor de algún pajarraco y los sonidos que emitían los animales pequeños alrededor nuestro. En esos bosques a nadie se le ocurriría pensar en Bambi. No en las cercanías de este horripilante crimen.

Entre las diez y media y las once escuchamos en medio del terrorífico bosque un estruendoso rugido, algo así como un trueno. Los ojos nerviosos de los presentes se alzaron hacia el cielo negro azulado.

—Conozco de sobra esa tonada —dijo Sampson mientras observaba las parpadeantes luces de un helicóptero que se acercaba por el noroeste.

—Tal vez sea la ambulancia aérea que por fin viene a recoger el cadáver —comenté.

Un helicóptero azul oscuro con franjas doradas fue descendiendo en círculos hasta la negra superficie de la autopista. Quienquiera que estuviera conduciendo el helicóptero era un verdadero profesional.

—No es la ambulancia aérea —observó Sampson—. Es más probable que sea Mick Jagger. Por lo general las grandes estrellas viajan en helicópteros como esos.

Joyce Kinney y el director regional del FBI volvían a la autopista. Sampson y yo los seguimos sin que nos invitaran.

De inmediato recibimos otro rudo golpe. Ambos reconocimos al hombre alto, medio calvo y de apariencia distinguida que se apeó del helicóptero,

—¿Pero qué diablos hace *él* aquí? —dijo Sampson. Yo me preguntaba lo mismo y experimentaba la misma inquieta reacción. Era el subdirector general del FBI. Ronald Burns, el segundo hombre en importancia. Burns era una persona de armas tomar que siempre lograba hacerse oír de una forma u otra.

Habíamos conocido a Burns en nuestro último caso "multijurisdiccional". Se suponía que era un político, uno de los "malos" dentro del FBI, pero conmigo nunca se había portado mal. Luego de darle una ojeada al cadáver, pidió hablar conmigo. Las cosas en Carolina se estaban poniendo cada vez más extrañas.

Burns quería que tuviéramos nuestra charla lejos de las grandes orejas y las pequeñas mentes de su gente.

—Alex, sentí mucho enterarme de que tu sobrina pudo haber sido raptada. Espero que no sea así —dijo—. Y ya que estás aquí, quizás nos puedas dar una mano.

—¿Puedo preguntarte *por qué estás tú* aquí? —le pregunté yo, planteándole a Burns la pregunta del millón.

Burns sonrió, mostrando las blanquísimas chaquetas de sus dientes.

—Cómo me gustaría que hubieses aceptado el puesto que te ofrecimos.

Me habían ofrecido un puesto como intermediario entre el

FBI y el departamento de policía de Washington después del sonado caso del secuestro de Soneji. Burns había sido uno de los que me había entrevistado.

—Lo que más me gusta en un oficial es que sea directo— continuó Burns.

Yo seguía esperando una respuesta a mi pregunta directa.

—No puedo decirte todo lo que tú quisieras escuchar —dijo finalmente—. Te diré que no sabemos si tu sobrina fue raptada por el fulano ese enfermo. Él deja muy pocas evidencias físicas, Alex. Es cuidadoso y hace bien lo que hace.

—Eso he escuchado. Lo que nos lleva a varios sospechosos obvios: policías, veteranos del ejército, aficionados que estudian las tácticas policíacas. Sin embargo, también eso puede ser una patraña de su parte; tal vez quiere que pensemos así.

Burns asintió.

—Vine porque esto se ha convertido en un lío de primer orden, Alex. Todavía no te puedo decir por qué, pero está *clasificado* como algo grande —se había expresado como el típico jefazo del FBI; el misterio se envolvía en otro misterio más grande.

Burns suspiró preocupado.

—Te diré algo. Creemos que se trata de uno de esos *coleccionistas*. Creemos que pueda tener a algunas de esas jóvenes por acá cerca... tal vez en un harén privado. En su propio harén.

Era una idea sorprendente y miedosa, pero me dio alguna esperanza de que Naomi pudiera estar viva.

—Quiero estar al corriente —le dije a Burns mirándolo a los ojos—. ¿Por qué no me lo cuentas todo? —dije, y pasé a plantearle mis condiciones—. Necesito tener una visión total antes de aventurar cualquier teoría. ¿Por qué el asesino rechaza a algunas de las mujeres? Si es eso lo que está haciendo.

—Alex, no puedo decirte más en este momento. Lo siento —Burns sacudió la cabeza y cerró ojos por unos instantes. Me di cuenta de que estaba totalmente exhausto.

—¿Pero querías ver cuál era mi reacción ante tu teoría sobre el coleccionista?

—Así es —admitió Burns y a fin de cuentas se vio obligado a sonreír.

—Supongo que una de las posibilidades sí es un harén de los tiempos modernos. Es una fantasía masculina bastante común —le dije—. Es extraño, pero también es una fantasía que abunda entre las mujeres. No hay que descartar eso todavía.

Burns consideró con cuidado lo que yo acababa de decir sin hacer ningún comentario. Me pidió de nuevo que les colaborara, pero me aclaró que no me podría contar todo lo que sabía. Después volvió a reunirse con su gente.

Sampson se me acercó.

—¿Qué tenía para decir "Su Rigidez"? ¿Qué tiene que hacer en estos bosques terrenales con nosotros los pobres mortales?

—Dijo algo interesante. Planteó que Casanova podría ser un coleccionista que estuviera formando su harén en alguna parte por aquí cerca. Además, que este caso era algo *grande,* según sus propias palabras.

"Grande" significaba que era un caso muy grave, probablemente peor de lo que ya parecía. Me preguntaba cómo era eso posible, y casi que ni quería saber la respuesta.

CAPÍTULO 16

Kate McTiernan se encontraba inmersa dentro de un pensamiento extraño, pero agradablemente esclarecedor. *Cuando el halcón al caer sobre su presa la parte en dos*, estaba pensando, *es sólo cuestión de precisión.*

Esta era la revelación que había obtenido en su último *kata* de la clase de cinturón negro. Elegir con plena conciencia el momento lo era todo en karate, al igual que en muchas otras cosas. Claro que también ayudaba el hecho de que Katie fuese capaz de levantar docientas libras, extendida sobre una banca.

Kate paseaba entretenida por la calle Franklin en Chapel Hill, que a esta hora se encontraba concurrida, alegre y llena de vida. La calle iba de norte a sur y bordeaba el pintoresco campus de la Universidad de Carolina del Norte. Pasó por librerías, pizzerías, sitios de alquiler de patines, y la heladería Ben & Jerry en el interior de la cual resonaba el grupo de rock White Zombie. Por naturaleza Kate no era remolona, pero la tarde estaba tan tibia y placentera que decidió ponerse a mirar vitrinas, algo que casi nunca hacía.

La mayor parte de la concurrencia estaba conformada por estudiantes de la Universidad, lo que creaba un ambiente familiar, amistoso y bastante cómodo. Le encantaba la vida en este lugar, primero como estudiante de medicina y ahora como interna. Le gustaría quedarse para siempre en Chapell Hill, no volver nunca a West Virginia para ejercer como médico.

Pero se iría. Se lo había prometido a su madre —justo antes de que Beadsie McTiernan muriera. Kate le había dado su palabra, y su palabra valía. Ella era un poco anticuada en asuntos como este. En el fondo, algo provinciana.

Las manos de Kate se hundían dentro de los profundos bolsillos del delantal de hospital un poco ajado. Creía que sus manos eran lo menos atractivo de su cuerpo. Eran nudosas y prácticamente no tenía uñas que sacaran la cara por ellas. Existían dos razones para ello: su trabajo esclavizante en el pabellón de cáncer y su dedicación al segundo grado de cinturón negro en Nidan. Era una relajación de tensiones que ella se permitía; la clase de karate era su sedante.

La escarapela en el bolsillo superior izquierdo de su delantal decía: *K. Mc Tiernan, M.D.* Le encantaba la irreverencia de utilizar ese símbolo de estatus y prestigio con sus pantalones holgados y sus zapatillas. No deseaba lucir como una rebelde, y de hecho no lo era, pero necesitaba conservar cierta individualidad dentro de la inmensa comunidad hospitalaria.

Kate había acabado de adquirir una edición de bolsillo de *Unos caballos muy lindos* de Cormac McCarthy en la librería Intimate Book Shop. Se suponía que los internos de primer año no tenían tiempo para leer novelas, pero ella se lo buscaba. Por lo menos esa noche se había prometido sacar el tiempo.

Esa noche de finales de abril era tan agradable, tan perfecta en todos los sentidos, que Kate contempló la posibilidad de hacer una parada en Spanky's en la esquina de las calles Columbia y Franklin. A lo mejor sólo se sentaría en la barra y leería su libro.

No existía la más mínima posibilidad de que se permitiera conocer a alguien en una "noche de estudio" —que para ella eran la mayoría. Por lo general se tomaba libres los sábados, pero a esas alturas estaba tan exhausta que no tenía tiempo para los rituales anteriores y posteriores al apareamiento.

Había sido así desde que ella y Peter McGrath habían dado fin a su intermitente relación. Peter tenía treinta y ocho años y era un doctor en historia poco menos que brillante. Era tan atractivo como un pecado y demasiado absorto en sí mismo para el gusto de ella. El rompimiento había sido más traumático de lo que ella esperaba. Ahora ni siquiera eran amigos.

Ya llevaba cuatro meses sin Peter. No había sido fácil, pero tampoco estaba entre las diez peores cosas con las que se debía enfrentar. Además, sabía que el rompimiento era culpa de ella y no de Peter. Romper con sus amantes era uno de sus problemas comunes; era parte de su pasado secreto... ¿De su presente secreto? ¿De su futuro secreto?

Kate McTiernan alzó su reloj de pulsera hasta la altura de la cara. Era un cursi modelo de Mickey Mouse que le había regalado su hermana Carole Anne, pero había que reconocer que medía bien el tiempo. También era un recordatorio para ella misma: Ahora no se te vayan a subir los humos porque eres una Doctora.

¡Maldición! Su hipermetropía se hacía peor cada vez —¡con sólo treinta y un años! Ya era una anciana. Sería la abuela de la Facultad de Medicina de la Universidad de Carolina del Norte. Ya eran las nueve y media, pasada su hora de acostarse.

Kate decidió olvidarse de Spanky's y regresar a la "hacienda". Calentaría un chile de cuarta categoría y se tomaría un chocolate con una capa de casi tres centímetros de *Marshmallows*. Enrollarse en su cama con una buena provisión de comida, Cormac McCarthy y tal vez una cinta de R.E.M. no le sonaba nada mal.

Al igual que muchos estudiantes de Chapel Hill —y a diferencia de los ricachones provenientes de la zona tabacalera que asistían a Duke— Kate tenía muchos problemas de dinero. Vivía en un apartamento de tres ambientes en el último piso de una de esas casas grandes típicas de la región de Carolina. La pintura se estaba cayendo de tal forma que parecía un animal que cambiaba de piel. Quedaba lejísimos, al final de la calle Pittsboro de Chapel Hill. Había logrado un buen precio de arrendamiento.

La primera cosa que le había llamado la atención en el vecindario eran los soberbios árboles. No eran pinos comunes, sino robles antiguos y frondosos. Sus ramas alargadas parecían brazos y dedos de mujeres ancianas y marchitas. Ella había bautizado su calle con el nombre de "La callejuela de las viejas". ¿Dónde más iba a vivir la anciana de la facultad?

Kate llegó a su apartamento a eso de las diez menos cuarto.

La parte inferior de la casa, que había alquilado a una anciana viuda de Durham, estaba desocupada.

—Ya estoy en casa, soy yo, Kate —vociferó saludando a la familia de ratones que vivía en algún lugar detrás del refrigerador. No había tenido el valor de exterminarlos—. ¿Les hice falta? ¿Ya cenaron chicos?

Encendió la luz principal de la cocina y escuchó el irritante zumbido que esta emitía y que tanto detestaba. Sus ojos se posaron en una fotocopia ampliada de una cita de uno de sus profesores de la facultad: "Los estudiantes de medicina deben practicar la humildad". Bueno, en definitiva ella estaba practicando la humildad.

Ya en el interior de su pequeña alcoba, Kate sacó una arrugada camiseta deportiva que nunca jamás se molestaba en planchar. En aquellos días planchar no constituía una de sus prioridades. Y bien pensado, podía ser una razón para tener a un hombre en casa —alguien que limpiara, ordenara, sacara la basura, cocinara y planchara. Sentía especial predilección por un antiguo adagio feminista que rezaba: *"Una mujer sin un hombre es como un pez sin bicicleta"*.

Se le salió un bostezo de sólo pensar en el larguísimo día de dieciséis horas que empezaría para ella a las cinco de la mañana siguiente. Pero ¡le fascinaba su vida, le fascinaba!

Se dejó caer en la rechinante cama doble cubierta con simples sábanas blancas y cuyo único adorno eran un par de coloridas bufandas de gasa que pendían de una de las columnas de la cabecera.

Renunció a su porción de chile y chocolate caliente con *Marshmallows* y colocó el libro recién comprado encima de una pila de *Harper's* y *New Yorker* sin leer aún. Kate apagó la lámpara y se quedó dormida en cinco segundos. Punto final de un esclarecedor diálogo interno sobre cómo pasar la noche.

Kate McTiernan no tenía ni la más remota idea, ni la más ligera sospecha de que estaba siendo espiada, de que había sido seguida desde que caminaba por la concurrida y abigarrada calle Franklin, de que había sido escogida.

La doctora Kate sería la próxima.

Tic-toc.

CAPÍTULO 17

¡No!, pensó Kate. *Esta es mi casa.* Estuvo a punto de decirlo en voz alta, pero no quería producir el más mínimo sonido.

¡Había alguien en su apartamento!

Todavía se encontraba medio dormida, pero estaba casi segura de que los ruidos que la habían despertado eran los de un intruso. Su pulso comenzó a acelerarse y sintió que el corazón se le quería salir por la boca. *Señor Jesús, no.*

Permaneció inmóvil cerca a la cabecera de la cama. En su nerviosismo, sintió que los segundos pasaban lentamente como si fueran siglos. Ni un movimiento por parte suya. Ni un suspiro. Los parches blanquecinos que producía la luz de la luna a través de la ventana creaban sombras espeluznantes dentro de la habitación.

Se quedó escuchando con atención cada rincón de la casa, con total concentración; no se le escapaba ni el más mínimo chirrido de la vieja edificación.

En ese momento no se oía nada inusual. Pero Kate estaba segura de que había escuchado algo raro. Los crímenes recientes y las noticias sobre los secuestros en el área del Triángulo de Investigación la hacían sentir más temerosa que de costumbre. *No entres en pánico,* pensó. *No te pongas melodramática.*

Se incorporó poco a poco y prestó atención. A lo mejor el viento había abierto alguna ventana de sopetón. Lo mejor que podía hacer era levantarse y revisar todas las puertas y ventanas.

Por primera vez en cuatro meses sintió que echaba de menos a Peter McGrath. Era posible que Peter no hubiera hecho nada, pero al menos se habría sentido acompañada. Aun con el buen Peter, el inútil.

No era que estuviera totalmente aterrorizada y se sintiera a merced de cualquier cosa; se las podía arreglar sola con la mayoría de los hombres. Si alguien la agredía era capaz de pelear como una posesa. Peter solía decir que se "compadecía" del hombre que se metiera con ella, y lo decía en serio. La verdad es que físicamente él le temía un poco. Bueno, un combate programado de karate era una cosa. Pero esto era un peligro real.

Kate se deslizó en silencio fuera de la cama. *Sin hacer ningún ruido.* Sintió la aspereza de las frías baldosas del piso bajo sus pies descalzos, lo que hizo que su cerebro se pusiera aún más alerta; Kate se colocó en actitud de combate.

¡Saz!

Una mano enguantada cayó *pesadamente* sobre su nariz y boca, y le pareció escuchar un crujido de cartílagos en su nariz.

Luego, un cuerpo masculino voluminoso y muy fuerte arremetió contra ella. Con todo el peso de su cuerpo comenzó a presionarla contra las frías y duras baldosas, hasta inmovilizarla casi por completo.

Un atleta. El cerebro de Kate computaba cada trozo de información mientras hacía un gran esfuerzo por permanecer calmada y lúcida.

¡Poderoso! ¡Adiestrado!

El tipo estaba obstruyendo su suministro de oxígeno. Sabía bien lo que hacía. ¡Estaba adiestrado!

Kate supo que lo que el tipo estaba usando no era un guante. *Era un trapo.* Empapado en algo que la estaba sofocando.

¿Estaba utilizando cloroformo? No, carecía de olor. ¿Tal vez éter? ¿Halotano? ¿Dónde habría podido conseguir anestésicos?

Los pensamientos de Kate se estaban volviendo borrosos y veía que de un momento a otro iba a quedar inconsciente. Tenía que quitárselo de encima.

Tensó las piernas, viró su cuerpo con fuerza hacia la izquierda y empujó a su atacante hacia la pálida y sombría pared de la habitación. De repente había quedado libre.

—Mala idea, Kate —dijo él en la oscuridad.

¡Sabía su nombre!

CAPÍTULO 18

Durante el ataque del halcón… la sincronización era lo esencial. Ahora la sincronización equivalía a su propia supervivencia, Kate comprendió.

Estaba esforzándose desesperadamente por mantenerse alerta, pero la poderosa droga impregnada en el trapo había comenzado a actuar. Kate dirigió a la ingle del tipo una patada lateral a una velocidad de casi tres cuartos de lo normal. Conectó con algo duro. *¡Oh, Mierda!*

Por lo visto estaba preparado para ella. Tenía un protector de atleta sobre sus vulnerables genitales. Conocía las fortalezas de Kate. *Oh Dios, por favor. ¿Cómo era posible que supiera tanto sobre ella?*

—No ha sido muy amable de tu parte Kate —le susurró—. Definitivamente no te estás portando como una buena anfitriona. Ya sabía de tus habilidades con el karate. Estoy fascinado contigo.

Los ojos de Kate estaban desorbitados. Le latía tan aprisa el corazón, que temía que él alcanzara a escucharlo. Le estaba dando el susto de su vida. Él era fuerte y rápido, estaba al corriente de sus habilidades como karateca y estaba preparado para su siguiente movimiento.

—¡Auxilio, alguien, por favor auxilio! —chilló tan fuerte como pudo. Kate sólo trataba de atemorizarlo con sus gritos. No había nadie en casi un kilómetro a la redonda de la "Callejuela de las viejas".

Unas manos tan poderosas como garras la sujetaron del brazo, justo por encima de la muñeca. Kate aullaba mientras trataba de zafase.

El tipo era más fuerte que cualquiera de los estudiantes avanzados de cinturón negro en la escuela de karate de Chapel Hill. *Un animal,* pensó Kate. *Un animal salvaje… muy racional y avezado. ¿Un atleta profesional?*

La lección más importante que le había enseñado su *sensei* en el *dojo* de karate se abrió paso entre su miedo inmovilizador y el caos del momento: *Evitar todas las peleas. Cuando sea posible, huir de la pelea. He ahí la clave* —lo mejor de cientos de años de experiencia en las artes marciales. *Aquellos que nunca pelean, siempre sobreviven para enfrentarse al día siguiente.*

Kate escapó corriendo de la habitación a través del estrecho y serpenteante corredor que tan bien conocía. *Evitar todas las peleas. Huir de la pelea,* se dijo a sí misma. *Corre, corre, corre.*

Esa noche el apartamento parecía más oscuro que de costumbre. Kate constató que *el tipo había cerrado todas las cortinas y persianas*. Había caído en cuenta de todo. Había actuado con calma. Había ejecutado su plan de acción.

Tenía que mostrarse superior a él, superior a su plan. Una máxima de Sun-tzu reverberó en su cabeza: *"Un ejército victorioso obtiene sus victorias antes de buscar la batalla"*. El intruso pensaba según la máxima de Sun-tzu y las enseñanzas de su *sensei*. ¿Podría ser alguien de su *dojo* de karate?

Kate se las ingenió para llegar hasta la sala. No podía ver nada. Allí también había cerrado las cortinas. Su visión, su sentido del equilibrio estaban por completo distorsionados. Todo lo veía doble, incluyendo las cambiantes sombras del salón. ¡Maldito cabrón! ¡Maldito!...

Pese al estupor inducido por la droga, alcanzó a pensar en las mujeres que habían sido raptadas en los condados de Orange y Durham. Había escuchado en las noticias que habían encontrado el cadáver de otra mujer. Una joven madre de dos hijos.

Tenía que salir de la casa. A lo mejor el aire fresco la revitalizaría. Avanzó tambaleante hacia el portón principal.

Algo le estaba bloqueando el camino. ¡El hombre había bloqueado la puerta con el sofá! Kate se encontraba demasiado débil para intentar desplazarlo.

En su desesperación lanzó otro grito de auxilio.

—¡Peter, ven a ayudarme! ¡Ayúdame, Peter!

—Cállate Kate. Ya ni siquiera por casualidad te ves con Peter McGrath. Ya te has convencido de que es un completo imbécil. Además, su casa está a diez kilómetros de aquí; ya lo calculé —su voz era el epítome de la calma y la racionalidad. Como en una consulta de psicopatología, una más entre cientos. Definitivamente él la conocía, sabía todo sobre Peter McGrath, lo sabía todo.

El hombre se hallaba detrás de ella en algún punto de aquella oscuridad electrizante. No existía ninguna urgencia o pánico en su voz. Para él aquello era como un día en la playa.

Kate se movió con rapidez hacia su izquierda, para alejarse de la voz y apartarse del monstruo humano que se le había metido en la casa.

De repente sintió un dolor atroz que le atravesaba el cuerpo, y que la obligó a soltar un profundo quejido.

Su espinilla había chocado contra la mesa de vidrio demasiado baja, indescriptiblemente estúpida que le había regalado su hermana Carole Anne. Había sido un bien intencionado gesto de Carole por darle un toque de clase al lugar. Oh, Cristo bendito, cuánto odiaba ella esa mesa. Un dolor raudo y vibrante recorrió su pierna izquierda.

—¿Te lastimaste, Kate? ¿Por qué no dejas de corretear en la oscuridad? —se echó a reír, y su risa sonaba normal, casi se podría decir que amistosa. Se estaba divirtiendo. Todo esto era un gran juego para él. Uno de esos juegos que pueden jugar en la oscuridad un niño y una niña.

—¿Quién eres? —le gritó al desconocido… Súbitamente se le cruzó por la mente: *¿Será Peter? ¿Se habrá enloquecido Peter?*

Kate se encontraba muy cerca de perder el sentido. La droga que el tipo le había dado ya no le dejaba muchas fuerzas para intentar correr más. Él estaba al corriente de su cinturón negro en karate. Era probable también que estuviera al tanto de la frecuencia con que iba al gimnasio para alzar pesas.

En ese momento Kate se volvió… y una deslumbrante luz

de linterna le dio de lleno en los ojos. *Un rayo de luz enceguecedora estaba encendiendo su cara.*

El desconocido apartó la luz de la linterna, pero Kate continuaba viendo círculos residuales de luz. Comenzó a parpadear, y entrevió la silueta de un hombre alto. Medía más de un metro ochenta de estatura y tenía el cabello largo.

No pudo ver su cara, sólo vislumbró su perfil. *Había algo raro en su cara. ¿A qué se debía? ¿Qué era?*

Fue entonces cuando vio el revólver.

—No, *no lo hagas* —suplicó Kate—; por favor ... no me...

—Sí, sí lo haré —le susurró él íntimamente, casi como un amante.

Luego, con toda la calma, le disparó a Kate un tiro directo al corazón.

CAPÍTULO 19

Temprano en la mañana del domingo, las cosas se pusieron aún peores en el caso Casanova. Tuve que llevar a Sampson al aeropuerto internacional de Raleigh-Durham. Debía volver a su trabajo en Washington esa misma tarde. Alguien tenía que proteger la capital mientras yo andaba por las tierras del sur.

La investigación se estaba poniendo más candente y peliaguda ahora que había sido encontrado el cadáver de la tercera mujer. No sólo la policía local y el FBI, sino también oficiales de distintas procedencias se habían unido a la búsqueda del homicida. *El subdirector Ronald Burns se había presentado en persona la noche anterior. ¿Por qué?*

Sampson me dio un abrazo de oso en el control de seguridad de American Airlines. Debíamos parecer un par de delanteros de los Redskins que se hubieran ganado el codiciado Super Bowl, o tal vez unos que no hubieran llegado ni a las eliminatorias finales del torneo del noventa y uno.

—Sé lo que Naomi significa para ti —me susurró—. Alcanzo a imaginar lo que estás sintiendo. En el momento en que me necesites de nuevo, no vaciles en llamarme.

Intercambiamos un ligero beso en la mejilla, como el que acostumbraban Magic Johnson y Isiah Thomas antes de sus partidos de baloncesto de la NBA. Esto atrajo algunas miradas del zoológico que rondaba por el detector de metales. Sampson y yo nos teníamos mutuo afecto y no nos avergonzaba demostrárnoslo. Algo poco usual para un par de tipos de acción, duros como clavos de acero.

—Cuídate de los del *"Efe"*. Cuídate las espaldas con la gente de la policía local. Y cuida también el pecho, no me gusta ese Ruskin y *definitivamente no me gusta Sikes* —continuó Sampson, para que yo quedara bien aleccionado—. Vas a encontrar a Naomi. Tengo fe en ti, siempre la he tenido. En eso creo y a eso me aferro.

Finalmente el hombre-montaña se alejó, y ni una sola vez se volvió a mirarme.

Ahora me encontraba completamente solo en el sur.

Una vez más, cazando monstruos.

CAPÍTULO 20

Desde mi hotel, el Washington Duke Inn, caminé hacia el campus de la Universidad de Duke, el domingo a eso de la una de la tarde.

Acababa de terminar un desayuno típico de Carolina del Norte: una jarra y media de selecto café caliente, jamón curado muy salado con huevos, pasteles con salsa de carne y bollitos de maíz a medio moler. En el comedor había escuchado una canción country que estaba de moda: *"Un día de estos cuando sacudas ese sartén, no encontrarás mi cara en frente"*.

Me estaba sintiendo tenso y abrumado, así es que la hermosa caminata de medio kilómetro hasta el campus fue una buena terapia. Me la prescribí yo mismo. La escena del crimen de la noche anterior me había alterado mucho.

Vívidamente recordé la época en que Naomi era niña y yo era su mejor amigo. Solíamos cantar juntos canciones infantiles. De alguna manera, ella me había enseñado cómo ser amigo de Jannie y Damon. Me había preparado para ser un buen padre.

Por esos días, mi hermano Aaron acostumbraba llevar con él a Peguita al bar Capri de la calle Tercera. Mi hermano estaba muy ocupado bebiendo para morirse. El Capri no era el sitio adecuado para una niña pequeña, pero a Naomi no le importaba. Aún de niña, entendía y aceptaba quién era y lo que era su padre. Cuando de regreso, ella y Aaron paraban en nuestra casa, él solía estar "entonado", aunque no del todo borracho. Naomi se hacía cargo de su padre. Él trataba de mantenerse sobrio en su presencia. El problema era que Peguita no podía estar siempre cerca de él para salvarlo.

A la una de la tarde de ese domingo tenía programada una cita con el decano de mujeres de la Universidad de Duke. Me dirigí hacia el Edificio Allen, que quedaba justo a un lado de la

Chapel Drive. Varias de las oficinas administrativas estaban instaladas en el segundo y tercer piso del edificio.

El decano era un hombre alto y fuerte llamado Browning Lowell. Naomi me había hablado mucho de él. Lo consideraba un consejero de confianza y también un amigo. Esa tarde me reuní con Lowell en su acogedora oficina colmada de libros gruesos y antiguos; por las ventanas se podía apreciar la hilera de olmos y magnolias que iban desde la Chapel Drive hasta el Few Quad. Como todo lo demás en el campus, el paisaje era espectacular. Edificios góticos por doquier. Una universidad de Oxford en el sur.

—Soy un admirador suyo a través de Naomi —me dijo el decano al darme la mano. Como me lo había imaginado al ver su constitución, cuando saludaba le estrujaba a uno la mano con vigor.

Browning Lowell era musculoso, tenía quizás unos treinta y cinco años y era bien parecido. Sus centelleantes ojos azules parecían perennemente animosos. Según creía recordar, en alguna época había sido un gimnasta de talla mundial. Había estudiado en Duke y se suponía que iba a ser una de las estrellas del equipo americano en las Olimpíadas de 1980 en Moscú.

A comienzos de ese año, sin embargo, una desafortunada noticia periodística había difundido que Browning Lowell era homosexual, y que en ese momento mantenía un romance con un basquetbolista de cierto renombre. Se había retirado del equipo americano antes del previsible boicot olímpico. Hasta donde yo sabía, la posible verdad sobre esta historia nunca había sido comprobada. El hecho es que Lowell se había casado y él y su esposa vivían ahora en Durham.

Lowell me pareció una persona comprensiva y cálida. Llegamos al triste tema de la desaparición de Naomi. Tenía serias reservas y temores fundados sobre la investigación policiaca que se estaba llevando a cabo.

—Me parece que los periódicos locales no están haciendo las más simples y lógicas conexiones para relacionar los crímenes y las desapariciones. No lo entiendo. Hemos alertado a todas las mujeres aquí en el campus —me dijo. Se les había pedido a las estudiantes que registraran sus entradas y salidas de los dormitorios. Se había instituido un sistema de "guardianas" entre las mismas compañeras para las salidas nocturnas.

Antes de que me marchara de su oficina hizo una llamada a la residencia estudiantil en la que vivía Naomi. Comentó que esto haría mi acceso un poco más fácil. Quería hacer todo lo que estuviera a su alcance para colaborar conmigo.

—Ya hace casi cinco años que conozco a Naomi —me dijo mientras se pasaba la mano por su cabellera rubia y algo larga—. Vivo en carne propia una pequeña fracción del dolor por el que usted está pasando, y no sabe cuánto lo siento, Alex. Para muchos de nosotros este ha sido un golpe durísimo.

Le di las gracias a Lowell y dejé su oficina sintiéndome mejor con su solidaridad. Me dirigí hacia las residencias estudiantiles. *¿Adivina quién viene a almorzar?*

Me sentía como Alex en el país de las maravillas.

El área de los dormitorios en Duke era otro sitio idílico. Predominaban las casas medianas y unas cuantas cabañas en lugar de los usuales edificios góticos. Myers estaba a la sombra de unos altos y antiguos robles, rodeados de jardines bien cuidados. Alabado sea Dios por las cosas primorosas.

Un convertible plateado BMW se hallaba estacionado al frente del lugar. Una calcomanía en el parachoques decía: "Mi hija y mi dinero van a Duke."

El salón de la residencia estudiantil tenía pisos de madera brillante y unas respetables réplicas de alfombras orientales que bien podían pasar por originales. Observé detalladamente todo mientras esperaba a Mary Ellen Klouk. La sala se encontraba decorada con sobrecargadas sillas de "época", sofás y sillones de caoba. Había bancas debajo de las dos ventanas frontales.

Mary Ellen Koluk bajó las escaleras unos minutos después de mi llegada. La había visto una media docena de veces antes. Medía casi uno ochenta de altura, tenía el cabello rubio ceniza, y era atractiva... tan guapa, o casi, como las mujeres que habían desaparecido. El cadáver que fue encontrado medio devorado por los pájaros y animales del bosque en cercanías de Elfland también había pertenecido algún día a una hermosa rubia.

Me preguntaba si el asesino ya había reparado en Mary Ellen Klouk. ¿Por qué había escogido a Naomi? ¿Cómo hacía sus elecciones finales? ¿Hasta el momento cuántas mujeres habrían sido escogidas?

—Hola, Alex. Cómo me alegro de que estés aquí.

Mary Ellen tomó mi mano y la estrechó con fuerza. Volver a verla me trajo una mezcla de cálidos y dolorosos recuerdos.

Decidimos abandonar la residencia y caminar por los senderos occidentales del campus. Siempre me había caído bien Mary Ellen. Hasta el momento había obtenido títulos en historia y psicología. Recordé que una noche en Washington habíamos hablado largamente sobre psicoanálisis. Sabía casi tanto como yo sobre el tema de los traumas psíquicos.

—Siento mucho que hubiera estado ausente cuando llegaste a Durham —me dijo mientras caminábamos en dirección este, pasando elegantes edificios góticos construidos en los años veinte—. Mi hermano se graduó de secundaria el viernes. El *pequeño* Ryan Klouk. Mide más de uno con noventa y cinco y pesa como cien kilos. Es el cantante de un grupo que se llama Scratching Blackboards. Regresé esta mañana, Alex.

—¿Cuándo fue la última vez que viste a Naomi? —le pregunté mientras doblábamos hacia una hermosa calle llamada Wannamaker Drive. Me sentía completamente fuera de lugar al hablarle a la amiga de Naomi como un detective de homicidios, pero no tenía más remedio que hacerlo.

La pregunta afectó de forma visible a Mary Ellen. Respiró profundamente antes de contestarme.

—Hace seis días Alex. Fuimos las dos en auto a Chapel Hill. Estábamos trabajando juntas en un proyecto de Habitat para la Humanidad.

Habitat para la Humanidad era un grupo de servicio comunitario que reconstruía viviendas para familias pobres. Naomi no me había contado que estaba trabajando para ellos.

—¿Viste a Naomi después de eso? —le pregunté.

Mary Ellen negó con la cabeza. Las campanillas de oro que danzaban en su cuello tintinearon suavemente. De pronto tuve la impresión de que no quería mirarme a la cara.

—Me temo que esa fue la última vez. Yo fui quien avisó a la policía. Luego me enteré de que el reglamento estipula que la policía debe pasar la alarma a las veinticuatro horas de una desaparición. Naomi llevaba casi dos días y medio desaparecida cuando se publicaron los boletines informativos. ¿Sabes por qué tardaron tanto? —me preguntó.

Lo negué; no quería darle más importancia al asunto delante de ella. Todavía no sabía muy bien por qué había tal secreto alrededor de este caso. Esa misma mañana había hecho varias llamadas al detective Nick Ruskin, pero no me había respondido ninguna.

—¿Crees que la desaparición de Naomi tenga que ver con la de las otras mujeres que han desaparecido últimamente? —preguntó Mary Ellen. Sus ojos azules estaban traspasados por el dolor.

—Es posible que exista alguna conexión. Sin embargo no había ninguna evidencia física en los jardines Sarah Duke. Para ser sincero, hay muy poco de qué agarrarse, Mary Ellen.

Si Naomi había sido raptada en un parque público en la mitad del campus, no existía ningún testigo. Había sido vista en los jardines media hora antes de faltar a la clase de Contratos. Casanova era escalofriantemente bueno en lo que hacía. Era como un fantasma.

Terminamos nuestra caminata después de describir un amplio círculo y volver al punto de partida. La residencia estudiantil estaba ubicada a unos cuarenta o cincuenta metros de un sendero empedrado. Tenía altas columnas blancas, y en la galería que la circundaba había mecedoras y mesas de blanco y reluciente mimbre, fiel muestra de la arquitectura anterior a la guerra civil, uno de mis períodos favoritos.

—Alex, Naomi y yo estábamos un poco alejadas últimamente —me confió de repente Mary Ellen—. Lo siento, pero me pareció que deberías saberlo.

Mary Ellen estaba llorando cuando se inclinó para besarme en la mejilla. Luego subió corriendo por las brillantes escaleras blancas y desapareció en el interior de la casa.

Otro inquietante misterio por resolver.

CAPÍTULO 22

Casanova observaba al doctor Alex Cross. Su ágil y veloz mente zumbaba como una sofisticada computadora... posiblemente la computadora más rápida de todo el Triángulo de Investigación.

Hay que ver a Cross, dijo entre dientes. *¡Visitando a la vieja amiga de Naomi! No hay nada que encontrar ahí, doctor. Todavía no está ni tibio. De hecho, se está poniendo más frío.*

Seguía a Alex Cross, que en ese mismo momento caminaba por el campus de Duke, a buena distancia. Había leído mucho sobre Cross. Lo sabía todo sobre el detective y psicólogo que había forjado su reputación al desenmascarar a un célebre secuestrador y asesino en Washington. El llamado crimen del siglo, que más que todo había sido bombo y habladurías de los medios de comunicación.

¿Entonces, cuál de los dos es mejor en este juego?, habría querido gritarle al doctor Cross. *Yo sé quién es usted. Usted en cambio no sabe ni mierda sobre mí. Y nunca lo sabrá.*

Cross se detuvo de pronto. Sacó una libreta del bolsillo de atrás de su pantalón y escribió una nota.

¿De qué se trata, doctor? ¿Se le ocurrió algo? Lo dudo. Sinceramente lo dudo.

El FBI, la policía local, todos han estado tratando de identificarme hace meses. Me imagino que ellos también tomarán notas, pero ninguno tiene una pista que valga la pena...

Casanova observó cómo el doctor Cross seguía su caminata por el campus hasta que al final desapareció de su vista. La idea de que Cross pudiera descubrirlo era absurda. Simplemente, no iba a suceder.

Comenzó a reírse, pero debió contenerse pues el campus de Duke suele ser muy concurrido los domingos por la tarde.

Nadie tiene ni una pista, doctor Cross. ¿No la pilla?... ¡Esa es la pista!

CAPÍTULO 23

De modo que volví a ser un detective policiaco.

Pasé la mayor parte de la mañana del lunes entrevistando a distintas personas que habían conocido a Kate McTiernan. La víctima más reciente de Casanova era una estudiante de medicina en su primer año de internado, que había sido raptada de su apartamento en las afueras de Chapel Hill.

Yo estaba intentando elaborar el perfil psicológico de Casanova, pero no había suficiente información. Punto. El FBI no estaba colaborando. Nick Ruskin aún no había contestado mis llamadas telefónicas.

Uno de los profesores de la Facultad de Medicina de la Universidad de Carolina del Norte me informó que Kate McTiernan era una de las estudiantes más dedicadas que recordara en sus veinte años de docencia. Otro profesor comentó que su consagración e inteligencia eran de verdad notables, pero que "lo verdaderamente extraordinario en Kate era su temperamento".

Respecto de ella el concepto era unánime. Incluso otros estudiantes de primer año de internado con quienes debía existir una natural competencia estaban de acuerdo en que Kate McTiernan era fuera de serie. "Ella es la mujer menos narcisista que he conocido", me comentó una de las internas. "Es una obsesiva con el trabajo, pero ella lo sabe y es capaz de reírse de eso" agregó otra. "Es una persona muy agradable. Esto ha sido algo tan triste y desconsolador para todos en el hospital." "Es un cerebro alojado en el cuerpo de una mujer *buenísima*".

Llamé a Peter McGrath, un profesor de historia, que aceptó a regañadientes entrevistarse conmigo. Kate McTiernan había salido con él durante casi cuatro meses, pero su relación había terminado abruptamente. El profesor McGrath era alto, con aspecto atlético, un poco arrogante.

—Podría decir que la embarré soberanamente al perderla —admitió Mc Grath—. Y la embarré, pero no hubiera podido seguir soportando la presión de estar junto a ella. Probablemente es la persona con más fuerza de voluntad que he conocido. Por Dios, no puedo creer que eso le haya sucedido a Kate.

Su rostro estaba pálido, y era obvio que se encontraba muy afectado por la noticia. Al menos lo parecía.

Terminé comiendo solo en un bullicioso bar de la zona estudiantil de Chapel Hill. Había hordas de estudiantes universitarios y una mesa de billar muy concurrida, pero me senté solo con mis cervezas, una hamburguesa con queso grasosa y cauchuda, y mis primeras ideas sobre Casanova.

El largo día me había extenuado. Echaba de menos a Sampson, a mis hijos, mi hogar en D.C. Un mundo confortable en el que no tenía que enfrentar monstruos. Pero el hecho es que Peguita todavía estaba desaparecida, al igual que otras jóvenes del sudeste.

Mis pensamientos volvían a Kate McTiernan y a lo que había escuchado sobre ella.

Esta era la forma como se resolvían los casos —al menos era la forma como yo siempre los había resuelto. Se recopilaba la información. La información daba vueltas a su antojo en el cerebro. Con el tiempo, se iban estableciendo conexiones.

Casanova no sólo toma a las mujeres físicamente hermosas, se me ocurrió de pronto en el bar. *Toma a las mujeres más extraordinarias que puede encontrar. Se está llevando sólo a las rompecorazones... a las mujeres que todo el mundo desea, pero que nadie parece poder conseguir.*

Las está coleccionando por ahí en alguna parte.

¿Por qué mujeres extraordinarias?, me pregunté.

Existía una posible respuesta. *Porque piensa que él también es extraordinario.*

CAPÍTULO 24

Estuve a punto de regresar a ver a Mary Ellen Klouk una vez más, pero cambié de idea y volví al Washington Duke Inn. Un par de mensajes me estaban esperando.

El primero era de un amigo que tenía en el Departamento de Policía de Washington, que estaba procesando una información que yo necesitaba para la elaboración de un perfil significativo de Casanova. Había traído conmigo mi computadora portátil y esperaba pronto reincorporarme a mis labores.

Un reportero de nombre Mike Hart había llamado cuatro veces. Reconocí su nombre, pues había visto el periódico —un tabloide sensacionalista de la Florida llamado el *National Star*. El sobrenombre del reportero era Sin-corazón Hart. No devolví las llamadas a Sin-corazón. Ya una vez había aparecido en la primera página del *Star*, y una sola vez era suficiente por esta vida.

El detective Nick Ruskin por fin me había devuelto una llamada. Dejó un breve mensaje: *Nada nuevo por estos lados. Lo mantendremos informado.* Eso me pareció difícil de creer. No confiaba en el detective Ruskin o en su fiel escudero Davey Sikes.

Sentado en el cómodo sillón de mi cuarto, comencé a dormitar intranquilamente hasta caer en una serie de vívidas y perturbadoras pesadillas. Un monstruo como extraído de una pintura de Edward Munch perseguía a Naomi. Yo estaba sumido en un estado de impotencia y era incapaz de ayudarle; lo único que podía hacer era observar horrorizado la macabra escena. No había necesidad de un experto psicoterapeuta para interpretar este sueño.

Me desperté con la sensación de que había alguien conmigo en el cuarto del hotel.

Con cautela, llevé la mano a la cacha del revólver y permanecí muy quieto. Mi corazón estaba desbocado. ¿Cómo se había podido colar alguien en la habitación?

Me puse de pie lentamente, aunque agazapado en posición

de disparar. Traté de escudriñar en la penumbra lo mejor que pude.

Las cortinas de cretona no se encontraban totalmente cerradas, lo que me permitía distinguir las siluetas. Las sombras que proyectaban las hojas de los árboles bailaban sobre la pared del hotel. Nada más se movía.

Revólver en mano revisé el baño y luego los clósets. Empezaba a sentirme un poco ridículo de estar inspeccionando el cuarto del hotel con una pistola cargada, pero no había duda de que había escuchado un ruido.

Por último vislumbré un trozo de papel debajo de la puerta, pero esperé unos segundos antes acercarme. Mejor ir sobreseguro.

Se trataba de una fotografía en blanco y negro. Irrumpieron en mi mente correlaciones instantáneas y conexiones de hechos. Era una postal de una colonia británica, quizás de comienzos de siglo. En esa época las postales eran coleccionadas por los occidentales como un pseudoarte, pero ante todo como pornografía ligera. Eran objetos excitantes para los coleccionistas de la época.

Me incliné para observar mejor la anticuada foto.

La postal mostraba a una odalisca que fumaba un cigarrillo turco, en una sorprendente postura acrobática. La mujer era de piel oscura, joven y hermosa; tendría unos dieciséis o diecisiete años. Estaba desnuda hasta la cintura, y en la pose de la foto sus senos generosos colgaban al revés.

Volteé la postal con un lápiz.

Había una leyenda cerca al espacio para colocar la estampilla que decía: *Las odaliscas de gran hermosura e inteligencia eran entrenadas para ser concubinas. Aprendían a danzar bellamente, a tocar instrumentos musicales y a escribir exquisita poesía lírica. Eran la parte más valiosa del harén, tal vez el mayor tesoro del emperador.*

La firma estaba impresa con tinta: *Giovanni Giacomo Casanova de Seignalt.*

Él sabía que yo estaba aquí en Durham. Sabía quién era yo. Casanova había dejado su tarjeta de presentación.

CAPÍTULO 25

ESTOY VIVA.

Kate McTiernan hizo un esfuerzo para abrir los ojos poco a poco en el cuarto alumbrado tenuemente, situado... *en alguna parte.*

En el lapso de un par de parpadeos pensó que estaba en un hotel en el que no recordaba haberse registrado: Un extraño hotel que parecía pertenecer a una aún más extraña película de Jim Jarmusch. De cualquier forma no importaba, al menos no estaba muerta.

De pronto recordó haber recibido un tiro a quemarropa en el pecho. Recordó al intruso. Un tipo alto... de pelo largo... con un tono de voz gentil, *amable... un animal de sexto grado.*

Trató de incorporarse, pero de inmediato lo reconsideró.

—¿Quién está allí? —preguntó en voz alta. Su garganta estaba seca y su voz sonaba ronca y producía un desagradable eco dentro de su cabeza. Sentía como si tuviera la lengua cubierta de pelos.

Estoy en el infierno. En uno de los círculos inferiores del infierno de Dante, pensó y comenzó a tiritar. Todo lo que circundaba aquel instante de su vida era aterrador, tan horrible e inesperado que no lograba orientarse.

Sus articulaciones estaban rígidas y lastimadas; sentía dolores en todo el cuerpo. Dudaba de que pudiera levantar cien libras en ese momento. Sentía la cabeza grande e hinchada como una fruta que se pudre y el dolor era intenso, pero podía recordar con claridad al atacante. Era un hombre alto, tal vez de uno ochenta y seis, con un algo juvenil, extremadamente poderoso, de palabra fácil. Las imágenes eran borrosas, pero ella estaba segura de que eran ciertas.

Recordaba algo más del monstruoso ataque en su apartamento. El tipo había empleado una pistola paralizante, o algo por el estilo para inmovilizarla. También había utilizado cloroformo o tal vez era halotano. Esa debería ser la causa de su espantoso dolor de cabeza.

Había dejado encendidas a propósito las luces de la habitación en que estaba. Se dio cuenta de que provenían de unas modernas lámparas de intensidad regulada instaladas en el techo. El cielo raso era bajo, quizás sólo de un poco más de dos metros.

El cuarto parecía recién construido o remodelado. Estaba decorado con gusto, de la forma como ella hubiera arreglado su apartamento si tuviera el dinero y el tiempo para hacerlo… Una cama de cobre de verdad. Un armario blanco antiguo con asideras de cobre. Un tocador con un cepillo de plata, un peine y un espejo compañeros. Se veían coloridas bufandas atadas a las columnas de la cama, de la misma forma como las colocaba ella en su propia casa. Esto le pareció extraño. Muy raro.

La habitación no tenía ventanas. La única salida parecía ser a través de una pesada puerta de madera.

—Bonita decoración —murmuró Kate suavemente—. Psicópata temprano. No, más bien es un psicópata tardío.

Había un clóset pequeño con la puerta a medio abrir, de tal forma que ella podía mirar adentro. Lo que vio la hizo sentirse físicamente enferma.

El tipo le había traído la ropa a este horrible lugar, a esta estrafalaria celda de prisión. Toda su ropa estaba aquí.

Con todo lo que le quedaba de fuerza, Kate McTiernan se obligó a sentarse en la cama. El esfuerzo hizo que aumentara el ritmo de su corazón y el fuerte palpitar de su pecho la atemorizó. Sentía sus piernas y brazos como si tuvieran pesas atadas.

Trató de concentrarse y de enfocar los ojos hacia la increíble escena. Continuó con la mirada fija en el clóset.

Se dio cuenta de que no era realmente su ropa. ¡Él le había conseguido ropa *justamente como la de ella!* Exacta, de acuerdo con su estilo y su gusto. La ropa exhibida en el clóset era completamente nueva. Alcanzaba a ver algunas de las etiquetas que colgaban de las blusas y faldas. *The Limited. The Gap* en Chapel Hill. Las tiendas en las que ella acostumbraba comprar su ropa.

Sus ojos se clavaron en la parte superior de la cómoda. Allí también estaban sus perfumes. *Obsession. Safari. Opium.*

Así que había comprado todo esto para ella...

A lado de la cama había una copia del libro que estaba leyendo, el mismo libro que había comprado en la calle Franklin de Chapel Hill.

¡Él lo sabe todo sobre mí!

CAPÍTULO 26

La doctora Kate McTiernan dormía. Se despertaba y luego se volvía a dormir. Se lo tomaba en broma diciendo que se estaba volviendo una perezosa. Nunca dormía hasta tarde. Por lo menos nunca desde que había empezado la carrera de medicina.

Comenzaba a sentirse más alerta y despejada, con un mayor control de sí misma, excepto por el hecho de que había perdido la noción del tiempo. No sabía si era mañana, tarde o noche. Y ni siquiera qué día de la semana era.

El hombre, quienquiera que fuese ese cabrón, había estado dentro de ese cuarto abominable y misterioso mientras ella dormía. El sólo pensarlo la enfermaba. Había una nota colocada sobre la mesa de noche, de tal forma que ella tuviera que verla.

La nota estaba escrita a mano. Querida doctora Kate, comenzaba. Las manos le temblaron al leer su nombre.

Quería que leyeras esto para que me comprendieras mejor, y también para que conocieras las reglas de la casa. Probablemente esta sea la carta más importante que jamás recibirás así que léela con mucha atención. Y por favor, tómala muy en serio.

No, no estoy loco ni he perdido el juicio. Más bien todo lo contrario. Utiliza tu inteligencia, obviamente privilegiada, para entender que estoy relativamente cuerdo y que sé exactamente lo que quiero. La mayoría de la gente no sabe lo que quiere.

¿Lo sabes tú, Kate? Hablaremos de ello más tarde, es un tema digno de una animada e interesante conversación. ¿Sabes lo que quieres? ¿Lo estás logrando? ¿Por qué? ¿Por el bien de la sociedad? ¿La sociedad de quién? En todo caso, ¿la vida de quién es la que vivimos?

No voy a pretender que te sientas feliz de encontrarte aquí. Así que nada de falsas bienvenidas. Nada de canastas de frutas y champaña envueltas en celofán. Como verás muy pronto, o ya lo has visto, he intentado hacer tu permanencia lo más cómoda posible. Esto nos lleva a un punto importante, quizá el más importante de este nuestro primer intento de comunicación.

Tu estancia será temporal. Podrás marcharte siempre y cuando —un siempre y cuando crucial— prestes atención a lo que voy a decirte... así que préstale mucha atención, Kate.

¿Me estás escuchando ahora? Por favor escucha, Kate. Ahuyenta la rabia justificada y las prevenciones que nublan tu cabeza. No estoy loco ni he perdido el control de mí mismo. Esa es precisamente la cuestión: ¡Lo tengo todo bajo control! ¿Ves la diferencia? Claro que la ves. Sé que eres muy brillante. Diploma nacional al mérito escolar y demás distinciones.

Es importante que sepas cuán especial eres para mí. Por eso estás totalmente a salvo. También es por eso que podrás marcharte, en el momento adecuado.

Te escogí entre miles y miles de mujeres a mi disposición, por decirlo así. Ya sé, estás diciendo: "Qué suerte la mía". Sé lo graciosa y cínica que puedes llegar a ser. Incluso sé que la risa te ha ayudado a superar los tiempos difíciles. Estoy empezando a conocerte mejor de lo que nadie haya podido conocerte jamás. Casi tan bien como te conoces a ti misma, Kate.

Ahora lo malo. Y no olvides, Kate, que los puntos siguientes son tan importantes como cualquiera de las cosas buenas que he mencionado arriba.

Estas son las normas de la casa y deben ser observadas al pie de la letra:

1. La norma más importante: No intentes escapar jamás —o serás ejecutada en cuestión de horas, por más doloroso que resulte para ambos. Créeme, se han dado casos. No hay indulto posible tras un intento de evasión.

2. Sólo para ti, Kate, una norma especial: Jamás intentes utilizar tus habilidades de karateca contra mí. (Estuve a punto de traerte tu gi, tu impecable uniforme blanco de karate, pero para qué animarte a caer en la tentación).

3. Jamás grites pidiendo auxilio —lo sabré si lo haces— y serás castigada con desfiguraciones faciales y genitales.

Quieres saber más; quieres saberlo todo de una vez. Pero así no funciona la cosa. No te molestes en intentar averiguar dónde estás. No lo descubrirías y sólo te causaría un dolor de cabeza innecesario.

Por el momento, eso es todo. Te he dado más que suficiente en qué pensar. Aquí estás completamente segura. Te amo más de lo que puedes imaginar. Me muero de ganas de que llegue el momento de que hablemos, de que hablemos de verdad.

Casanova.

¡Y tú estás completamente chiflado! pensaba Kate McTiernan mientras se paseaba de un lado a otro del recinto de tres metros por cinco, su prisión claustrofóbica. Su infierno en esta tierra.

Sentía como si su cuerpo flotara, como si un tibio líquido viscoso estuviera fluyendo sobre ella. Se preguntaba si habría sufrido alguna lesión cerebral durante el ataque.

Sólo tenía un pensamiento: *cómo escapar*. Empezó a analizar su situación desde todos los ángulos posibles. Invirtió el orden de las suposiciones convencionales y redujo cada una a sus partes componentes.

Había una sola puerta gruesa de madera, con doble cerradura.

Era la única salida posible.

¡No! Esa era la suposición convencional. Tenía que haber otra forma.

Recordó un problema que se planteaba en un curso de lógica —de esos que no vuelven a servir para nada— que había tomado en el penúltimo año de estudios en la universidad. Diez fósforos en cifras romanas formaban una ecuación:

$$XI + I = X$$

El problema residía en cómo corregir la ecuación sin tocar ni un solo fósforo. Sin añadir nuevos fósforos. Sin quitar fósforos.

Sin salida fácil.

Sin solución aparente.

El problema resultó irresoluble para muchos alumnos, pero ella lo había descifrado con relativa rapidez. Sí que había una solución aunque no lo pareciese. Lo resolvió al trastocar las suposiciones convencionales. Puso la página al revés.

$$X = I + IX$$

Pero no podía poner aquella celda patas arriba. ¿O sí podía? Kate McTiernan examinó todas y cada una de las tablas del suelo y de la pared, en tramos de cinco por diez centímetros. La madera olía a nueva. ¿Quizá este hombre fuera constructor, contratista o tal vez arquitecto?

Sin salida.

Sin solución aparente.

No podía aceptar, no aceptaba esa respuesta *de ninguna manera*.

Pensó en seducirlo —si es que podía obligarse a sí misma a hacerlo. No. Era demasiado listo. Él lo sentiría. Mucho peor, *ella* lo sentiría.

Tenía que haber alguna forma. Ella la encontraría. Kate miró con atención la nota encima de la mesa.

No intentes escapar jamás —o serás ejecutada en cuestión de horas.

CAPÍTULO 27

La tarde siguiente fui a los jardines Sarah Duke, el lugar donde
Naomi había sido secuestrada seis días antes. Necesitaba ir allí,
visitar el escenario, pensar en mi sobrina, expresar mi aflicción
en privado.

Eran más de cinco mil metros cuadrados de jardines con árboles exquisitamente dispuestos, adyacentes al centro médico
universitario de Duke, en realidad kilómetros de senderos. Casanova jamás había soñado con encontrarse un lugar tan adecuado para llevar a cabo el secuestro. Había sido muy
meticuloso. Perfecto, hasta ahora. ¿Cómo era posible?

Hablé con algunos empleados y alumnos que habían estado
allí el día que desapareció Naomi. Los pintorescos jardines estaban abiertos para el público desde temprano en la mañana hasta
el atardecer. A Naomi la habían visto por última vez alrededor
de las cuatro. Casanova se la había llevado a plena luz del día.
No se me ocurría cómo podría haberlo hecho. Aún no. Tampoco a la policía de Durham ni al FBI.

Caminé por el bosque y los jardines durante casi dos horas.
La idea de que Peguita hubiera sido raptada *aquí mismo* me dejaba pasmado.

El lugar llamado Las Terrazas era especialmente bello. Los
visitantes tenían que atravesar una pérgola cubierta de enredaderas para acceder a él. Unas preciosas escalinatas de madera
conducían hasta un estanque de contorno irregular con un jardín de roca en la parte de atrás. Visualmente, las terrazas eran
hileras horizontales de roca, acentuadas con franjas de hermosos
colores. Los tulipanes, las azaleas, las camelias, los lirios y las
peonías estaban en flor.

Tuve la corazonada de que este lugar debía encantarle a Peguita.

Me arrodillé cerca de una parcela muy llamativa a la vista,

con tulipanes rojos y amarillos. Llevaba puesto un traje gris con una camisa blanca de cuello abierto. El terreno estaba blando y me manché los pantalones, pero no importaba. Incliné la cabeza. Y, por último, lloré por Peguita.

CAPÍTULO 28

Tic-toc. tic-toc.

Kate McTiernan pensó que había oído algo. Quizás fuera su imaginación. No había duda de que este encierro volvería aprensivo y desconfiado a cualquiera.

Otra vez. Un ligerísimo crujido de las tablas del suelo. Se abrió la puerta y entró en el cuarto sin decir palabra.

¡Allí estaba! Casanova. Llevaba otra máscara puesta. Parecía algo así como un dios oscuro, delgado y atlético. ¿Sería esa la fantasía que tenía de sí mismo?

Físicamente, se lo podría considerar como un adonis entre la comunidad universitaria, o incluso como un bello cadáver en una sala de autopsias, lo cual le cuadraba mejor a ella.

Observó su ropa: bluejeans desteñidos ajustados, botas vaqueras negras con los bordes cubiertos de lodo, no llevaba camisa. En definitiva, se trataba de un tipo fuerte, orgulloso de su pecho bien torneado. Ella estaba tratando de fijarse en todo… para recordarlo muy bien una vez que escapara.

—Leí todas tus normas —dijo Kate, tratando de actuar con la mayor serenidad posible. No obstante, el cuerpo le estaba temblando—. Son muy minuciosas, muy claras.

—Gracias. A nadie le gustan las reglas, mucho menos a mí. Pero a veces son necesarias.

La máscara le ocultaba la cara y captaba toda la atención de Kate. No podía quitarle los ojos de encima. Le recordaba las elaboradas máscaras decoradas del carnaval de Venecia. Estaba pintada a mano, ritual en sus detalles artísticos y extrañamente bella. *¿Intentaba ser seductor?*, se preguntó Kate. *¿Era eso?*

—Para qué te pones la máscara? —le dijo. Mantenía un tono sumiso, de curiosidad, pero sin exigencias.

—Como lo decía en mi nota, un día quedarás libre. Serás puesta en libertad. Figura dentro de los planes que tengo para ti. No podría soportar verte malherida.

—Si soy buena. Si obedezco.

—Sí. Si eres buena. No seré tan duro, Kate. Me gustas tanto...

Ella deseaba golpearlo, lanzarse sobre él. *Aún no*, se advirtió a sí misma. *No, hasta que estés segura. Tendrás sólo una oportunidad para enfrentarlo.*

Parecía leerle el pensamiento. Era muy ágil, muy inteligente.

—Nada de karate —le dijo, y ella intuyó que estaba sonriendo debajo de la máscara—. Por favor recuérdalo, Kate. Te he visto en acción en el dojo. Te he observado. Eres muy ágil y muy fuerte. Yo también. No me son desconocidas las artes marciales.

—No era eso lo que estaba pensando —Kate frunció el ceño y miró al techo. Puso los ojos en blanco. Pensó que estaba realizando una actuación relativamente buena, dadas las circunstancias. Desde luego, no constituía una amenaza para Emma Thompson o Holly Hunter, pero no lo estaba haciendo del todo mal.

—Lo siento, entonces; me disculpo —dijo él—. No debo poner palabras en tu boca. No lo volveré a hacer. Es una promesa.

Por momentos parecía estar cuerdo y eso la aterrorizaba más que cualquier otra cosa hasta ahora. Era como si estuvieran charlando con toda normalidad en una bonita casa totalmente normal, no en esta casa de horrores.

Kate le miró las manos. Los dedos eran largos, y hasta podía decirse que elegantes. ¿De arquitecto? ¿De médico? ¿De artista? Desde luego, no eran manos de obrero.

—Bueno, ¿qué tienes previsto para mí? —Kate optó por una aproximación directa—. ¿Por qué estoy aquí? ¿Por qué este cuarto? ¿la ropa? ¿todas mis cosas?

Su voz continuaba amable y serena. De hecho, estaba intentando seducirla:

—Ah, me imagino que deseo enamorarme, estar enamorado durante un tiempo. Quiero sentir el romance auténtico todos los días que pueda. Quiero sentir algo especial en mi vida. Quiero vivir en intimidad con otra persona. No soy tan distinto

de los demás. Con la particularidad de que yo actúo, en vez de
soñar despierto.

—¿No sientes *nada?* —le preguntó ella. Fingió preocuparse
por él. Sabía que los "sociópatas" no sienten emoción alguna, al
menos hasta donde ella tenía conocimiento.

Él alzó los hombros. Kate intuyó que estaba sonriendo otra
vez, que se reía de ella.

—A veces siento intensamente. Creo que soy demasiado sensible. ¿Puedo decirte cuán hermosa eres?

—Dadas las circunstancias, preferiría que no lo hicieras.

Se echó a reír, una risa agradable, y volvió a encoger los
hombros.

—De acuerdo. Entonces queda estipulado, ¿no? Nada de pala-
brería almibarada entre nosotros. Al menos no por ahora. Tenlo
presente, puedo ser romántico. Y de hecho lo prefiero así.

No estaba preparada para su movimiento instantáneo, su
rapidez. La pistola paralizante apareció e hizo blanco con una
sacudida atroz. Kate identificó el sonido traqueteante del arma,
olió el ozono. Cayó hacia atrás y se golpeó tan fuertemente contra la pared de la habitación, que se hirió la cabeza. El impacto
conmocionó la vivienda entera —o *dondequiera* que la tuviera encerrada.

— Ay, Jesús, no —se quejó Kate con suavidad.

El hombre se abalanzó sobre ella. La atenazó con las piernas
y los brazos, y presionó con todo su peso sobre ella, casi hasta
aplastarla. Iba a matarla en el instante. Dios, no quería morir
así, que su vida terminara de esta forma. No tenía sentido, era
absurdo, triste.

Sintió una rabia feroz y explosiva crecer en su interior. Con
un esfuerzo desesperado se las arregló para sacar una pierna,
pero no podía mover los brazos. El pecho le estallaba. Sentía
cómo él le rasgaba la blusa, mientras la acariciaba por todas partes. Estaba excitado. Sentía cómo se restregaba contra ella.

—No, por favor, no —gimió. Su propia voz se oía como si estuviera muy lejos.

Le estaba amasando los senos con ambas manos. Ella sentía el sabor y el calor del chorrito de sangre que le escurría de un extremo de la boca. Luego empezó a llorar. Se estaba atragantando y apenas podía respirar.

—Intenté ser amable —dijo él entre dientes.

De repente se detuvo. Se levantó y abrió el cierre de los bluejeans y se los bajó de un tirón hasta los tobillos. No se molestó en quitárselos.

Kate lo miró fijamente. Su pene era grande. Totalmente erecto y de venas gruesas, palpitantes de sangre. Se tiró sobre ella y se lo restregó contra el cuerpo, mientras se lo movía lentamente por los senos, la garganta y después por la boca y por los ojos.

Kate empezó a flotar; perdía y recuperaba el conocimiento; entraba y salía de la realidad. Intentó aferrarse a cada uno de los pensamientos que le llegaban. Necesitaba sentir algún tipo de control, aunque fuera sólo sobre sus pensamientos.

—Mantén los ojos abiertos —le advirtió él con un gruñido profundo—. Mírame, Kate. Tus ojos son tan bonitos. Eres la mujer más hermosa que haya visto jamás. ¿Lo sabes? ¿Sabes lo apetecible que eres?

Ahora él estaba en trance. Esa impresión le daba a Kate. Su potente cuerpo danzaba, se contoneaba, se retorcía mientras se impulsaba dentro y fuera de ella. Se sentó y se puso a jugar con sus senos de nuevo. Le acarició el pelo, diferentes partes de la cara. Sus caricias se hicieron más suaves pasado un rato. Eso empeoró las cosas para ella. Sentía tanta humillación, una vergüenza tan horrible... Lo odiaba.

—Te quiero tanto, Kate. Te quiero más de lo que soy capaz de expresar. Nunca antes me había sentido así. Te lo juro que no. Nunca.

No la iba a matar, Kate se dio cuenta. La iba a dejar vivir. Iba a volver una y otra vez, cada vez que la deseara. El horror era apabullante y Kate se desmayó. Dejó que su espíritu se desvaneciera.

No se dio cuenta del suave beso de despedida que le dio.

—Te amo, dulce Kate. Y siento mucho todo esto. De veras lo siento... *todo*.

CAPÍTULO 29

Recibí una llamada de una alumna de Derecho, compañera de Naomi. Dijo que su nombre era Florence Campbell y que tenía que hablar conmigo lo más pronto posible.

—*Tengo que hablar con usted, doctor Cross. Es urgente.*

Me reuní con ella en el campus de la universidad de Duke, cerca del Centro Universitario Bryan. Florence resultó ser una chica negra de veintipocos años. Dimos un paseo entre las magnolias y los bien cuidados edificios de estilo gótico. Ni ella ni yo parecíamos encajar del todo en ese ambiente.

Florence era alta y desgarbada y un poco desconcertante al principio. Llevaba un peinado alto y tieso que me hizo pensar en Nefertiti. Su apariencia era decididamente rara, o anticuada, y me impresionó que todavía pudiera existir gente como ella en el Mississippi o la Alabama rurales. Florence había realizado sus estudios en la universidad estatal de Mississippi, muy lejos de Duke.

—Lo siento muchísimo, doctor Cross —dijo, mientras tomábamos asiento en una banca de piedra y madera grabada totalmente con garabatos estudiantiles—. Le pido disculpas a usted y a su familia.

¿Disculpas por qué, Florence? —le pregunté. No comprendía lo que quería decir.

—No hice el esfuerzo de hablar con usted ayer cuando vino a la universidad. Nadie dio por sentado que Naomi hubiera sido secuestrada. Desde luego la policía de Durham no lo hizo. Sólo fueron groseros. No parecía que pensaran que Naomi estaba de verdad en peligro.

—¿Por qué piensas eso? —le planteé una pregunta que me estaba rondando a mí mismo.

Me miró fijamente.

—Porque Naomi es afro-americana. A la policía de Durham, al FBI no les importamos tanto como las blancas.

—¿Eso crees? —le pregunté.

Florence Campbell puso los ojos en blanco.

—Es la verdad, así que, ¿por qué no habría de creerlo? Frantz Fanon argumenta que las superestructuras racistas están enclavadas de manera permanente en la sicología, la economía y la cultura de nuestra sociedad. *Eso* también lo creo.

Florence era una mujer muy seria. Llevaba un ejemplar del libro *Los omni-americanos,* de Albert Murray bajo el brazo. Empezaba a gustarme su estilo. Era el momento de descubrir lo que sabía acerca de Naomi.

—Dime qué es lo que está pasando aquí, Florence. No filtres tus pensamientos por el hecho de que yo sea el tío de Naomi, o porque sea detective de policía. Necesito que alguien me ayude. Aquí en Durham me siento enfrentado a una *superestructura* inamovible.

Florence sonrió. Se retiró un mechón de pelo de la cara. Era mitad Emanuel Kant mitad Prissy, la de *Lo que el viento se llevó.*

—Le voy a contar todo lo que sé hasta el momento, doctor Cross. Por eso estaban enojadas con Naomi algunas chicas de las residencias —aspiró un poco del aire con aroma de magnolias—. Todo empezó con un muchacho de nombre Seth Samuel Taylor. Es trabajador social en los barrios periféricos de Durham. Yo le presenté a Naomi. Es mi primo —de repente Florence pareció un poco insegura.

—No veo ningún problema hasta ahora —le dije.

—Seth Samuel y Naomi se enamoraron en diciembre del año pasado —continuó—. Naomi iba por ahí con la mirada de ensoñación de una noche estrellada y eso no es corriente en ella, como usted sabe. Al principio él venía al dormitorio, pero después ella empezó a quedarse en el apartamento de Seth en Durham.

Me sorprendía que Naomi estuviera enamorada y no se lo hubiera mencionado a Cilla. ¿Por qué no nos lo contó a ninguno de nosotros? Aún no entendía el problema con las otras chicas del dormitorio.

—Estoy seguro de que Naomi no es la primera alumna de Duke que se enamora. O que invita a un hombre a tomar té con galletas o lo que sea —dije.

—No se trata sólo de que estuviera invitando a un hombre a lo que fuera, estaba invitando a un negro *a lo que fuera*. Seth venía directamente de su trabajo en el barrio y aparecía con sus overoles sucios y sus botas polvorientas y la chaqueta de cuero. Naomi empezó a ponerse un sombrero de paja de aparcero para andar por la universidad. A veces, Seth llevaba un sombrero tieso con un letrero que decía "mano de obra esclava". Se *atrevía* a ser un poco cáustico e irónico con la actividad social de las estudiantes y su, loado sea el Señor, conciencia social. Regañaba a las amas de llaves negras cuando intentaban hacer su trabajo.

—¿Qué opinas del primo Seth? —le pregunté a Florence.

—En definitiva, Seth tiene un alto grado de resentimiento. Lo enfurece la injusticia social hasta tal punto que a menudo esa rabia entra en conflicto con sus ideas generales. Por lo demás es fantástico. Es un hacedor, no le asusta ensuciarse las manos. Si no fuera mi primo *lejano* ... —dijo Florence con un guiño.

No pude menos que sonreír ante el sentido del humor un tanto furtivo de Florence. Era una misisipense un tanto desgarbada, pero una mujer atractiva a su manera. Incluso me estaba empezando a gustar su peinado alto.

—¿Naomi y tú se hicieron buenas amigas? —le pregunté.

—Al principio no. Creo que ambas sentíamos que estábamos compitiendo por la licenciatura de Derecho. Probablemente sólo una negra la obtendría, ya me entiende. Pero al avanzar el primer año, empezamos a estar muy unidas. Yo *quiero* a Naomi. Me encanta Naomi.

De repente se me ocurrió que la desaparición de Naomi podría estar relacionada con su novio, y que quizá no tuviera nada que ver con el asesino que andaba suelto en Carolina del Norte.

—Él es una persona muy buena. No vaya a hacerle daño —me advirtió Florence—. Ni se le cruce por la cabeza.

Asentí.

—Sólo le romperé *una* de las piernas.

—Es fuerte como un toro —replicó ella.

—Yo *soy* un toro —le dije a Florence Campbell, y le revelé uno de mis pequeños secretos.

CAPÍTULO 30

Miré con atención los ojos negros de Seth Samuel Taylor. Me sostuvo la mirada. Sus ojos parecían canicas negras azabache montadas sobre almendras.

El novio de Naomi era alto, muy musculoso y con aspecto de haber realizado muchos trabajos físicos. Me recordaba más a un joven león que a un toro. Parecía desconsolado y me resultaba difícil interrogarlo. Me asaltó el presentimiento de que Naomi se había ido para siempre.

Seth Taylor no se había rasurado y era evidente que no había dormido durante días. No creo que se hubiera cambiado de ropa tampoco. Llevaba una camisa a cuadros muy arrugada encima de una camiseta blanca y un Levi's 501 con agujeros. Aún tenía puestas las polvorientas botas de trabajo. O estaba bastante afectado por los hechos, o Seth Taylor era un actor muy astuto.

Extendí la mano y me encontré con un apretón vigoroso. Sentí como si la hubiera metido en un torno de carpintero.

—Tienes un aspecto desastroso —fueron las primeras palabras que Seth Taylor me dirigió. Se oía el estruendo de Digital Underground tocando el *Baile de Humpty* desde algún lugar del vecindario. Como si nos encontráramos en el D.C., sólo que aquí estaban un poquitín atrasados.

—Tú también.

—Bueno, pues que se vaya todo al carajo —dijo. Era un saludo callejero muy común, los dos lo sabíamos y nos echamos a reír.

La sonrisa de Seth era afectuosa y algo contagiosa. Tenía un aire de confianza excesiva en sí mismo, sin resultar jactancioso. Nada que no hubiera visto antes.

Era evidente que su ancha nariz se había roto varias veces; no obstante, seguía siendo guapo a su manera brusca y desapacible. Su presencia se imponía en el lugar donde estuviese, al igual que ocurría con Naomi. El detective que llevo dentro se hacía preguntas sobre Seth Taylor.

Seth vivía en un barrio obrero antiguo al norte de Durham. En cierta época, el barrio se había poblado de obreros de las fábricas de tabaco. Su apartamento era un dúplex de una vieja casa de ripia que había sido reconvertida en dos apartamentos. En las paredes había carteles de los grupos de rap Arrested Development y Ice–T. Uno de los carteles decía: *Desde los tiempos de la esclavitud no habían caído tantas calamidades sobre los varones negros.*

La sala estaba llena de amigos y vecinos. En un altoparlante sonaban con estruendo las tristes canciones de Smokey Robinson. Todos esos amigos estaban allí para ayudar en la búsqueda de Naomi. Parecía que por fin iba a tener aliados en el sur.

Todo el mundo se moría de ganas de hablarme de Naomi. Ninguno albergaba sospechas de Seth Samuel.

Me llamó particularmente la atención una mujer de ojos compasivos y sabios y piel de color del café con crema. Keesha Bowie tenía treinta y pocos años, era empleada de correos en Durham. Quizás Naomi y Seth la habían convencido de que volviera a la universidad para obtener la licenciatura en sicología. Ella y yo simpatizamos enseguida.

—Naomi tiene educación, sabe expresarse con extrema claridad, pero eso usted ya lo sabe —me dijo Keesha, llevándome aparte mientras me hablaba en tono serio—. Sin embargo, Naomi nunca utiliza su capacidad o su educación para despreciar a los demás o aparentar superioridad. Eso nos produjo una honda impresión a todos cuando la conocimos. Tiene los pies tan en la tierra, Alex. No tiene ni un pelo de falsa. Que esto le pasara a ella es de lo más triste.

Hablé con Keesha un poco más y me atrajo poderosamente. Era lista y bonita, pero este no era el momento para nada de eso. Busqué a Seth y lo encontré solo en el segundo piso. La ventana de la habitación estaba abierta y él estaba sentado afuera, sobre el tejado en declive. Robert Johnson entonaba sus *hechizantes blues* desde algún lugar en la oscuridad.

—¿Te importa si salgo y te hago compañía? ¿Nos aguantará a los dos este viejo tejado? —le dije desde la ventana.

Seth sonrió.

—Y si no aguanta y nos estrellamos sobre el porche principal, será una buena anécdota para todo el mundo. Valdrá la pena la caída y el cuello roto. Sal, si tanto te empeñas —se expresaba lenta y pesadamente, en forma dulce, casi musical. Empezaba a darme cuenta de por qué le gustaba a Naomi.

Salí por la ventana y me senté con Seth Samuel en la oscuridad que se instalaba sobre Durham. Oímos una versión local y menos abrumadora de las sirenas de las patrullas y de los gritos agitados del centro de la ciudad.

—Solíamos sentarnos aquí afuera —murmuró Seth en voz baja—. Naomi y yo.

—¿Te encuentras bien? —le pregunté.

—No. Nunca en la vida me había sentido peor que ahora. ¿Y tú?

—Nunca peor.

—Después de que llamaste —dijo Seth—, estuve pensando en esta visita, en la conversación que tendríamos tarde o temprano. Intenté imaginarme cómo lo estarías enfocando. Ya sabes, por ser *detective* de policía. Por favor, deja de pensar que existe la posibilidad de que yo tuviera algo que ver con la desaparición de Naomi. No pierdas el tiempo con eso.

Recorrí a Seth Samuel con la mirada. Estaba encorvado y tenía la cabeza apoyada en el pecho. Incluso en la oscuridad noté que sus ojos brillaban llorosos. La tristeza que lo embargaba era palpable. Quería decirle que la íbamos a encontrar y que todo se arreglaría, pero no tenía la certeza de que así fuera.

Finalmente nos abrazamos por un tiempo largo. Ambos extrañábamos a Naomi a nuestra manera, juntos la lloramos en el tejado oscuro.

CAPÍTULO 31

Por fin, luego de haberlo telefoneado varias veces en la noche, uno de mis amigos del FBI me devolvió la llamada.

Yo estaba leyendo el *Manual diagnóstico y estadístico de los desórdenes mentales* cuando me llamó. Estaba trabajando en el perfil de Casanova sin adelantar gran cosa.

Había conocido al agente especial Kyle Craig durante la larga y difícil cacería humana del secuestrador en serie Gary Soneji. Kyle siempre había sido muy directo. No era tan celoso de su territorio como la mayoría de los agentes del FBI, ni se ponía tan tenso como suele ser la norma en la agencia. A veces pensaba que no *encajaba* en el FBI. Era demasiado humano.

—Te agradezco que por fin me devuelvas las llamadas, forastero —le dije—. ¿En qué andas trabajando?

Me sorprendió su respuesta.

—Estoy aquí en Durham, Alex. Para ser más preciso, estoy aquí en el vestíbulo de tu hotel. Baja a tomar una o tres copas al infame Bar Búfalo de Durham. Necesito hablar contigo. Tengo un mensaje especial para ti de parte del mismísimo J. Edgar.

—Bajo enseguida. Me he estado preguntando qué estaría tramando el viejo Hoove desde que simuló su propia muerte.

Kyle estaba sentado en una mesa para dos junto a un gran ventanal. La ventana daba al mini-golf de la universidad. Un hombre alto y flaco con pinta de escolar le estaba enseñando a una alumna de Duke a encajar el hoyo en la oscuridad. El tipo estaba de pie detrás de su dama, y le indicaba los movimientos correctos.

Kyle observaba divertido la clase de golf. Yo observaba divertido a Kyle. Se volteó como si hubiera sentido mi presencia.

—Hombre, qué olfato tienes para los líos monumentales —dijo a manera de saludo—. Lo sentí mucho cuando me enteré de que tu sobrina había desaparecido. Me da gusto volver a verte, a pesar de tan oscuras y deplorables circunstancias.

Me senté frente al agente y empezamos a hablar de cosas del oficio. Como siempre, era la voz misma del optimismo y del talante positivo, sin caer en la ingenuidad. Tenía ese don. Hay quienes creen que Kyle podría llegar a la cima de la agencia y que sería lo mejor que pudiera sucederle a esta.

—Primero, el honorable Ronald Burns aparece en Durham. Ahora, apareces tú. ¿Qué diablos sucede? —le pregunté a Kyle.

—Dime lo que sabes tú hasta ahora —dijo—. Intentaré corresponder lo mejor que pueda.

—Estoy elaborando los perfiles sicológicos de las mujeres asesinadas —le dije a Kyle—. Por así decirlo, las "rechazadas" por él. En dos de los casos las mujeres "rechazadas" tenían una fuerte personalidad. Quizá le causaron muchos líos. Quizá por eso las mató, para deshacerse de ellas. La excepción es Bette Anne Ryerson. Era madre de familia, estaba en terapia y quizá haya tenido un colapso nervioso.

Kyle se dio un masaje en la calva con una mano. También sacudía la cabeza en señal de desaprobación.

—Así que no te han dado información alguna, ni ayuda de ninguna clase. Pero, *ta-ta-ta-tan* —me sonrió—, sin embargo, estás un paso adelante de nuestra gente. Aún no les he oído hablar de la teoría de las "rechazadas". Está muy bien, Alex, *sobre todo* si se trata de un fanático del control.

—Definitivamente podría tratarse de un fanático del control, Kyle. Debe haber algún motivo poderoso que lo llevó a deshacerse de esas tres mujeres. Bien, creí que ibas a decirme algo nuevo.

—Quizá, si superas algunas pruebas más... Por ejemplo, ¿qué más has deducido?

Le lancé una mirada asesina mientras bebía lentamente un trago de mi cerveza.

—¿Sabes?, pensaba que eras un buen tipo, pero no eres más que otro cabrón del FBI.

—*Fui programado en la base militar de Quantico* —dijo Kyle con una convincente imitación de la voz de una computadora—. ¿Has hecho un perfil sicológico de Casanova?

—Estoy en ello —le conté lo que él ya sabía—. Hago todo lo que puedo casi sin nada de información —Kyle me hizo un gesto con los dedos de la mano derecha. Lo quería saber todo, y luego, *quizás,* compartiría algo conmigo—. Tiene que ser alguien que puede pasar bastante desapercibido entre la gente —dije—. Nadie ha estado ni siquiera cerca de capturarlo. Quizá se está dejando llevar por las mismas fantasías sexuales obsesivas que tenía desde la infancia. Podría haber sido víctima de abusos, de incesto, quizá. Podría ser un mirón, un violador de esos que abusan de la chica con la que salen en una cita. Hoy en día es un coleccionista caprichoso de mujeres bellas; parece elegir sólo a las más extraordinarias. Hace *investigaciones* para encontrarlas, Kyle. Estoy casi seguro. Se siente solo. Quizá busque a la mujer perfecta.

Kyle sacudió la cabeza en señal de aprobación.

—Estás más loco que una cabra, hombre. *¡Piensas igual* que él!

—No me hace gracia —le pellizqué la mejilla con el pulgar y el índice—. Ahora dime tú algo que *yo* no sepa.

Kyle se soltó de mi pellizco.

—Déjame que te proponga un trato Alex. Es un *buen* trato, así que no te pongas cínico.

Alcé la mano muy alto para que me viera la mesera.

—¡La cuenta! Cuentas *separadas,* por favor.

—No, no. Espera. Es un buen trato, Alex. Odio decir "confía en mí", pero confía en mí. Como prueba de sinceridad, sencillamente no puedo contártelo todo ahora. Reconozco que el caso es mucho más gordo que cualquiera que hayas visto hasta la fecha. Y tienes razón en lo referente a Burns. El subdirector no ha caído aquí por casualidad.

—Ya me había imaginado que Burns no vino por aquí para ver las azaleas —dije, aguantándome las ganas de gritárselo a

Kyle en el tranquilo bar del hotel–. De acuerdo, dime alguna cosa que aún no sepa.

–No puedo decirte más de lo que ya te he dicho.

–Al diablo, Kyle. No me has dicho una maldita cosa –subí la voz–. ¿Qué trato me ofreces?

Alzó una mano. Quería que me serenara para escuchar lo siguiente.

–Escucha. Como bien sabes, o sospechas, este caso ya se ha convertido en una pesadilla multijurisdiccional de cuatro estrellas, y todavía no se ha puesto al rojo vivo del todo. Créeme. Nadie está obteniendo resultados, Alex. Ahí te va lo que quiero que consideres.

Puse los ojos en blanco.

–Me alegro de estar sentado para oírlo.

–Es una oferta excelente, que un hombre en tu situación debería escuchar con cuidado. Ya que estás fuera de este lío multijurisdiccional y, en consecuencia, eres inmune al mismo, ¿por qué no lo dejas como está? Quédate fuera y trabaja *directamente* conmigo.

–¿Que trabaje con el FBI? –se me atragantó la cerveza–. ¿Que colabore con los federales?

–Puedo darte acceso a toda la información disponible en cuanto la tengamos. Te daré todo lo que necesites en términos de recursos e información y todos nuestros datos actualizados.

–¿Y *tú* no tienes que compartir nada de lo que yo descubra? ¿Ni siquiera con la policía local o estatal? –le pregunté.

Kyle volvió a ser el mismo de siempre.

–Mira, Alex, esta investigación es cara y a gran escala, pero no está logrando nada. Los investigadores están tropezando unos con otros, mientras hay mujeres de todas partes del sur, incluida tu sobrina, que siguen desapareciendo en nuestras narices.

–Entiendo el problema, Kyle. Déjame pensar en la solución que propones. Dame un poco de carta blanca esta vez.

Kyle y yo hablamos un poco más sobre su oferta y pude sacarle algunas concesiones específicas. Aunque en realidad me había convencido desde el principio. Trabajar con Kyle me daría acceso a un equipo de apoyo de primera línea y tendría cobertura siempre que la necesitara. Ya no estaría solo. Pedimos que nos trajeran hamburguesas y más cervezas, y seguimos hablando para darle los últimos toques a mi pacto con el diablo. Por primera vez desde que había venido al sur veía una luz de esperanza.

—Tengo otra cosa que compartir contigo —le dije por fin—. Me dejó una nota anoche. Era una nota afable, considerada, para darme la bienvenida a la zona.

—Lo sabemos —Kyle sonrió como el Andy Hardy adulto que es—. Digamos mejor que era una postal. Mostraba a una odalisca, a una esclava del amor de un harén.

CAPÍTULO 32

Cuando volví a mi cuarto era un poco tarde, pero llamé a Nana y a los niños de todos modos. Siempre que estoy de viaje llamo a casa dos veces al día, por la mañana y por la noche. No había fallado nunca y no pensaba empezar a hacerlo esta noche.

—¿Le estás haciendo caso a Nana y siendo una niña buena para variar? —le pregunté a Jannie cuando pasó al teléfono.

—¡Siempre soy buena! —chilló Jannie con el júbilo de una niña pequeña. Le encanta hablar conmigo con voz melosa. A mí me pasa lo mismo. Sorprendente. Aún seguíamos locamente enamorados después de cinco años juntos.

Cerré los ojos y visualicé a mi niña. La podía ver hinchando su pechito, la cara con gesto desafiante, pero sonriendo con sus puntiagudos dientes torcidos. Una vez Naomi también había sido una niña encantadora. Recordaba perfectamente aquellos tiempos. Me quité ese pensamiento de la cabeza, ese vívido retrato de Peguita.

—Bueno, ¿qué tal tu hermano mayor? Damon dice que está siendo especialmente bueno él también. Dice que Nana te llamó "el santo terror" hoy. ¿Es cierto?

—No, papito. Nana se lo dijo a *él*. Damon es el santo terror en *esta casa*. Yo soy el angelito de Nana todo el tiempo. Soy el ángel bueno de mamá Nana. Puedes preguntárselo.

—Ajá. Me alegra oír eso —le dije a mi pequeño torbellino—. ¿Le jalaste el pelo un poquito a Damon en el restaurante de comida rápida de Roy Rogers hoy?

—¡De *esa comida* no hemos comido nada, mi amigo! Él me jaló el pelo primero. Damon casi me arranca el pelo, como si fuera la bebé Clara que ya está sin pelo.

La bebé Clara había sido la muñeca favorita de Jannie desde que tenía dos años. La muñeca era "su bebé", y era absolutamente sagrada para Jannie. Sagrada para todos nosotros. Una vez olvidamos a la bebé Clara en Williamsburg durante una excursión, y tuvimos que regresar a buscarla. Como por arte de magia, Clara nos estaba esperando en la oficina de la puerta principal, mientras charlaba tranquilamente con el guardia de seguridad.

—Además no podría jalarle el pelo a Damon. Está casi *calvo*, papito. Nana lo llevó a que le hicieran el corte de pelo para el verano. Espera a ver a mi hermano calvo. ¡Es una bola de *billar!*

La oía reír. Podía *ver* a Jannie riendo. Alcanzaba a escuchar la voz de Damon al fondo, pidiendo que le devolvieran el teléfono. Quería refutar el informe sobre el estado de su corte de pelo.

Cuando terminé de hablar con los niños, hablé con Nana.

—¿Qué tal lo estás soportando tú, Alex? —fue directo al grano como siempre lo hace. Podría haber sido una detective notable, o cualquier cosa que hubiera querido ser—. ¿Alex, pregunté cómo estás?

—Estoy estupendamente. Adoro mi trabajo —le dije—. ¿Cómo estás tú, viejita?

—Eso no importa. Podría cuidar a estos niños hasta dormida. No parece que estés muy bien. No estás durmiendo y no has adelantado gran cosa, ¿no es así?

Santo Cielo, qué mujer más dura cuando se lo proponía.

—No va tan bien como esperaba —le dije—. Pero algo bueno puede haber sucedido esta noche, justo hace un rato.

—Lo sé —dijo Nana—; por eso llamas tan tarde. Pero no puedes compartir las buenas noticias con tu abuela. Tienes miedo de que vaya a llamar al *Washington Post*.

Habíamos tenido la misma discusión en ocasiones anteriores cuando estaba trabajando en otros casos. Siempre quería tener acceso a la información privilegiada y yo no podía dársela.

—Te quiero —le dije por último…—. Es todo lo que puedo decirte por el momento.

—Y yo te quiero a ti, Alex Cross. Es todo lo que puedo decirte.

Siempre tenía que decir la última palabra.

Cuando terminé de hablar con Nana y los niños, me acosté

en la oscuridad sobre la hostil cama sin hacer del hotel. No quería que las camareras ni nadie entrara en el cuarto, pero el letrero de NO MOLESTAR no le había impedido el paso al FBI.

Sostenía una botella de cerveza sobre el pecho. Calmé la respiración, dejé que la botella permaneciera allí en equilibrio. Nunca me han gustado los cuartos de hotel, ni siquiera cuando estoy de vacaciones.

Empecé a pensar en Naomi otra vez. Cuando era pequeña como Jannie, solía cargarla en los hombros para que pudiera alcanzar a ver "muy, muy lejos en el Mundo de la Gente Grande". Me acordé de que Naomi llamaba a la Navidad "Kissmás" y que se dedicaba a besar a todo el mundo durante esa temporada.

Finalmente dejé que mi mente se centrara en el monstruo que nos había arrancado a Peguita. El monstruo iba ganando hasta ahora. Parecía invencible, inatrapable. No cometía ningún error y no dejaba ninguna pista. Estaba muy seguro de sí mismo... incluso me había dejado una linda tarjetica postal para amenizar la cosa. ¿Qué significado tendría?

Quizá había leído mi libro sobre Gary Soneji, pensé. Cabía la posibilidad de que lo hubiese leído. ¿Se habría llevado a Naomi para desafiarme? Quizá para demostrar cuán bueno era.

No me gustaba ese pensamiento en lo más mínimo.

CAPÍTULO 33

¡Estoy viva, pero estoy en el infierno!

Kate McTiernan dobló las piernas pegándolas contra el pecho y tembló. Estaba segura de que había sido drogada. Temblores acusados, acompañados de una náusea implacable la recorrían bruscamente como un fuerte oleaje *que no paraba,* intentara lo que intentara.

No sabía cuánto tiempo llevaba dormida en el suelo frío, ni qué hora era. ¿Estaba él observándola? ¿Habría alguna mirilla escondida en las paredes? Kate casi podía *sentir* su mirada reptando sobre ella.

Recordaba hasta el más mínimo detalle horripilante e ignominioso de la violación. La *sensación* era tan vívida. La sola idea de ser tocada por él le repugnaba y las imágenes más terroríficas la asaltaban.

La rabia, la culpa, la violación se fusionaban todas en su mente. La adrenalina le fluía con vigor por todo el cuerpo. "Dios te salve María, llena eres de gracia... el Señor es contigo". Creía que se le había olvidado rezar. Esperaba que Dios no se hubiera olvidado de ella.

La cabeza le daba vueltas. Definitivamente, él estaba intentando doblegarla, quebrantar su resistencia. Ese era su plan, ¿verdad?

Tenía que pensar, obligarse a *pensar.* La habitación entera estaba fuera de foco. *¡Las droga*s! Kate intentó determinar qué le estaba administrando. *¿Qué* droga? ¿Cuál?...

Quizá fuera Forane, un fuerte relajante muscular que se utilizaba antes de la anestesia. Venía en botellitas de una centésima de milímetro. Se podía rociar directamente en la cara de la víctima o humedecer un trapo y mantenerlo un rato sobre su cara. Intentó recordar los efectos secundarios de la droga. Temblores y náusea. Garganta seca. Detrimento de la función intelectual durante un día o dos. ¡Presentaba todos esos síntomas! ¡Todos!

¡Es médico! La idea la alcanzó como un golpe bajo. Parecía plausible. ¿Quién más podría tener acceso a una droga como el Forane?

En el dojo de Chapel Hill se impartía una disciplina para ayudar a los alumnos a controlar sus emociones. Había que sentarse frente a una pared blanca y permanecer así sin importar cuánto quisiera uno moverse… o pensara que *necesitaba* moverse.

Tenía el cuerpo empapado en sudor, pero estaba resuelta. No permitiría que él la doblegara. Podía ser increíblemente fuerte cuando lo necesitaba. Era así como había logrado terminar sus estudios de medicina sin un centavo y con todo en su contra.

Se sentó en posición de flor de loto durante más de una hora en su "celda". Logró un ritmo tranquilo de respiración y se concentró en aclarar su mente, mientras se deshacía por el dolor, la náusea y la violación. Se concentró en lo que tenía que hacer.

Una idea simple.

Escapar.

CAPÍTULO 34

Kate se puso de pie con lentitud tras una hora de meditación. Aún estaba aturdida, pero se sentía un poco mejor, con mayor dominio sobre sí misma. Decidió ponerse a buscar el agujero por donde la espiaba Casanova. Tenía que estar allí, escondido en alguna parte de las paredes de madera natural.

El cuarto medía exactamente cuatro metros por cinco. Lo había medido varias veces. En un pequeño hueco del tamaño de un clóset había algo parecido a una letrina.

Kate buscó minuciosamente la más mínima hendidura en la pared pero no encontró nada. El hueco del excusado parecía desembocar directamente en el subsuelo. No había fontanería alguna, al menos no en esta parte del edificio. *¿Dónde me tiene encerrada? ¿Dónde estoy?*

El fuerte olor que recibió mientras se arrodillaba sobre el asiento negro de madera y achicaba los ojos para mirar dentro del agujero oscuro, le hizo soltar las lágrimas. Había aprendido a soportar el hedor, y esta vez lo único que le produjo fue una oleada de náusea seca.

La abertura parecía caer unos tres o cuatro metros. *¿Caer adónde?*, se preguntaba Kate.

Parecía muy estrecha y no creía que pudiera deslizarse a través de ella aunque se quitara toda la ropa. *Aunque quizá pudiera. Nunca digas nunca.*

Oyó la voz del tipo justo detrás de ella. Su corazón dio un vuelco y se sintió de repente muy débil.

¡Allí estaba! Sin camisa otra vez. Músculos bien marcados por todas partes, pero sobre todo alrededor del estómago y en los muslos. Llevaba puesta una máscara distinta. Una con gesto enfadado. Franjas de color carmesí y hueso sobre un fondo negro brillante. ¿Estaba enojado hoy? ¿Eran las máscaras el reflejo de su estado de ánimo?

—No es una de tus mejores ideas, Katie. Alguien más delgada que tú ya lo intentó –dijo con una voz canturrona–; no tengo la menor intención de ayudarte a subir de nuevo. Una forma muy repugnante de morir. Piénsalo bien.

Kate se puso de pie con dificultad y empezó a arquearse como para vomitar. Lo hizo lo mejor que pudo para ser convincente.

–Estoy mareada. Creí que iba a vomitar –le dijo a Casanova.

–No tengo la menor duda de que te sientes mal –dijo–. Ya pasará. Pero ese no es el verdadero motivo por el cual estabas arrodillada frente al excusado. Di la verdad y que pase lo que pase.

–¿Qué *quieres* de mí? –preguntó Kate. El hombre sonaba distinto hoy… o quizá las drogas le estaban distorsionando el oído. Estudió la máscara. Parecía convertirlo en otra persona. En otro tipo de pervertido ¿Sufriría de desdoblamiento de personalidad?

–Quiero estar enamorado. Quiero volver a hacerte el amor. Quiero que te pongas guapa para mí. Quizá con alguno de los encantadores vestidos de Neiman Marcus. Medias y tacón alto.

Kate estaba aterrorizada y asqueada, pero intentaba no demostrarlo. Tenía que hacer algo, decir algo, algo que lo mantuviera alejado de ella por el momento.

–No estoy de humor, querido –Kate contestó de inmediato–. No tengo ganas de arreglarme –No pudo evitar ser sarcástica–. Me duele la cabeza. ¿Por cierto qué tal día hace? Hoy todavía no he salido.

El rió. Una risa cuasi normal; una risa que no era del todo desagradable, que salía de detrás de la detestable máscara.

–Cielos azules soleados de Carolina, Kate. Una temperatura de cerca de los veinticinco grados. Uno de los mejores diez días del año.

Con una mano la levantó de repente de un tirón. Le jaló el brazo con fuerza, como si estuviera intentando arrancárselo de la coyuntura. Kate gritó mientras un dolor violento se extendía a lo largo de su brazo, y explotaba en el espacio vacío de detrás de la cuenca de sus ojos.

En un arranque de furia, con pánico, se estiró y le jaló la máscara.

—¡Qué estupidez has cometido! —le gritó en la cara—. ¡Con lo inteligente que eres!

Kate vio la pistola paralizante en su mano y se dio cuenta de que había cometido un grave error. Se la apuntó a nivel del pecho y disparó.

Ella intentó seguir de pie, forzar su voluntad para sostenerse, pero su cuerpo ya no funcionaba y se desplomó sobre el suelo.

El hombre pareció enloquecerse. Ella lo miró fijamente con horror mudo cuando levantó la bota y empezó a patearla. Un *diente* giraba en cámara lenta, giraba y giraba sobre su propio eje, trazando una trayectoria a través del suelo de madera.

El diente giratorio la tenía fascinada. Tardó un momento en darse cuenta de que era *su propio diente.*

Sentía el sabor de la sangre y sus labios que se inflamaban.

Un zumbido hueco repicaba en los oídos de Kate y supo que estaba sumiéndose en la inconsciencia. Se aferró a lo que había visto detrás de la máscara.

Casanova sabía que ella le había visto una parte de la cara.

Una suave mejilla rosada; sin barba ni bigote visibles.

El ojo izquierdo... *azul.*

CAPÍTULO 35

Naomi Cross temblaba mientras se apretaba contra la puerta que sellaba su cuarto. En algún lugar de la casa del horror una mujer estaba gritando.

El sonido era amortiguado por las paredes debido a la insonorización que él había instalado en la casa, pero de todos modos era aterrador. Naomi se dio cuenta de que se estaba mordiendo la mano. Con fuerza. Estaba segura de que el tipo estaba matando a alguien. No sería la primera vez que lo hacía.

Los gritos cesaron.

Naomi se apretó con fuerza contra la puerta en un esfuerzo desesperado por oír algún ruido.

—Oh, no, por favor —susurró—; no puede ser que esté muerta.

Escuchó el silencio electrizante durante largo rato. Finalmente, se alejó de la puerta. No había nada que pudiera hacer por la pobre mujer. Nadie podía hacer nada.

Naomi sabía que tenía que portarse muy bien. Si quebrantaba cualquiera de sus reglas, él la golpearía. No podía permitir que eso sucediera.

Parecía saberlo todo sobre ella. Qué ropa le gustaba ponerse, todas sus tallas de ropa interior, sus colores favoritos, incluso los tonos que prefería. Sabía de Alex y de Seth Samuel, e incluso de su amiga Mary Ellen Klouk. "La cosa rubia, alta y bonita", la había llamado. "*Cosa*".

Casanova tenía un género de perversión muy extraño; le gustaba interpretar papeles y fantasías sicodramáticas. Le encantaba hablarle de actos pornográficos: sexo con niñas pre-adolescentes y con animales; sadismo de pesadilla; masoquismo; ginecocracia; tortura con enema. Hablaba de todo despreocupadamente. Por momentos incluso era poético, de una forma enfermiza. Citaba a Jean Genet, a John Rechy, a Durrell, a Sade. Había leído mucho; quizás tenía un buen nivel de educación.

"Eres lo suficientemente lista para entenderme cuando te

hablo", le había dicho a Naomi en una de sus visitas. "Por eso te escogí, dulce amor."

De nuevo la sobresaltaron los gritos. Corrió a la puerta y apoyó la mejilla contra la espesa madera fría. *¿Era la misma mujer o estaba matando a otra?* —se preguntó.

—¡Por favor, que alguien me ayude! —oyó. La mujer estaba gritando a todo pulmón. Por tanto, infringía las normas de la casa—. ¡Que alguien me ayude! Me tienen cautiva aquí dentro. Que alguien me ayude... me llamo Kate... Kate McTiernan. ¡Que alguien me ayude! —Naomi cerró los ojos. Esto era terrible. La mujer tenía que dejar de hacerlo cuanto antes. Pero una y otra vez se repetían los gritos de auxilio. Eso significaba que Casanova no estaba en la casa. Debía de haber salido—. Que alguien me ayude, por favor. Me llamo Kate McTiernan. Soy médica del hospital de la Universidad de Carolina del Norte...

Los gritos continuaban... diez, veinte veces. No eran de pánico, Naomi empezó a darse cuenta. ¡Eran de ira!

Seguro que él no estaba en la casa. No le habría permitido que gritara durante tanto tiempo. Naomi finalmente reunió todo su valor y gritó tan alto como pudo.

—¡Para! Tienes que dejar de gritar. ¡Te matará! ¡Cállate! *¡Eso es todo lo que te voy a decir!*

Sobrevino el silencio... un bendito silencio. Por fin. Naomi pensó que materialmente *oía* la tensión a su alrededor. Y desde luego, la *sentía.*

Kate McTiernan no se contuvo mucho tiempo.

—¿Cómo te llamas? ¿Cuánto tiempo llevas aquí? Por favor, háblame... Oye, ¡te estoy hablando a ti! —gritó.

Naomi no le contestaba. ¿Qué le pasaba a esa mujer? ¿Había perdido la razón a raíz de la última paliza?

Kate McTiernan volvió a gritar.

—Escucha, nos podemos ayudar mutuamente. Estoy segura de que podemos. ¿Sabes dónde te tiene encerrada?

No cabía duda de que la mujer era valiente... pero se estaba comportando como una tonta también. Su voz era potente, pero empezaba a sonar ronca. *Kate.*

—Por favor, háblame. Él no está aquí ahora, o ya habría venido con su pistola paralizante. *¡Sabes que tengo razón!* No se enterará de que has hablado conmigo. Por favor... tengo que volver a oír tu voz. Por favor. Dos minutos. Eso es todo. Te lo prometo. *Dos minutos.* Por favor. Sólo *un* minuto.

Naomi aún rehusaba contestarle. Él podría haber vuelto ya. Podría estar en la casa escuchándolas. Incluso observándolas a través de las paredes.

Kate McTiernan estaba de nuevo en el aire.

—De acuerdo, treinta segundos. Luego nos callaremos. ¿De acuerdo? Te prometo que después callaré... *si no,* seguiré gritando hasta que él vuelva de verdad...

Oh, Dios, por favor, deja de hablar, gritaba una voz en el interior de Naomi: *Para, ya.*

—Me va matar —gritó Kate—. ¡Eso es lo que va a hacer de todas formas! Le vi parte de la cara. *¿De dónde eres?* ¿Cuánto tiempo llevas aquí?

Naomi sentía como si se estuviera ahogando. No podía respirar, pero se quedó junto a la puerta y escuchó todas y cada una de las palabras que la mujer tenía que decir. Sentía tantas ganas de hablar con ella.

—Puede que haya utilizado una droga que se llama Forane. Se usa en los hospitales. *Podría ser médico.* Por favor. ¿Qué tenemos que temer... además de la tortura y la muerte?

Naomi sonrió. Kate McTiernan tenía agallas y también sentido del humor. El sólo escuchar otra voz era de verdad reconfortante. Las palabras le salieron de la boca a tropezones, casi contra su voluntad.

—Me llamo Naomi Cross. Llevo aquí ocho días, *creo.* Él se esconde detrás de las paredes. Se la pasa vigilando. No creo que duerma nunca. Me violó —era la primera vez que decía esas palabras en alto—. *Me violó.*

Kate le contestó de inmediato.

—A mí también me violó, Naomi. Sé como te sientes, terriblemente mal… totalmente *sucia*. Es tan agradable oír tu voz, Naomi. Ya no me siento tan sola.

—Yo tampoco, Kate. Ahora, por favor, cállate.

Abajo en su cuarto, Kate McTiernan de repente se sentía muy cansada. Cansada pero con esperanza. Estaba tumbada contra una de las paredes cuando oyó voces a su alrededor.

—María Jane Capaldi. Creo que llevo aquí alrededor de un mes.

—Me llamo Kristen Miles. Hola.

—Melissa Stanfield. Soy estudiante de enfermería. Llevo aquí nueve semanas.

—Christa Akers, del estado de Carolina del Norte. Dos meses en el infierno.

Había al menos seis mujeres allí encerradas.

SEGUNDA PARTE

El juego del escondite

Una periodista de *Los Ángeles Times,* de veintinueve años, llamada Beth Lieberman, miraba fijamente las borrosas y diminutas letras verdes de su terminal de computador. Observaba con ojos cansados mientras continuaba desplegándose una de las historias más destacadas que había publicado el *Times* en años. Definitivamente, era el reportaje más importante de su carrera, pero estaba llegando a un punto en que casi no le importaba.

—Esto es tan demencial y repugnante... pies. Dios —Beth Lieberman se quejó suavemente en voz baja—. *Pies.*

La sexta entrega del "diario", enviada por el Caballero Visitante, había llegado a su apartamento situado en la zona oeste de Los Ángeles aquella mañana temprano. Así como había hecho con las entregas previas, el asesino le daba la localización precisa del cadáver de una mujer asesinada antes de proceder con el obsesivo mensaje sicópata para ella.

Beth Lieberman había llamado inmediatamente al FBI, luego había salido rápidamente en su coche a las oficinas del *Times* en la calle South Spring. Cuando llegó, el FBI ya había verificado el último asesinato.

El Caballero había dejado su sello: flores frescas.

El cuerpo de una japonesa de catorce años había sido encontrado en Pasadena. Igual que las otras cinco mujeres, Sunny Ozawa había desaparecido sin dejar rastro dos noches atrás. Era como si se la hubiera tragado una niebla sofocante y húmeda.

Hasta la fecha, Sunny Ozawa era la víctima confirmada más joven del Caballero. Le había puesto un arreglo de peonías rosadas y blancas en la parte inferior del torso. *Las flores, por supuesto, me recuerdan los labios genitales femeninos*, había escrito en alguna parte de su diario. *El isomorfismo resulta obvio, ¿no?.*

A las seis y cuarenta y cinco de la mañana, las oficinas del *Times* estaban desiertas y resultaban algo espeluznantes. *Nadie estaría despierto tan temprano, con excepción de los delincuentes que to-*

davía no se habían acostado, pensó Lieberman. El suave murmullo del aire acondicionado central, mezclado con el tenue pero creciente rugido del tráfico, le producía irritación.

—¿Por qué pies? —masculló la periodista.

Se sentó frente a la computadora, en estado casi comatoso, y deseó no haber escrito nunca un artículo sobre la pornografía por correo en California. Era así como el Caballero afirmaba haberla "descubierto"; como la había elegido a ella para convertirla en su "intermediaria con los demás ciudadanos de la ciudad de Los Ángeles". Proclamaba que él y ella estaban en la misma "onda".

Después de interminables reuniones administrativas al más alto nivel, *Los Ángeles Times* había decidido publicar las entregas del diario del asesino. No cabía duda de que habían sido escritas por el Caballero Visitante.

El tipo sabía dónde se encontraban los cuerpos de las víctimas asesinadas antes de que la policía lo supiera. También amenazó con "premios especiales de muerte" si su diario no era publicado puntualmente para que lo leyera todo el mundo en Los Ángeles a la hora del desayuno. "Soy el último, y el más grande de todos, de sobra", había escrito en una de sus entregas. ¿Quién iba a contradecirlo? se preguntaba Beth. ¿Richard Ramírez? ¿Caryl Chessman? ¿Charles Manson?

El papel de Beth Lieberman en este momento era ser su contacto. Sin embargo debía editar las palabras del Caballero. Era imposible que esas entregas tan intensas, tan gráficas salieran así a la luz pública. Estaban llenas de pornografía obscena y de las más brutales descripciones de los asesinatos que había cometido.

Lieberman casi podía oír la voz de ese demente mientras redactaba la última entrega en su procesador de textos. El Caballero Invitado estaba hablando con ella de nuevo, *a través* de ella:

Déjame que te hable de Sunny, de lo que he logrado saber de ella, claro.

Escúchame, querida lectora. Vívelo conmigo. Tenía unos delicados piececitos ágiles. Eso es lo que mejor recuerdo; eso es lo que siempre recordaré de mi hermosa noche con Sunny.

Beth Lieberman tuvo que cerrar los ojos. No quería escuchar esa mierda. Pero una cosa era segura: el Caballero Visitante definitivamente le había dado su primera oportunidad en el *Times*. Su reportaje aparecía siempre entre los artículos más destacados de esa primera plana tan ampliamente difundida. El asesino la había convertido a ella también en una estrella.

Escúchame. Vívelo conmigo.

Piensa en el fetichismo y en todas las sorprendentes posibilidades de liberar la psique. No las desprecies. Abre tu mente. ¡Abre tu mente ahora mismo! El fetichismo posee una fascinante gama de placeres que quizá te estés perdiendo.

No nos pongamos demasiado sentimentales por la "joven" Sunny. A Sunny Ozawa le gustaban los juegos nocturnos. Ella me lo contó, confidencialmente, claro. La ligué en el bar Monkey. Fuimos a mi casa, a mi escondite, donde empezamos a experimentar, a jugar, con toda la noche por delante.

Me preguntó si alguna vez lo había hecho con una japonesa. Le dije que no, pero que siempre lo había deseado.

Sunny me dijo que yo era "todo un caballero". Fue un honor.

Esa noche se me ocurrió que nada sería más libertino que centrarse en los pies de una mujer, acariciarlos mientras le hacía el amor. Me refiero a unos pies bronceados por el sol, cubiertos con medias de lujo y zapatos de tacón alto, un tanto caros, adquiridos en Saks. Me refiero a piececitos inteligentes. Comunicadores, muy sofisticados.

Escucha. Para apreciar realmente el muy erótico espectáculo de los pies de una mujer hermosa, la mujer deberá estar boca arriba, y el hombre de pie. Así estuvimos Sunny y yo hace algunas horas, esta noche.

Le levanté las delgadas piernas y observé muy de cerca en qué punto se unían de tal manera que la vulva se plegaba desde las nalgas. Le besé la parte superior de las medias repetidas veces. Me fijé en sus bien

*torneados tobillos, en las adorables líneas que conducían hasta el bri-
llante zapato negro.*

*Concentré toda mi atención en ese zapato coquetón mientras nuestra
acción febril puso su pie en veloz movimiento. Sus piececitos me estaban
hablando ahora. Una excitación completamente maniaca brotó en mi
pecho. Me sentía como si tuviera pajarillos vivos gorjeando y trinando
en mi interior.*

Beth Lieberman dejó de transcribir y cerró los ojos. ¡Los cerró con fuerza! Tenía que detener la imágenes que destellaban
ante ella. Él había asesinado a la jovencita de la que se expresaba tan alegremente.

Pronto el FBI y la policía de Los Ángeles entrarían como un
vendaval a las relativamente tranquilas oficinas del *Times*. Plan-
tearían la serie habitual de preguntas. No pero aún no había
respuestas. Ninguna pista relevante hasta el momento. Dirían
que el Caballero cometía "crímenes perfectos".

Los agentes del FBI querrían hablar horas y horas sobre los
detalles grotescos de la escena del crimen. *¡Los pies!* El Caballero le había cortado los pies a Sunny Ozawa con algún tipo de
navaja afiladísima. Ninguno de los dos pies se hallaba en la escena del crimen en Pasadena.

La brutalidad era su sello, pero esa era la única pauta cons-
tante hasta ahora. Había mutilado genitales femeninos en el
pasado. Había sodomizado a una víctima, luego la había caute-
rizado. Le había rajado el pecho a una empleada bancaria de
inversiones y le había sacado el corazón. ¿Estaba experimentan-
do? No era ningún caballero una vez que elegía a su víctima.
Era un Jekyll y Hyde de los noventa.

Beth Lieberman finalmente abrió los ojos y vio a un hombre
alto y delgado muy cerca de ella, en el gabinete de recepción y
difusión de noticias. Suspiró sonoramente e hizo un esfuerzo
por no fruncir el ceño.

Era Kyle Craig, el investigador especial del FBI.

Kyle Craig sabía *algo* que ella necesitaba saber desesperadamente, pero él no soltaba prenda. Sabía por qué el subdirector del FBI había volado a Los Ángeles la semana pasada. Él sabía secretos que ella necesitaba saber.

—Hola, señorita Lieberman. ¿Qué primicias me tiene? —le preguntó.

CAPÍTULO 37

TIC-TOC, pitillo, pitón.

Así es como cazaba a las mujeres. Así es como realmente ocurría, una y otra vez. Él jamás se ponía en peligro. Encajaba perfectamente en cualquier ambiente que eligiera para la caza. Se empleaba a fondo para evitar cualquier tipo de complicación o error humano. Sentía auténtica pasión por la pulcritud y, sobre todo, por la perfección.

Aquella tarde esperó pacientemente en un concurrido pasaje situado en un elegante centro comercial de Raleigh, Carolina del Norte. Observó a las atractivas mujeres que entraban y salían de la boutique local El secreto de Victoria, sentado cómodamente en una larga banca de mármol. La mayoría de las mujeres iban bien vestidas. Había un número de la revista *Times* y otro del periódico USA *Today* doblados junto a él sobre la banca de mármol. El titular del periódico decía: *El Caballero realiza su sexta visita en L.A.*

Para sus adentros se decía que el Caballero estaba perdiendo completamente el control en el sur de California. Se estaba quedando con unos trofeos espantosos, estaba cazando hasta dos mujeres por semana, y jugando estúpidos jueguitos mentales con *Los Ángeles Times,* con la policía de Los Ángeles, y con el FBI. Le iban a echar el guante.

Los ojos azules de Casanova atravesaron el concurrido centro comercial. Era un hombre muy atractivo, igual que el Casanova auténtico. La naturaleza había dotado a aquel aventurero del siglo dieciocho de belleza, sensualidad y un gran entusiasmo por las mujeres —lo mismo que a él.

¿Pero dónde se encontraba en este momento la encantadora Anna? Se había deslizado al interior de El secreto de Victoria para comprarle alguna prenda a su novio, sin duda. Anna Miller y Chris Chapin habían estudiado juntos en la facultad de derecho de la Universidad Estatal de Carolina del Norte. Ahora

Chris era socio en una firma de abogados. Les gustaba vestirse con la ropa del otro. El transformismo entre ellos los excitaba sobremanera. Casanova sabía mucho sobre su relación.

Se había dedicado a observar a Anna durante casi dos semanas. Era una impresionante beldad de veintitrés años y cabellera castaña; quizá no fuera exactamente otra doctora Kate McTiernan pero se le acercaba bastante.

La vio salir por fin de El secreto de Victoria y caminar casi directamente hacia él. El taconeo de sus zapatos le daba un aire exquisitamente altivo. Ella *sabía* que era una joven de belleza extraordinaria. Esa era su mejor cualidad. La gran confianza que tenía en sí misma casi se equiparaba con la de Casanova.

Caminaba a pasos largos y agradablemente arrogantes. Líneas delgadas y perfectas a lo largo de su cuerpo. Las piernas envueltas en medias oscuras de nylon y con los tacones que solía llevar para el trabajo de medio tiempo que tenía en Raleigh como asistente de un abogado. Senos esculturales que él anhelaba acariciar. Podía ver los sutiles bordes de su ropa interior bajo una falda ajustada de color tostado. ¿Por qué era tan provocativa? Porque *podía* serlo.

Parecía inteligente también. Prometedora, por lo menos. Había estado a punto de quedar en la lista de los más altos puntajes en el difícil examen de leyes. Anna era cariñosa, dulce, buena compañía. Y una enamorada fiel, incondicional. Su amante la llamaba "Anna Banana". A él le encantaba la dulce, estúpida confianza que implicaba el apodo.

Por su parte, lo único que Casanova tenía que hacer era tomarla. Así de fácil.

Otra mujer muy atractiva apareció de repente en su campo de visión. Le sonrió y él le devolvió la sonrisa. Se puso de pie y se estiró, luego caminó hacia ella.

Venía cargada de paquetes y bolsas de almacenes que sostenía con ambos brazos.

—Hola, preciosa —dijo en cuanto estuvo cerca de ella—. ¿Te ayudo con eso para aligerarte un poco la carga, encanto?

—Tú también eres dulce y además muy guapo —le contestó la mujer—. Siempre lo has sido. Y romántico.

Casanova besó a su esposa en la mejilla y le ayudó con los paquetes. Era una mujer muy elegante, serena. Vestía unos jeans, una camisa holgada y una chaqueta marrón de paño. Sabía vestir bien. Era muy eficaz en muchos sentidos. Él la había elegido con el mayor de los cuidados.

Mientras le cogía las bolsas, acarició el pensamiento más agradable, más reconfortante de todos: *No me atraparían ni en mil años. No tienen ni idea de dónde empezar a buscar. Jamás podrán traspasar este maravilloso, maravilloso disfraz, esta máscara de cordura. Estoy por encima de toda sospecha.*

—Te vi mirando a la fulana esa. Bonitas piernas —dijo su esposa con una sonrisa de entendimiento, poniendo los ojos en blanco—. Mientras no pases de mirar...

—Me pillaste —le dijo Casanova a su esposa—. Pero sus piernas no son tan bonitas como las tuyas.

Le sonrió con su personal estilo fácil y encantador. Pero en el momento mismo en que sonreía, un nombre le explotó en el cerebro. *Anna Miller*. Tenía que poseerla.

CAPÍTULO 38

Esto era mucho más que difícil.

Tuve que hacer un esfuerzo sobrehumano para ponerme en el rostro la feliz sonrisa de cuento mientras pasaba por la puerta principal de mi casa, de vuelta a Washington. Se imponía un día de descanso. Lo más importante era que le había prometido a la familia una reunión, un informe sobre la situación de Naomi. También echaba de menos a mis hijos y a Nana. Me sentía como si estuviera disfrutando de un permiso de guerra.

Lo último que deseaba era que Nana y los chicos supieran lo preocupado que estaba por Peguita.

—No hemos tenido suerte todavía —le dije a Nana mientras me inclinaba para darle un beso en la mejilla—. Aunque vamos progresando —me alejé de ella antes de que empezara a interrogarme.

De pie en la sala, me lancé a representar mi mejor numerito de salón en el papel de padre-trabajador. Canté "Papá ha vuelto a casa, papá ha vuelto a casa". No la versión de Shep y los Limelites, sino mi propia tonada original. Levanté a Jannie y a Damon en brazos.

—¡Damon, estás más grande y más fuerte, y tan guapo como un príncipe de Marruecos! —le dije a mi hijo—. ¡Jannie, estás más grande y más fuerte, tan hermosa como una princesa! —le dije a mi hija.

—¡Tu también, papito! Los niños me devolvieron las mismas tonterías cariñosas, gritando entusiasmados a voz en cuello.

Amenacé con levantar a mi abuela también, pero Nana Mamá muy seria hizo una cruz con los dedos para mantenerme a raya. Nuestra señal de familia.

—No te me acerques, Alex —dijo. Sonreía y al mismo tiempo miraba con tristeza. Era capaz de hacerlo. "Décadas de práctica", dice ella; *"Siglos",* le contesto siempre.

Le di a Nana otro besote. Luego cogí de la cabeza a los niños extendiendo las palmas de las manos. Los sostuve como hacen los jugadores grandulones con los balones de baloncesto, como si no fueran más que una extensión de sus brazos.

—¿Cómo se han portado mis dos briboncillos? —y empecé a aplicar las técnicas de interrogatorio a mis propios pequeños reincidentes—. ¿Limpiaron sus habitaciones? ¿Hicieron las tareas? ¿Se comieron las coles de Bruselas?

—¡Sí, *papito*! —gritaron al unísono—. Hemos sido tan buenos como el pan —añadió Jannie con ese detalle convincente.

—¿Me están mintiendo? ¿Las coles de Bruselas? ¿El brócoli también? ¿No se les ocurriría mentirle tan descaradamente a papito? La otra noche llamé a casa a las diez y media y aún estaban despiertos. Y me dicen a mí que han sido buenos. ¡Buenos como el pan!

—¡Nana déjanos ver a las profesionales del *aro*! —Damon gritó entre carcajadas y franco regocijo—. Ese pequeño embaucador siempre se sale con la suya, lo cual a veces me preocupa. Es un actor nato, pero también un creador ingenioso de su propio material. En aquel momento, su nivel de humor estaba a la altura del éxito televisivo *A todo color*.

Finalmente rebusqué en mi bolsa de viaje y saqué los regalos.

— Bueno, en ese caso, he traído algo para *vustedes* de mi viaje al sur. Ahora digo *"vustedes"*. Lo aprendí en Carolina del Norte.

—*Vustedes* —repitió Jannie. Rió alborotadamente y dio un pase de baile improvisado. Era como una cachorrilla bella e inquieta que hubieran dejado encerrada en casa sola toda una tarde. Luego llegas a casa y se te echa encima como un pegajoso papel matamoscas. Igual que Naomi cuando era pequeña.

Saqué las camisetas del equipo campeón de baloncesto de la Universidad de Duke para Jannie y Damon. El truco con ese par es que han de tener la misma cosa. Exactamente el mismo diseño. Exactamente el mismo color. Esto durará otros dos años y después ninguno de los dos querrá que lo descubran con nada que los relacione ni por asomo.

Gracias, *vustedes* todos —dijeron uno después del otro. Sentía su cariño; qué gusto estar en casa. De permiso, o como fuera. Sano y salvo durante algunas horas.

Me dirigí a Nana.

—Habrás pensado que me había olvidado de ti —le dije.

—Tú nunca te olvidarás de mí, Alex —mamá Nana hizo un guiño con sus ojos castaños.

—Tienes toda la razón, viejita —sonreí.

—Claro que la tengo —siempre *tenía* que decir la última palabra.

Saqué un paquete preciosamente envuelto de mi bolsa de sorpresas y prodigios. Nana lo desenvolvió y se encontró con el más hermoso suéter tejido a mano que yo había visto jamás. Había sido elaborado en Hillsborough, Carolina del Norte, por ancianas de ochenta y noventa años que aún trabajaban para vivir.

Por una vez en su vida, mamá Nana se quedó sin palabras. Nada de réplicas ingeniosas. Le ayudé a ponerse el suéter, y ya no se la quitó en todo el día. Se veía orgullosa, feliz y hermosa y a mí me encantaba verla así.

—Este es el regalo más bonito que me podías dar —dijo finalmente con un ligero temblor en la voz—; además de que estés en casa, Alex. Ya sé que se supone que eres un hombre duro, pero estaba preocupada por ti, allá en el sur, tú solo.

Mamá Nana era lo suficientemente prudente para no hacer demasiadas preguntas sobre Peguita todavía. También sabía exactamente lo que mi silencio significaba.

CAPÍTULO 39

A última hora de la tarde, alrededor de treinta de mis amigos y parientes más cercanos irrumpieron como un enjambre en mi casa de la calle Cinco. Todos querían noticias sobre la investigación de Carolina del Norte. Era natural, aunque sabían de sobra que si las tuviera ya se las habría comunicado. Me inventé pistas esperanzadoras que simple y llanamente no existían. Era lo único que podía hacer por ellos.

Sampson y yo por fin logramos reunirnos en el porche de atrás después de haber tomado una generosa cantidad de cervezas importadas y otros tantos filetes de carne medio cruda. Sampson necesitaba escuchar; yo necesitaba una conversación de policía a policía con mi compañero y amigo.

Le conté todo lo que había sucedido hasta la fecha en Carolina del Norte. Comprendió la dificultad que entrañaba la investigación y la cacería humana. Había estado conmigo en casos similares, casos que no parecían arrojar pista alguna.

—Al principio me marginaron completamente. No querían saber nada de nada de mí. Últimamente la cosa ha mejorado un poquito —le dije—. Los detectives Ruskin y Sikes cumplen religiosamente y me mantienen informado de los últimos progresos. Ruskin, por lo menos. De vez en cuando, hasta intenta ser de ayuda. Kyle Craig también está en el caso. En el FBI aún no me dicen qué es lo que saben.

—¿Alguna hipótesis, Alex? —quería saber Sampson. Escuchaba con sumo interés y de vez en cuando hacía alguna observación.

—Quizá alguna de las mujeres secuestradas está relacionada con alguien importante. Quizá el número de víctimas es mucho más alto que el que se reconoce oficialmente. Quizá el asesino está emparentado con alguien que tiene poder o influencias.

—No es *necesario* que vuelvas allá, al sur —dijo Sampson después de escuchar todos los detalles—. Parece que ya tienen bastantes *profesionales* en el caso. No empieces otra de tus *vendettas*, Alex.

—Ya está en marcha —le dije—. Creo que Casanova está disfrutando con el hecho de que nos tiene perplejos con sus crímenes perfectos. Creo que también le gusta que *yo esté* perplejo y frustrado. Hay otra cosa, pero aún no he logrado descifrarlo del todo. Creo que ahora está en celo.

—Aja. Bueno, a mí me suena que tú también estás en celo. Aléjate de él como si fuera la peste, Alex. No te pongas a jugar al condenado Sherlock Holmes con este loco pervertido.

No dije nada. Sólo meneé la cabeza, mi muy *dura* cabezota.

—¿Qué tal si no puedes atraparlo? —dijo Sampson finalmente—. ¿Qué tal si no puedes resolver este caso? Tienes que pensar en eso, tigre.

Esa era la única posibilidad que *no* contemplaría de ninguna manera.

CAPÍTULO 40

Cuando Kate McTiernan despertó supo inmediatamente que algo andaba mal, que su situación desesperada se había puesto aún peor.

No sabía qué hora era, qué día era, dónde la tenían cautiva. Tenía la visión borrosa. El pulso sobresaltado. Todos sus signos vitales parecían estar desajustados.

Había experimentado desde sensaciones extremas de desapego, hasta depresión y luego pánico en los pocos momentos que llevaba consciente. ¿Qué le había dado el tipo ese? ¿Qué droga produciría tales síntomas? Si podía resolver ese enigma, querría decir que aún estaba cuerda, o por lo menos, que aún era capaz de discernir con claridad.

Quizá le había dado Klonopin, pensó Kate.

Irónicamente, el Klonopin se solía prescribir como tratamiento contra la ansiedad. Pero si él había empezado con una dosificación alta, digamos de cinco a diez miligramos, ella experimentaría aproximadamente los mismos efectos secundarios que estaba sintiendo ahora.

¿O habría utilizado cápsulas de Marinol? Se prescribían para el tratamiento de la náusea causada por la quimioterapia. ¡Kate sabía que el Marinol era candela! Si se le administraban digamos dos miligramos al día, rebotaría contra las paredes. Lengua pastosa. Desorientación. Períodos de manía depresiva. Una dosis de mil quinientos a dos mil miligramos sería letal.

Había arruinado su plan de huída con las poderosas drogas. Así no podía luchar contra él. Su entrenamiento de karateka no valía para nada. Casanova se había asegurado de que así fuera.

—Maldito cabrón —dijo Kate en voz alta. Casi nunca decía palabrotas—. Hijo de puta —susurró entre los dientes firmemente apretados.

No quería morir. Sólo tenía treinta y un años. Por fin estaba capacitada para ser médica, y de las buenas, al menos eso esperaba. *¿Por qué yo? Eso no puede suceder. ¡Este hombre, este horrible maníaco me va a matar sin razón!*

Helados temblores le recorrían la espina dorsal de arriba abajo. Se sentía como si estuviera a punto de vomitar, a punto del desmayo. *Hipotensión ortostática*, pensó. Era el término médico para el desmayo que se produce cuando uno se levanta muy rápidamente de la cama o de una silla.

¡No podía defenderse de él! La quería impotente, y aparentemente lo había conseguido. Más que cualquier otra cosa, eso era lo que finalmente la sacaba de quicio. Y empezó a llorar. Lo cual la enfureció aún más.

No quiero morir.

No quiero morir.

¿Cómo puedo evitarlo?

¿Cómo detengo a Casanova?

La casa estaba en extremo silenciosa otra vez. No creía que él estuviera por allí. Necesitaba hablar con alguien desesperadamente. Con las otras prisioneras. Tenía que reunir todo su arrojo para volver a hacerlo.

Él *podría* estar escondido en la casa. Esperando. Vigilándola en ese mismísimo momento.

—Hola, quien quiera que esté allí afuera —llamó por fin, sorprendida ante lo áspera que sonaba su propia voz.

—Soy Kate McTiernan. Por favor, escuchen. Me ha metido un montón de drogas. Creo que pronto me va a matar. Dijo que lo iba a hacer. Tengo mucho miedo… No quiero morir.

Kate repitió el mismo mensaje una vez más, palabra por palabra.

Lo volvió a repetir.

Silencio; nadie respondía. Las otras también tenían miedo. Tenían razón de estar petrificadas. Y, de repente, una voz bajó flotando desde algún lugar por encima de ella. La voz de un ángel.

El corazón de Kate dio un vuelco. Recordaba esa voz. Escuchó con atención cada palabra de *su valiente amiga*.

—Soy Naomi. Quizá podamos ayudarnos de alguna manera. A menudo nos reúne a todas, Kate. Tú todavía estás a prueba. Al principio nos tenía en el cuarto de abajo. ¡Por favor, *no luches contra él!* No podemos seguir hablando. Es demasiado peligroso. No vas a morir, Kate.

Otra mujer la secundó.

—Por favor, sé valiente, Kate. Sé fuerte por el bien de todas nosotras. Sólo que no lo seas *demasiado*.

Después de esto las voces callaron y el silencio y la soledad de su cuarto volvieron a reinar.

La droga, cualquiera que fuera la que le había inyectado, estaba obrando a toda prisa. Kate McTiernan sentía como si estuviera perdiendo la razón.

CAPÍTULO 41

Casanova iba a matarla, ¿no? Iba a ocurrir pronto.

En medio del silencio y la terrible soledad sintió la imperiosa necesidad de rezar, de hablar con Dios. Dios la oiría aunque estuviera en este lugar tan grotescamente maligno, ¿no es cierto?

Lo siento si sólo creí en Ti a medias durante los últimos años antes de que ocurriera esto. No sé si soy agnóstica, pero por lo menos soy sincera. Tengo un buen sentido del humor. Incluso cuando el humor es inoportuno.

Ya sé que no se trata de "vamos a hacer un pacto", pero si puedes sacarme de esta, Te estaré eternamente agradecida.

Perdóname. No dejo de repetirme a mí misma que esto no puede estarme pasando a mí, pero me está pasando. Por favor, ayúdame. Esta no es una de Tus mejores ideas.

Kate estaba rezando con tanto fervor, concentrándose tanto, que no oyó la puerta. De todos modos, siempre era muy sigiloso. Un fantasma. Un espectro.

– Nunca haces el más mínimo caso ¿verdad? ¡Simplemente *no aprendes*! –le dijo Casanova.

Sostenía una jeringa de hospital en la mano. Llevaba puesta una máscara color malva moteada con una espesa pintura blanca y azul. Era la máscara más horrenda e inquietante que se había puesto hasta ahora. *Efectivamente* las máscaras se adecuaban a sus estados de ánimo. ¿No era así?

Kate intentó decirle *no me hagas daño*, pero no le salió nada de la boca. Únicamente un ligero *susurro* escapó de sus labios.

Apenas podía ponerse de pie, o incluso sentarse, pero le dedicó lo que ella pensó que era una leve sonrisa.

Iba a matarla.

—Hola… qué gusto verte —atinó a decirle al hombre. ¿Sonaba coherente? No lo sabía con seguridad.

Él le contestó algo, *algo importante,* pero ella no tenía la menor idea de lo que era. Las misteriosas palabras le retumbaban en el cerebro... conjuros sin sentido. *Intentaba* escuchar lo que él estaba diciendo. Lo intentaba con todas sus fuerzas.

—*La doctora Kate... habló con las otras... infringió las normas de la casa. ¡La mejor chica, la mejor!... Podría haber sido... ¡Pero eres tan lista que eres estúpida!*

Kate asintió con la cabeza como si entendiera lo que él le acababa de decir, como si hubiera seguido perfectamente el hilo de sus palabras y de su lógica. Obviamente estaba enterado de que había hablado con las otras. ¿Estaba diciendo que era tan lista que se volvía estúpida? Había algo de verdad en eso. Tienes razón, amigo.

—Quería... hablemos —acertó a decir Kate. Sentía como si tuviera la lengua encerrada en un guante de lana. Lo que quería decir era *Hablemos. Aclaremos todo esto. Necesitamos hablar.*

Se notaba que en esta visita no lo guiaba el interés por hablar. Parecía estar *encerrado* en sí mismo. Muy distante. El hombre de hielo. Había algo particularmente inhumano en su persona. Esa máscara horripilante. Hoy su máscara representaba a la muerte.

Se encontraba a menos de cuatro metros de distancia, armado con la pistola paralizante *y* una jeringa. *Doctor,* gritó su cerebro. *Es un doctor, ¿verdad?*

— No quiero morir. Seré... buena —logró decir con gran esfuerzo—. Me arreglaré... tacones altos...

—Lo deberías haber pensado antes, doctora Kate, y no deberías haber quebrantado las normas de mi casa a tu antojo. Contigo cometí un error. No suelo cometer errores.

Sabía que las corrientes eléctricas de la pistola la inmovilizarían. Intentó concentrarse en lo que podría hacer para salvarse.

Estaba funcionando con el piloto automático. Sólo reflejos. *Una sola patada directa, en seco,* pensó. Pero eso parecía imposible en este momento. Así y todo, buceó hasta lo más profundo de su ser. *Concentración total.* Todos esos años de intensa práctica de karate se canalizaron en una única e improbable posibilidad de salvar su vida.

Una última oportunidad.

En el dojo le habían repetido mil veces que había que centrarse en un solo objetivo y luego utilizar la fuerza y la energía del enemigo *contra el propio enemigo.* Enfoque total. Hasta donde le era posible en ese momento.

El hombre se aproximó a ella y levantó la pistola a la altura del pecho. Se movía resuelto.

Kate lanzó un áspero grito *"¡Kii-ay!"* o algo así. Lo mejor que pudo en ese instante. Soltó la patada con toda la fuerza que le quedaba. Apuntó a los riñones. El golpe lo desarmaría. Quería matarlo.

Kate erró la patada de su vida, pero algo pasó. En todo caso golpeó con firmeza sobre carne y hueso.

No en el riñón, ni siquiera cerca de su objetivo. Le había dado en la cadera o en el muslo superior. No importaba; le había hecho daño.

Casanova aulló de dolor. Sonaba como un perro atropellado por un coche que pasa a toda velocidad. Era evidente que estaba sorprendido. Tambaleante, dio un precipitado paso atrás.

Entonces Juanito y el Maldito Gigante de la Habichuela cayeron cuan pesados eran. Kate McTiernan sintió deseos de gritar de alegría.

Le había hecho daño.

Casanova estaba en el suelo.

CAPÍTULO 42

Otra vez me encontraba en el sur. Otra vez sumido en esa fea investigación de homicidio y secuestro. Sampson tenía razón —esta vez era algo personal. También era un caso imposible, de esos que se pueden prolongar durante años.

Se estaba haciendo todo lo que se podía hacer. Había once sospechosos bajo vigilancia en ese momento en Durham, Chapel Hill y Raleigh. Entre ellos había pervertidos de todo tipo, pero también profesores universitarios, médicos e incluso un policía retirado de Raleigh. Por tratarse de crímenes "perfectos", todos los policías de la zona habían sido investigados por el FBI.

No me ocupé de esos sospechosos. Yo tenía que mirar donde nadie estaba mirando. Ese era el trato que había hecho con Kyle Craig y el FBI. Me habían adjudicado el papel de "explorador".

Varias investigaciones se estaban llevando a cabo simultáneamente en ese momento en el país. Leí cientos de informes del FBI sobre ellas. Un asesino de homosexuales en Austin, Texas. Un asesino en serie que mataba ancianas en Ann Arbor y Kalamazoo, Michigan. Asesinos que seguían un mismo patrón de conducta en Chicago, North Palm Beach, Long Island, Oakland y Berkeley.

Leía hasta que me ardían los ojos y se me revolvían las tripas.

Había un caso asqueroso que estaba acaparando los titulares a nivel nacional; el Caballero Visitante de Los Ángeles. Por medio del Nexus accedí a los "diarios" del asesino. Habían estado apareciendo en *Los Ángeles Times* desde principios de año.

Empecé la lectura. Sentí como una sacudida eléctrica cuando leí la penúltima entrega del diario en el *Times*. Me quedé pasmado. Casi no daba crédito a lo que acababa de ver.

Retrocedí el texto en la pantalla. Volví a leerlo una vez más, lentamente, palabra por palabra.

Era la historia de una joven que el Caballero Visitante tenía "cautiva" en California.

El nombre de la joven: Naomi C. Profesión: estudiante de leyes de segundo año.

Descripción: negra, muy atractiva. Veintidós años.

Naomi tenía veintidós… era estudiante del segundo curso de leyes… ¿Cómo podía saber algo de Naomi Cross un salvaje que asesinaba por pasatiempo?

CAPÍTULO 43

Inmediatamente llamé a la periodista que firmaba la serie de artículos del *Times*. Se llamaba Beth Lieberman. Contestó su teléfono particular en las oficinas del *Los Ángeles Times*.

—Me llamo Alex Cross. Soy detective de homicidios e investigo los asesinatos de Casanova en Carolina del Norte —le dije. El corazón me palpitaba mientras intentaba explicar rápidamente mi situación.

—Sé exactamente quién es usted, doctor Cross —Beth Lieberman me cortó en seco—. Está escribiendo un libro sobre esto. Yo también. Por razones obvias, no creo que tenga nada que decirle a usted. El bosquejo general de mi proyecto de libro está circulando ahora mismo entre las editoriales de Nueva York.

—¿Escribiendo un libro? ¿Quién le dijo eso? No estoy escribiendo ningún libro —mi tono de voz estaba subiendo a pesar de que sabía que no me convendría—. Estoy *investigando* un brote de secuestros y asesinatos en Carolina del Norte. Eso es lo que estoy haciendo.

—El jefe de detectives de Washington dice otra cosa, doctor Cross. Yo hablé con él cuando leí que usted estaba involucrado en el asunto Casanova.

El jefazo ataca de nuevo, pensé. Mi antiguo jefe en la capital, George Pittman era un cabrón total y, además, yo no era santo de su devoción.

—Escribí un libro sobre Gary Soneji —le dije—. Pretérito perfecto. Necesitaba desahogarme. Puede creerme, yo ...

—¡Cuentos!

Beth Lieberman me colgó. ¡Pum!

—¡Hija de puta! —murmuré al auricular mudo que tenía en la mano. Volví a llamar al periódico. Esta vez me contestó una secretaria.

—Lo siento, la señorita Lieberman se ha marchado y no volverá en todo el día —dijo con una voz entrecortada.

Yo ya estaba furioso.

—Debe de haber salido en los *diez segundos* que tardé en volver a comunicarme. Por favor, que pase al teléfono la señorita Lieberman, sé que está allí. Pásele la llamada ya.

La secretaria también me colgó.

—¡Tú también eres una hija de puta! —le dije al auricular muerto—. Al diablo con todo.

Para el mismo caso me estaba encontrando con una falta total de cooperación en dos ciudades distintas. Lo que me estaba volviendo loco es que creía que estaba develando algo. ¿Había alguna extraña relación entre Casanova y el asesino de la Costa Oeste? *¿Cómo podía el Caballero Visitante saber acerca de Naomi? ¿Me conocería a mí también?*

Hasta ahora no era más que un presentimiento, pero demasiado plausible para descartarlo. Llamé al jefe de redacción del *Los Ángeles Times*. Fue más fácil comunicarse con el gran jefe que con una de sus periodistas. El asistente del jefe de redacción era un hombre. Su voz al teléfono era seca, eficiente y tan agradable como el almuerzo dominical en el hotel Ritz-Carlton de Washington, D.C.

Le dije que era el doctor Alex Cross; que había participado en la investigación de Gary Soneji y que tenía una información importante relacionada con el caso del Caballero Visitante.

—Se lo diré al señor Hills —me informó el asistente, dando aún la impresión de estar encantado de hablar conmigo. Pensé que sería excelente tener un asistente así.

No tardó mucho en contestar el redactor jefe en persona.

—Alex Cross —dijo—. Soy Dan Hills. Leí sobre usted durante la cacería de Soneji. Encantado de oírlo, especialmente si tiene algo que decirnos sobre este asunto tan turbio.

Mientras hablaba con Dan Hills, me lo imaginaba como un hombre corpulento, de unos cincuenta años, duro y apuesto a la vez, a la manera californiana: camisa a rayas finas remangada hasta los codos; corbata pintada a mano; Stanford por los cuatro costados. Me pidió que lo tratara con confianza, que lo llamara Dan. De acuerdo, podía hacerlo. Parecía un buen tipo. Probablemente tendría uno o dos Pulitzer en su haber.

Le hablé de Naomi y de mi participación en la investigación de Casanova en Carolina del Norte. También le hablé de la referencia a Naomi en los diarios de Los Ángeles.

—Siento mucho lo de la desaparición de tu sobrina —dijo Dan Hills—. Imagino por lo que estarás pasando —se produjo una pausa en la comunicación. Temí que Dan fuese a tener conmigo un comportamiento política o socialmente correcto—. Beth Lieberman es una periodista joven y talentosa —continuó—. Es dura, pero es una profesional. Esta es una historia muy importante para ella y para nosotros también.

—Escucha —corté a Hills en seco; tenía que hacerlo—. Naomi me escribía casi una carta a la semana cuando estaba en la universidad. Guardé esas cartas, todas ellas. Ayudé a criarla. Estamos muy unidos. *Esa cercanía* significa muchísimo para mí.

—Te comprendo. Veré qué puedo hacer. Aunque no te prometo nada.

—Sin promesas, Dan.

Fiel a su palabra, Dan Hills me telefoneó a las oficinas del FBI en una hora.

—Bien, parece que podemos llegar a un acuerdo —me dijo—. Hablé con Beth. Como podrás imaginarte, esto nos pone a ambos en una posición muy delicada.

—Entiendo lo que me estás diciendo —le dije. Me estaba preparando para un rechazo velado, pero recibí algo muy distinto.

—Se hace referencia a Casanova en las versiones inéditas de los diarios que envía el Caballero. Cabe suponer que esos dos *podrían* estar en contacto, incluso compartiendo sus hazañas. Casi como si fueran amigos. Parece que se están comunicando por alguna razón.

¡Bingo!

Los monstruos se estaban comunicando.

Ahora pensaba que sabía lo que el FBI había estado manteniendo en secreto, lo que temían que fuera a salir a la luz.

Existía un grupo de asesinos en serie operando de costa a costa.

CAPÍTULO 44

¡CORRE! ¡VETE! ¡Mueve el trasero de prisa! ¡Lárgate de aquí ahora!

Kate McTierman avanzó tambaleante y se evadió por la pesada puerta de madera que Casanova había dejado abierta al entrar.

No sabía hasta qué punto le había hecho daño. Huir era su único pensamiento. *¡Vete ya! Huye de él mientras puedas.*

Su mente le estaba jugando malas pasadas. Imágenes confusas iban y venían, sin que pudiera efectuar las conexiones adecuadas. La droga, cualquiera que fuese, estaba en plena acción. Se encontraba desorientada.

Kate se tocó la cara y se dió cuenta de que tenía las mejillas húmedas. ¿Estaba llorando? Ni siquiera eso podía afirmarlo con certeza.

A duras penas logró subir las empinadas escaleras de madera que estaban a la salida del cuarto. ¿Conducirían a otro piso? ¿Acababa de subir estas escaleras? *No lo recordaba. No recordaba nada.*

Ahora estaba desesperanzadamente aturdida y confusa. ¿De veras había dejado a Casanova fuera de combate, o se trataba de una alucinación?

¿Venía tras ella? ¿Estaba subiendo las escaleras raudamente en este mismo momento para perseguirla? La sangre le retumbaba en los oídos. Se sentía tan mareada que temía que en cualquier momento se vendría al suelo.

Naomi, Melissa Stanfield, Christa Akers. ¿En qué sitio las tendría encerradas?

A Kate se le estaba dificultando tremendamente encontrar el camino a través de la casa. Caminaba zigzagueando por el largo corredor como una persona borracha. ¿En qué tipo de edificio se encontraba? *Parecía* una casa. Las paredes eran nuevas, recién construidas, pero ¿qué tipo de casa era esta?

–¡Naomi! –gritó, pero su voz apenas se oyó. No podía concentrarse; no podía reunir su atención más que unos pocos segundos. *¿Quién era Naomi?* No lo recordaba exactamente.

Se detuvo y tiró con fuerza de un picaporte. La puerta no se abría. ¿Por qué estaba cerrada con llave? ¿Qué demonios estaba buscando? ¿Qué estaba haciendo allí? Las drogas no la dejaban pensar con claridad.

Estoy entrando en estado de choque, de trauma, pensó. Sentía frío y estaba como entumecida. En su cabeza todo galopaba desafortunadamente.

¡Viene a matarme! ¡Viene por detrás!

¡Huye! Se ordenó a sí misma. Encuentra la salida. ¡Céntrate en eso! Encuentra ayuda y vuelve.

Llegó hasta otra escalinata de madera que parecía antigua, de otra época. Había grumos de lodo seco pegados a los escalones. Tierra. Guijarros y fragmentos de vidrio. Estas escaleras eran realmente antiguas. No como la madera nueva del interior.

Kate ya no podía mantener el equilibrio. Se abalanzó hacia adelante precipitadamente y casi se golpea la barbilla contra el segundo escalón. Siguió gateando, escarbando, avanzando lentamente escaleras arriba. Estaba de rodillas. Subir escaleras. ¿Hacia dónde? ¿Un ático? ¿Adónde iría a parar? ¿Estaría él allí, esperándola con la pistola eléctrica paralizante y la jeringa?

¡De repente estaba en *el exterior!* ¡Efectivamente estaba fuera de la casa! De alguna manera lo había conseguido.

Kate McTiernan quedó deslumbrada, medio ciega por las brillantes franjas de sol, pero el mundo nunca había sido tan hermoso. Respiró el dulce aroma de la resina de los árboles: robles, sicomoros, pinos gigantes de Carolina. Kate miró el bosque y el cielo, alto, muy alto y lloró. Las lágrimas rodaban por su cara.

Se quedó mirando a los altos, altos pinos. Las uvas silvestres se extendían de copa en copa. Ella había crecido en un bosque como este.

Escapar. De repente volvió a pensar en Casanova. Intentó

correr unos pasos. Se volvió a caer. Dando tumbos, se volvió a poner de pie. *¡Corre! ¡Aléjate de aquí!*

Giró, trazando un círculo entero, amplio. Siguió dando vueltas —una, dos, tres veces— hasta que estuvo a punto de caer de nuevo.

¡No, no, no! La voz al interior de su cabeza era fuerte, le estaba gritando. No podía creer lo que veían sus ojos, no podía confiar en ninguno de sus sentidos.

Esto era lo más desquiciado, lo más demencial de todo. Era el sueño despierto más aterrador que podía existir. ¡La casa no estaba! No había ninguna casa en ningún lado hacia donde Kate mirara mientras giraba y caminaba en círculos bajo los pinos gigantes.

¡La casa, o dondequiera que la hubiesen tenido encerrada, había *desaparecido*!

CAPÍTULO 45

¡CORRE! Mueve las condenadas piernas rápido, una después de la otra. ¡Más rápido! Mucho más rápido, niña. Huye de él.

Intentó concentrarse en hallar una manera de salir del espeso y oscuro bosque. Los altos pinos de Carolina eran como parasoles que filtraban la luz sobre los árboles de hoja caduca que crecían a su sombra. No había suficiente luz para los jóvenes retoños que se sostenían como esqueletos verticales.

Ahora vendría por ella. *Intentaría* atraparla y la *mataría* si lo lograba. Estaba casi segura de que no le había hecho mucho daño, aunque Dios sabe que lo había intentado.

Kate avanzó en un ritmo caótico: corría y caía de bruces constantemente. El suelo del bosque era suave y esponjoso, una alfombra de paja y hojas de pino. Largas y delgadas zarzas se levantaban de la tierra en línea recta intentando alcanzar la luz solar. Ella misma se sentía como una zarza.

Tengo que descansar… esconderme… que el efecto de las drogas se diluya, musitó Kate para sí. *Luego ir a pedir ayuda… era lo más lógico. Llamar a la policía.*

Entonces lo oyó detrás suyo abriéndose paso entre el follaje. *Gritó* su nombre.

—¡Kate! ¡Kate! ¡Detente ahora mismo! Su voz resonaba potente en medio de la espesura.

Tanto descaro sólo podía significar que no había nadie en kilómetros a la redonda; nadie que la ayudara en estos bosques olvidados de Dios. Estaba completamente sola.

—¡Kate! ¡Voy a atraparte! Es inevitable, así que deja de correr.

Kate subió una empinada colina rocosa que, en ese estado de agotamiento, le pareció el Everest. Una serpiente negra estaba tomando el sol sobre una piedra lisa. La culebra *parecía una rama caída de un árbol* y Kate estuvo a punto de agacharse a recogerla. Pensó que podía usarla de bastón. La sorprendida serpiente se alejó deslizándose con rapidez y Kate temió estar alucinando de nuevo.

—¡Kate! ¡Kate! ¡No tienes escapatoria! ¡Ahora sí que estoy iracundo!

Esta vez Kate cayó pesadamente sobre una maraña de madreselva y rocas puntiagudas. Un dolor atroz le punzó la pierna izquierda, pero se impulsó para levantarse de nuevo.

Ignora la sangre. Ignora el dolor. Sigue adelante. Tienes que escapar. Tienes que traer ayuda. Limítate a seguir corriendo. Eres más lista, más rápida, eres más recursiva de lo que crees. ¡Lo vas a lograr!

Escuchaba los pasos de aquel hombre al escalar la colina empinada —la montaña pendiente— lo que fuera que ella misma acababa de escalar. Estaba muy cerca.

—¡Estoy aquí mismo, Kate! ¡Oye, Katie, estoy detrás de ti! ¡Aquí estoy!

Kate por fin se dio vuelta. No fue capaz de controlar por más tiempo la curiosidad y el terror.

El hombre escalaba con facilidad. Ella alcanzaba a ver su camisa blanca de franela destellando entre los árboles casi negros de abajo, y su largo pelo rubio. ¡Casanova! Aún llevaba puesta la máscara. En la mano empuñaba la pistola paralizante o *algún tipo de arma*.

Se estaba riendo a carcajadas. ¿De qué se reía?

Kate dejó de correr. Había abandonado toda esperanza de escapar. Una sacudida momentánea de horror e incredulidad la asaltó de improviso: gritó de angustia. Iba a morir ahí mismo, lo sabía.

Kate susurró: "La voluntad de Dios". Era todo lo que le quedaba a partir de ese momento; nada más.

La cima de la empinada colina terminaba bruscamente en un cañón. Había un descenso de por lo menos treinta metros de rocas escarpadas. Sólo unas cuantas matas de pino crecían entre él. No había dónde esconderse, hacia dónde correr. Kate pensó que era un lugar muy triste y solitario para morir.

—¡Pobre Katie! —gritó Casanova—. ¡Pobre *nena*!

Volteó para verlo de nuevo. ¡Allí estaba! A cuarenta metros, treinta, luego veinte metros de distancia. Casanova la *observaba* mientras subía por la colina empinada. No le quitaba los ojos de encima en ningún momento. La máscara pintada de negro parecía inmóvil, fija en ella.

Kate dio media vuelta para alejarse de él, dándole la espalda a esa máscara de la muerte. Echó un vistazo al abrupto valle de rocas y arbustos. *Debe haber treinta metros, quizá mucho más,* pensó. El vértigo que sentía era casi tan aterrador como la alternativa mortal que se abalanzaba a sus espaldas.

Kate oyó el alarido de Casanova:

—¡Kate, no!

No se volvió para mirar hacia atrás.

Saltó al vacío.

Dobló las rodillas y se las agarró. *Como si fueras a saltar a una piscina*, pensó para sí.

Había un arroyo abajo en el fondo. El listón azul plata del agua se acercaba a ella a una velocidad increíble. El rugido se hacía cada vez más intenso en sus oídos.

No tenía idea de la profundidad que tendría, pero ¿qué profundidad podía tener un pequeño arroyo como ese? ¿Medio metro? ¿Metro y pico, quizá? Tres metros de profundidad, si acaso. En ese instante podría estar viviendo los segundos más afortunados de su vida; pero lo dudaba sinceramente.

—¡Kate! —oyó los gritos que profería él desde la cima—. ¡Estás *muerta*!

Vio unas capsulitas blancas que podían significar que bajo el agua cantarina había un fondo de piedras. *Oh, Dios mío, no quiero morir.*

Kate chocó contra un muro de agua fría como el hielo.

Tocó fondo con tal rapidez que era como si el estrepitoso arroyo no acarreara *nada* de agua. Sintió un dolor acuciante, un terrible dolor, por todas partes. Tragó agua. Comprendió que se iba a ahogar. De todos modos, iba a morir. No le quedaba ni un ápice de energía

—Que sea lo que Dios quiera.

CAPÍTULO 46

El detective de homicidios de Durham, Nick Ruskin, me llamó para informarme que acababan de encontrar a otra mujer, y que no era Naomi. Una médica residente del hospital de Chapel Hill, de treinta y un años, había sido pescada en el río Wykagil por dos niños que se habían escapado del colegio aquel día y que se habían visto envueltos en aquello por el cruel destino.

Ruskin pasó a recogerme a la puerta del Washington Duke Inn en su vistoso Saab Turbo verde. Últimamente él y Davey Sikes estaban intentando mostrarse más dispuestos a colaborar. Sikes se había tomado el día libre, el primero en un mes, según su colega.

Ruskin parecía hasta contento de verme. Saltó fuera del automóvil frente al hotel y me estrechó la mano como si fuéramos viejos amigos. Como siempre, Ruskin iba vestido para triunfar. Saco deportivo negro de Armani, con tira adherente en lugar de botones. Camiseta negra de bolsillo.

Las cosas parecían mejorar en el nuevo sur. Me dio la impresión de que Ruskin sabía que yo tenía contactos con el FBI, y que él también quería utilizarlos. El detective Ruskin era, en definitiva, un tipo emprendedor. Si lograba los resultados esperados, este caso le daría un impulso enorme a su carrera

—Nuestra primera pista importante —me dijo Ruskin.

—¿Qué sabes de la residente hasta ahora? —le pregunté mientras íbamos de camino al Hospital Universitario de Carolina del Norte.

—Ahí va. Aparentemente, fue arrastrada como un pez por la corriente del Wykagil. Se comenta que es un milagro. No se fracturó ni un solo hueso importante. Pero se encuentra en estado de shock, o algo peor. No puede hablar o no quiere. Los médicos están utilizando términos como catatonia y conmoción post-traumática. ¿Quién sabe cómo habrá seguido? Pero por lo menos está viva.

Ruskin era una persona entusiasta y podía resultar hasta carismático. No cabía duda de que quería utilizar mis contactos. Quizá yo pudiera utilizar los suyos.

—Nadie sabe cómo fue a dar al río. O cómo escapó de Casanova —me dijo Ruskin a la entrada de la ciudad universitaria de Chapel Hill. Pensar que Casanova acechaba a las estudiantes aquí era aterrador. La ciudad parecía tan bonita y había resultado tan vulnerable.

—Si de verdad estaba con Casanova —añadí dándole voz a mis pensamientos—, no lo sabemos a ciencia cierta.

—No tenemos ni la más peregrina idea ¿verdad? —se quejó Nick Ruskin mientras giraba hacia una calle lateral en la que aparecía la señal "HOSPITAL". Y te diré una cosa, esta historia está a punto de salir a la luz y con gran bombo… Mira, el circo acaba de llegar a la ciudad. Allí, allí adelante.

Ruskin tenía razón. Los alrededores del Hospital Universitario de Carolina del Norte estaban ya copados por los medios. Los periodistas de la prensa y de la televisión estaban ya bien instalados en el estacionamiento, en el vestíbulo principal, y por todas partes en los tranquilos céspedes en declive de la universidad.

En cuanto llegamos, los fotógrafos me tomaron una instantánea a mí y otra a Ruskin. Él era aún el detective estrella de la ciudad. Parecía que la gente lo apreciaba. Yo también me estaba convirtiendo poco a poco en una celebridad, por lo menos en una fuente de curiosidad, dada mi relación con este caso. Mi participación en el caso del secuestrador Gary Soneji ya había sido difundida por los medios sensacionalistas locales. Yo era el doctor detective Cross, un experto en monstruos humanos llegado del norte.

—Dinos qué está pasando —gritó una periodista—. Danos algo, Nick. ¿Qué fue lo que le sucedió realmente a Kate McTiernan?

—Con un poco de suerte, quizá nos lo cuente ella misma.

Ruskin le sonrió a la reportera, pero siguió caminando hasta que estuvimos a salvo dentro del hospital.

Ruskin y yo estábamos muy lejos de ser los primeros de la fila, pero más tarde, esa misma noche, nos permitieron ver a la residente. Kyle Craig movió los hilos necesarios en favor mío. Se había determinado que Kate McTiernan no era una psicótica, pero que estaba sufriendo un síndrome de tensión post-traumática. Parecía un diagnóstico razonable.

No había nada en absoluto que yo pudiera hacer en ese momento. De todos modos, me quedé cuando Nick Ruskin se marchó, y leí todos los cuadros médicos, los apuntes elaborados hasta el momento y las anotaciones de las enfermeras. Repasé con cuidado los informes de la policía local que describían cómo la habían encontrado dos muchachos de doce años que en lugar de ir a la escuela se habían tomado el día para pescar y fumar a la orilla del río.

Sospeché que ya sabía *por qué* Nick Ruskin me había llamado. Ruskin era listo. Entendía que la situación presente de Kate McTiernan quizá requiriera de mi participación como psicólogo, puesto que en otras ocasiones había tratado este tipo de traumas.

Kate McTiernan. Sobreviviente. Pero a duras penas. Me quedé de pie junto a su cama durante media hora. La tenían enganchada a un suministro de suero intravenoso. Las barandas de la cama la sujetaban con firmeza. Ya había flores en la habitación. Recordé un poema triste, poderoso, de Sylvia Plath, llamado *Tulipanes*. Trataba de la reacción decididamente antisentimental de Plath hacia las flores que le habían enviado a su cuarto de hospital después de un intento de suicidio.

Intenté imaginarme el aspecto que tenía Kate McTiernan antes de que le pusieran los ojos morados. Había visto fotos suyas. Por la pronunciada inflamación de la cara daba la impresión de que llevara puesta una máscara de gas o unas gafas de natación. También tenía una notoria inflamación alrededor de la mandíbula. De acuerdo con el informe del hospital, había perdido un diente. Tal vez se le había caído a raíz de un golpe recibido al menos dos días antes de que la encontraran en el río. Él la había golpeado. Casanova. El autodenominado *Amante.*

Lamentaba de verdad lo que le había pasado a la joven residente. Quería decirle de alguna forma que todo saldría bien. Descansé mi mano con suavidad sobre la de ella, y repetí las mismas frases una y otra vez.

—Ahora estás entre amigos Kate. Estás en un hospital en Chapel Hill. Estás a salvo.

No sabía si la mujer, en el estado en que estaba, podía oírme, o incluso si al oírme me entendería. Sólo quería darle algún consuelo antes de marcharme aquella noche.

Y mientras estaba allí, y observaba a la muchacha, se me presentó la imagen de Naomi. No podía imaginarla muerta. *¿Está bien Naomi, Kate McTiernan? ¿Has visto a Naomi Cross?* Quería preguntárselo pero de todos modos no me habría contestado.

—Estás a salvo ahora, Kate. Duerme tranquila, duerme bien. Estás a salvo.

Kate McTiernan no podía contar ni media palabra de lo que le había sucedido. Había sobrevivido a una terrible pesadilla que era mucho peor que cualquier cosa que yo alcanzara a imaginar.

Había visto a Casanova y después del encuentro había perdido el habla.

CAPÍTULO 47

TICK-TOCK.

Un joven abogado llamado Chris Chapin había traído a casa una botella de Chardonnay de Beaulieu, y él y su prometida, Anna Miller, se estaban bebiendo el vino californiano en la cama. Había llegado el fin de semana. La vida les volvía a sonreír a Chris y a Anna.

—Gracias a Dios que se ha terminado esta horrenda semana de trabajo —exclamó Chris, un joven de veinticuatro años y cabello color arena. Era socio de una prestigiosa oficina de abogados de Raleigh. No exactamente como Mitch McDeere en la película *The Firm*... Entre sus posesiones no se incluía un convertible de fabricación alemana que en cualquier momento podía servirle de superficie de apoyo para firmar algo... pero había empezado con buen pie su carrera de abogado.

—Por desgracia el lunes tengo que entregar un trabajo sobre contratos —Anna hizo una mueca. Estaba en el tercer curso de leyes—. Además, es para el sádico de Stacklum.

—Esta noche no, Anna Banana. Que se joda Stacklum... Mejor jódeme tú a mí.

—Gracias por el vino —Anna sonrió por fin. Sus dientes blancos eran deslumbrantes.

Chris y Anna hacían buena pareja. Todo el mundo lo decía, todos sus amigos abogados. Se complementaban, compartían, a grandes rasgos, la misma visión del mundo. Y lo más importante de todo, eran lo suficientemente inteligentes como para que ninguno de los dos intentara cambiar al otro. Chris era obsesivo con su trabajo. No había problema. Anna necesitaba comprar antigüedades por lo menos dos veces al mes. Se gastaba el dinero como si no existiera un mañana. Eso también estaba bien.

—Creo que este vino necesita respirar otro rato —dijo Anna con una sonrisa pícara—. Mmm y mientras esperamos... —se bajó los tirantes del minisostén de encaje blanco. Había comprado el juego de ropa interior de encaje en El secreto de Victoria, en el centro comercial.

—Sí. Gracias a Dios es fin de semana —dijo Chris Chapin.

Los dos cayeron en un abrazo multifuncional, mientras se desvestían juguetonamente, se besaban y se acariciaban, perdidos en ese momento sensual.

Cuando se encontraban en plena actividad amorosa, Anna Miller tuvo una sensación extraña.

Tuvo la impresión patente de que había alguien más en la habitación. Se zafó de Chris.

¡Había alguien al pie de la cama!

Llevaba puesta una máscara horripilante. Dragones rojos y amarillos. Feroces. Dos figuras furiosas y grotescas que parecían estarse clavando las garras el uno al otro.

—¿Quién demonios eres? ¿*Qué* eres? —dijo Chris con voz atemorizada. Buscó el bate que guardaba debajo de la cama, y tocó el mango—. Oye, te hice una maldita pregunta.

El intruso gruñó como un animal salvaje.

—Pues aquí tienes una maldita respuesta. El brazo derecho de Casanova apareció con una Luger en la mano. Disparó una vez y un gran agujero rojo se abrió en la frente de Chris Chapin. El cuerpo desnudo del joven abogado cayó contra la cabecera de la cama. El bate que tenía en la mano se deslizó al suelo.

Casanova se movió con rapidez. Sacó una segunda arma y le disparó a Anna en el pecho. Era la pistola paralizante.

—Siento mucho todo esto —le susurró con suavidad mientras la levantaba en brazos de la cama—. Lo siento. Pero te prometo que sabré congraciarme contigo.

Anna Miller era el siguiente gran amor de Casanova.

CAPÍTULO 48

Un desconcertante misterio médico se inició a la mañana siguiente. Todo el mundo estaba atónito en el Hospital Universitario de Carolina del Norte, sobre todo yo.

Kate McTiernan había empezado a hablar desde muy temprano. Yo no estaba allí, pero en apariencia Kyle Craig se encontraba con ella en el cuarto al amanecer. Por desgracia, nuestra valiosa testigo sólo decía cosas que no tenían sentido para nadie.

Aquella joven de inteligencia tan sobresaliente se pasó la mayor parte de la mañana en un delirio incoherente. Por momentos parecía psicótica y casi como si estuviera hablando en lenguas. Experimentaba temblores, convulsiones y signos de calambres abdominales y musculares, según los informes del hospital.

Le hice una visita a última hora de la tarde. Aún existía una viva preocupación por la posibilidad de que hubiera sufrido alguna lesión cerebral. La mayor parte del tiempo que estuve en su cuarto se mostró tranquila y silenciosa ante las preguntas que se le hacían. Una vez, cuando intentó hablar, sólo le salió un grito aterrador.

La médica a cargo pasó por el cuarto mientras yo estaba allí. Ya habíamos hablado un par de veces ese día. La doctora María Ruocco no tenía interés en ocultarme información importante sobre su paciente. De hecho era muy simpática y se mostraba dispuesta a cooperar. La doctora Ruocco me dijo que quería ayudar a atrapar a quienquiera, o a cualquier *cosa,* que le hubiera hecho esto a la joven residente.

Yo sospechaba que Kate McTiernan creía que aún se encontraba prisionera. Al observarla luchar contra fuerzas invisibles, intuí que era una combatiente fabulosa. Me encontré a mí mismo aclamándola en su lucha denodada contra esas fuerzas.

Me ofrecí para quedarme con ella por períodos prolongados.

Nadie se opuso a que yo hiciera la guardia hospitalaria. Por supuesto que no perdía la esperanza de que dijera algo. Una frase, o incluso una sola palabra, podría convertirse en una pista importante para agarrar a Casanova. Lo único que necesitábamos era una pista para poner todo en movimiento.

—Estás a salvo, Kate —le susurraba a menudo. No parecía oírme, pero yo insistía de todos modos.

Tuve una idea, una hipótesis irresistible, a eso de las nueve y media de aquella noche. El equipo de médicos asignado a Kate McTiernan ya se había marchado. Necesitaba comunicársela a alguien, así que llamé al FBI y los convencí de que me dejaran llamar a la doctora María Ruocco a su casa en las afueras de Raleigh.

—¿Alex?, ¿todavía estás allí en el hospital? —me preguntó la doctora Ruocco cuando se puso al teléfono. Parecía más sorprendida que enojada ante la llamada nocturna a su domicilio. Ya habíamos hablado largo y tendido durante el día. Ambos habíamos estudiado en la universidad John Hopkins y habíamos hablado un poco sobre nuestra formación. Estaba muy interesada en el caso Soneji y había leído mi libro.

—Estaba aquí dándole vueltas al asunto como de costumbre. Intentaba descubrir cómo es que nuestro criminal mantiene sometidas a sus víctimas —Empecé a contarle a María Ruocco mi teoría y lo que ya había puesto en práctica al respecto—. Llegué a la conclusión de que las droga y que probablemente utiliza algo sofisticado. Llamé a tu laboratorio para conocer los resultados del análisis tóxico de Kate McTiernan. Encontraron Marinol en la orina.

—¿Marinol? —la doctora Ruocco sonaba sorprendida, al igual que me había ocurrido a mí en un principio—. Hmm, ¿Y cómo demonios obtuvo el Marinol? Eso sí que es algo inesperado. Aunque como idea es genial. Casi brillante. El Marinol era una buena opción si quería mantenerla sumisa.

—¿No podría eso explicar los episodios sicóticos que ha tenido hoy? —le dije—. Temblores, convulsiones, alucinaciones... todo encaja si lo piensas un poco.

—Podrías estar en lo cierto, Alex. ¡Marinol! Dios. Los síntomas de abstinencia del Marinol pueden parecer réplicas de los ataques más severos de delirium tremens. ¿Pero cómo sabría tanto acerca del Marinol y del modo de utilizarlo? No creo que a cualquier profano se le ocurra algo así.

Yo también me había estado preguntando lo mismo.

—¿Quizá haya estado sometido a quimioterapia? Tal vez tuvo cáncer. O quizás tuvo que tomar Marinol. A lo mejor está desfigurado.

—¿O quizás es médico? ¿O farmacéutico? —la doctora Ruocco aventuró la segunda hipótesis. Yo también había pensado en ello. Podría incluso ser un médico del Hospital Universitario.

—Escucha, es posible que nuestra residente favorita pueda decirnos algo sobre él que ayude a detenerlo. ¿Hay algo que podamos hacer para que supere su desconexión un poco más rápido?

—Estaré allí en unos veinte minutos. En menos —dijo María Ruocco—. A ver qué podemos hacer para ayudarle a esa pobre chica a salir de esta pesadilla. Creo que a ambos nos gustaría hablar con Kate McTiernan.

CAPÍTULO 49

Media hora más tarde la doctora María Ruocco estaba conmigo en el cuarto de la doctora Kate McTiernan. Yo no le había dicho a la policía de Durham ni al FBI lo que había descubierto. Quería hablar primero con la residente. Esto sí que significaría un avance en el caso, el más importante hasta ahora.

María Ruocco examinó a su crucial paciente durante casi una hora. Era poco dada a la charla inocua, pero por lo visto una médico cordial y comprensiva con sus pacientes. Era una mujer muy atractiva, rubia ceniza, quizás de treinta y tantos. Tenía un algo de señorita sureña, pero, de todos modos, estupenda. Me pregunté si Casanova habría acechado a la doctora Ruocco.

—La pobrecita está pasando, no hay duda, por un mal momento —me dijo. Tenía casi la cantidad necesaria de Marinol en el cuerpo como para haberse muerto.

—Me pregunto si esa era la intención desde un principio —comenté—. De golpe fue una de sus rechazadas. Maldita sea. Cómo me gustaría hablar con ella.

Kate McTiernan parecía estar dormida. Inmersa en un sueño desapacible, pero dormida. Sin embargo, en el instante en que las manos de la doctora la tocaron soltó un gemido. Su cara amoratada se deformó hasta transformarse en una rígida máscara de pavor. Era casi como si la estuviéramos observando en su cautiverio. El terror era palpable, espeluznante.

La doctora Ruocco era en extremo delicada, pero los gemidos y los quejidos continuaban. Y de pronto, Kate McTiernan habló por fin, sin abrir los ojos.

—¡No me toques! ¡No! ¡No *te atrevas* a tocarme, cabrón! —gritó. Sus ojos seguían sin abrirse. Los estaba apretando muy, muy fuerte—. ¡Déjame en paz, hijo de puta!

—Estas jóvenes médicas —bromeó la doctora Ruocco. Tenía humor cuando estaba bajo presión—. En conjunto resultan increíblemente irrespetuosas. Hay que ver el lenguaje que usan.

Observar a Kate McTiernan era como ver a alguien que estaba siendo torturado físicamente. Volví a pensar en Naomi. ¿Estaba en Carolina del Norte? ¿O por azar en California? ¿Le estaría pasando lo mismo? Expulsé la imagen perturbadora de mi mente. Mejor encarar los problemas uno por uno.

Pasó otra media hora hasta que la doctora Ruocco se decidió a iniciar un tratamiento para Kate. Le administró una dosis intravenosa de Librium. Después la reconectó al monitor cardíaco, prescrito a causa de sus lesiones. Cuando hubo terminado, la residente se sumió en un sueño aún más profundo. Esta noche no iba a contarnos ningún secreto.

—Me gusta cómo trabajas —le susurré a la doctora Ruocco—. Lo hiciste bien.

María Ruocco me hizo una seña para que la acompañara fuera de la habitación. El corredor del hospital estaba a media luz. Reinaba el silencio y era tan siniestro como sólo pueden serlo los hospitales de noche. Me seguía rondando la idea de que Casanova pudiera ser uno de los médicos del Hospital Universitario. Incluso podía estar en el hospital ahora mismo, aunque fuera tan tarde.

—Hemos hecho todo lo que se puede hacer por ella en su actual condición, Alex. Deja que el Librium haga lo suyo. Tenemos a tres agentes del FBI, más dos de los mejores policías de Durham protegiendo a la joven doctora McTiernan esta noche. ¿Por qué no regresas a tu hotel? También sería conveniente que durmieras un poco. ¿Qué tal un valium?

Le dije a María Ruocco que prefería dormir en el hospital.

—No creo que Casanova venga a buscar aquí a Kate, pero no hay forma de saberlo. Siempre cabe esa posibilidad —le dije. Sobre todo si Casanova es un médico local, pensaba yo, pero no se lo comenté a María—. Además me siento conectado con Kate estando aquí. Así lo sentí desde la primera vez que la vi. Es posible que haya conocido a Naomi.

La doctora María Ruocco se quedó mirándome con los ojos

de par en par. Yo le llevaba por lo menos treinta centímetros. Puso cara de palo y habló.

—*Pareces* cuerdo. Por momentos *suenas* cuerdo, pero estás de psiquiatra —dijo, y sonrió. Sus brillantes ojos azules centelleaban juguetones.

—Además voy armado y soy peligroso —le dije.

—Buenas noches, doctor Cross —dijo María Ruocco y me sopló un beso ligero como una pluma.

—Buenas noches, doctora Ruocco. Y gracias —le devolví el beso mientras se alejaba por el corredor.

Dormí inquieto sobre dos incómodas sillas que junté dentro del cuarto de Kate McTiernan. Me puse el revólver sobre las piernas. Dulces sueños, seguro.

CAPÍTULO 50

¿Quién es usted? *¿Pero quién demonios es usted?*

Una voz aguda y estentórea me despertó. Su portadora estaba muy cerca de mí. Casi en mi cara. De inmediato me acordé de que estaba en el Hospital Universitario de Carolina del Norte. Recordé *exactamente* en qué sitio del hospital estaba. Estaba con Kate McTiernan, nuestra testigo estrella.

—Soy policía —le dije a la traumatizada joven con una voz suave y que deseé que fuera también reconfortante—. Me llamo Alex Cross. Estás en el Hospital Universitario de Carolina del Norte. Ya no hay nada que temer.

En un primer instante pareció que Kate McTiernan se iba a echar a llorar, luego pareció dominarse. Observar la forma como se las arreglaba para recobrar el control y la compostura me ayudó a comprender cómo había logrado sobrevivir a Casanova y al río. La mujer que yo había estado cuidando tenía una férrea fuerza de voluntad.

—¿Estoy en el hospital? —arrastraba un poco las palabras pero por lo menos era coherente.

—Sí, así es —dije, alzando una mano con la palma hacia afuera—. Estás a salvo. Déjame ir a buscar un médico. Por favor, volveré en seguida.

La leve torpeza en el habla continuaba, pero la doctora McTiernan tenía el control de sus pensamientos, lo cual resultaba sobrecogedor en la presente situación.

—Un momento. Yo *soy* médico. Permíteme que me ubique antes de que invitemos a más gente a pasar. Sólo déjame organizar mis ideas. ¿Eres policía?

Asentí. Quería facilitarle las cosas cuanto fuera posible. Quería abrazarla, tomarla de la mano, hacer algo que demostrara mi solidaridad con ella sin necesidad de que resultara amenazante, en vista de lo que había sufrido durante los últimos días. También quería hacerle alrededor de cien preguntas importantes.

Kate McTiernan desvió la mirada.

—Creo que el tipo me drogó ¿O quizá todo eso fue un sueño?

—No, no fue un sueño. Utilizó una droga muy potente llamada Marinol —le conté lo que sabíamos hasta la fecha. Estaba poniendo sumo cuidado para no presionarla más de lo necesario.

—Debo haber estado alucinando de verdad —intentó silbar y le salió un sonido extraño. Vi dónde le faltaba el diente. Debía tener la boca seca; sus labios estaban hinchados, sobre todo el superior.

Por extraño que parezca, me encontré sonriendo.

—Me temo que durante un tiempo has estado en la órbita del planeta "Desquicio". Es un placer tenerte de vuelta.

—Es un placer haber vuelto —dijo en un susurro. Las lágrimas le inundaron los ojos—. Lo siento... Intenté con todas mis fuerzas no llorar en aquel espantoso lugar. Quiero llorar ahora. Creo que voy a hacerlo.

—Oh, por favor, llora hasta que te canses —susurré. A mí mismo me costaba trabajo hablar o contener las lágrimas. Sentía una opresión en el pecho. Me acerqué a la cama de Kate y cogí su mano con suavidad, mientras ella dejaba que rodaran las lágrimas por sus mejillas.

—No me suena que tengas acento del sur —dijo Kate McTiernan cuando por fin pudo volver a hablar. Estaba recobrando el control de todo lo que la rodeaba. Mi sorpresa era mayúscula.

—Tienes razón; soy de Washington D.C. Mi sobrina desapareció de la facultad de leyes de Duke hace diez días. Por eso estoy aquí en Carolina del Norte. Soy detective.

Pareció como si me viera por vez primera. También parecía estar recordando algo importante.

—Había otras mujeres en la casa donde estuve prisionera. Se suponía que no debíamos hablar entre nosotras. Toda comunicación estaba estrictamente prohibida por Casanova, pero quebranté las normas. Hablé con una mujer llamada Naomi...

La interrumpí, la paré en seco.

—Mi sobrina se llama Naomi Cross —le dije—. ¿Está viva? ¿Está bien? —parecía que el corazón me iba a estallar—. Dime lo que recuerdes, Kate. Por favor.

Kate McTiernan reaccionó con mayor grado de intensidad.

—Hablé con una tal Naomi. No recuerdo el apellido. También hablé con una tal Kristen. Ay, las drogas... Oh, Dios, ¿era tu sobrina?... Todo me resulta tan confuso y oscuro en este momento. Lo siento... —La voz de Kate se fue desvaneciendo poco a poco como si alguien le estuviera sacando el aire.

Le apreté la mano con dulzura.

—No, no. Acabas de darme más esperanzas de las que he tenido desde que me trasladé aquí.

Los ojos de Kate McTiernan me miraban fijos y solemnes, sin parpadear. Parecía estar examinando algo horroroso que estaba ansiosa de olvidar.

—No recuerdo gran cosa ahora mismo. Creo que el Marinol tiene ese efecto secundario... Recuerdo que el tipo me iba a poner otra inyección. Le di una patada, lo lastimé lo suficiente como para lograr escapar. Por lo menos, *creo* que eso fue lo que ocurrió... Topé con un bosque muy, muy espeso. Pinos de Carolina, musgo colgante por todas partes... Recuerdo, lo juro por Dios... que la casa... dondequiera que nos tuviera encerradas, desapareció. La casa donde nos tenía cautivas, simplemente se me *desapareció*.

Kate McTiernan sacudió lentamente la cabeza, y puso en movimiento su larga cabellera castaña clara de un lado a otro. Sus ojos abiertos estaban llenos de asombro. Parecía estar atónita de su propia historia.

—¿Eso es lo que recuerdo? ¿Cómo puede ser? ¿Cómo puede desaparecer una casa de un momento a otro?

Era evidente que estaba reviviendo su muy reciente y aterrador pasado. Yo estaba allí a su lado. Fui el primero en escuchar la historia de su huida, el único hasta ahora que había escuchado hablar a nuestra testigo.

CAPÍTULO 51

Casanova todavía estaba muy alterado y sumamente inquieto por la pérdida de la doctora Kate McTiernan. Estaba nervioso y llevaba horas en vela, incapaz de dormir. Daba vueltas y vueltas en la cama. Esto era mala cosa, muy mala cosa. Era peligroso. Había cometido el primer error.

De repente alguien susurró en la oscuridad.

—¿Te sientes bien? ¿Te pasa algo?

La voz de la mujer lo sobresaltó en un primer instante. Estaba *siendo* Casanova. Sin transición alguna asumió su otra personalidad: *la del buen esposo.*

Estiró la mano y acarició suavemente el hombro desnudo de su esposa.

—Estoy bien. No pasa nada. Es sólo que me está costando un poco dormir esta noche.

—Ya me di cuenta. ¿Y cómo no iba a fijarme? El frijolito mejicano saltarín en persona ataca de nuevo.

Había una sonrisa en su voz soñolienta. Ella era una persona buena, y lo amaba.

—Lo siento —susurró Casanova, y le besó el hombro.

Le acarició el cabello mientras pensaba en Kate McTiernan. El pelo castaño de Kate era mucho más largo.

Siguió acariciando el cabello de su esposa, pero volvió a caer en sus propios pensamientos torturados. En realidad no tenía a nadie con quien hablar, ¿verdad? Ya no. Desde luego no aquí en Carolina del Norte, ni siquiera en el sacrosanto Triángulo de Investigación que conformaban las universidades de Duke, Chapel Hill y la Universidad Estatal de Carolina del Norte.

Al fin se levantó de la cama y bajó caminando pesadamente. Entró a su madriguera arrastrando los pies y sigilosamente cerró la puerta con llave.

Miró el reloj. Eran las tres de la mañana. Sería medianoche en Los Ángeles. Hizo la llamada.

En realidad, Casanova *sí* tenía a alguien con quien hablar. Una sola persona en el mundo.

—Soy yo —dijo, cuando oyó la voz tan conocida al teléfono—. Me siento un poco enloquecido esta noche. Por supuesto pensé en ti.

—¿Estás insinuando que llevo una vida lasciva y medio desquiciada? —preguntó el Caballero Visitante con una risotada.

—Eso no hace falta mencionarlo —Casanova ya se sentía mucho mejor. *Había* alguien con quien podía hablar y compartir sus secretos—. Rapté a otra ayer. Déjame que te cuente de Anna Miller. Es exquisita, amigo.

CAPÍTULO 52

Casanova había atacado de nuevo.

Otra estudiante, una muchacha hermosa e inteligente llamada Anna Miller, había sido secuestrada; los hechos habían sucedido en el apartamento de planta baja con jardín que compartía con su novio abogado cerca de la Universidad Estatal de Carolina del Norte, en Raleigh. El novio había sido asesinado en la cama, lo cual era un nuevo giro en el comportamiento de Casanova. No había dejado ninguna nota, ni ninguna otra pista en la escena del crimen. Después de un error nos estaba demostrando que volvía a ser impecable.

Me quedé con Kate McTiernan varias horas en el hospital de la Universidad de Carolina del Norte. Nos llevábamos bien; yo presentía que empezábamos a ser amigos. Ella quería ayudarme con el perfil psicológico de Casanova. Me estaba contando todo lo que sabía sobre Casanova y sus cautivas.

Kate sabía con seguridad que en un momento dado Casanova había tenido a seis mujeres encerradas, incluyéndola a ella. Existía la posibilidad de que fueran más de seis.

Casanova estaba muy bien organizado, de acuerdo con Kate. Era capaz de planear las cosas con semanas y semanas de anticipación, de estudiar a su víctima hasta en el más mínimo detalle.

Parecía haber "construido" la casa de los horrores él mismo. Había instalado la fontanería, un sistema especial de sonido y aire acondicionado, se suponía que para comodidad de sus prisioneras. Sin embargo, Kate sólo había visto la casa cuando estaba bajo influencia de las drogas y no podía describirla muy bien.

Casanova podía ser descrito como un fanático del control, violentamente celoso y en extremo posesivo. Era sexualmente activo y capaz de tener varias erecciones en una noche. Estaba obsesionado con el sexo y con el deseo sexual masculino.

Podía ser considerado, a su manera. También podía ser "romántico", según palabras empleadas por él mismo. Le encantaba abrazar, besar y hablar con las mujeres durante horas. Decía que las amaba.

A mitad de semana, el FBI y la policía de Durham por fin se pusieron de acuerdo en la elección de un lugar seguro dentro del hospital para que Kate McTiernan se reuniera con la prensa por primera vez. La conferencia de prensa se llevó a cabo en un amplio corredor en la entrada del piso donde estaba su cuarto.

El vestíbulo totalmente blanco estaba abarrotado hasta las puertas de emergencia pintadas de rojo brillante, de periodistas que no soltaban sus libretas de apuntes y de gente de la televisión con minicámaras al hombro. La policía, equipada con armas automáticas, también estaba presente. Por si acaso, los detectives de homicidios Nick Ruskin y Davey Sikes se pusieron al lado de Kate durante la grabación.

Kate McTiernan iba camino de convertirse en un personaje público a nivel nacional. Ahora el público en general conocería por fin a la mujer que había escapado de la casa de los horrores. Yo estaba seguro de que Casanova estaba mirando también. Esperaba que no estuviera allí mismo en el hospital con nosotros.

Un enfermero, que como saltaba a la vista practicaba físicoculturismo, condujo a Kate hasta el ruidoso y concurrido pasillo. El hospital quería que se desplazara en silla de ruedas. Llevaba puestos unos pantalones de sudadera muy holgados de la UCN y una camiseta de algodón blanca. Su largo cabello castaño claro se veía brillante y con cuerpo. Los moretones y la hinchazón de la cara habían disminuido mucho. "Casi *parezco* la misma de siempre, me había dicho poco antes, pero no me *siento* la misma de siempre, Alex. No por dentro".

Cuando el enfermero empujó la aparatosa silla casi hasta el pie de la tarima de los micrófonos, Kate sorprendió a todo el mundo. Se puso de pie con lentitud y caminó lo que le faltaba del trayecto.

—Hola, soy Kate McTiernan; obvio —dijo al grupo de reporteros que ahora se arremolinaban aún más cerca de la testigo principal—. Tengo una declaración muy breve que hacer, luego me apartaré para dejarlos respirar —su voz era poderosa y vibrante. Tenía total control de sí misma, o así nos lo parecía a todos los que estábamos allí para observarla y escucharla.

Su ligero toque personal y el humor sutil de sus palabras arrancaron risas y sonrisas a la multitud. Dos periodistas intentaron hacer preguntas, pero el volumen del ruido había subido y era difícil oírlos. Las cámaras destellaban y zumbaban de un lado a otro del atestado corredor del hospital.

Kate dejó de hablar y el corredor volvió a quedar relativamente tranquilo. En un principio todo el mundo pensó que la conferencia de prensa había resultado demasiado para ella. Un doctor que estaba cerca dio un paso adelante, pero ella le hizo un ademán para detenerlo.

—Estoy bien. Estoy bien, de veras, gracias. Si me siento indispuesta o cualquier cosa, me sentaré de inmediato en la silla como una paciente modelo. Les prometo que lo haré. No voy a hacerme la valiente.

Definitivamente, dominaba la situación. Tenía algunos años más que la mayoría de los alumnos de medicina y que los residentes de hospital y, de hecho, parecía una doctora titulada y con experiencia.

Echó un vistazo alrededor de la zona; parecía sentir algo de curiosidad. Quizá se encontraba un poco estupefacta. Finalmente, se disculpó por el lapsus momentáneo.

—Sólo estaba organizando mis ideas... Lo que de verdad me gustaría hacer es decirles lo que pueda sobre lo que me sucedió... y les diré todo lo que pueda... pero eso será todo por hoy. No responderé a ninguna pregunta de la prensa. Me gustaría que todos ustedes respetaran este deseo. ¿Están de acuerdo con la propuesta?

Estaba ecuánime e impresionante frente a las cámaras de televisión. Kate McTiernan se veía sorprendentemente relajada dadas las circunstancias, como si hubiera decidido dedicarse a trabajar en televisión como *modus vivendi*. Yo había ido descubriendo que Kate podía actuar con mucho aplomo y gran confianza en sí misma cuando la situación lo requería. En otros momentos podía ser tan vulnerable y asustadiza como cualquiera de nosotros.

—Primero, me gustaría decirles algo a todos los familiares y amigos que estén sufriendo la desaparición de un ser querido. Por favor, no pierdan la esperanza. El individuo conocido como Casanova ataca sólo cuando se desobedecen sus órdenes explícitas. Yo quebranté sus normas y fui golpeada salvajemente. Pero me las pude arreglar para escapar. Hay otras mujeres en el sitio donde yo fui mantenida como prisionera. Mis pensamientos están con ellas en todas las formas imaginables. Creo de corazón que aún están vivas y a salvo.

Los reporteros se apretujaban y se acercaban más a Kate McTiernan. Incluso tan maltrecha como se encontraba, tenía magnetismo, su fortaleza se mantenía. Las cámaras de televisión parecían simpatizar con ella y favorecerla. También el público simpatizaría con ella, de eso estaba seguro.

Durante los momentos siguientes, hizo todo lo que estaba a su alcance para aliviar los temores de las familias de las desaparecidas. Volvió a recalcar que ella había salido tan mal parada porque había quebrantado las normas de la casa establecidas por Casanova. Pensé que quizá le estuviera enviando un mensaje a él también. *Cúlpame a mí, no a las otras.*

Mientras miraba hablar a Kate, me planteé algunas preguntas: *¿Rapta solamente a mujeres extraordinarias? ¿No sólo a las bellezas, sino a mujeres especiales en todos los sentidos? ¿Qué implicaba eso? ¿Qué tramaba Casanova en realidad? ¿A qué jugaba?*

Mi sospecha era que el asesino estaba obsesionado con la

belleza física, pero que no podía soportar estar rodeado de mujeres que no fueran tan inteligentes como él. Intuía que también anhelaba intimidad.

Finalmente, Kate paró de hablar. Las lágrimas le brillaban en los ojos como gotas de cristal perfectas.

—He terminado ya —dijo con voz suave—. Les agradezco que transmitan este mensaje a las familias de las desaparecidas. Espero que sea de alguna ayuda. Por favor, no más preguntas por ahora. Aún no recuerdo todo lo que me pasó. Les he dicho todo lo que puedo.

Al principio se produjo un silencio anormal. No hubo ni una sola pregunta. Había sido muy clara en ese sentido. De pronto los periodistas y los empleados del hospital empezaron a aplaudir. Ellos sabían, igual que lo sabía Casanova, que Kate McTiernan era una mujer fuera de lo común, extraordinaria.

Yo tenía un gran temor. ¿Estaba allí Casanova aplaudiendo entre el grupo?

CAPÍTULO 53

A las cuatro de la mañana, Casanova llenó su flamante mochila verde y gris marca Land's End con comida y demás provisiones necesarias. Se dirigió a su escondrijo dispuesto a disfrutar una mañana de placeres largamente esperados. Incluso se había concedido ponerle un nombre secreto a sus juegos prohibidos: *Besos que matan.*

Estuvo fabricando fantasías con Anna Miller, su prisionera más reciente, durante el viaje en coche hasta allá, y también después, mientras caminaba por estrechos senderos a través del espeso bosque. Visualizaba una y otra vez lo que iba a hacer ese día con Anna. Recordó algo, una línea maravillosa y bastante apropiada de F. Scott Fitzgerald: *El beso tuvo sus orígenes cuando el primer reptil macho lamió a la primera hembra, dando a entender, como un cumplido, que ella era tan suculenta como el pequeño reptil que él se había cenado la noche anterior.* Era todo biológico, ¿no? *tic-toc.*

Cuando por fin llegó a su guarida, puso a los Stones a todo volumen. El incomparable álbum *El banquete del pordiosero.* Hoy necesitaba escuchar rock antisocial y duro. Mick Jagger ya había cumplido los cincuenta, ¿verdad? Él sólo tenía treinta y seis. Este era *su* momento.

Posó desnudo frente a un espejo de cuerpo entero y admiró su físico esbelto y su bien torneada musculatura. Se peinó con cuidado. A continuación, se puso una reluciente bata de seda pintada a mano que se había comprado hacía muchos años en Bangkok. Se la dejó abierta para exhibirse.

Eligió una máscara de fantasía distinta, una máscara preciosa, de Venecia, comprada desde un principio para una ocasión especial, una ocasión como esta. Un momento de misterio y amor. Por fin estaba listo para ver a Anna Miller.

Anna era altiva. Completamente intocable. Físicamente exquisita. Necesitaba domarla con rapidez.

No había nada que pudiera compararse a este sentimiento

físico y emocional: la adrenalina bombeaba, el corazón palpitaba con fuerza, total euforia en cada parte de su cuerpo. Había traído leche tibia en una jarra de cristal. También una canastilla de mimbre con una sorpresa especial para Anna.

La verdad sea dicha, era algo que había planeado para la doctora Kate. Habría querido compartir este momento con ella.

Había puesto el rock muy alto para que Anna supiera que era hora de prepararse. Era una señal. Él, desde luego, estaba preparado para ella. La jarra llena de leche tibia. Un largo tubo de goma con inyector. Un regalito cariñoso en la cestica de mimbre. Que empiecen los juegos.

CAPÍTULO 54

Casanova no podía quitarle los ojos de encima a Anna Miller. El mismo aire que lo circundaba parecía retumbar. Todo estaba cargado de grandes expectativas. Se sentía un poco más que fuera de control. No como solía ser él. Más por el estilo del Caballero Visitante.

Admiró su obra desde la cima... su creación. Se embeleso con un pensamiento: *Anna nunca había lucido así para nadie.*

Anna Miller yacía en el pelado suelo de madera del dormitorio del piso de abajo. Estaba desnuda excepto por las joyas que él quería que llevara puestas. Tenía los brazos atados con un cinto de cuero por detrás de la espalda. Le había colocado un cómodo cojín debajo de las nalgas.

Las piernas perfectas de Anna colgaban de una cuerda sujeta a una viga del techo. Así es como quería verla; esta era exactamente la forma en que él la había imaginado tantas veces.

Puedes hacer lo que quieras, pensó.

Y así lo hizo.

La mayor parte de la leche tibia ya estaba dentro de ella. Había utilizado la manguerita de goma y el inyector para introducírsela.

Le recordaba un poco a Annette Bening, pensaba Casanova, excepto que ella era suya ahora. No era ninguna imagen rutilante sobre alguna pantalla de Cineplex. Ella le ayudaría a sobreponerse de lo de Kate McTiernan y, mientras más pronto lo hiciera, mejor.

Anna ya no era tan arrogante; ni tan sumamente intocable. Él siempre sentía curiosidad por saber cuánto costaba doblegar la voluntad de alguien. No mucho, por lo general. No en estos tiempos de cobardes y de niñas malcriadas.

—Por favor, llévatela. No me hagas esto. Me he portado bien, ¿no? —le rogó Anna, muy convincente. Tenía una cara tan bonita e interesante... cuando estaba feliz... y más aún cuando estaba sumida en la pena.

Sus mejillas se elevaban visiblemente cada vez que hablaba. Memorizó la imagen, todo lo que le era posible memorizar de este momento especial. Como el ángulo de inclinación exacto de su trasero.

—No puede hacerte daño, Anna —le dijo. Y era verdad—. Tiene la boca cosida. Se la cosí yo mismo. La víbora es inofensiva. Yo nunca te haría daño.

—Eres vil y asqueroso —le espetó Anna de pronto—. ¡Eres un sádico!

Él simplemente asintió con la cabeza. Había querido ver a la auténtica Anna y ahí la tenía: otro dragón iracundo.

Casanova observó cómo goteaba la leche lentamente del ano de la mujer. La víbora también observaba. La dulce fragancia de la leche la atrajo hacia adelante a través de las tablas de cinco por diez del suelo del dormitorio. Era una escena del todo magnífica. Sin duda era una imagen digna de la bella y la bestia.

La culebra negra, cautelosa y alerta, hizo una pausa en ese momento y en seguida, de repente, estiró la cabeza hacia adelante. La cabeza se deslizó con suavidad en el interior de Anna Miller. La víbora negra se fue doblando y desdoblando para introducirse cada vez más.

Casanova observaba con atención cómo se desorbitaban los bellos ojos de Anna.

¿Cuántos hombres habían visto esto alguna vez, o sentido algo semejante a lo que él estaba viviendo ahora? ¿Cuántos de estos hombres vivían aún?

La primera vez que oyó hablar de esta práctica sexual para ensanchar el ano fue en sus viajes a Tailandia y Camboya. Ahora había realizado el ritual él mismo. Lo hacía sentirse mucho mejor respecto de la pérdida de Kate, de otras pérdidas.

Esa era la exquisita y sorprendente belleza de los juegos que elegía jugar en su escondite. Le encantaban. No podía hacer nada para detenerse.

Y tampoco podía detenerlo nadie más. Ni la policía, ni el FBI, *ni* el doctor Alex Cross.

CAPÍTULO 55

Kate aún no podía recordar gran cosa del día en que había escapado del infierno. Aceptó que yo la hipnotizara, por lo menos me permitió intentarlo, aunque ella misma pensaba que su instinto de defensa quizá estuviese demasiado desarrollado. Decidimos hacerlo a última hora de la noche en el hospital, cuando se encontrara cansada y estuviera más propensa a ello.

El hipnotismo puede ser un proceso relativamente simple. Primero, le pedí a Kate que cerrara los ojos, luego, que respirara con lentitud y con el mismo ritmo. Quizá, por fin esa noche, iba yo a conocer a Casanova. Quizá a través de los ojos de Kate vería cómo operaba.

—A respirar el aire positivo, a sacar el negativo —dijo Kate, pues mantenía el buen humor la mayor parte del tiempo—. Algo así. ¿Correcto, doctor Cross?

—Despeja tu mente lo que más puedas, Kate —dije.

—No sé si será lo más prudente —sonrió—. Hay un montón de cosas que revolotean y se entrechocan ahí adentro ahora mismo. Algo así como un ático viejo, viejo, lleno de cómodas y baúles de viaje sin abrir —su voz empezaba a sonar levemente adormilada. Era una buena señal.

—Ahora limítate a contar hacia atrás, lentamente, a partir de cien. Empieza cuando quieras —le dije.

Cayó con facilidad. Tal vez eso quería decir que me tenía un poco de confianza. Su confianza me obligaba a asumir responsabilidades.

Kate se encontraba ahora en una situación vulnerable. Yo no hubiese querido lastimarla de ninguna forma. Durante los primeros minutos hablamos como lo hacíamos a menudo cuando ella estaba completamente consciente y despierta. Habíamos disfrutado conversando desde el primer momento.

—¿Recuerdas haber estado encerrada en la casa con Casanova? —dije por fin, empezando con una pregunta que podría abrir caminos cruciales.

—Sí, ahora recuerdo muchas cosas. Recuerdo la noche en que vino a mi apartamento. Lo veo cuando me llevaba en brazos a través de un bosque hasta aquel sitio, dondequiera que me tuviera prisionera. Me cargaba como si yo no pesara más que una pluma.

—Háblame del bosque que atravesaste, Kate —este era nuestro primer momento de tensión. De hecho se encontraba con Casanova de nuevo. Estaba en su poder. Era una prisionera. De pronto me di cuenta de que a nuestro alrededor reinaba un absoluto silencio.

—Estaba demasiado oscuro, oscuro de verdad. El bosque era muy tupido, espeluznante. El traía una linterna, la llevaba colgada de un cordón que sujetaba alrededor del cuello... Es *increíblemente* fuerte. Me hacía pensar en un animal cuando reflexionaba sobre su aspecto físico. Él se compara a sí mismo con Heathcliff, de *Cumbres Borrascosas.* Tiene una visión muy romántica de sí mismo y de lo que está haciendo. Esa noche... me hablaba al oído como si ya fuéramos amantes. Me dijo que me amaba. Sonaba... *sincero.*

—¿Qué más recuerdas de él, Kate? Cualquier cosa que puedas recordar es de ayuda. Tómate tu tiempo.

Giró la cabeza como si estuviera mirando a alguien que se hallaba a mi derecha.

—Cada vez se ponía una máscara distinta. Una vez se puso una máscara "reconstructiva". Esa fue la más aterradora. Se llaman "máscaras de la muerte" porque los hospitales y los depósitos de cadáveres a veces las utilizan para ayudar a identificar a las víctimas de accidentes cuando quedan irreconocibles.

—Eso de las máscaras de la muerte es interesante. Por favor, continúa, Kate. Estás siendo de mucha, muchísima ayuda.

—Sé que las pueden moldear directamente sobre el cráneo

humano, casi en cualquier cráneo. Les toman una foto... cubren la foto con papel calcante y dibujan las facciones. Luego construyen la máscara propiamente dicha a partir del dibujo. En la película *Gorky Park* salía una máscara de la muerte. En principio se supone que no son para ponérselas. Me pregunto cómo las habrá conseguido.

Está bien Kate, pensaba para mis adentros, *ahora sigue con Casanova.*

—¿Qué ocurrió el día que huiste? —le pregunté para dirigirla hacia lo que más me interesaba.

Por primera vez pareció sentirse incómoda con una pregunta. Sus ojos se abrieron una fracción de segundo, como si hubiese estado en medio de un sueño ligero y yo la hubiera despertado, sobresaltándola. Sus ojos se cerraron otra vez. Su pie derecho golpeaba el suelo rápida e intermitentemente.

—No recuerdo gran cosa de ese día. Creo que me administró tanta droga que había perdido el juicio, estaba fuera de este planeta.

—Está bien. Me ayuda saber todo lo que recuerdas, cualquier cosa. Lo estás haciendo de maravilla. Una vez me contaste que le diste una patada. ¿De verdad le diste una patada a Casanova?

—Le di una patada. A tres cuartos de velocidad. El tipo soltó un alarido de dolor y cayó al suelo.

Hubo otra larga pausa. De repente Kate empezó a llorar. Las lágrimas inundaron sus ojos y luego se puso a sollozar muy, muy sonoramente.

Su cara estaba empapada en sudor. Me pareció que debía sacarla del trance hipnótico. No entendía lo que acababa de pasar y me asusté un poco.

Hice un esfuerzo para que mi voz sonara tranquila.

—¿Qué pasa, Kate? ¿Qué ocurre? ¿Te encuentras bien?

—Dejé a esas chicas allí. Al principio no las encontraba. Y a partir de un momento, me sentí increíblemente confusa. Dejé a las otras allá.

De pronto sus ojos se abrieron llenos de terror, pero también de lágrimas. Había salido de la hipnosis ella sola. Así de fuerte era.

—¿Qué fue lo que me atemorizó tanto? —me preguntó—. ¿Qué acaba de suceder?

—No lo sé con seguridad —le dije a Kate. Podremos hablar de ello más adelante, pero no ahora mismo.

Apartó sus ojos de los míos. Ella no solía ser así.

—¿Puedo quedarme sola? — susurró entonces—. ¿Puedo estar sola ahora? Gracias.

Me marché del cuarto del hospital sintiéndome casi como si hubiera traicionado a Kate. Pero no podía haber hecho otra cosa. Esta era una investigación sobre homicidios múltiples. Y hasta ahora nada había funcionado. ¿Cómo era posible?

CAPÍTULO 56

Unos días después le dieron de alta a Kate en el Hospital Universitario. Me había pedido que habláramos un poco todos los días. Yo acepté gustoso.

—No se trata de una terapia ni en el fondo ni en la forma —me dijo. Únicamente quería ventilar algunos temas delicados con alguien. En parte por Naomi, Kate y yo habíamos establecido un vínculo muy firme.

No existía información reciente ni había pistas nuevas sobre la relación entre Casanova y el Caballero Visitante de Los Ángeles. Beth Lieberman, la periodista de Los Ángeles Times, rehusaba hablar conmigo. Estaba poniendo a la venta en Nueva York su candente propiedad literaria.

Yo quería volar a Los Ángeles para ver a la Lieberman, pero Kyle Craig me pidió que no lo hiciera. Me aseguró que yo ya estaba al tanto de todo lo que la periodista del *Times* sabía sobre el caso. Yo necesitaba confiar en alguien; confiaba en Kyle.

Un lunes por la tarde Kate y yo fuimos a dar un paseo por el bosque que circundaba el río Wykagil, en donde la habían encontrado los dos niños. Aún no lo habíamos expresado abiertamente, pero parecía que ahora los dos estábamos afrontando juntos este asunto. Desde luego no había nadie que supiera más que ella sobre Casanova. Si fuese capaz de recordar algo más sería muy útil. El más mínimo detalle podría convertirse en la pista que abriría las esclusas para descubrirlo todo.

En cuanto entramos al oscuro y penumbroso bosque al este del río Wykagil, Kate se quedó silenciosa e inusitadamente meditabunda. El monstruo humano podría estar acechando por allí, quizá estuviera rondando el bosque en ese mismo momento. Quizá nos estaba vigilando.

—Me encantaba pasear en bosques como este. Zarzamoras y sasafrás dulce. Cardenales y arrendajos que picotean por doquier. Me recuerda cuando estaba creciendo —me dijo Kate mientras caminábamos—. Mis hermanas y yo solíamos ir a nadar todos los días, sin falta, a un arroyo como este. Nadábamos desnudas, aunque mi padre nos lo había prohibido. Todo lo que mi padre nos prohibía estrictamente, nosotras lo hacíamos.

—Toda esa experiencia de nadadora te vendría de perlas —le dije—; quizá te ayudó a que descendieras por el Wykagil sana y salva.

Kate sacudió la cabeza enfáticamente.

—No, eso fue pura terquedad. *Juré* que no iba a morir ese día. No podía darle a él esa satisfacción.

Yo estaba intentando guardar para mis adentros el desasosiego que me producía el bosque. Parte de mi intranquilidad tenía que ver con la infortunada historia de estos bosques y las haciendas vecinas. La zona había estado repleta de haciendas dedicadas a la producción de tabaco, una vez, hace mucho tiempo. Haciendas de esclavos. *La sangre y los huesos de mis antepasados.* El secuestro y el sojuzgamiento sin parangón de más de cuatro millones de africanos que fueron traídos a América. Los habían *raptado.* Contra su voluntad.

—No reconozco este terreno en absoluto, Alex —dijo Kate. Me había colgado la pistolera al hombro cuando bajamos del coche. Kate se estremeció y movió la cabeza en signo de desaprobación cuando vio el arma. Pero no pasó de mirarme con abatimiento. Intuía que yo era el verdugo del dragón. Ella sabía que andaba suelto un dragón de verdad. Lo había conocido personalmente.

—Recuerdo que ese día me escapé, corrí rumbo a un bosque igual a este. Pinos de Carolina gigantes. No entraba mucha luz; era tenebroso como una cueva de murciélagos. Recuerdo muy bien el momento en que la casa se me desapareció. No recuerdo mucho más. Estoy bloqueada. Ni siquiera sé cómo caí al río.

Estábamos a unos tres kilómetros del lugar en el que habíamos dejado el auto. Seguimos la excursión hacia el norte, manteniéndonos cerca del río en el que Kate había flotado corriente abajo, en su milagrosa huida "testaruda". Todos y cada uno de los árboles y arbustos se estiraban ansiosos hacia la menguante luz solar.

—Esto me recuerda las bacanales —dijo Kate. Su labio superior se frunció en una sonrisa irónica—. El triunfo de la barbarie oscura y caótica sobre la razón humana y civilizada.

Parecía como si nos estuviéramos moviendo contra una marea alta e implacable de vegetación.

Sabía que Kate estaba intentando hablar sobre Casanova y la espeluznante casa en la que mantenía prisioneras a las demás mujeres. Estaba intentando comprenderlo mejor. Al igual que yo.

—Él rehusa ser una persona civilizada, y rehusa ser reprimido —dije—. Hace lo que le viene en gana. Supongo que es un caso extremo de búsqueda del placer. Un hedonista de nuestro tiempo.

—Ojalá pudieras oírlo hablar. Es muy inteligente, Alex.

—Nosotros también —le recordé—. Cometerá un error, te lo prometo.

A estas alturas estaba llegando a conocer a Kate mucho mejor, y ella lo estaba haciendo conmigo. Habíamos hablado de mi esposa María, que había muerto en medio de un tiroteo sin sentido que se realizó desde un automóvil en marcha en Washington, D.C. Le hablé de mis hijos, Jannie y Damon. Era una buena oyente; su tacto con los pacientes sería de un potencial excelente. La doctora Kate iba a ser una médico muy especial.

Hacia las tres de la tarde debíamos haber caminado unos seis o siete kilómetros. Kate no se quejaba pero debía estar muy adolorida. Gracias a Dios el karate la mantenía en un estado físico estupendo. No habíamos encontrado rastro alguno del lugar por donde ella había pasado corriendo en su huida. Ninguno de los puntos por los que pasamos le resultaba ni vagamente familiar. No había tal casa desaparecida. Nada de Casanova.

Ninguna pista relevante en el profundo bosque oscuro. Nada a qué aferrarse para seguir adelante.

—¿Cómo demonios se perfeccionó tanto en esto? —dije entre dientes mientras caminábamos fatigosamente de regreso al auto.

—La práctica —dijo Kate con una mueca—. Practicando, practicando y practicando.

CAPÍTULO 57

Nos detuvimos a comer en el restaurante Spanky's en la calle Franklin de Chapel Hill. Estábamos agotados, famélicos y, sobre todo, sedientos. Todos conocían a Kate en aquel concurrido bar-restaurante y armaron un gran revuelo cariñoso a su alrededor en cuanto entramos. Un camarero rubio, musculoso, llamado Hack, empezó una gran ronda de aplausos.

Una mesera amiga de Kate nos ofreció la mesa de honor junto al ventanal que daba a la calle Franklin. La muchacha era candidata al doctorado de filosofía, me contó Kate. Verda, la mesera-filósofa de Chapel Hill.

—¿Qué se siente cuando se es una celebridad? —bromeé con Kate, una vez sentados.

—Lo detesto, lo detesto —dijo con los dientes firmemente apretados—. Escucha, Alex, ¿nos emborrachamos hasta las pestañas esta noche? —preguntó Kate de repente. Quiero un tequila, una jarra de cerveza y una copa de brandy —le dijo a Verda. La mesera-filósofa hizo una mueca de sorpresa y arrugó la nariz al escuchar el pedido.

—Lo mismo para mí —dije—. A donde fueres haz lo que los universitarios hicieren.

—Esta no va a ser una noche de terapia ni mucho menos —me dijo Kate en cuanto Verda se fue—. Sólo vamos a hacer unas cuantas tonterías para relajarnos.

—Eso me suena a terapia —le dije.

—Si lo es, entonces *los dos* estamos en el diván.

Hablamos de un montón de cosas inconexas durante la primera hora o más: automóviles, hospitales rurales versus hospitales metropolitanos; la esclavitud, la crianza de hijos, los salarios de los médicos y la crisis del sistema sanitario; las letras del rock'n'roll versus las del blues; un libro que ambos habíamos disfrutado, *El paciente inglés*. Desde el primer momento habíamos logrado comunicarnos bien. Prácticamente desde el primer instante en el Hospital Universitario habían surgido entre nosotros una especie de chispas destellantes.

Después de la primera ronda explosiva de copas, nos pusimos a beber tranquilamente. Cerveza, en mi caso; el vino de la casa, en el de Kate. Nos entonamos un poco, pero nada demasiado desastroso. Kate tenía razón en una cosa: definitivamente necesitábamos desahogarnos de alguna manera de la tensión del caso Casanova.

Cuando llevábamos más o menos tres horas en el bar, Kate me contó una historia de su vida que me afectó casi tanto como la de su secuestro. Sus ojos castaños se abrían intensamente mientras relataba la historia, y brillaban en la tenue luz del bar.

—Déjame que te cuente ahora esta historia. A los sureños nos encanta contar historias, Alex. Somos los últimos guardianes de la sagrada tradición oral de los Estados Unidos.

—Cuéntamela, Kate. Me fascina escuchar historias. Tan es así, que lo convertí en mi trabajo.

Kate puso su mano encima de la mía. Respiró hondo. Su voz se tornó suave, muy queda.

—Había una vez, una familia llamada McTiernan en un pueblo llamado Birch. Era un grupo tan feliz, Alex: muy, muy unidos, sobre todo las chicas: Susanne, Marjorie, Kristin, Carole Anne y Kate. Kristin y yo éramos las pequeñas, las gemelas. También estaba Mary, nuestra madre, y Martin, nuestro padre. No voy a hablar demasiado sobre Martin. Mi madre lo obligó a marcharse de casa cuando yo tenía cuatro años. Era muy dominante y podía ser tan malo como un cangrejo acorralado. Al diablo con él. A estas alturas tengo completamente superada la historia de mi padre.

Kate siguió hablando un poco más, pero de pronto se detuvo y me miró intensamente a los ojos.

—¿Alguna vez te han dicho que eres un oyente estupendo,

pero *estupendo* de verdad? Das la impresión de estar interesado en cada detalle de lo que voy a decir. *Nunca* le he contado esta historia completa a nadie, Alex.

—Bueno, me interesa todo lo que me quieras decir. Me halaga que lo estés compartiendo conmigo, que me tengas tanta confianza.

—Confío en ti. No es una historia muy agradable, así que debo tenerte mucha confianza.

—Así lo he estado sintiendo —le dije a Kate. De repente volvió a impresionarme la belleza de su cara. Sus ojos eran grandes y preciosos. Sus labios no eran ni muy gruesos ni muy finos. No podía quitarme de la cabeza que había muchas razones por las que Casanova la había elegido.

—Mis hermanas y mi madre eran tan, tan estupendas cuando yo era niña. Yo era su pequeña esclava y la consentida. No entraba mucho dinero en casa, así que siempre había demasiado quehacer. Confeccionábamos nuestras propias conservas: verduras, mermelada y fruta. Lavábamos y planchábamos ropa ajena. Hacíamos nuestros propios trabajos de carpintería, plomería y reparación de automóviles. Teníamos suerte: todas nos llevábamos muy bien. Siempre estábamos riendo y tarareando el último éxito del momento que sonaba en la radio. Leíamos mucho y hablábamos de todo, desde el derecho al aborto hasta de recetas de cocina. Era obligatorio tener sentido del humor en nuestra casa. *"No te pongas tan seria"* era nuestro lema familiar.

Por último, Kate me contó lo que le había pasado a la familia McTiernan. Era la historia que me quería contar y el secreto salió como una explosión convulsa que oscureció su rostro.

—Marjorie fue la primera en enfermar. Le diagnosticaron cáncer de ovarios. Margie murió cuando tenía veintiséis años. Ya tenía tres hijos. Después, sucesivamente, Susanne, mi gemela Kristin, y mi madre... murieron todas. Todas de cáncer de mama o de ovarios. Quedamos Carole Anne, mi padre y yo. Carole Anne y yo bromeamos con que las dos heredamos el temperamento gruñón e irritable de mi padre, así que estamos destinadas a morir de asquerosos ataques al corazón.

Kate de pronto dejó caer la cabeza girándola hacia un lado. Luego la volvió a alzar y me miró.

—Iba a decir que no sé por qué te he contado eso. Pero sí lo sé. Me caes bien. Quiero ser tu amiga. Quiero que seas mi amigo. ¿Tú crees que sea posible?

Empecé a decir algo sobre cuáles eran mis sentimientos en ese momento, pero Kate me detuvo. Me puso las yemas de los dedos sobre los labios.

—No te vayas a poner sentimental ahora. En este momento no me preguntes nada más sobre mis hermanas. Más bien cuéntame algo que *nunca* le hayas contado a otra persona. Cuéntamelo ahora, rápido, antes de que cambies de opinión. Cuéntame uno de tus grandes secretos, Alex.

No reflexioné de antemano sobre lo que le iba a decir. Simplemente lo dejé salir. Parecía justo, después de lo que Kate me había contado. Además quería compartir algo con ella; quería hacerle una confidencia a Kate, por lo menos ver si era capaz de hacerlo.

—He estado muy jodido desde que mi esposa María murió —ese era uno de mis secretos, una de las cosas que mantenía bloqueadas en mi interior—. Todas las mañanas me visto y pongo cara de ciudadano sociable y algunos días cargo mi revólver de seis tiros... pero me siento vacío la mayor parte del tiempo. Entablé una relación después de María y no funcionó. Fracasó de forma espectacular. Ahora no estoy preparado para acercarme de nuevo a otra persona. No sé si lo estaré alguna vez.

Kate me miró a los ojos escudriñándome.

—No, Alex, estás equivocado. Estás totalmente preparado —me dijo, sin la menor sombra de duda en sus ojos o en su voz.

Chispas.

Amigos.

—A mí también me gustaría que fuéramos amigos —le dije

por fin. Era algo que decía rara vez y nunca tan pronto como lo estaba haciendo en este momento.

Mientras miraba a Kate fijamente, por encima de la mecha ardiente de una vela a punto de consumirse, volví a recordar a Casanova. Si alguna virtud había demostrado era la de ser un excelente juez de la belleza y el carácter de una mujer. Era prácticamente perfecto.

CAPÍTULO 58

El harén avanzaba lenta, pesadamente, hacia un gran salón ubicado al final de un corredor sinuoso dentro de la misteriosa y abominable mansión. La casa tenía dos pisos. En el de abajo había un solo cuarto. Arriba había muchos más, podía haber hasta diez.

Naomi Cross caminaba cautelosa entre las mujeres. Se les había ordenado que acudieran al salón comunitario. Desde que ella estaba allí, el número de cautivas había oscilado entre seis y ocho. A veces una chica se marchaba, o *desaparecía*, pero siempre parecía haber una nueva que ocupaba su lugar.

Casanova las estaba esperando en la sala. Lucía puesta otra de sus máscaras. Esta había sido pintada a mano y exhibía rayas de color blanco y verde brillante. Festiva. *Un rostro de fiesta.* Vestía una bata de seda dorada y no llevaba nada debajo.

El cuarto era grande y estaba amoblado con buen gusto. Una alfombra oriental cubría el suelo. Las paredes eran de color beige y estaban recién pintadas.

—Pasen, pasen, señoritas. No sean tímidas. No les dé vergüenza —dijo desde el fondo del cuarto. Empuñaba el arma paralizante y una pistola.

Naomi supuso que el tipo estaba sonriendo bajo la máscara. Quería ver su cara; lo que más quería era ver su cara, una sola vez. Y luego borrarla para siempre, quebrarla en pedazos diminutos. Moler los pedacitos hasta que no quedara nada.

Naomi sintió que el corazón le daba un vuelco en el momento en que entró a la espaciosa y bien decorada sala. Su violín estaba en una mesa cercana a Casanova. Él había cogido su violín y lo había traído a este horripilante lugar.

Casanova se desplazaba alrededor de aquel cuarto de techo bajo como si fuera el anfitrión de una sofisticada fiesta de disfraces. Sabía cómo ser fino, incluso galante. Actuaba con total desenvoltura y dominio de la situación.

Le encendió el cigarrillo a una de las mujeres con un encendedor de oro. Se detuvo a hablar con cada una de sus chicas. Rozó un hombro desnudo, una mejilla, acarició una larga cabellera rubia.

Todas las mujeres lucían imponentes. Vestían sus propias y hermosas ropas y se habían maquillado con cuidado. Los aromas de sus perfumes llenaban la habitación. Si sólo pudieran abalanzarse todas sobre él al mismo tiempo, pensó Naomi para sí. Tenía que haber alguna manera de doblegar a Casanova.

—Como muchas de ustedes ya lo habrán imaginado —habló más alto —tenemos una bonita sorpresa para amenizar las festividades de esta velada. Un poco de música apropiada para la noche.

Señaló a Naomi y le hizo un ademán para que se acercara. Siempre era muy precavido cuando las reunía a todas así. No desempuñaba el arma en ningún momento, aunque la sujetaba como sin darle importancia.

—Por favor, tócanos algo —le dijo a Naomi—. Lo que gustes. Naomi toca el violín, y con gran talento, me permito añadir. No seas tímida, querida.

Naomi no podía quitarle los ojos de encima a Casanova. Llevaba la bata abierta para que ellas pudieran verlo en su desnudez. A veces ponía a alguna a tocar un instrumento, o a cantar, o a leer poesía, o sólo a hablar sobre su vida antes del infierno. Esta noche era el turno de Naomi.

Naomi sabía que no tenía elección. Estaba decidida a ser valiente, a parecer serena.

Recogió el violín, su precioso instrumento, y toda suerte de recuerdos dolorosos la asaltaron en ese instante. *Valiente... serena...* se repetía para sus adentros. Llevaba haciéndolo desde que era una niña.

Como joven negra, había aprendido el arte de comportarse con ecuanimidad. Necesitaba toda la serenidad que pudiera reunir ahora.

—Voy a intentar tocar la sonata número uno de Bach —anunció en voz baja—. Este es el adagio, el primer movimiento. Es muy hermoso. Espero poder hacerle justicia.

Naomi cerró los ojos mientras levantaba el violín para posarlo sobre el hombro. Abrió los ojos de nuevo mientras colocaba la barbilla en el apoyo y lentamente empezó a afinar el instrumento.

Valiente... serena, se recordó a sí misma.

Entonces empezó a tocar. Estaba lejos de ser perfecto, pero le salía del corazón. El estilo de Naomi siempre había sido muy personal. Se concentraba más en hacer música que en la técnica. Sentía deseos crecientes de llorar, pero contuvo las lágrimas, contuvo todo en su interior. Sus sentimientos estaban aflorando únicamente en la música, en la bella sonata de Bach.

—¡Bravo! ¡Bravo! —gritó Casanova cuando concluyó la pieza.

Las mujeres aplaudieron. Eso estaba permitido por Casanova. Naomi miró fijamente los hermosos rostros de las chicas. Sentía cómo compartían el mismo dolor. Hubiese querido tanto hablar con ellas. Pero cuando él las reunía era sólo para ostentar su poder, el control absoluto sobre ellas.

La mano de Casanova se movió y tocó el brazo de Naomi levemente. Estaba caliente y ella sintió como si la hubieran quemado.

—Te quedarás conmigo esta noche —le dijo Casanova en el tono más suave—. Eso estuvo precioso, Naomi. Tú eres preciosa, la más hermosa de todas. ¿Lo sabías, cariño? Por supuesto que lo sabes.

Valiente, fuerte, serena, se dijo Naomi. Era una Cross. No permitiría que él viera el miedo que sentía. Encontraría la manera de ganarle la partida.

CAPÍTULO 59

Kate y yo estábamos trabajando en su apartamento de Chapel Hill. Habíamos estado hablando otra vez de la casa desaparecida, intentando resolver aún ese enigma alucinante. Un poco pasadas las ocho, sonó el timbre. Kate fue a ver quién era.

Alcancé a ver que hablaba con alguien, pero no distinguía quién era. Mi mano se dirigió al revólver, palpó la cacha. Kate hizo entrar al visitante.

Era Kyle Craig. De inmediato me llamó la atención el aspecto ojeroso y sombrío de su rostro. Algo debía haber pasado.

—Kyle dice que tiene algo que te interesará ver —dijo Kate mientras conducía al hombre del FBI a la sala.

—Te seguí la pista, Alex. No fue demasiado difícil —dijo Kyle. Se sentó en el brazo del sofá junto a mí. Daba la impresión de que necesitaba sentarse.

—Avisé en recepción y a la operadora dónde iba a estar hasta las nueve o algo así.

—Como dije, no fue difícil. Observa la cara de Alex, Kate. Ahora ya ves porqué sigue siendo detective. Está enganchado al trabajo, quiere resolver todos los grandes enigmas, incluso los no muy grandes.

Sonreí y sacudí la cabeza. Kyle tenía razón en parte.

—Me encanta mi trabajo, sobre todo, porque me toca convivir con individuos sofisticados y de mentes privilegiadas como la tuya. ¿Qué ha pasado, Kyle? Dímelo de una vez.

—El Caballero le hizo una "visita personal" a Beth Lieberman. Está muerta. Le cortó los dedos, Alex. Después de matarla, prendió fuego a su estudio en la zona occidental de Los Ángeles. Acabó incendiando medio edificio.

Pese a que Beth Lieberman no se había granjeado precisamente mi simpatía, me quedé pasmado y me entristeció enterarme de su asesinato. Había creído en la palabra de Kyle al pie de la letra cuando me dijo que ella no tenía información alguna que mereciera un viaje a Los Ángeles.

—Quizá el Caballero sabía que había algo en su apartamento que requería ser quemado. Quizá sí tenía algo importante de verdad.

Kyle volvió a dirigirse a Kate.

—¿Ves qué bueno es? Una verdadera máquina. Beth *sí* que tenía algo revelador —nos dijo a ambos—. Sólo que lo tenía en su computador del *Times*. Así que ahora ya lo tenemos nosotros.

Kyle me entregó un largo fax enrollado. Señaló una sección que estaba hacia el final de la página. El fax era de la oficina del FBI en Los Ángeles.

Dirigí la mirada hacia la parte inferior de la página y leí lo que estaba subrayado.

¡¡¡Posible Casanova!!! decía. *Sospechoso muy posible.*

Doctor William Rudolph. Pervertido de primera clase.

Sitio de residencia: Beverly Comstock. Trabajo: Centro Médico Cedars-Sinaí. Los Ángeles.

—Por fin contamos con un hallazgo clave. En todo caso se trata de una pista de primera —dijo Kyle—. El Caballero podría ser ese médico. Ese pervertido, como ella lo llamó.

Kate me miró a mí, luego a Kyle. Ella nos había dicho a ambos que Casanova podía ser médico.

—¿Alguna otra cosa en las notas de la Lieberman? —le pregunté a Kyle.

—Hasta ahora no hemos podido determinar nada más —dijo Kyle—. Por desgracia ya no podemos preguntarle a la señorita Lieberman sobre el doctor William Rudolph, o sobre el motivo de la nota en su computador. Déjame contarte las dos nuevas teorías que circulan entre nuestros analistas en la costa oeste —continuó Kyle—. ¿Estás listo para un viaje mental impactante, amigo mío? ¿Para las especulaciones de los analistas encargados de trazar perfiles?

—Estoy listo. Escuchemos las últimas y más fabulosas teorías del FBI del oeste.

—La primera teoría es que se está enviando los diarios a *sí mismo*. Casanova y el Caballero Visitante. *Ambos* podrían ser *el mismo* asesino, Alex. Los dos se especializan en crímenes "perfectos". Además hay otras similitudes. Quizá tenga una personalidad escindida. Al FBI del oeste, como lo llamas tú, le gustaría que la doctora McTiernan volara a Los Ángeles de inmediato. Le gustaría hablar con ella.

No me gustó mucho la primera teoría de la costa oeste, pero no podía descartarla del todo.

—¿Cuál es la otra teoría del salvaje, muy salvaje oeste? —le pregunté a Kyle.

—La otra teoría —dijo— es que hay dos hombres. Pero que no solamente se están comunicando, están *compitiendo*. Esta puede ser una competencia aterradora, Alex. Puede tratarse de un juego espeluznante.

TERCERA PARTE

El Caballero Visitante

CAPÍTULO 60

Él había sido un caballero sureño.

Un caballero y un estudiante aplicado.

Ahora era el caballero más fino de Los Ángeles. Siempre un caballero. Un tipo que pintaba corazones y regalaba flores.

Un sol rojo-naranja había comenzado su lento y resplandeciente deslizamiento hacia el Océano Pacífico. El doctor William Rudolph pensó que era un espectáculo visual deslumbrante mientras caminaba con paso despreocupado por la Avenida Melrose de Los Ángeles.

El Caballero Visitante estaba "de compras" esa tarde, absorbiendo todas las imágenes y sonidos, el febril "te gusto y cómprame" de su entorno.

La escena de la calle le recordaba algo que había escrito uno de los pesos pesados de la literatura detectivesca, quizá Raymond Chandler: *"California, el gran almacén."* La descripción tenía ahora más vigencia que nunca.

La mayoría de las mujeres atractivas que observaba tenían entre veinte y veinticinco años. Acababan de salir del alucinante mundo cotidiano de las agencias de publicidad, las instituciones financieras y los bufetes de abogados que abundaban en aquella zona que reunía a buena parte del mundo del espectáculo, cerca del Bulevar Century. Muchas de ellas llevaban tacones altos, plataformas, minifaldas elásticas ceñidas, una que otra llevaba un traje ajustado al cuerpo.

Escuchaba el despreocupado frufrú provocativo de la seda estrujada, el *cloc-cloc* marcial de los zapatos de marca, el roce seductor de las botas vaqueras que habían costado más de lo que Wyatt Earp había ganado en toda su vida.

Se estaba poniendo caliente y un poco desquiciado. Agradablemente desquiciado. Se vivía bien en California. Sin duda *era* el gran almacén de sus sueños.

Esta era la mejor parte: el tanteo mental previo a realizar su elección definitiva. Aún tenía a la policía de Los Ángeles desconcertada y confusa. Quizá algún día lo descubrirían todo, pero lo más probable era que no. Simplemente era demasiado bueno en esto. Era el Jekyll y Hyde de la época.

Al pasear entre las calles La Brea y Fairfax aspiró los aromas de los perfumes de almizcle y de las fuertes esencias florales, de las cabelleras olorosas a manzanilla y limón. Las carteras y las faldas de cuero también tenían un olor inconfundible.

Todo esto no era más que una gran provocación, pero lo *adoraba*. Era de verdad irónico que tan encantadores bombones californianos estuvieran seduciéndolo y provocándolo a *él,* justamente a él.

Idéntico al niño pequeño, adorable, de pelo rizado, que andaba suelto en la tienda de caramelos, ¿no era así? Pues bien, ¿qué caramelos prohibidos debería elegir esta tarde?

¿A la tontita esa de tacones rojos sin medias? ¿Esa Juliette Binoche en plan pobre? ¿A la coqueta del traje francés estampado de rombos vainilla y negro?

De hecho, varias mujeres le lanzaban miradas de aprobación al doctor Will Rudolph mientras entraban y salían de sus tiendas favoritas: Exit I, Leathers and Treasures y La luz de Jesús.

Era un hombre guapísimo, incluso para los estrictos cánones de Hollywood. Se parecía a Bono, el cantante del grupo de rock irlandés U2. O más bien tenía el aspecto que tendría Bono si hubiera elegido convertirse en un médico de éxito en Dublín o Cork, o aquí mismo, en Los Ángeles.

Y ese era uno de los secretos mejor guardados del Caballero: *Las mujeres casi siempre lo elegían a él.*

Will Rudolph se metió a Nativity, una de las tiendas que en ese momento eran consideradas como de primera línea en la zona de *Melrose*. Nativity era *el* sitio ideal para comprar un corpiño de marca, una chaqueta de cuero con contornos de visón, o un reloj de pulsera Hamilton "antiguo".

Mientras observaba a las flexibles jóvenes en la concurrida

tienda, pensaba en las fiestas de alto nivel de Hollywood, en sus restaurantes exclusivos, incluso en sus tiendas de primera línea. La ciudad estaba totalmente obsesionada con su propio y estúpido orden jerárquico.

¡El comprendía perfectamente lo que era el status! Y bien que lo entendía. *El doctor Will Rudolph era el hombre más poderoso de Los Ángeles.*

Se deleitaba en el sentimiento de seguridad que le proporcionaban las reconfortantes noticias de primera plana que le confirmaban su existencia, que le decían que no era una retorcida quimera producto de su propia imaginación. El Caballero poseía el control de una ciudad entera, de una ciudad muy influyente, cabría añadir.

Pasó junto a una rubia irresistible, ataviada de pies a cabeza con gran vistosidad, en el mejor estilo californiano.

La joven estaba mirando distraída unas joyas incas, aparentemente aburrida de todo en general: *de su vida, en resumen.* Era sin punto de comparación la mujer más llamativa dentro de Nativity, pero no fue eso lo que le atrajo de ella.

Era totalmente *intocable.* Emitía una señal clara, incluso en una tienda exclusiva llena de muchas otras mujeres atractivas. *Soy intocable. Ni siquiera lo pienses. No me mereces, seas quién seas.*

Sintió el trueno que rugía a través de su pecho. Quería gritar dentro de la bulliciosa boutique abarrotada:

Me es posible tenerte. ¡Me es posible!

No tienes ni idea, pero yo soy el Caballero Visitante.

La rubia tenía los labios llenos y arrogantes. Sabía que el lápiz de labios y la sombra de ojos no le hacían ninguna falta. Era delgada y de cintura estrecha. Elegante a su manera, al estilo del sur de California. Llevaba un chaleco de algodón desteñido, una falda entubada y mocasines de color pardo. Su bronceado era perfecto y parejo y le daba un aspecto saludable.

Por fin miró hacia donde él estaba. *Una mirada de reojo,* pensó el doctor Will Rudolph.

¡Dios! ¡Qué ojos! Los quería solamente para él. Hubiese querido palparlos con sus dedos, llevarlos consigo como amuletos de la buena suerte.

Lo que *ella* vio fue a un hombre alto y delgado, de aspecto interesante, de treinta y pocos años. Era ancho de hombros, con constitución de atleta, o incluso de bailarín. Llevaba sus rizos castaños, dorados por el sol, atados en una cola de caballo. Tenía los ojos azules de un niño irlandés. Will Rudolph también tenía puesta una bata blanca de galeno ligeramente arrugada sobre su muy tradicional camisa azul Oxford, y la corbata rayada aprobada por el hospital. Calzaba botas costosas marca Doctor Martens, indestructibles. Parecía muy seguro de sí mismo.

Ella fue la primera en hablar. *Lo había elegido a él, ¿no?* Sus ojos azules eran serenos y profundos, sin preocupación alguna, tan confiados en su poder que resultaban seductores. Jugueteó con uno de sus aretes enchapados en oro.

—¿Hubo algo que no dije?

Empezó a reír con sinceridad, encantado de que ella mostrara un sentido del humor adulto para las artimañas y juegos de aproximación. *Esta iba a ser una noche divertida,* pensó. Estaba convencido.

—Lo siento. No suelo quedarme mirando. Por lo menos nunca me pillan haciéndolo descaradamente —dijo. No dejó de reírse en ningún momento. Tenía una risa fácil, una risa agradable. Era la nueva herramienta del negocio, sobre todo en Hollywood, Nueva York y París: sus ciudades predilectas.

—Por lo menos eres sincero —dijo. Ahora también ella reía, y una cadenilla de oro producía un ruido metálico al chocar contra su pecho. Él quería con todo su ser estirar la mano y arrancársela, recorrerle los pechos con la lengua.

Ya ella estaba por completo en sus manos, si es que ese era su deseo, su anhelo, su más insignificante capricho. ¿Debía seguir su camino? ¿Quizá fijarse en otras mujeres?

La sangre le retumbaba en la cabeza, formando un remolino

voraz. Tenía que decidirse. Miró otra vez al interior de los tranquilos ojos azules de la rubia, y vio la respuesta.

—Yo no sé si será tu caso —dijo, intentando sonar sereno—,
pero creo que he encontrado algo aquí que me gusta mucho.

—Sí, creo que es posible que yo también haya encontrado lo
que necesito —dijo ella después de una pausa. En seguida se rió—.
¿De dónde eres? ¿No eres de aquí, verdad?

—Oriundo de Carolina del Norte —Le sostuvo la puerta sin
prestar atención a la campanilla que seguía repicando y salieron
juntos de la tienda de ropa antigua—. He hecho lo posible por
perder el acento.

—Lo has logrado —dijo ella.

Estaba maravillada consigo misma, no estaba mostrando la
más mínima timidez. La rodeaba un aura de seguridad en sí
misma… que él destrozaría por completo. Ay, Dios. Cuánto deseaba a esa mujer.

CAPÍTULO 61

—Atentos, todos los aficionados a la acción. Está saliendo de la tienda Nativity con la rubia. Van por la Avenida Melrose.

Estábamos utilizando binoculares para observar, a través de la vitrina frontal de Nativity, el increíble encuentro. El FBI además tenía micrófonos de seguimiento para grabar al doctor Will Rudolph y también a la rubia de la tienda de última moda.

Era una misión de vigilancia a cargo exclusivo del FBI. Ni siquiera se lo habían insinuado al Departamento de Policía de Los Ángeles. Nada. Eran tácticas bastante típicas del FBI, sólo que esta vez yo era parte de su equipo, gracias a Kyle Craig. El FBI había pedido hablar con Kate en Los Ángeles. Kyle hizo los trámites necesarios para que yo los acompañara después de haberle tenido que *restregar en la cara* el pacto que habíamos hecho y cómo hasta la fecha este podía ser el giro más importante en la investigación de Casanova.

Eran sólo las cinco y media pasadas; la ruidosa y caótica hora pico en un espléndido día soleado de California. La temperatura, sobre los veinticinco grados. Los latidos del corazón incrementándose al máximo dentro de nuestro auto.

Por fin estábamos cercando a uno de los monstruos o al menos así lo esperábamos. Yo veía al doctor Will Rudolph como una especie de vampiro moderno. Se había pasado la tarde deambulando despreocupadamente por las tiendas elegantes: Ecru, Grau, Mark Fox. Hasta las jovencitas que colmaban ociosas el puesto de hamburguesas Johnny Rocket, edificado al estilo de los años cincuenta, eran objetivos potenciales para él. Definitivamente hoy iba a cazar. Estaba espiando a las chicas. ¿Pero realmente era él el Caballero Visitante?

Yo estaba trabajando estrechamente con dos agentes de rango superior del FBI en el interior de una minicamioneta de aspecto anónimo estacionada en una calle lateral, perpendicular a la Avenida Melrose. Nuestro radio estaba conectado con los micrófonos de seguimiento de alta tecnología, instalados en dos de los otros cinco automóviles que vigilaban al hombre que presuntamente era el Caballero. El espectáculo estaba a punto de comenzar.

—Creo que es posible que yo también haya encontrado lo que necesito —oímos que decía la rubia. Me recordaba a las bellas estudiantes que Casanova había secuestrado en el sur. *¿Podría ser que este solo hombre encarnara a los dos abominables monstruos? ¿Un asesino de costa a costa? ¿Quizá una personalidad dividida?*

Los expertos del FBI aquí en la costa oeste creían que tenían la respuesta. Desde su punto de vista, el mismo pervertido realizaba los llamados "crímenes perfectos" en ambas costas. No se había presentado el caso de que víctimas en ambas costas hubiesen sido secuestradas o asesinadas el mismo día. Por desgracia, que yo supiera, había por lo menos una docena de teorías sobre el Caballero Visitante y Casanova. Aún no me convencía ninguna de ellas.

—¿Cuánto tiempo llevas en Hollywood? —oímos que la joven le preguntaba a Rudolph. Su voz sonaba seductora y sensual. Era obvio que estaba coqueteando.

—El suficiente como para conocerte —hasta ahora hablaba con suavidad y cortesía. Su mano derecha se apoyó ligeramente bajo el codo izquierdo de la rubia ¿El Caballero?

No tenía aspecto de asesino, pero *ciertamente* se parecía al Casanova que Kate McTiernan había descrito. Físicamente era un adonis, indiscutiblemente atractivo para las mujeres y, además, era médico. Sus ojos eran azules —el color que Kate había visto detrás de la máscara de Casanova.

—El muy cabrón parece que podría tener a cualquier mujer que quisiera —dijo uno de los agentes del FBI dirigiéndose a mí.

—No para hacer lo que quiere hacerles —dije.

—En eso tienes razón.

El agente John Asaro era mejicano-americano. Se estaba quedando calvo, pero lo compensaba con un bigote tupido.

Tendría cerca de cincuenta años. El otro agente era Raymond Cosgrove. Ambos eran buenas fichas del FBI, profesionales de alto nivel. Hasta ahora Kyle Craig se estaba portando conmigo a la altura.

Me resultaba imposible quitarles los ojos de encima a Rudolph y a la rubia. Ella estaba señalando hacia un Mercedes convertible negro brillante con un techo color canela, que en ese momento estaba replegado. Más tiendas exclusivas constituían el telón de fondo de la escena que contemplábamos: I.a. Eyeworks, Gallay Melrose. Otro anuncio llamativo, unas botas vaqueras de dos metros y medio, servía de marco a la cabellera rubia alborotada por el viento.

Escuchamos mientras hablaban entre el gentío de la calle. Los micrófonos de seguimiento lo registraban todo. Dentro de los automóviles de vigilancia se guardaba un silencio absoluto.

—Ese auto de allí es mío, galán. La pelirroja que está sentada en el asiento del pasajero… es mi novia. ¿De verdad creías que me podías ligar *así como así?* —la rubia chasqueó los dedos y las pulseras de colores que llevaba en el brazo le cascabelearon en la cara a Rudolph—. Esfúmate, doctor Kildare.

John Asaro protestó en voz alta.

—¡Dios, le ha dado la estocada! *Ella* le tendió una trampa a *él.* ¿No es precioso? Eso sólo sucede en Los Ángeles.

Raymond Cosgrove aporreó el tablero con el nudoso dorso de su mano.

—¡Hijo de puta! Ya se está marchando. ¡Vuelve a él, cariño! ¡Dile que sólo estabas bromeando!

Habíamos estado a punto de atraparlo en todo caso, muy cerca. Me puso físicamente enfermo pensar que se estaba escabullendo. Teníamos que *atraparlo* cometiendo algo ilícito o la acusación no prosperaría.

La rubia cruzó Melrose en el lustroso Mercedes negro. Su amiga tenía el pelo corto y sus aretes de plumas de plata captaban los destellos del atardecer. La rubia se inclinó y le dio un beso a su novia.

Mientras las observaba, el doctor Rudolph no parecía contrariado en lo más mínimo. Se quedó en la acera con las manos metidas en los bolsillos de su bata blanca, con aspecto ecuánime y relajado. Neutral. Como si nada hubiera pasado. ¿Estábamos viendo la máscara del Caballero Visitante?

Las dos amantes del convertible se despidieron agitando las manos cuando el Mercedes pasó rugiendo a su lado y él les devolvió una sonrisa, al tiempo que se encogía de hombros e inclinaba la cabeza con expresión de indiferencia.

Lo escuchamos rezongar por los micrófonos direccionales.

—Ciao, señoritas. Me gustaría cortarlas en pedazos y echarlas para la cena de las gaviotas de la playa de Venice. Y *por supuesto* que tengo su número de placas, tontas.

CAPÍTULO 62

Seguimos al doctor Will Rudolph hasta su lujoso penthouse en el Beverly Comstock. El FBI sabía en dónde vivía. Tampoco habían compartido esta información con el Departamento de Policía de Los Ángeles. El estado de ánimo dentro de nuestro automóvil era de tensión y frustración. El FBI estaba jugando un peligroso juego de marginación con la policía de Los Ángeles.

Finalmente, abandoné la vigilancia alrededor de las once. Rudolph llevaba más de cuatro horas sin salir. Un fuerte e indeterminado zumbido en la cabeza no me dejaba en paz. Aún estaba con la hora del este. Eran las dos de la mañana para mí, y necesitaba dormir un par de horas cuanto antes.

Los agentes del FBI prometieron llamarme enseguida si surgía algo, o si el doctor Rudolph salía de caza otra vez esa noche. Lo de Melrose tenía que haber sido un muy mal trago para él y yo tenía el presentimiento de que saldría en pos de alguien muy pronto.

Si realmente se trataba del Caballero Visitante.

Me llevaron al Holiday Inn de las calles Sunset y Sepúlveda.

Kate McTiernan también estaba hospedada allí. El FBI la había traído a California porque Kate sabía más acerca de Casanova que cualquiera de las personas involucradas en el caso. Había sido secuestrada por aquella bestia humana y había vivido para contarlo. Sin duda estaría en condiciones de identificar al asesino si él y Casanova eran la misma persona. Había pasado la mayor parte del día en las oficinas del FBI en el centro de Los Ángeles respondiendo las preguntas de los investigadores.

Su cuarto se encontraba a unas cuantas puertas del mío en el hotel. Sólo tuve que tocar una vez para que abriera la puerta blanca con un número 26 negro pintado en el llamador.

—No podía dormir. Estaba despierta esperando que volvieras —dijo—. ¿Qué pasó? Cuéntamelo todo.

Me imagino que yo no estaba desbordante de entusiasmo después del intento de arresto fallido.

—Desgraciadamente, no pasó nada —le dije, para resumir.

Kate asintió con la cabeza, a la espera de que continuase. Vestía una camiseta azul clara, shorts color caqui, y sandalias amarillas. Estaba completamente despierta y bastante acelerada. Me encantaba verla, aunque para mí fueran las dos y media de una horrenda madrugada.

Finalmente entré y hablamos sobre la misión de vigilancia del FBI en la Avenida Melrose. Le conté a Kate lo cerca que habíamos estado de capturar al doctor Will Rudolph. Recordaba todo lo que había dicho, cada uno de sus gestos.

—Hablaba como un caballero. Se comportaba como todo un caballero... hasta que la rubia lo hizo enojar.

—¿Qué aspecto tiene? —preguntó Kate. Estaba muy, pero muy ansiosa de ayudar. No podía culparla. El FBI la había hecho viajar hasta Los Ángeles para luego encerrarla en un cuarto de hotel durante la mayor parte del día y de la noche.

—Sé cómo te sientes, Kate. He hablado con los del FBI y vas a acompañarme mañana. Tú misma vas a poder verlo, seguramente en el transcurso de la mañana. No quiero sembrar prejuicio alguno en tu mente. ¿De acuerdo?

Kate asintió, pero noté que se sentía algo descorazonada. Definitivamente no estaba a gusto con el nivel de participación que había tenido hasta ahora.

—Lo siento, no es mi intención actuar como el típico detective duro, como un cabrón dominante —le dije al fin—. Preferiría que no peleáramos por esto.

—Bueno, parecías distante. En cualquier caso, estás perdonado. Creo que será mejor que durmamos un poco. Mañana será otro día. Un gran día, ¿quizá?

—Sí, mañana podría ser un gran día. De veras lo siento, Kate.

—Sé que lo sientes —por fin sonrió—. De veras estás perdonado. Dulces sueños. Mañana le echaremos el guante a *Beavis*. Luego trincaremos a *Butt-Head*.

Luego me fui a mi cuarto. Me dejé caer en la cama y pensé en Kyle Craig durante un rato. Kyle había logrado vender mi estilo poco ortodoxo a sus colegas por una razón: había funcionado en el pasado. Yo ya tenía el cuero cabelludo de un monstruo en mi haber. Y no había seguido las reglas del juego para obtenerlo. Kyle comprendía y respetaba los resultados cuando eran positivos. Por lo general, el FBI también. Desde luego, aquí en Los Ángeles estaban jugando de acuerdo con sus propias reglas.

Mi último pensamiento semiconsciente fue Kate con sus shorts color caqui. Como para quitarle la respiración a cualquiera. Por un instante me cruzó por la imaginación que ella podría recorrer el corredor y *toc, toc, toc*, en mi puerta. Después de todo estábamos en Hollywood. ¿No era así como sucedía en las películas?

Pero Kate no vino a tocar a mi puerta. Punto final para mis fantasías estilo Clint Eastwood y René Russo.

CAPÍTULO 63

Este iba a ser un gran día en la Ciudad del Oropel. La gran cacería de las cacerías humanas había comenzado en Beverly Hills. Igual que el día en que por fin capturaron en este lugar al estrangulador Richard Ramírez.

Hoy vamos a atrapar a Beavis.

Pasaban unos cuantos minutos de las ocho de la mañana. Kate y yo estábamos sentados en un Taurus color azul ártico estacionado a media cuadra del centro médico Cedars-Sinaí de Los Ángeles. Había un ruido eléctrico en el ambiente, como si la ciudad estuviera funcionando a partir de un sólo generador descomunal. Me acordé de repente de una frase que había hecho carrera hacía algún tiempo: *El infierno es una ciudad muy parecida a Los Ángeles.*

Me sentía nervioso y tenso; tenía el cuerpo entumecido y el estómago revuelto. El factor desgaste. Falta de sueño. Demasiada tensión durante un período demasiado largo. Perseguir monstruos de mar a mar.

—Allí está el doctor Will Rudolph saliendo de su BMW —le dije a Kate. Estaba tan descontrolado que sentía como si unas manos fuertes me estuvieran apretando.

—Bien parecido —murmuró Kate—. Muy seguro de sí mismo, también. La forma de moverse. El *doctor* Rudolph.

Kate no dijo una palabra más mientras observaba a Rudolph minuciosamente. ¿Era el Caballero Visitante? ¿Era también Casanova? ¿O se nos estaba tendiendo una engañosa celada por alguna razón demente, psicótica que yo aún no comprendía?

La temperatura matutina rondaba los quince grados. Soplaba un airecillo frío, cortante, como el otoño en el noroeste. Kate se había puesto una vieja sudadera de la universidad, tenis de marca, gafas de sol ordinarias. Llevaba el pelo castaño claro recogido en una cola de caballo. Un atuendo de vigilancia discreto y atractivo.

—Alex, ¿el FBI lo tiene completamente rodeado ahora? —me preguntó sin apartar los ojos de los binoculares—. ¿Están aquí ahora mismo? ¿Esa escoria no podrá escabullirse de ninguna manera?

Asentí.

—Si hace cualquier cosa, *cualquier cosa* que nos demuestre que es el Caballero, ellos le caerán encima. Quieren apuntarse el arresto ellos solos.

Sin embargo, el FBI también me estaba permitiendo toda la libertad que necesitaba. Kyle Craig había mantenido su promesa. Al menos hasta ahora.

Kate y yo observamos al doctor Will Rudolph mientras se deslizaba fuera del BMW que acababa de dejar en un estacionamiento privado en el ala oeste del hospital. Vestía un traje gris antracita de estilo europeo. Su corte impecable parecía carísimo. Probablemente costaba lo mismo que mi casa en Washington. Llevaba el pelo castaño claro recogido en una estilizada cola de caballo. Tenía puestas unas gafas oscuras con monturas redondas de concha de tortuga.

Un doctor de un exclusivo hospital de Beverly Hills. Totalmente seguro de sí mismo. *¿El Caballero Visitante que tenía en ascuas a esta ciudad?*

Me moría de ganas de atravesar el estacionamiento y darle una buena paliza, de reducirlo en ese preciso instante. Apreté los dientes hasta que la mandíbula se me quedó tiesa. Kate no apartaba los ojos del doctor Will Rudolph. ¿También era Casanova? ¿Se trataba de un único y abominable monstruo? ¿Esa era la respuesta?

Ambos observamos a Rudolph mientras cruzaba el estacionamiento del hospital. Su paso era largo, ágil y desenfadado. Nada le preocupaba. Se nos perdió de vista por una puerta lateral de metal gris del hospital.

—*Así que médico* —dijo Kate y meneó la cabeza—. Esto es muy raro, Alex. Estoy temblando por *dentro*.

La estática de la radio nos sobresaltó, pero oímos la voz profunda y carrasposa del agente John Asaro.

—¿Alex, lo vieron los dos? ¿Lo vieron bien? ¿Qué opina la señorita McTiernan? ¿Cuál es el veredicto sobre nuestro doctor Ardilla?

Miré a Kate a través del asiento delantero. Aparentaba todos y cada uno de sus treinta y un años en este instante. Ni tan segura de sí misma, ni con tanto aplomo, la cara un tanto gris. La testigo principal. Comprendía muy bien la crucial gravedad del momento.

—No creo que sea Casanova —dijo Kate por fin. Meneó la cabeza—. Físicamente no tiene el mismo tipo. Es más delgado … se *desenvuelve* de otra manera. No estoy cien por ciento segura, pero no creo que sea él, maldición —sonaba un poco decepcionada. Kate siguió meneando la cabeza—. Estoy casi segura de que no es Casanova, Alex. Deben ser dos. Dos señores Ardilla —sus ojos castaños me miraban con gran intensidad.

Así que eran dos los asesinos en esta historia. ¿Estaban compitiendo? ¿De qué diablos se trataba su juego de costa a costa?

CAPÍTULO 64

Cháchara; charla mientras se vigila a un sospechoso; era un territorio harto conocido por mí. Sampson y yo teníamos un dicho sobre la vigilancia en el D.C. *Ellos* cometen el crimen; *nosotros* ponemos el tiempo.

—¿Cuánto podría ganar con un consultorio privado de éxito en *Beverly Hills?* —le pregunté a mi acompañante. Aún estábamos vigilando el estacionamiento privado de los médicos del Cedars-Sinai. No había otra cosa que hacer más que mirar con atención el impecable BMW nuevo de Rudolph y conversar como viejos amigos que pasan la tarde en un pórtico de Washington.

—Con seguridad cobra entre ciento cincuenta y doscientos la consulta. Podría ganar quinientos o seiscientos mil brutos al año. Luego están los honorarios de cirugía, Alex. Eso, si es considerado en cuanto a los precios que cobra y nosotros *sabemos* que no es considerado en absoluto.

Sacudí la cabeza incrédulo mientras me frotaba la barbilla con la palma de la mano.

—Voy a tener que volver a la práctica privada. La niña necesita zapatos nuevos.

Kate sonrió.

—¿Los extrañas, verdad, Alex? Hablas mucho de tus hijos. Damon y Jannie. Cabeza de bola de billar y Velcro.

Le devolví la sonrisa. Kate ya conocía los apodos de mis hijos.

—Sí, los extraño. Son mis bebés, mis amiguitos.

Esta vez Kate se echó a reír. Me gustaba hacerla reír. Recordé las historias agridulces que me había contado sobre sus hermanas, sobre todo su gemela, Kristin. La risa es un buen remedio.

El BMW negro permanecía inmóvil, con su aspecto reluciente y costoso bajo el sol de California. *Estar de vigilancia es agobiante,* pensé, *no importa dónde tengas que hacerlo. Incluso en la soleada Los Ángeles.*

Kyle Craig había conseguido que me permitieran tener una participación destacada en todo esto. Desde luego, mucho más de lo que se me había concedido en el sur. La había conseguido para Kate también. Aunque él también tenía algo que ganar. El viejo *quid pro quo*. Kyle quería que yo entrevistase al Caballero Visitante en cuanto lo atraparan y confiaba en que le informaría todo a él. Yo sospechaba que el propio Kyle tenía grandes esperanzas de ser él quien trincara a Casanova.

—¿De veras crees que los dos asesinos están compitiendo entre sí? —me preguntó Kate después de un intervalo.

—A mi modo de ver, desde el punto de vista psicológico, eso explicaría varias cosas —le dije—. Es posible que sientan la necesidad de llevarse "un punto de ventaja" entre sí. Los diarios del Caballero podrían ser su forma de decir: Ves, soy mejor que tú. Soy más famoso. De todos modos, todavía no lo tengo tan claro. Aunque lo de compartir sus hazañas probablemente sea más por emoción que por sentirse unidos. A ambos les gusta excitarse.

Kate me miró fijamente.

—Alex, ¿no te sientes invadido por una sensación siniestra cuando tratas de descifrar todo esto?

Sonreí.

—Por eso quiero atrapar a *Butt-Head* y a *Beavis*. Para que esta racha siniestra acabe de una vez por todas.

Kate y yo esperamos en el hospital hasta que por fin volvió a aparecer Rudolph. Eran casi las dos de la tarde. Se fue directo a su consultorio de la calle Bedford Norte, al oeste de la Avenida Rodeo.

Rudolph atendía a sus pacientes allí. Mujeres, en su mayoría. El doctor Rudolph era cirujano plástico. Como tal, tenía la capacidad de *crear* y *esculpir*. Las mujeres *dependían* de él. Y... eran sus pacientes quienes lo *elegían*.

Seguimos a Rudolph a su casa alrededor de las siete. Quinientos o seiscientos mil dólares al año, me decía para mis adentros. Era más de lo que yo podía ganar en una década. ¿Era esa la cantidad de dinero que necesitaba para permitirse ser el Caballero Visitante? ¿Era igual de rico Casanova? ¿También era médico? ¿Era así como cometían sus crímenes perfectos?

Estas preguntas me daban vueltas y vueltas en la cabeza. Me llevé la mano al bolsillo trasero del pantalón para asegurarme de que seguía allí la tarjeta de referencia. Había empezado a llevar en una tarjeta de referencia una lista de características de Casanova y el Caballero. Añadía o quitaba del perfil los aspectos que consideraba claves. Llevaba la tarjeta conmigo en todo momento.

CASANOVA	CABALLERO
Coleccionista	Obsequia flores... ¿sexual?
Harén	Sumamente violento y peligroso
Artístico, organizado	Se lleva jóvenes y hermosas mujeres
Distintas máscaras... ¿para	de todo tipo
representar distintos estados	Extremadamente organizado
de ánimo o personas?	Nada artístico en cuanto a la ejecu-
¿Doctor?	ción de sus asesinatos
Afirma "amar" a su víctimas	Frío e impersonal
Está desarrollando gusto	Como asesino... un carnicero.
por la violencia	Anhela reconocimiento y fama
Posee información sobre mí	Posiblemente adinerado: aparta-
¿Está compitiendo con Gary	mento en un penthouse
Soneji?	Graduado de la Facultad de
¿Está compitiendo con el	Medicina de la Universidad Duke
Caballero de Los Ángeles?	en 1986.
	Creció en Carolina del Norte

Reflexioné un poco más en la conexión entre Rudolph y Casanova mientras Kate y yo veíamos pasar las horas esperando fuera del apartamento. Se me había ocurrido aplicar un tipo de análisis psicológico relevante. Se llamaba hermanar y podía ser una pista crucial. El hermanamiento quizá explicara la extraña relación entre los dos monstruos. El hermanamiento era causado por lo general por un afán de vincularse dos personas solitarias. Una vez "hermanados" los dos se convierten en un "todo", una especie de gemelos; se vuelven dependientes el uno del otro, a menudo de forma obsesiva. A veces los "gemelos" se vuelven muy competitivos.

El hermanamiento es una especie de adicción al *acoplamiento*. Un ansia de pertenecer a un *club secreto*. Sólo dos personas y ningún santo y seña. En su forma negativa, es la fusión de dos personas para sus propias necesidades individuales, necesidades que no suelen ser mutuamente sanas.

Se lo comenté a Kate, ella era gemela también.

—Muy a menudo, hay una figura dominante en una relación entre gemelos —dije—. ¿Se podría aplicar en el caso tuyo y de tu hermana?

—Quizá yo fuera un poco dominante con Kristin —admitió Kate—. Yo sacaba las mejores calificaciones en la escuela. A veces la presionaba mucho. Incluso me llamaba "el martillo" cuando estábamos en bachillerato. Peores apodos que ese también.

—El gemelo dominante puede adoptar el papel masculino dentro de una estructura tal de comportamiento —le dije a Kate. Se trataba de una conversación de médico a médico—. Aunque la figura dominante no es necesariamente la más hábil para manipular.

—Como imaginarás, he leído un poquito sobre este fenómeno —dijo Kate y sonrió—. El hermanamiento crea una estructura muy poderosa dentro de la cual la pareja vinculada funciona de diversas formas complejas. ¿Algo así?

—Correcto, doctora McTiernan. En el caso de Casanova y el Caballero, cada uno encontraría un apoyo irrestricto y un guardaespaldas en el otro. Esa podría ser la razón por la cual actúan con tanto éxito. Crímenes perfectos. Ambos tienen un sistema de apoyo emocional internalizado y muy eficaz.

La pregunta que me resonaba estrepitosamente en la cabeza era, *¿cómo se habían conocido?* ¿Habría sido en Duke? ¿Habría estudiado Casanova allí también? Tenía sentido. También me recordaba el caso Leopold y Loeb en Chicago. *Dos niños muy listos, niños especiales, que cometían actos prohibidos juntos. Que compartían malos pensamientos y sucios secretos porque se sentían solos y no tenían a nadie más con quién hablar... hermanamiento de gemelos hasta su más destructiva expresión.*

¿Sería el comienzo de la solución de este rompecabezas?, me preguntaba. ¿Estaban hermanados como gemelos el Caballero y Casanova? ¿Estaban trabajando juntos, de hecho? ¿En qué consistía su asqueroso jueguito en realidad? ¿Qué juego estaban jugando?

—Vamos a estrellarle la ventana panorámica con una rueda de acero —dijo Kate. Ella también estaba viviendo la misma sensación. Los dos estábamos listos para pasar a la acción.

Queríamos capturar a estos Leopold y Loeb en versión adulta, cuanto antes.

CAPÍTULO 65

Nos dieron las ocho de la noche en la misión de vigilancia. Pasaron las ocho y nada. Quizá el doctor Will Rudolph no era el Caballero Visitante. La periodista de *Los Ángeles Times,* Beth Lieberman, podría haberse equivocado. No había manera de preguntárselo ahora.

Kate y yo habíamos estado charlando de los Lakers sin Magic Johnson y sin Kareem, del último álbum de Adam Neville, de la vida de pareja de Hillary y Bill Clinton, de los méritos de la universidad Johns Hopkins en comparación con la escuela de medicina de la universidad de Carolina del Norte.

Seguían produciéndose chispas raras entre nosotros. Yo había tenido algunas sesiones de terapia no oficiales con Kate McTiernan y una vez la había hipnotizado. Pero al mismo tiempo, me daba cuenta de que me asustaba la idea de empezar cualquier tipo de relación con ella. ¿Qué me pasaba? Ya era hora de que rehiciera mi vida, de que superara la pérdida de mi esposa, María. Durante un tiempo pensé que las cosas estaban funcionando entre una mujer llamada Jezzie Flanagan y yo, pero luego aquella relación dejó tal vacío en mí que a duras penas logré sobreponerme.

Finalmente Kate y yo empezamos a tratar temas un poco más cercanos al corazón. Me preguntó por qué estaba rehuyendo entablar una relación. *(Porque mi esposa había muerto; porque mi última relación había fracasado; por mis dos hijos).* Yo le pregunté si recelaba de las relaciones profundas *(tenía miedo de morir de cáncer de ovarios o de pecho como sus hermanas; tenía miedo de que sus amantes murieran o la abandonaran —de seguir perdiendo seres queridos).*

—Vaya pareja hacemos —comenté, sacudiendo la cabeza mientras sonreía.

—Quizá ambos tenemos miedo de volver a perder a alguien

—dijo Kate—. Pero quizá sea mejor amar y perder que tener miedo.

Antes de que pudiéramos profundizar en tan espinoso tema, el doctor Will Rudolph apareció por fin. Miré la hora en el reloj del tablero del auto. Eran las diez y veinte.

Rudolph iba totalmente ataviado con ropa negra de fiesta. Saco cruzado a la medida, cuello de tortuga, pantalones ajustados, botas vaqueras de lo más elegantes. Esta vez subió a un Range Rover blanco en lugar del sedán BMW. Se veía que acababa de bañarse. Probablemente se había echado una siesta, lo cual me produjo una gran envidia.

—Negro sobre negro para el buen doctor —dijo Kate con una sonrisa apretada—. ¿Vestido para matar?

—Quizá tenga una cita para cenar —dije—. He allí una idea macabra. Cena con las mujeres, luego las mata.

—Eso por lo menos le daría acceso a sus apartamentos. Qué mente más siniestra. Y hay dos mentes igual de siniestras actuando en libertad.

Arranqué nuestro auto y seguimos a Rudolph. No vi que hubiese cobertura alguna del FBI pero estaba seguro de que andaban por allí.

El FBI todavía no había informado a la policía de Los Ángeles nada sobre esto. Era un juego peligroso, pero no inusual para ellos. Se consideraban a sí mismos el mejor cuerpo de policía para cualquier misión, así como la máxima autoridad. Habían decidido que esta era una racha de crímenes a nivel interestatal, así que a ellos les correspondía resolverla. Había alguien del FBI a quien se le chorreaban las babas por este caso.

—Los vampiros siempre cazan de noche —dijo Kate, mientras avanzábamos por Los Ángeles rumbo al sur—. Esa es la sensación que tengo, Alex. *El Caballero Visitante* de Bram Stoker. Una historia de terror de la vida real.

Sabía lo que Kate estaba sintiendo. Yo también lo sentía. Es un monstruo. Sólo que se ha creado a sí mismo. Igual que Casanova. Es otra similitud que comparten. Bram Stoker y Mary Shelley escribían sobre monstruos humanos que vagaban sobre la faz de la tierra. Ahora tenemos mentes enfermas que viven de principio a fin las fantasías que han elucubrado. Qué país.

—Ámalo o déjalo, nene —moduló lentamente Kate con un guiño.

Había realizado bastantes misiones de vigilancia al principio de mi carrera, lo que me confería un nivel aceptablemente bueno. Consideraba que me había ganado un postgrado en rastreo durante la cacería Soneji-Murphy. Hasta el momento tenía que reconocer que el FBI de la costa oeste también era bueno.

Los agentes Asaro y Cosgrove se reportaron por radio en cuanto empezamos a movernos de nuevo. Estaban a cargo de la unidad de rastreo de Will Rudolph. *Aún no sabíamos si era el Caballero.* No teníamos pruebas. Todavía no podíamos apresar al doctor Rudolph.

Seguimos al Range Rover, que atravesó Los Ángeles en dirección oeste. Finalmente Rudolph dio la vuelta en Sunset Drive y siguió en línea recta hasta la carretera de la Costa del Pacífico. Luego tomó rumbo norte en la carretera nacional uno. Me percaté de que había tenido buen cuidado de mantener el Range Rover dentro del límite de velocidad vigente en Los Ángeles. Pero una vez que salió del perímetro urbano empezó a volar.

—¿A dónde demonios va? Tengo el corazón en la garganta —dijo Kate.

—Todo va a salir bien. Aunque la verdad es que infunde más miedo perseguirlo de noche —dije. Sentíamos como si estuviéramos solos con él. ¿A dónde diablos iba? ¿Estaba de caza? Si mantenía el patrón, pronto cometería otro asesinato. Tenía que estar en celo.

Resultó ser un viaje muy largo. Vimos las estrellas alumbrar la noche de la costa californiana. Seis horas más tarde, seguíamos en la Nacional Uno. El Range Rover por fin tomó una salida indicada mediante una pintoresca señal de madera que decía entre otras cosas: Parque estatal Big Sur.

Como para confirmarnos que realmente estábamos en Big Sur, pasamos junto a una furgoneta vieja que llevaba una calcomanía en la parte posterior: VISUALIZA EL COLAPSO INDUSTRIAL.

—Visualiza al doctor Rudolph sufriendo un ataque cardíaco fulminante —gruñó Kate suavemente.

Comprobé la hora en mi reloj mientras salíamos de la carretera principal.

—Son las tres de la mañana pasadas. Se está haciendo tarde como para que se meta en problemas serios esta noche.

Y desde luego que esperaba que fuera ese el caso.

—Si alguna vez existió la menor duda, esto puede *probar* que es realmente un vampiro chupasangre —masculló Kate. Tenía los brazos cruzados, apretados contra el pecho, y así los había llevado durante la mayor parte del viaje—. Se retira a dormir en su ataúd favorito.

—Exacto. Entonces será el momento de clavarle una estaca de madera en el corazón —le dije. Ambos estábamos un poco soñolientos. Yo me había tomado una píldora para el viaje. Kate había declinado la oferta. Dijo que sabía demasiado sobre drogas y recelaba de la mayoría.

Pasamos un conjunto de señales direccionales: Punto Sur, Playa Pfeiffer, Refugio Big Sur, Ventana, Instituto Esalen. Will Rudolph siguió en dirección al Refugio Big Sur, Cañón Sicomoros, Campamentos del Desfiladero Bottchers.

—Esperaba que se dirigiera a Esalen —dijo Kate con ironía—. Para aprender a meditar, a enfrentarse a su torbellino interior.

—¿Qué *diablos* trama esta noche? —me pregunté en voz alta. ¿Qué estaban haciendo él y Casanova? —hasta ahora era imposible deducirlo—. Su *escondite* podría estar aquí en el bosque, Kate... Quizá tiene una casa de los horrores igual que la de Casanova.

Hermanamiento, volví a pensar. Tenía mucho sentido. Estarían proporcionándose sistemas de apoyo entre sí. Senderos paralelos para los dos monstruos. Por otra parte, ¿dónde se habían conocido? ¿Salían de caza juntos alguna vez? Yo tenía la sospecha de que así era.

El Range Rover blanco serpenteaba por la accidentada carretera secundaria llena de fuertes pendientes que se extendía al este desde el océano. Secoyas antiguas, sombrías, fulguraban a ambos lados del estrecho listón de carretera. Una pálida luna llena parecía moverse directamente encima del Rover, como si lo siguiera.

Dejé que tomara una delantera prudente, de tal manera que, de hecho, quedaba fuera de nuestra vista. Los abetos gigantes parecían flotar a ambos lados de la carretera. Sombras oscuras en la vida real. Una señal amarilla que brilló alumbrada por los faros del coche, decía: IMPOSIBLE EL PASO EN ÉPOCA DE LLUVIAS.

—*Allí está, Alex* —la advertencia de Kate llegó un poco demasiado tarde—. *¡Ha parado!*

El Caballero echaba fuego por sus ojos enmascarados al vernos pasar frente a él y a su Range Rover.

Nos había visto.

CAPÍTULO 66

El doctor Will Rudolph se había metido en un camino de tierra suelta lleno de baches que no se veía desde la carretera principal. Estaba agachado en el interior del Rover, y recogía un montón de quién sabe qué cosas del asiento trasero. Levantó la vista para vernos pasar. Había una mirada fría e inquisitiva en sus ojos.

Seguí pisando el acelerador por la carretera negra, cuya negrura se veía acentuada por las oscuras y torcidas ramas que colgaban sobre ella. Medio kilómetro más adelante, justo detrás de una curva, me detuve en la estrecha berma. Paré frente a una abollada señal metálica de carretera que prometía más curvas y giros peligrosos en el camino que seguía adelante.

—Se ha detenido en una cabaña —le informé al radio transmisor-receptor del auto del FBI—. Ha salido del Rover y está caminando.

—Ya lo vimos. Lo tenemos, Alex —la voz de John Asaro me contestó por el radio—. Nosotros estamos del otro lado de la cabaña. Parece que adentro está oscuro. Está encendiendo las luces.

El país grande del Sur. Así es como antaño los españoles llamaban a este lugar. Un sitio precioso para atrapar al cabrón.

Kate y yo nos bajamos del automóvil. Estaba un poco pálida, lo cual era comprensible. La temperatura podría estar muy cerca de los cero grados, quizá incluso bajo cero, y el aire de la montaña era gélido. Pero Kate no temblaba sólo a causa de aquel frío húmedo.

—Lo vamos a atrapar pronto —le dije—. Está empezando a cometer errores.

—Podría ser otra casa de los horrores; tenías razón —dijo en voz baja. Miraba con fijeza hacia adelante. No la había visto tan inquieta desde el día que la conocí en el hospital—. Me produce

la misma sensación, Alex... casi idéntica. Una sensación siniestra. ¿No estaré siendo muy valiente, verdad?

—Créeme, Kate, yo tampoco me siento especialmente valiente en estos momentos.

La espesa niebla de la costa parecía avanzar indefinidamen-
te. Sentía el estómago helado y tenía acidez. Teníamos que po-
nernos en marcha.

Kate y yo nos internamos en la oscura cortina de árboles
que conducía a la cabaña. El viento del norte silbaba y aullaba
con fuerza a través de los imponentes secoyas y abetos. No tenía
la menor idea de lo que podía esperar a partir de ahora.

—Qué mierda —susurró Kate, su balance personal de la experiencia de la noche—. Y no estoy bromeando, Alex.

—Tienes toda la razón.

El país grande del sur a las tres de la mañana. Rudolph había
venido a un solitario puesto de avanzada en los confines de la
tierra. Casanova tenía una casa en el sur, también en lo profundo de un bosque. Una casa de "desapariciones", en donde guardaba una colección de mujeres jóvenes.

Pensé en los horripilantes diarios publicados por *Los Ángeles
Times*. ¿Sería posible que Naomi hubiera sido trasladada hasta
acá por alguna demente razón sicopática? ¿La tendrían prisionera en la cabaña o en algún lugar cercano?

Dejé de caminar de repente. Escuchaba el sonido del viento,
bastante espeluznante en aquellas circunstancias. Un poco más
adelante se divisaba una cabaña. Era color rosa, con las puertas
blancas y los marcos de las ventanas pintadas de blanco. Tenía
el aspecto de una agradable casa veraniega.

—Nos ha dejado una luz encendida —musitó Kate a mis
espaldas—. Recuerdo que Casanova solía poner música de rock'
n'roll a todo volumen cuando estaba en la casa.

Era evidente que le resultaba doloroso pensar de nuevo en
su cautiverio, revivirlo de nuevo.

—¿Le encuentras alguna similitud con esta cabaña? —le pregunté. Yo intentaba permanecer tranquilo, listo para enfrentar al Caballero.

—No. Yo sólo vi el *interior* de la otra casa, Alex. Esperemos que no se nos desaparezca.

—Espero muchas cosas en este momento. Agregaré esa a la lista.

Esta era una cabaña con techo de dos aguas que probablemente había sido construida para ser utilizada como casa de vacaciones o refugio de fin de semana. A juzgar por el tamaño, podía tener unas tres o cuatro habitaciones.

Saqué mi Glock en cuanto estuvimos más cerca. La Glock era el arma que se llevaba por estos días en la ciudad; cargada pesaba poco menos de medio kilo y se ocultaba fácilmente. Seguramente funcionaría de maravilla también en *el país grande del sur*.

Kate se mantuvo detrás de mí mientras avanzábamos hacia un claro entre los árboles que le servía de patio trasero a la cabaña. En realidad, en la casa había dos luces encendidas que atraían los bichos. Una era la lámpara del porche principal. La segunda estaba en la parte trasera de la cabaña. Me dirigí hacia la segunda luz, la de la parte posterior, que era más tenue. Le hice una seña a Kate para que se quedara atrás, y así lo hizo.

Este podría ser el Caballero Visitante, me advertí a mí mismo. *Tómatelo con mucha calma. También podría ser una trampa. Aquí podría pasar cualquier cosa. De ahora en adelante no se podrá pronosticar nada.*

Ahora podía ver el interior de un dormitorio trasero. Estaba a menos de diez pasos de las paredes de la cabaña y, probablemente, del asesino en serie que estaba aterrorizando a la Costa Oeste. *Y súbitamente lo vi.*

El doctor Will Rudolph estaba caminando de un lado a otro en aquel pequeño cuarto con paredes de madera, hablando consigo mismo. Parecía estar muy agitado. Se estaba abrazando a sí mismo. Al acercarme más, vi que sudaba profusamente. Se encontraba en una condición lamentable. La escena me recordaba los "cuartos tranquilos" de los hospitales psiquiátricos, a los que a veces acuden los pacientes para actuar sus problemas y volatilizar sus emociones.

De improviso Rudolph le gritó a alguien... *pero no había nadie más en la habitación.*

La cara y el cuello fueron adquiriendo un color rojo brillante a medida que gritaba una y otra vez... *¡a nadie, absolutamente a nadie!*

Estaba gritando a voz en cuello. Parecía que las venas se le iban a estallar.

Verlo así me dejó helado y, lentamente, me retiré de la cabaña.

Aún podía oír su voz, las palabras me retumbaban en los oídos. *¡Maldita sea, Casanova! ¡Besa a las chicas! ¡Besa a las malditas chicas tú solo de ahora en adelante!*

CAPÍTULO 67

–¿Qué demonios está haciendo Cross? –le preguntó el agente John Asaro a su compañero. Estaban en el espeso bosque, al otro lado de la cabaña, en Big Sur. La cabaña le recordaba a Asaro el primer álbum del grupo The Band, *Music from Big Pink*. No le sorprendería demasiado que de repente aparecieran hijos de las flores y hippies entre la bruma.

–A lo mejor Cross es un mirón, Johnny. ¿Yo qué sé? O un gurú. Un observador de ardillas. Es el protegido de Kyle Craig –dijo Ray Cosgrove, encogiendo los hombros.

–¿Eso significa entonces que puede hacer lo que quiera?

–Probablemente –Cosgrove encogió los hombros por segunda vez. Había visto demasiadas situaciones disparatadas, demasiadas "concesiones especiales" durante su carrera en el FBI para permitir que esta le molestara.

–En primer lugar –dijo Cosgrove–, nos guste o no, tiene la bendición de Washington.

–Odio a Washington con pasión –dijo Asaro.

–Todo el mundo odia a Washington, Johnny. En segundo lugar, Cross me parece por lo menos muy profesional. No es un sabueso empeñado en asegurar la fama. En tercer lugar –continuó el compañero de más edad y más experiencia–, y esto es lo más importante, las pruebas que tenemos contra el doctor Rudolph son muy poco concluyentes de que sea nuestra ardilla. De otro modo, ya habríamos llamado a la policía de Los Ángeles, al ejército, a la armada y a los marines.

–¿Quizá la difunta señorita Lieberman cometió un error cuando registró su nombre en el computador?

–Definitivamente cometió un error en alguna parte, Johnny. *Quizá* su corazonada era equivocada del todo.

–Quizá Will Rudolph fuera un ex novio suyo. Y ella sólo estaba garabateando el nombre en el computador para distraerse.

—Dudoso. Pero no deja de ser una posibilidad —dijo Cosgrove.

—¿Así que observamos al doctor Rudolph y observamos al doctor Cross observando al doctor Rudolph? —dijo el agente Asaro.

—Lo has captado, compañero.

—Quizá el doctor Cross y la doctora McTiernan nos proporcionen alguna escena divertida por lo menos.

—Oye, nunca se sabe con este tipo de cosas —dijo Raymond Cosgrove. Ahora estaba sonriendo. Pensaba que todo esto quizá no sería más que un tiro al aire, pero no sería la primera vez que participaba en una empresa fallida. Este caso era muy gordo y aberrante, pasara lo que pasara. Ya era un asunto interestatal, y cualquier posible pista se perseguía con ahínco. ¡Una conexión de costa a costa entre ardillas asesinas!

Así que él, su colega y dos agentes más del FBI iban a quedarse en el espeso bosque *del Gran Sur* toda la noche, hasta el amanecer si era preciso. Vigilarían celosamente la cabaña de verano de un cirujano plástico de Los Ángeles, que podía ser un asesino desalmado, pero podía ser también sólo un cirujano plástico de Los Ángeles.

Vigilarían a Alex Cross y a la doctora McTiernan, y especularían sobre los dos. Cosgrove en realidad no estaba de humor para nada de esto. Por otra parte, era un caso gordísimo. Y si por alguna casualidad atrapaba al Caballero Visitante, quizá él mismo podría convertirse en un sabueso cubierto de gloria. Le gustaría que Al Pacino interpretara su papel en una película. Pacino interpretaba papeles de hispano, ¿no?

CAPÍTULO 68

Kate y yo retrocedimos hasta una distancia prudente de la cabaña. Nos escondimos detrás de una hilera de tupidos abetos.

—Lo oí gritar —dijo Kate cuando nos adentramos un poco más
en el bosque—. ¿Qué fue lo que viste allí, Alex?

—Vi al diablo —le dije la verdad—. Vi a un hombre malvado y
completamente loco que hablaba consigo mismo. Si no es el
Caballero, lo imita muy bien.

Nos turnamos para vigilar el escondite de Rudolph durante
las horas siguientes. De esa manera, ambos descansamos un
poco. Alrededor de las seis de la mañana me reuní con el equipo
del FBI y me dieron un walkie-talkie de bolsillo para el caso de
que necesitáramos comunicarnos de urgencia. Aún me preguntaba qué tanto me habían contado de lo que sabían.

Cuando el doctor Will Rudolph volvió a aparecer por fin
fuera de la casa, era más de la una de la tarde del sábado. El
nimbo azul-plateado de la bruma marina se había evaporado.
Los arrendajos se precipitaban y graznaban en lo alto. En otras
circunstancias habría sido el escenario perfecto para un fin de
semana en las montañas.

El doctor Rudolph se aseó en un blanco baño exterior, ubicado en la parte posterior de la casa. Era musculoso, con el
abdomen firme como una tabla y se veía ágil y en forma. Era de
verdad bien parecido. Hacía cabriolas y bailaba desnudo. Su
comportamiento parecía un tanto ceremonioso. *El Caballero.*

—Es increíblemente seguro de sí mismo, Alex —dijo Kate,
mientras observaba a Rudolph desde el bosque—. Míralo, míralo bien.

Todo tenía un aspecto extraño y ritual ¿El baile formaba
parte de su representación teatral? ¿De su patrón de conducta?

Cuando terminó de bañarse atravesó el patio de atrás, hacia
un pequeño jardín de flores silvestres. Cortó una docena y las

metió a la casa. *¡El Caballero se proveía de flores! ¿Y ahora qué podía seguir?*

A las cuatro de la tarde volvió a salir por la puerta trasera de la cabaña. Llevaba unos blue jeans negros ajustados, una camiseta blanca con bolsillo, y sandalias negras de cuero. Se subió al Range Rover y se dirigió a la autopista interestatal uno.

A unos tres kilómetros al sur por la carretera de la costa, se detuvo en un restaurante y cafetería llamado Nepenthe. Kate y yo aguardamos en la berma arenosa de la carretera; luego lo seguimos hasta un enorme estacionamiento atestado. *Electric Ladyland* de Jimi Hendrix sonaba a todo volumen por unos altavoces ocultos en los árboles.

—Quizá sólo sea el típico médico calenturiento de Los Ángeles —dijo Kate, mientras por fin lográbamos entrar al estacionamiento.

—No. Es el Caballero, seguro —yo estaba seguro de ello después de haberlo observado la noche anterior y a lo largo de ese día—. Es nuestro carnicero californiano.

Nepenthe estaba muy concurrido, lleno, en su mayoría, de gente guapa entre los veinte y los treinta años, aunque también se veían unos cuantos hippies entrados en años, algunos de sesenta o más. Se veían desde jeans prelavados hasta trajes de baño al último grito de la moda de la costa oeste y desde zapatillas de colores hasta costosas botas de explorar.

Noté también que había bastantes mujeres atractivas. De todas las edades, tamaños y grupos étnicos. *El besador de chicas.*

De hecho, yo había oído hablar de Nepenthe. Había sido un lugar candente y famoso en los sesenta, pero antes de eso Orson Welles le había comprado la atractiva e imponente propiedad a Rita Hayworth.

Kate y yo observamos cómo se desenvolvía Rudolph en el bar. Era educado y amable. Una sonrisa para el mesero. Risa compartida con alguien. Miró a su alrededor y observó con gravedad a unas cuantas mujeres. Aparentemente no eran lo suficientemente atractivas.

Se dirigió hacia una gran terraza de piedra con vista al Pacífico. Sonaba música rock de los años setenta y ochenta, procedente de un costoso equipo de sonido. Los Grateful Dead. Los Doors. Los Eagles. Esto sí que era el Hotel California.

—Es el lugar perfecto, Alex. Para lo que sea que esté tramando.

—Lleva seis. Está buscando a la víctima número siete —dije.

Abajo, a lo lejos, en una playa inaccesible, se divisaban leones marinos, pelícanos, cormoranes. Cuánto me hubiera gustado que Damon y Jannie estuvieran aquí para verlos y cuánto que las circunstancias de mi estadía aquí fueran totalmente distintas.

Al llegar afuera, a la terraza, tomé a Kate de la mano.

—Así damos la impresión de que formamos parte del entorno —le dije, guiñándole el ojo.

—Quizá sea verdad —Kate me devolvió un guiño exagerado.

Observamos a Rudolph aproximarse a una rubia despampanante. Era del tipo preferido del Caballero. De veintipocos. Bonita figura. Cara hermosa. También era el tipo elegido por Casanova, no podía evitar pensarlo.

La cabellera ondulada, desteñida por el sol, le caía hasta la estrecha cintura. Llevaba un vestido floreado de Putumayo, de color rojo y amarillo, que se extendía ondeante hasta un par de botas europeas negras. Ella también ondeaba cuando se movía. Estaba bebiendo champaña.

Aún no veía a los agentes Cosgrove o Asaro, lo cual me estaba poniendo un poco nervioso.

—Es preciosa, ¿no? Es simplemente perfecta —susurró Kate junto a mí—. No podemos permitir que la lastime, Alex. No podemos permitir que le pase algo a esa pobre mujer.

—No lo permitiremos —dije—. Pero tenemos que atraparlo con las manos en la masa, trincarlo por secuestro, como mínimo. Necesitamos pruebas.

Por fin reconocí a John Asaro entre el gentío que se agolpaba en la barra principal. Llevaba una camiseta Nike amarilla brillante y encajaba muy bien en el lugar. No vi a Ray Cosgrove ni a ningún otro agente; lo cual, en realidad, era una buena señal.

Rudolph y la joven rubia parecían haber hecho buenas migas enseguida. Ella parecía sociable y amante de la diversión. Tenía una dentadura blanca perfecta y su sonrisa era deslumbrante. Era inevitable que llamara la atención aun en un local concurrido como ese. Mi cerebro estaba a punto de estallar. Estábamos observando al Caballero Visitante en plena acción. ¿No era así?

—Se encuentra de caza... y lo ha hecho con la mayor facilidad —Kate chasqueó los dedos—. Las conquista. Consigue a casi cualquier mujer que se proponga. Así es como lo hace. Así de simple... Es su aspecto lo que las atrae, Alex —continuó Kate—. Tiene un aire revoltoso y es muy guapo. Esa combinación es irresistible para algunas mujeres. Ella lo deja pensar que es su manera de conversar lo que la conquista, pero la realidad es que es un tipazo.

—¿Así que es ella la que lo ha conquistado a *él*? —pregunté—; ¿A nuestro *tipazo* asesino?

Kate asintió. No les quitaba los ojos de encima.

—Ella acaba de conquistar al Caballero Visitante. Él quería que lo hiciera, claro. Apuesto a que así es como las consigue, y por eso nunca lo han descubierto.

—Aunque no es así como funciona Casanova. ¿Verdad?

—Quizá Casanova no sea guapo —Kate se volteó y me miró—. Eso podría explicar las máscaras que se pone. A lo mejor es feo, o está desfigurado y le da vergüenza su aspecto.

Yo tenía otra idea, otra teoría sobre Casanova y sus máscaras, pero no quería decir nada en este momento.

El Caballero y su nueva amiga pidieron *hamburguesas de ambrosía,* la especialidad de la casa. Kate y yo pedimos lo mismo:

A donde fueres... Prolongaron el café hasta las siete, más o menos, y entonces se levantaron para marcharse.

Kate y yo nos paramos de la mesa también. En realidad, yo empezaba a disfrutar de la velada, pese a las circunstancias. Teníamos una mesa con vista al mar. Allá abajo, el Pacífico chocaba contra un muro negro de rocas viscosas y se oían los leones marinos que ladraban estentóreamente.

Me fijé en que no había contacto físico alguno entre los dos mientras caminaban al estacionamiento. Eso me sugería que alguno de los dos, en el fondo, era tímido.

El doctor Will Rudolph le abrió la puerta del Range Rover con toda cortesía. La rubia se estaba riendo cuando subió al auto. Él le dedicó una elegante venia ante la puerta. El Caballero.

Ella lo eligió, pensaba yo. Aún no era un secuestro. Ella seguía actuando de acuerdo con su voluntad.

No teníamos base alguna para arrestarlo, nada de qué acusarlo.

Crímenes perfectos.

En ambas costas.

CAPÍTULO 69

Seguimos el rastro del Range Rover de regreso a la cabaña a una distancia prudente. Me estacioné en la carretera casi medio kilómetro más adelante. El corazón me palpitaba desbocado. Este era el momento de la verdad, el asunto llegaba a su culminación.

Kate y yo corrimos hacia la cabaña y encontramos un lugar seguro en el bosque, en el cual quedaríamos bien ocultos. Estaba a menos de cincuenta metros del escondite del doctor Rudolph y desde ahí escuchábamos aún el tintineo musical de los sonajeros de viento. La fría y húmeda bruma del mar se adentraba poco a poco y sentí un escalofrío que me llegaba hasta la punta de los zapatos.

El Caballero Invitado estaba dentro de aquella cabaña. ¿Preparándose para qué?

Sentía en el estómago un vacío y una tensión increíbles. Quería abalanzarme sobre él. No quería pensar cuántas veces el doctor Will Rudolph había hecho esto en el pasado. Llevarse a una muchacha a un sitio desconocido. Mutilarla. Llevarse a casa pies, ojos, dedos, un corazón humano. Recuerdos de la víctima de su cacería.

Le eché un vistazo al reloj. Rudolph llevaba tan sólo unos minutos dentro de la cabaña con la rubia de Nepenthe. Alcancé a ver actividad en el bosque, al otro lado de la casa. El FBI estaba allí. La cosa se estaba poniendo caliente.

—Alex, ¿qué tal si la mata? —preguntó Kate. Estaba muy cerca de mí, y me era posible sentir el calor de su cuerpo. Ella sabía lo que significaba estar prisionera en una casa de horrores. Comprendía el peligro mejor que nadie.

—No rapta a sus víctimas para matarlas de inmediato. El Caballero Visitante sigue una rutina particular —le dije a Kate—. Ha dejado con vida a cada una de sus víctimas durante un día entero. Le gusta jugar. No se apartará del esquema.

Yo lo creía, pero no podía saberlo con seguridad. Quizá el doctor Rudolph sabía que estábamos allí afuera... quizá quería que lo atraparan. Quizá, quizá, quizá.

Me acordé de cuando le seguía los pasos al demente de Gary Soneji/Murphy. Era difícil no irrumpir en la cabaña. No arriesgarse ahí mismo. Una vez adentro podríamos encontrar pruebas físicas de otros asesinatos. Quizá allí guardaba las partes de los cuerpos que no habían aparecido. Quizá llevaba a cabo los asesinatos aquí mismo en el *Gran Sur*. O a lo mejor nos tenía reservado otro tipo de sorpresa. El drama se estaba desarrollando a menos de cincuenta metros de distancia.

Voy a intentar acercarme un poco más— le dije por fin a Kate—. Tengo que mirar lo que pasa allá dentro.

—Me alegro de que lo hayas dicho —susurró Kate.

La conversación se cortó en seco. Un grito espeluznante salió de la cabaña.

—¡Auxilio! ¡Ayúdenme! ¡Que *alguien* me ayude! —gritaba la rubia.

Corrí a toda velocidad hasta la puerta más cercana de la cabaña. Por lo menos cinco hombres con rompevientos de poliester hicieron lo mismo desde el otro lado de la casa. Reconocí a Asaro y a Cosgrove entre ellos. Las chaquetas estaban marcadas con las letras del FBI y eran de impermeable amarillo sobre azul marino.

El *Gran Sur* se estaba convirtiendo en un infierno. Estábamos a punto de conocer al Caballero.

CAPÍTULO 70

Fui el primero en llegar, al menos eso creo. Me abalancé con fuerza contra la gruesa puerta trasera de la cabaña. No cedía. Al segundo intento, el marco se hizo astillas y la puerta se abrió de golpe con un chasquido lastimero. Irrumpí en la cabaña pistola en mano.

Atravesé con la vista la pequeña cocina, hasta el fondo de un corredor estrecho que conducía a un dormitorio. La rubia del Nepenthe estaba desnuda y enroscada de costado en una antigua cama de bronce. Su cuerpo estaba rodeado de flores silvestres. Tenía las muñecas inmovilizadas con esposas atadas a la espalda. Estaba sufriendo, pero, por lo menos, aún estaba viva. El Caballero Visitante no estaba allí.

Oí un fuerte alboroto que venía del exterior de la cabaña, un ruido abrupto de tiros. Dispararon por lo menos media docena de balazos en rápida sucesión, como un collar de poderosos petardos.

—¡Dios, no lo maten! —grité, mientras salía corriendo de la cabaña.

En el bosque reinaba el caos absoluto. El Range Rover ya estaba escapando en reversa desesperada cuando yo salí. Dos de los agentes del FBI estaban en el suelo. Uno de ellos era Ray Cosgrove. Los demás habían abierto fuego contra el auto.

Una de las ventanillas laterales explotó. Se abrieron agujeros en la lámina metálica del Range Rover. El vehículo todo terreno se tambaleó hacia los lados y las ruedas patinaron en la grava y el fango.

—¡No lo maten! —grité de nuevo. En la loca confusión del momento nadie me dirigió siquiera una mirada.

Me lancé a toda prisa por el bosque lateral, para tratar de cortarle el paso a Rudolph en caso de que se dirigiera hacia el oeste, de regreso a la carretera nacional uno. Lo alcancé justo cuando el Range Rover daba la vuelta rechinando para tomar la carretera. Un disparo le voló la otra ventanilla lateral. ¡Ah, maravilloso! El FBI nos estaba disparando a ambos ahora.

Agarré la puerta lateral y tiré de la manija con fuerza. Estaba cerrada con llave. Rudolph intentó acelerar, pero yo me sujeté con fuerza. El Rover dio unos bandazos, aún atascado en el remolino de grava de la calzada. Eso me dio tiempo para agarrarme del portaequipaje superior con la mano que tenía libre. Me impulsé hacia la capota.

Rudolph alcanzó por fin la carretera pavimentada y aceleró. Pisó a fondo durante unos setenta metros. *¡Y entonces frenó en seco!*

Yo ya lo había previsto... al menos esa parte. Tenía la cara fuertemente apretada contra la lámina metálica, que aún estaba caliente por el tiempo que había estado bajo el sol en el Nepenthe. Tenía los brazos y las piernas extendidos contra el portaequipajes. Iba tan ajustado como una maleta Samsonite que fuera a quedarse allí toda la noche.

No me iba a dejar bajar allí, no lo iba a hacer si podía evitarlo. El tipo ese había matado a por lo menos media docena de mujeres en Los Ángeles y yo tenía que averiguar si Naomi aún estaba viva. Él conocía a Casanova y sabía de Peguita.

Rudolph volvió a hundir el acelerador a fondo y la máquina rugió con cada uno de los cambios, en su intento de desembarazarse de mí. Iba zigzagueando por toda la carretera.

Los árboles y los postes de teléfono pasaban zumbando a mi lado, a gran velocidad. El torrente de pinos, secoyas y parras de la montaña semejaba los prismas cambiantes de un caleidoscopio. Gran parte del follaje era color castaño grisáceo, espinoso como los viñedos del Valle de Napa. La perspectiva desde mi sitio era muy extraña.

No es que estuviera disfrutando precisamente del paisaje desde mi posición en el portaequipaje del Range Rover. Tuve que concentrar toda mi fortaleza en mantenerme abrazado al techo.

Rudolph conducía a toda velocidad por la sinuosa y estrecha carretera a cien o ciento veinte kilómetros por hora, cuando pasar de setenta y cinco allí era ya bastante peligroso.

Los agentes del FBI, o mejor dicho los que quedaban, no habían podido alcanzarnos. ¿Cómo iban a hacerlo? Mientras llegaban a los autos les tomamos varios minutos de ventaja.

Ya cerca de la carretera de la costa nos cruzamos con otros autos. Los conductores nos miraban perplejos. Me preguntaba qué estaría pensando Rudolph mientras conducía. Ya no intentaba derribarme. ¿Qué otras opciones estaría contemplando? ¿Cuál sería su siguiente movida?

Por el momento los dos estábamos en jaque. Uno de los dos tendría que perder espectacularmente, y muy pronto, además. Will Rudolph siempre había sido demasiado astuto para dejarse atrapar. No esperaría ser detenido ahora. ¿Pero cómo iba a salir de esta?

Oí el ruidoso *chaca-chaca* del motor de diesel de una camioneta Volkswagen. *Vi la parte trasera* de la camioneta aproximarse a gran velocidad. La rebasamos como si hubiera estado quieta.

Nos encontramos con un tráfico fluido en dirección contraria cuando nos acercamos a la costera. En su mayoría, adolescentes que salían a dar su paseo a primera hora de la noche. Algunos señalaban el Range Rover pensando que se trataba de una broma. Algún imbécil de *Gran Sur* montando su numerito, ¿no? O tal vez un ex galán revoltoso al que se le había subido el tequila, o que se había metido un ácido almacenado durante veinte años.

Un loco colgado del techo de un Range Rover a cien kilómetros por hora.

¿Cuál sería su siguiente movida, maldición?

Rudolph no se molestó en bajar la velocidad en la pavimentada carretera, pese a las curvas y a la gente. Los conductores que venían en dirección contraria, le pitaban enojados. Nadie hizo el menor intento de detenernos. ¿Qué podían hacer? ¿Qué podía yo hacer ahora? *¡Agarrarme con todas las fuerzas que tenía y rezar!*

CAPÍTULO 71

Un rayo brillante de océano azul-grisáceo apareció entre la maraña de ramas de abetos y de secoyas. Fuertes acordes de rock salían con estruendo de la lenta caravana de automóviles que marchaba adelante de nosotros. Un *collage* de música llenaba el aire: rap de última moda, grupos *grunge* de la costa oeste, rock sicodélico de hacía treinta años.

El azul del Pacífico volvió a golpearme los ojos. El sol poniente le daba un brillo dorado a los sombríos abetos. Las golondrinas de mar y las gaviotas pasaban revoloteando lentamente sobre los árboles. Entonces vi la carretera costera del Pacífico que se extendía en todo su esplendor frente a mí.

¿Qué diablos estaba haciendo Will Rudolph? No podía volver a Los Ángeles así. ¿O estaba lo suficientemente loco para intentarlo? En cualquier momento tendría que poner gasolina. ¿Qué haría entonces?

El tráfico era ligero en dirección norte, pero denso hacia el sur. El Range Rover seguía avanzando a cien por hora o más, avanzando más rápido de lo que sería prudente en una carretera sinuosa y no muy amplia, sobre todo en el momento en que se uniera con la concurrida carretera costera.

¡Rudolph no bajó la velocidad al aproximarse a la atestada carretera! Se veían camionetas *Station Wagon*, convertibles, vehículos de doble tracción. Era una más de las locas noches de sábado en la costa norte californiana, pero estaba a punto de ponerse mucho más loca.

Estábamos a cincuenta metros de la carretera. Iba más rápido que nunca, a una velocidad vertiginosa. Los brazos se me habían dormido y estaban entumecidos. Tenía la garganta seca a causa de los vapores de escape de los vehículos. No sabía cuanto más iba a aguantar. Entonces, de repente, me di cuenta de lo que iba a hacer.

—¡Hijo de puta! —le grité, sólo por gritar. Apreté el cuerpo

con más fuerza aún contra las tensas barras metálicas del portaequipaje.

Rudolph había improvisado un plan de escape. Estaba a
diez o quince metros del tráfico de la carretera, nada más.

Justo cuando alcanzaba la curva cerrada que llevaba a la costera del Pacífico, pisó el freno a fondo. El rechinar de las llantas
radiales fue terrible, sobretodo desde donde yo me encontraba.

Un rostro barbado gritó desde el interior de una minifurgo-
neta multicolor que pasaba

—¡Baja la velocidad, cabrón!

¿Se refería a Rudolph o a mí?, me pregunté. Porque si me hablaba a mí, este cabrón definitivamente quería bajar la velocidad.

El Range Rover del aderezado techo mantuvo su camino
unos cuantos metros, y entonces empezó a dar bandazos a derecha e izquierda, y luego de nuevo a la derecha.

Ahora la confusión era total. Los pitos sonaban por todas
partes y al unísono en la concurrida carretera. Tanto conductores
como pasajeros no daban crédito a sus ojos, a lo que se les venía
encima desde la carretera secundaria.

Rudolph lo estaba haciendo a propósito. *Quería* que el Rover girara sobre sí mismo.

Con las ruedas aún chillando como cerdos degollados, el
Range Rover se deslizó hacia la izquierda hasta quedar mirando
al sur, pero de hecho, estaba avanzando en dirección oeste hacia
el tráfico. Entonces, la parte trasera del auto viró bruscamente
hasta quedar en sentido contrario.

¡Íbamos a chocar contra el tráfico si seguíamos avanzando
en reversa!

Ibamos a chocar. Estaba seguro de que ambos nos íbamos a
matar. Imágenes de Damon y Jannie pasaron destellantes por mi
mente.

No podía calcular a qué velocidad íbamos cuando nos dimos
de costado contra una minicamioneta azul-plateado. Ni siquie-

ra intenté aferrarme a los barrotes del portaequipaje. Me concentré en relajar el cuerpo, y me preparé para un impacto posiblemente mortal.

Grité, pero el sonido de mi voz se perdió entre el agudo estruendo del choque, el clamor de los pitos, los gritos alarmados de los espectadores.

Me salvé milagrosamente de caer sobre la fila de automóviles que se dirigían al norte, tras salir disparado del techo. Los pitos rugían. Yo volaba por los aires como si nada. La brisa del mar me enfriaba y me aguijoneaba la cara. Iba a ser un aterrizaje forzoso.

Volé entre la ahumada bruma azul que se estaba instalando entre el Océano Pacífico y la carretera costera del Pacífico. Choqué contra las gruesas ramas de un abeto. Mientras caía por entre las ásperas y cortantes ramas del árbol, supe que el Caballero Visitante se iba a escapar.

CAPÍTULO 72

¡Salto hacia adelante! ¡Corte hacia adelante! ¡Voltereta, caída patas arriba!

Me encontraba bastante conmocionado y magullado a causa del accidente y de la caída, pero, aparentemente, no tenía ningún hueso roto. El equipo médico del servicio de emergencia vial me examinó en el sitio del accidente. Querían internarme en el hospital más cercano para realizar pruebas y ponerme en observación, pero yo tenía otros planes para esa noche.

El Caballero andaba suelto en un auto que se dirigía al norte. El vehículo ya había sido encontrado, pero el doctor Rudolph no. Por lo menos no hasta ahora.

Cuando llegó a la escena del accidente, Kate se puso histérica. Ella también quería que yo fuera al hospital de la zona. El agente Cosgrove del FBI ya estaba allí. Kate y yo tuvimos una acalorada discusión, pero al final acabamos abordando el último vuelo de las Aerolíneas del Oeste que nos sacó de Monterrey. Volvíamos a Los Ángeles.

Para entonces, yo ya había hablado con Kyle Craig dos veces. Había personal del FBI instalado en cercanías del apartamento de Rudolph en Los Ángeles, pero nadie esperaba que el Caballero volviera por allí. En esos momentos estaban registrando el domicilio. Quería estar allí con ellos. Necesitaba ver exactamente cómo vivía ese hombre.

Durante el vuelo, Kate siguió mostrándose preocupada por mi estado físico. Había desarrollado un tacto insuperable para tratar a los enfermos, era afectuosa y comprensiva pero, a la vez, sorprendentemente firme con los pacientes testarudos como yo.

Kate me hablaba mientras me tomaba suavemente la barbilla. Hablaba con energía:

–Alex, *tienes* que ir al hospital en cuanto lleguemos a Los Ángeles. Lo digo en serio. Como te habrás percatado, esta vez no voy a recurrir al humor para enfrentar la adversidad. Vas a ir al hospital en cuanto aterricemos. ¡Oye! ¿Me estás escuchando siquiera?

—Te estoy escuchando, Kate. Además, estoy de acuerdo contigo. En términos generales, quiero decir.

—Alex, esa no es una respuesta. Estás diciendo tonterías.

Sabía que Kate tenía razón, pero no teníamos tiempo para que me pusieran bajo observación en el hospital. El rastro del doctor Will Rudolph estaba fresco todavía, y quizá pudiéramos recuperar la pista y echarle el guante en las próximas horas. Era una posibilidad un tanto remota, pero mañana el rastro del Caballero podría estar seco como una piedra.

—Puedes tener una hemorragia interna sin siquiera notarlo —prosiguió Kate, en defensa de su postura—. Podrías morir aquí mismo, en el asiento de un avión.

—Tengo algunos moretones y contusiones de cuidado y me duele todo. Tengo raspaduras que van a producir costras muy feas en todo el costado derecho, sobre el que reboté el primer par de veces. Pero tengo que ver su apartamento antes que lo destrocen, Kate. Tengo que ver cómo vive ese cabrón.

—¿Con medio millón o más al año? Confía en mí: vive muy bien —replicó Kate—. Tú, en cambio, podrías estar muy grave. Los seres humanos no *rebotan*.

—Ah, bueno, los seres humanos negros, sí. Hemos tenido que desarrollar esa habilidad especial para sobrevivir. Chocamos contra el suelo y rebotamos inmediatamente.

Kate no se rió de mi chiste. Cruzó los brazos sobre el pecho y se puso a mirar por la ventanilla del avión. Estaba enojada conmigo por segunda vez en el lapso de unas horas. Lo cual debía significar que le importaba.

Sabía que tenía razón y no iba a bajar la guardia. Me gustaba el hecho de que estuviera preocupada por mí. *Éramos amigos de verdad.* Qué concepto tan fantástico para hombres y mujeres de los noventa: Kate McTiernan y yo nos habíamos hecho amigos en nuestros mutuos momentos de necesidad. Estábamos en el proceso de recopilación de experiencias compartidas dentro de un expediente sumamente importante. Ese expediente se iba perfilando muy bien hasta ahora.

—Me gusta que seamos amigos —le dije por fin a Kate en voz baja, de conspirador. No me sentía cohibido para decirle las tonterías enternecedoras que les decía a mis hijos.

No dejó de mirar por la ventanilla mientras hablaba. Aún seguía enojada conmigo. Bien por ella. Probablemente me lo merecía:

—Si de verdad fueras mi maldito amigo, me harías caso cuando estoy tan preocupada y asustada por ti. Tuviste un accidente automovilístico hace unas cuantas horas. Caíste treinta metros por un barranco bastante empinado, amigo.

—Me golpeé contra un árbol primero.

Por fin se dio la vuelta y me apuntó al corazón con el dedo, como si fuera una estaca.

—¿Y eso qué?, *Alex*; me preocupa tu testarudo culo negro. Estoy tan preocupada que me duele el estómago.

—Eso es lo más bonito que me han dicho en muchos meses —le dije—. Una vez, cuando me dieron un balazo, Sampson mostró una genuina consternación. Le duró un minuto y medio, más o menos.

Sus ojos color caoba se clavaron fríamente en los míos.

—Te dejé que me ayudaras en Carolina del Norte. Te dejé que me *hipnotizaras,* ¡Por el amor de Dios! ¿Por qué no me dejas que te ayude aquí? Déjame que te ayude, Alex.

—Lo estoy intentando —le dije. Eso tenía algo de verdad—. Los policías machotes somos un campo muy duro de arar. Detestamos que nos ayuden. Somos los clásicos puédelo todo. Además, la mayor parte del tiempo nos gusta que sea así.

—¡Déjate de sicocharlatanería, *doctor*! Estás manipulando y no te queda bien en lo más mínimo.

—No estoy en mi mejor momento. Acabo de tener un terrible accidente.

Seguimos así el resto del vuelo a Los Ángeles. Hacia el final del trayecto, me eché una siestecita en el hombro de Kate. Sin complicaciones. Sin carga emocional innecesaria. Muy, muy bien.

CAPÍTULO 73

Por desgracia, la noche californiana aún era joven y, probablemente, muy peligrosa para todos los que estuvieran participando en ella. Cuando llegamos al penthouse de Rudolph en el edificio Beverly Comstock, la policía de Los Ángeles estaba por todas partes. El FBI también. La parafernalia policiaca en su grado máximo.

Las luces de emergencia azules y rojas se veían a varias calles de distancia. La policía local estaba enojada, y con razón, por haber sido marginada de la caza por el FBI. Se había armado un lío con tintes políticos muy delicado, muy desagradable, con muchas sensibilidades de por medio. No era la primera vez que el FBI pasaba por encima de un departamento de policía local. Me había sucedido lo mismo en Washington. Muchísimas veces.

El pelotón de la prensa de Los Ángeles también estaba allí, en pleno despliegue. Periódicos, televisión local, radio, incluso algunos productores de cine se encontraban en la escena. No me complacía en lo más mínimo que muchos de los reporteros nos conocieran de vista a Kate y a mí.

Nos llamaron a grandes voces en cuanto nos vieron cruzar a toda prisa las hileras y las barricadas policiales.

—Kate, concédenos unos minutos. ¡Dinos algo!

—Doctor Cross, ¿es Rudolph el Caballero Visitante? ¿Qué fue lo que salió mal en *Gran Sur*? ¿Es este el apartamento del asesino?

—Sin comentarios por el momento —dije, e intenté mantenerme cabizbajo, con los ojos gachos.

—Por parte de ambos —añadió Kate.

La policía y el FBI nos dejaron entrar en el apartamento del Caballero Visitante. El equipo técnico realizaba su trabajo en cada una de las habitaciones del lujoso penthouse. Por alguna razón, los detectives de Los Ángeles parecían más inteligentes, más astutos y más ricos que los de otras ciudades.

Los cuartos estaban poco decorados, casi como si nadie vivíera allí. La mayoría de los muebles eran de cuero, si bien con muchos toques de cromo y mármol. Sólo ángulos, nada de curvas. Los cuadros de la pared eran modernos y un poco deprimentes. Del estilo de Jackson Pollock y Mark Rothko, ese tipo de arte. Parecía un museo; pero con muchos espejos y superficies brillantes.

Había varios detalles interesantes, posibles claves sobre el Caballero Visitante.

Tomé nota de todo. Todo me lo grabé. Lo registré.

En el aparador del comedor había platería de ley, porcelana fina, gres auténtico, servilletas costosas de hilo. *El Caballero sabía poner una mesa.*

Encima de su escritorio había papel carta muy fino y sobres con un elegante membrete plateado. *Siempre un caballero.*

Había un ejemplar de la *Enciclopedia del Vino,* de Hugh Johnson, edición de bolsillo, sobre la mesa de la cocina.

Entre la docena de trajes caros que poseía, encontré *dos* de etiqueta. El clóset de los trajes era pequeño, estrecho y estaba muy bien ordenado. Más que un clóset, parecía un altar para su ropa.

Nuestro extraño, muy extraño Caballero.

Me acerqué a Kate después de haber recorrido la casa del Caballero durante una hora o algo así. Yo había leído los informes de los detectives locales. Había hablado con la mayoría de los técnicos, pero no tenían nada hasta el momento. Lo cual no nos pareció posible a ninguno de los dos. Habían traído un modernísimo equipo de láser desde el centro de Los Ángeles. Rudolph tenía que haber dejado pistas en alguna parte. ¡Pero no lo había hecho! Hasta ahora esta era su mayor semejanza con Casanova.

—¿Cómo te encuentras? —le pregunté a Kate—. Me temo que he estado perdido en mi mundo particular durante la última hora.

Nos encontrábamos cerca de una ventana que daba al Bulevar Wilshire y también al Club Campestre de Los Ángeles. Un montón de luces trémulas de vehículos y edificios rodeaban una oscuridad de dieciocho hoyos. Una inquietante valla de Calvin Klein brillaba inundando la calle de luz. Mostraba a una modelo desnuda sobre un sofá. Aparentaba unos catorce años. *Obsesión* proclamaba el anuncio. *Para hombres.*

—Creo que me estoy recuperando después de mi segunda o tercera recaída —dijo Kate—. Siento de improviso como si *todo* el mundo se hubiera convertido en una horrible pesadilla, Alex. ¿Han encontrado algo?

Negué con la cabeza mientras miraba nuestras siluetas en la oscura ventana.

—Es enloquecedor. Rudolph también comete "crímenes perfectos". Es posible que a la larga los técnicos quizá encuentren fibras de ropa que coincidan con una o más de las encontradas en las escenas de los crímenes, pero Rudolph es increíblemente cuidadoso. Creo que posee conocimientos de medicina forense.

—Hoy en día hay suficiente literatura sobre el tema, ¿no es cierto? La mayoría de los doctores son muy buenos para asimilar información de tipo técnico, Alex.

Asentí con la cabeza ante la veracidad de su observación. Yo había pensado lo mismo. Kate tenía madera de detective. Parecía cansada. Me preguntaba si yo me veía tan exhausto como me sentía.

—Ni lo menciones —conseguí dibujar una sonrisa— *No* voy a ir al hospital ahora. No obstante, creo que hemos terminado por esta noche. Lo perdimos, demonios, los perdimos a ambos.

CAPÍTULO 74

Abandonamos el penthouse de Rudolph pasadas las dos de la madrugada. Para nosotros eran las cinco. Sentía que tambaleaba. Kate también. Nos llamábamos a nosotros mismos "los hermanos amoratados". Ambos estábamos fuera de combate.

Aturdimiento, extenuación, posibles lesiones internas, eran todo parte de lo mismo. Si alguna vez me había sentido tan mal como ahora, no recordaba cuándo, y no quería recordarlo. Nos desplomamos en el primero de nuestros cuartos en cuanto llegamos al Holiday Inn de Sunset.

—¿Estás bien? No me parece que estés muy bien del todo —como era de esperarse, Kate reanudó su campaña publicitaria para el "Grupo Médico McTiernan". En efecto, era una portavoz convincente. Tenía una forma de arrugar la frente que le daba el aspecto de ser reflexiva, sabia y muy profesional.

—No me estoy muriendo. Sólo que estoy muerto de cansancio —lancé un gemido y me estiré lentamente en la cómoda cama—. No es más que otro duro día de trabajo en la oficina.

—Eres tan endemoniadamente terco, Alex. Siempre el detective machote de la gran ciudad. De acuerdo, voy a examinarte yo misma. No intentes impedírmelo o te romperé el brazo, cosa que soy perfectamente capaz de hacer.

Kate sacó un estetoscopio y un esfigmomanómetro de una de sus bolsas de viaje. No estaba dispuesta a aceptar un "no", un "rotundamente no" o un "de ninguna manera", como respuesta.

Suspiré.

—No me voy a someter a un examen físico ahora, y especialmente aquí —le dije, con toda la firmeza que pude reunir dadas las circunstancias.

—A mí no me queda nada por ver —Kate puso los ojos en blanco y frunció el ceño. Luego sonrió. No, en realidad se echó a reír. Una doctora capaz de sonreír y con un gran sentido del humor. Eso es algo que vale la pena.

—Quítate la camisa, detective Cross —me dijo Kate—. Alégrame el día. O la noche, o lo que sea.

Empecé a quitarme la camisa por la cabeza. Medio gemí, medio grité. El sólo quitarme la camisa me provocó un dolor de los mil demonios. Tal vez sí estaba lesionado de gravedad.

—Ah, ya veo que estás *estupendamente* y en *plena forma* —dictaminó la doctora McTiernan con una sonrisa malévola—. Ni siquiera puedes quitarte la camisa.

Se inclinó muy cerca de mí, demasiado cerca, y escuchó mi respiración con el estetoscopio. Yo oía la suya sin necesidad de aparato alguno. Me gustaba el sonido de sus latidos así, tan cerca.

Kate me exploró el omoplato. Luego empezó a mover mi brazo hacia adelante y hacia atrás. Me dolió. Quizá estaba mucho más golpeado de lo que creía. O ella no estaba haciendo uso de sus movimientos más delicados al examinarme.

Me hurgó el abdomen y luego las costillas. Vi estrellitas, pero no dije ni pío en señal de protesta.

—¿Duele? —preguntó. De doctora a paciente. Impersonal, profesional.

—No. Tal vez. Sí, un poquito. De acuerdo, mucho. ¡Ay! Allí no fue tan terrible. *¡Ay!*

—Ser atropellado por un tren no es la forma de mantener un cuerpo humano en condiciones óptimas de funcionamiento —dijo. Volvió a tocarme las costillas, esta vez con más suavidad.

—Ese no era mi propósito —dije, como única defensa.

—¿Cuál era tu propósito?

—El pensamiento que me guiaba allá en el *Gran Sur* era que a lo mejor él sabía dónde está Naomi y que no podía dejarlo escapar. Mi propósito, en última instancia, era encontrar a Naomi. Aún lo es.

Kate utilizó ambas manos para realizar el tacto de la caja torácica. Presionó, pero sin exagerar. Me preguntó si me dolía al respirar.

—A decir verdad, esta es la parte que más me gusta —le dije—. Tienes unas manos muy agradables.

—Ajá. Ahora los pantalones, Alex. Te puedes quedar con los calzoncillos puestos, si te sientes más cómodo así. Se le empezó a notar un pequeño dejo en su acento al hablar.

—¿Los *calzoncillos*? —sonreí de oreja a oreja.

—Tu tanga marca Gentleman's Quarterly. O lo que sea que lleves puesto hoy. Vamos, enseña la mercancía, Alex. Me gustaría ver un poco de piel.

—No hace falta que muestres un regocijo tan obvio por mi infortunio —de repente me sentí muy despierto. Realmente me gustaba la forma en que Kate me tocaba. De hecho, me gustaba mucho. Empezaban a volar toda suerte de chispas.

Me bajé los pantalones. No pude llegar a la altura de los calcetines, ni siquiera cerca.

—Hum, la verdad es que no está tan mal —dijo, ofreciendo su opinión acerca de esto o lo otro. Empezaba a sentirme acalorado, me empezaba a subir un incómodo ardor en medio de aquel cuarto de hotel. Al menos, en aquellas circunstancias.

Kate aplicó una presión ligera sobre mis caderas, luego sobre la pelvis. Me pidió que levantara lentamente los pies de la cama, primero el uno y luego el otro, mientras ella mantenía las manos firmemente sobre los huesos de mi cadera. Con sumo cuidado, realizó la exploración de las piernas desde la zona de la ingle hasta los pies. Eso fue lo que más me gustó.

—Muchas raspaduras —dijo—. Ojalá tuviera un ungüento de bacitracina a mano. Es un antibiótico.

—Estaba pensando en lo mismo.

Por fin abandonó la exploración y se retiró de mi lado. Frunció el ceño, arrugó la nariz, y se mordió el labio superior. Tenía una pose inteligente, académica, profesional, como correspondería a un cirujano general.

Tienes la presión un poco alta, rozando el límite, pero no creo que haya fracturas –declaró. No obstante, no me gusta el decoloramiento en el abdomen y en la cadera izquierda. Mañana te sentirás adolorido y rígido. Tenemos que ir al hospital Cedars-Sinaí para que te saquen unas radiografías. ¿Cerramos el trato?

En realidad me sentí un poco mejor después de que Kate me auscultara y declarara que no moriría de repente en el transcurso de la noche.

–Sí. No sería un día completo si no incluyera uno de nuestros tratos. Gracias por la auscultación, doctora... Gracias, Kate –dije.

–De nada. Ha sido un honor –por fin, sonrió–. Pareces un Muhammad Alí en pequeño, ¿sabes?. El Grande.

Ya me lo habían dicho. En su mejor momento –bromeé–. Sí que bailo como una mariposa.

–Apuesto a que sí. Y yo pico como una abeja –guiñó el ojo y arrugó la nariz otra vez. Un bonito tic suyo.

Kate se recostó sobre la cama. Yo me quedé allí junto a ella. Muy cerca, pero no lo suficiente para que nuestras pieles se rozaran. Ya echaba de menos el contacto con ella.

Permanecimos en silencio durante el siguiente minuto. Le eché un vistazo de soslayo. Tal vez fuese algo más que un vistazo. Kate tenía puesta una falda negra con medias negras y una blusa roja. Las raspaduras de su cara habían desaparecido. Me pregunté si habría ocurrido lo mismo en el resto de su cuerpo. Tuve que contener un suspiro.

–*No* soy Nanu la reina del hielo –dijo quedamente–. Créeme, soy tan normalita como la que más. Juguetona, divertida, un poquito loca. Por lo menos así era hace un mes.

Me sorprendió que Kate pensara que yo pudiera pensar que ella era gélida. Puesto que me parecía que era lo contrario, cálida y compasiva.

–Creo que eres estupenda, Kate, la verdad sea dicha, me gustas muchísimo –Ya está, había logrado decirlo. Aunque quizás me había quedado corto, cortísimo en mi opinión.

Nos besamos con cariño, sólo un beso de lo más breve. Era como si el momento lo exigiera, como si debiera ser así. Me gustó la sensación de los labios de Kate, su boca sobre la mía. Nos besamos otra vez, quizá para comprobar que el primer beso no había sido un error, o quizá para comprobar que lo había sido.

Sentía que podía pasarme toda la noche besando a Kate, pero nos apartamos el uno del otro con suavidad. Probablemente esto *era* mucho más de lo que podíamos sobrellevar en este momento.

—¿No te admira el dominio que ejerzo sobre mí misma? —me dijo Kate sonriente.

—Sí y no —le contesté.

Volví a ponerme la camisa. Me costó trabajo y me produjo un dolor infernal. Definitivamente, *iría* a sacarme radiografías al día siguiente. Kate empezó a llorar y enterró la cara en la almohada. Me di la vuelta y le puse la mano en el hombro.

—¿Estás bien? ¿Oye?

—Lo siento —musitó, mientras intentaba contener las lágrimas—. Es que... ya sé que no lo parece la mayor parte del tiempo, pero estoy a punto de perder la cabeza, Alex. He estado así todo este tiempo. He visto tantas cosas horribles. ¿Es este caso tan horrible como el último que tuviste, el de los secuestros de niños en Washington? —me preguntó.

Tomé a Kate con dulzura entre mis brazos. Nunca la había visto tan susceptible, en cualquier caso, nunca lo había demostrado tan abiertamente. De pronto, todo pareció más relajado entre nosotros.

Le susurré a través del cabello.

—Este caso es el más horrible de todos los que he tenido. En realidad es mucho peor por Naomi y por lo que te pasó a ti. Tengo más ganas de atraparlo a él que a Gary Soneji. Quiero atrapar a los dos monstruos.

—Cuando sólo era una niña —dijo Kate, aún en un susurro—, y apenas estaba aprendiendo a hablar, probablemente tenía cuatro meses —sonrió ante su propia exageración—. No, tenía dos años, más o menos, cuando tenía frío y quería que me abrazaran, mezclaba dos conceptos: Solía decir, "Frázame". Significaba: "Abrázame, tengo frío." Los amigos sirven para eso. Frázame, Alex.

—Para eso son los amigos —le susurré, como respuesta.

Nos abrazamos por encima de las cobijas y nos besamos un poco más, hasta que por fin nos quedamos dormidos los dos. Un bienvenido descanso.

Yo me desperté primero. El reloj del cuarto del hotel marcaba las cinco y diez de la madrugada.

—¿Estás despierta? ¿Kate? —murmuré.

—Mmm Jmm. *Ahora* estoy despierta.

—Volvemos al apartamento del Caballero —le informé.

Primero llamé por teléfono y hablé con el agente del FBI que estaba a cargo. Le dije dónde tenía que registrar y lo que debía buscar en concreto.

CAPÍTULO 75

El lujoso penthouse del doctor Will Rudolph, anteriormente tan ordenado, había cesado de existir como tal. Sus tres habitaciones y el resto del sitio parecían un laboratorio criminalista de la más alta tecnología. Eran las seis y unos minutos cuando Kate y yo volvimos a aparecer por allí. Mi corazonada me tenía sumamente agitado.

—¿Soñaste con el Caballero? —quiso saber Kate—. ¿Has tenido una corazonada?

—Ajá. Estaba procesando la información. Ahora está toda procesada.

Casi media docena de técnicos del FBI y de detectives de homicidios de la policía de Los Ángeles aún estaban en el escenario. La canción más reciente de *Pearl Jam* sonaba en alguna radio vecina. El cantante del grupo parecía estar padeciendo un dolor intenso. La televisión Mitsubishi de pantalla ancha del doctor Rudolph estaba encendida, pero sin sonido. Uno de los técnicos se estaba comiendo un sándwich de huevo envuelto en un papel grasiento.

Fui a buscar a un agente llamado Phil Becton, el analista de personalidades del FBI. El Hombre Clave. Lo habían mandado llamar de Seattle para recopilar toda la información disponible sobre Rudolph, para después confrontarla con los datos que se tenían de otros psicópatas. El analista —o la analista— si es bueno o buena, resulta, en efecto, de un valor incalculable en una investigación de este tipo. Le había oído decir a Kyle Craig que Becton era "espeluznantemente bueno". Había sido profesor de sociología en Stanford antes de incorporarse al FBI.

—¿Estás despierto? ¿Preparado para lo que viene? —preguntó Becton cuando por fin lo localicé en la habitación principal. Medía por lo menos uno noventa, más otros diez centímetros de encrespado pelo rojo. Había bolsitas de plástico y sobres de papel manila, de los que se usan para clasificar las pruebas, esparcidos por toda la habitación. Becton llevaba puestos unos lentes y otros le colgaban de una cadena que tenía alrededor del cuello.

—No estoy seguro de estar tan despierto —le dije a Becton—. Ella es la doctora Kate McTiernan.

—Gusto en conocerla —Becton le estrechó la mano, al tiempo que le escudriñaba el rostro. Ella constituía una fuente de datos para él. Parecía un hombre extraño, perfecto para este trabajo.

—Mira allí —dijo, señalando al otro extremo de la habitación. El FBI ya había desarmado el clóset del Caballero—. Tenías toda la razón del mundo. Encontramos una pared falsa que el doctor Rudolph Hess había instalado detrás del estrecho clóset. Hay como medio metro de espacio sobrante allí dentro.

El clóset en el que guarda sus trajes resulta demasiado estrecho y peculiar. Fue un pensamiento que había tenido en esa extraña región que constituye el filo del sueño y la conciencia. El clóset tenía que ser su escondite. Era un altar, pero no para sus costosos trajes.

—¿Era allí donde guardaba sus recuerdos? —conjeturé, aunque no se trataba de una adivinanza ciega.

—Exacto. Hay un minicongelador detrás. Era allí donde guardaba las partes de los cuerpos que coleccionaba —Becton señaló los recipientes sellados—. El pie de Sunny Ozawa. Dedos. Dos orejas con aretes distintos, pertenecientes a víctimas diferentes.

—¿Qué más había en su colección? —le pregunté a Phil Becton. La idea de ponerme a examinar pies, orejas, dedos no me entusiasmaba en lo más mínimo. Los trofeos que había obtenido del asesinato de jovencitas de Los Ángeles y sus alrededores.

—Bueno, como podrías esperar si has leído los sumarios de las escenas de los crímenes, también le gustaba coleccionar ropa interior. Pantaloncitos recién puestos, sostenes, pantimedias, una camiseta de mujer que dice *Aturdida y confundida* y que todavía huele a Opium. Le gusta guardar fotos, algunos rizos de cabello castaño rojizo. Es tan *pulcro y ordenado...* Guardaba cada pieza por separado en bolsitas de plástico. Del uno al treinta y uno. Las etiquetó con números.

—Conservan los olores —murmuré—. Las bolsitas de sándwich.

Becton asintió con la cabeza, y también sonrió de oreja a oreja como un quinceañero desgarbado y algo torpe. Kate nos miraba a los dos como si ambos estuviéramos medio locos, y en ese momento lo estábamos.

—No obstante, hay otra cosa que creo que deberías ver. Esto te va a interesar. Ven a mi oficina.

En una mesa de madera sin adornos que había junto a la cama, se veían algunos de los recuerdos y tesoros del Caballero. La mayor parte de la parafernalia ya estaba clasificada. Se requiere un equipo organizado para atrapar a un criminal organizado.

Phil Becton, el "espeluznantemente bueno", vació uno de los sobres de diez centímetros por veinte para que yo pudiera ver su contenido. Sólo una fotografía salió del sobre. Era de un joven, probablemente de veintipocos años. El estado de la foto, así como la ropa del muchacho, sugería que había sido tomada años atrás. De ocho a diez años atrás, haciendo un cálculo rápido.

Los pelos del cuello se me empezaron a erizar. Me aclaré la garganta.

—¿Quién se supone que es?

—¿Conoce usted a este hombre, doctora McTiernan? —Phil Becton se dirigió a Kate—. ¿Ha visto alguna vez a este hombre?

—Yo... no lo sé —le contestó Kate a Phil Becton. Tragó saliva. El cuarto del Caballero estaba en silencio. Allí afuera, en las calles de Los Ángeles, el arrebol anaranjado rojizo de la mañana se había instalado sobre la ciudad.

Becton me dio unas pinzas de metal que guardaba a mano en el bolsillo del pecho.

—Dale la vuelta para ver *todas las estadísticas vitales.* Como lo hacíamos con aquellas estampas de figuras del béisbol que solíamos coleccionar de niños. Al menos eso hacíamos en Portland.

Me imaginé que Becton había coleccionado muchas más cosas que estampas de beisbolistas en su vida. Le di la vuelta a la foto con mucho cuidado.

En el reverso había una leyenda escrita con una caligrafía impecable. Me recordaba la forma que tenía Nana Mamá de identificar cada una de las viejas fotos de la familia.

"A veces se te olvida quiénes son, Alex. Incluso los que aparecen contigo en la foto. Ahora no me crees, decía. No me crees, pero ya verás cuando el tiempo empiece a pasar".

No creí que fuera factible que Will Rudolph se olvidara algún día de la persona de la foto, pero había escrito algo de todos modos. La cabeza me daba vueltas ligeramente. Por fin habíamos hecho un avance increíble en el caso. Lo estaba sosteniendo directamente bajo mis narices con unas pinzas de criminalística.

Doctor Wick Sachs, decía la foto.

Doctor, pensé. *Otro médico. Hay que ver.*

Durham, Carolina del Norte, seguía la nota.

Era del Triángulo de Investigación. Era del sur.

Casanova, había escrito Rudolph.

CUARTA PARTE

Hermanamiento

Naomi Cross se despertó a causa de la música rock que salía con estruendo de los parlantes de la pared. Reconoció al grupo: los Black Crowes. Las luces del techo se apagaban y encendían. Saltó de la cama y rápidamente se puso unos jeans arrugados y un suéter de cuello de tortuga, y corrió a la puerta del cuarto.

La música estruendosa y las luces que relampagueaban con insistencia indicaban que habría una reunión. *Algo terrible ha pasado,* pensó. Su corazón se hundió en un abismo.

Casanova abrió la puerta de una patada. Llevaba unos jeans ajustados, botas de minero, una chaqueta de cuero negro. La máscara tenía rayas pintadas que simulaban relámpagos. Estaba frenético. Naomi nunca lo había visto tan furioso.

—¡A la sala! ¡Ya! —gritó, mientras la agarraba del brazo y la sacaba del cuarto a empellones.

El suelo del estrecho corredor estaba húmedo y frío para los pies descalzos de Naomi. Se le había olvidado ponerse las sandalias. Era demasiado tarde para ir a buscarlas.

Alcanzó a otra muchacha. Las dos siguieron avanzando paralelamente casi al mismo paso. Naomi se sorprendió cuando la mujer giró la cabeza con rapidez y se quedó mirándola fijamente. Tenía los ojos grandes y de un verde profundo. En adelante la reconocería como *Ojos verdes.*

—Soy Kristen Miles —la mujer habló en un susurro apresurado—. Tenemos que hacer algo para ayudarnos entre nosotras. Tenemos que correr el riesgo. Y *pronto.*

Naomi no profirió respuesta alguna, pero estiró la mano y rozó levemente el dorso de la mano de *Ojos verdes.*

Estaba prohibido el contacto, pero en este momento sentía la necesidad de tocar a otro ser humano dentro de esta prisión terrorífica. Naomi miró a la mujer a los ojos y lo único que vio fue una expresión de desafío. Nada de miedo. Eso le daba ánimos. Las dos habían logrado mantener la cordura... fuese como fuese.

Las prisioneras que iban por el corredor miraban furtivamente a Naomi, mientras arrastraban los pies en silencio hacia la sala de aquella extraña casa. Sus miradas eran opacas y vacías. Algunas ya ni siquiera se maquillaban y el aspecto que presentaban asustaba a Naomi. La situación se estaba poniendo peor cada día desde que Kate McTiernan se las había arreglado para escapar.

Casanova había traído a una nueva chica a la casa. Anna Miller. Anna estaba transgrediendo las normas de la casa, igual que Kate McTiernan. Naomi había oído los gritos de auxilio de la muchacha y era posible que Casanova los hubiera oído también. Era difícil determinar cuándo se encontraba en casa y cuándo no. Mantenía un horario por completo imprevisible.

Últimamente, Casanova les prohibía todo contacto entre ellas durante períodos más y más largos. No las iba a dejar marcharse. Esa era una de sus mentiras. Naomi sabía que la situación se estaba poniendo peligrosa para todas ellas.

Percibía una carga de desesperación en el ambiente. Alcanzó a escuchar gritos de alarma unos pasos más adelante, e intentó calmar sus propios temores y su pánico crecientes. Había vivido en los edificios subvencionados de los barrios pobres de Washington. Había visto el horror en ocasiones anteriores. Antes de cumplir los dieciséis, dos de sus amigos habían muerto asesinados.

Entonces oyó al hombre. Su voz era extraña y de un timbre muy alto. Era un loco.

—Entren, señoritas. No sean tímidas. ¡No se queden en la puerta! Entren, entren. Únanse a la fiesta, a la noche *de animación y regocijo.*

Casanova gritaba por encima del rock'n'roll hiper hormonado que resonaba en los pasillos. Naomi cerró los ojos un breve instante. Intentó recuperar las compostura. *Sea lo que sea, no quiero verlo, pero tengo que hacerlo.*

Finalmente entró a la sala. Su cuerpo empezó a estremecerse. Lo que vio era peor que cualquier cosa que recordara haber visto en Washington. Tuvo que meterse el puño en la boca para no ponerse a dar alaridos.

Un largo y esbelto cuerpo de mujer oscilaba en perezosos círculos colgado de las vigas del techo. La muchacha estaba desnuda con excepción de unas medias azules plateadas que recubrían sus largas piernas. Un zapato azul de tacón alto le colgaba de un pie. El otro se había caído al suelo y estaba de lado.

Los labios de la chica ya estaban de color violeta y la lengua le sobresalía a un lado. Tenía los ojos desorbitados con las marcas del terror y el sufrimiento. *Debe ser Anna,* pensó Naomi. Una muchacha había estado dando gritos de auxilio. Había transgredido las normas de la casa. Dijo que se llamaba Anna Miller. *Pobre Anna. Quien quiera que fueras antes de que él te secuestrara.*

Casanova apagó la música y habló con calma detrás de la máscara; hablaba como si no hubiera pasado gran cosa.

—Se llama Anna Miller y esto se lo hizo ella sola. ¿Entienden todas ustedes lo que estoy diciendo? Estaba conspirando a través de las paredes, hablaba de escapar. ¡No hay escapatoria de aquí!

Naomi se estremeció. *No se puede escapar del infierno,* pensó. Miró a *Ojos verdes* y asintió con la cabeza. Sí, tenían que arriesgarse, y pronto.

CAPÍTULO 77

El Caballero se detuvo a practicar su juego en Stoneman Lake, Arizona. Era una hermosa mañana para jugar. El aire era fresco y vigorizante y el aroma de una fogata de leña llenaba el ambiente.

Estaba estacionado en el bosque entre las piedras, muy cerca de la salida del camino rural. Nadie lo veía. Se quedó sentado allí y pensó en la manera de poner en práctica su propósito mientras observaba una acogedora casa familiar de tejas blancas de madera. La miraba con los ojos entrecerrados, como encapotados. De hecho, sentía cómo la bestia se apoderaba de él. La transformación, con la extraña *pasión* que la acompañaba. *Jekyll y Hyde.*

Vio a un hombre salir de la casa y meterse en un Ford Aerostar plateado. El esposo parecía tener prisa, probablemente iba tarde al trabajo. La esposa estaba sola ahora, quizás aún en la cama. Se llamaba Juliette Montgomery.

Unos minutos después de las ocho, se dirigió a la casa cargando un recipiente de gasolina vacío. Si por casualidad alguien lo veía, no había problema. Necesitaba gasolina para su automóvil alquilado.

Nadie lo vio. Probablemente no había nadie en kilómetros a la redonda.

El Caballero subió los escalones del porche. Se detuvo un momento, giró la perilla de la puerta muy despacio. Le pareció sorprendente que la gente no cerrara las puertas con llave en Stoneman Lake.

Dios santo, esto le encantaba... vivía para ello... para sus momentos de mister Hyde.

Juliette se estaba preparando el desayuno. La oía medio tarareando, medio cantando mientras cruzaba la sala. El aroma y el sonido crujiente del tocino al fritarse lo transportaron hasta la casa de su familia en Asheville.

Su padre había sido el caballero original. Un coronel del ejército, arrogante y orgulloso de serlo. Un cabrón inflexible a quien no le complacía nada de lo que hacía su hijo. Gran aficionado al grueso cinturón de cuero para infundir disciplina. Le gustaba gritar a voz en cuello mientras zurraba a su hijo hasta el cansancio. Y consiguió forjar al hijo perfecto: destacado alumno y atleta en el bachillerato, graduado con honores. Los más altos honores en la facultad de medicina de Duke. Un monstruo humano.

Observó a Juliette Montgomery desde el vano de la puerta que conducía hasta su cocina inmaculadamente limpia. Las persianas estaban subidas y la luz del sol inundaba el recinto. Seguía cantando... una vieja canción de Jimi Hendrix llamada *Castillos de arena*. Una melodía que resultaba inusitada en labios de tan hermosa dama.

Le encantaba observarla como lo estaba haciendo... mientras ella seguía convencida de que se encontraba sola. Cantaba algo que probablemente le daría vergüenza cantar en su presencia. Colocaba con mucho cuidado sus tres tiras de tocino sobre una toalla de papel que se asemejaba bastante al papel beige y café de las paredes de la cocina.

Juliette llevaba puesto un blanco negligé vaporoso y transparente que revoloteaba alrededor de sus muslos al moverse entre la estufa y la mesa. Tendría unos veinticinco años. Largas piernas de bailarina. Un bonito bronceado. Descalza sobre el linóleo de la cocina. Cabello castaño rojizo que se había molestado en cepillar antes de bajar a prepararse el desayuno.

Había un juego de cuchillos en un estuche de carnicero sobre la repisa de la cocina. Tomó el cuchillo de carnicero. El cuchillo sonó suavemente al rozar una cazuela de acero inoxidable.

Ella se volvió al escuchar el sonido. Resultaba encantadora de perfil. Con la cara recién lavada, radiante. Juliette también estaba muy satisfecha de su propio aspecto. Se le notaba.

—¿Quién es usted? ¿Qué está haciendo en mi casa?

Las palabras le salieron entrecortadas. La cara se le había puesto tan pálida como el negligé.

Ahora muévete con rapidez, se dijo a sí mismo.

Agarró a Juliette y alzó el cuchillo muy en alto. Vestigios de *Psicosis* y *Frenesí,* de Hitchcock. Melodrama de primerísima línea.

—No me obligues a hacerte daño. Todo depende de ti —le dijo quedamente.

Juliette cortó el grito antes de que le saliera de la boca, pero *el grito estaba en sus ojos.* Le encantó el gesto aterrado de la mujer. Vivía para ello.

—No te haré daño mientras tú no intentes hacerme daño a mí. ¿Estamos de acuerdo hasta ahora? ¿Está tan claro como el agua?

Ella asintió con la cabeza bruscamente. Un par de veces. Sus ojos verdiazules apuntaban hacia arriba de forma extraña. Tenía miedo de mover la cabeza demasiado por temor de que él se la cortara de un tajo.

Suspiró. Sorprendente. Parecía confiar en él un poquito. Su voz tenía ese efecto sobre la gente. Su estilo y sus finos modales. Mister Hyde. *El Caballero Visitante.*

Ella lo escudriñaba y lo miraba directamente a los ojos, como si buscara alguna explicación. Él había visto ese tipo de mirada inquisitiva tantas veces... ¿Por qué?, decía.

—Ahora te voy a quitar los pantaloncitos. Sin duda ya te lo habrán hecho otras veces, así que no hay razón para que te entre el pánico. Tienes la piel más suave y hermosa que he conocido. Lo digo en serio —dijo el Caballero.

El cuchillo arremetió de golpe.

—Me gustas, Juliette, de veras... tanto como me es posible —dijo el Caballero con su voz más suave.

CAPÍTULO 78

Kate McTiernan estaba en casa de nuevo. De vuelta en casa, de vuelta en casa, tra-la-rá-la-rá. Lo primero que hizo fue llamar a su hermana Carole Ann, que ahora vivía muy lejos, allá en el norte, en Maine. Después llamó a unos cuantos amigos cercanos de Chapel Hill. Les aseguró que se encontraba muy bien.

Era un completo embuste, claro. Ella sabía que estaba muy lejos de encontrarse bien, pero ¿para qué preocuparlos? No era el estilo de Kate, causarle molestias a otras personas con sus problemas insolubles.

Alex no quería que Kate volviera a su casa, pero tenía que hacerlo. Aquí era *donde ella vivía.* Kate intentó calmarse un poco, desacelerar el mundo malo que daba vueltas en su cabeza. Bebió vino y vio la tele hasta tarde. Hacía años que no hacía algo así. ¡Siglos!

Ya estaba echando de menos a Alex Cross más de lo que quería reconocer ante sí misma. Quedarse en casa y ver la tele era una buena prueba, pero estaba fracasando sin remedio. A veces se sentía como una tonta.

Había desarrollado... cómo podría catalogarse... ¿un enamoramiento de quinceañera por Alex? Él era fuerte, listo, gracioso, amable. Le encantaban los niños e incluso era en muchos aspectos un niño. Tenía un cuerpo escultural, una estructura ósea fabulosa, un torso sensacional también. Sí, se había enamorado de Alex Cross como una adolescente.

Comprensible; bonito. Aunque quizá fuera algo más que un enamoramiento. Kate quería llamar a Alex a su hotel de Durham. Descolgó el teléfono un par de veces. ¡No! No iba a permitírselo. No iba a pasar nada entre ella y Alex Cross.

Ya era una médico residente y no estaba rejuveneciendo con el paso de los años. *Él* vivía en Washington con sus dos hijos y su abuela. Además, eran *demasiado* parecidos y no funcionaría. Él era un negro obstinado, ella era una blanca extremadamente obstinada. Él era detective de homicidios... pero también era sensible, sexy y generoso. A ella no le importaba que fuera negro, verde o morado. La hacía reír; la hacía feliz como una perdiz retozando entre el maíz.

Pero no iba a haber nada entre ella y Alex.

Simplemente se quedaría allí en su propio y aterrador apartamento. Bebería su *pinot noir* barato. Vería su película mala y seudo-romántica de Hollywood. Sentiría miedo. Se pondría un poquitín caliente. Y no importaba que se pusiera peor. Eso es lo que haría, qué carajo. Le templaría el carácter.

No obstante, tenía que reconocer que le daba miedo estar en su propia casa. Detestaba esa sensación. Quería que toda esa locura de mierda se acabara, pero no había manera. Ni siquiera se veía el final. Aún andaban sueltos esos dos monstruos horribles.

No dejaba de oír ruidos siniestros por toda la casa. La vieja madera que crujía. Contraventanas que se golpeaban. Resoplidos del viento que, según ella, venían de un viejo olmo que había afuera. Ese sonido le recordaba la cabaña de *Gran Sur*. Tenían que caer mañana —ojalá antes.

Por fin Kate se quedó dormida con la copa de vino, que en realidad era un viejo vaso de gelatina de los Picapiedra, en equilibrio sobre su pecho. El vaso era una reliquia sagrada de su casa del occidente de Virginia. Ella y sus hermanas a veces solían pelearse por él a la hora del desayuno.

El vaso se volcó y el vino se derramó sobre las cobijas. No importaba. Kate estaba muerta para el mundo exterior. Al menos por una noche.

No solía beber mucho. El *pinot noir* la golpeó como los trenes de carga que pasaban con estruendo por Birch cuando era una niña. Se despertó a las tres de la madrugada con un dolor de cabeza palpitante y corrió al baño, donde vomitó.

Imágenes de *Psicosis* se pasearon intermitentes por su mente al inclinarse sobre el lavabo. Se le ocurrió otra vez que Casanova

estaba en la casa. Estaba en el baño ¿no? *No, claro que no había
nadie allí... por favor, haz que pare. ¡Haz que esto termine... ahora...
mismo!*

Volvió a la cama y se hizo un ovillo debajo de las cobijas.
Oyó el viento sacudiendo las contraventanas. Oyó esos estúpidos resoplidos. Pensó en la muerte... en su madre, Susanne,
Marjorie, Kristin. Todas se habían ido. Kate McTiernan se cu-
brió la cabeza con la cobija. Se sentía como si fuera una niña de
nuevo, asustada con el lobo feroz. Bueno, pero eso sí podía con-
trolarlo.

El problema era que veía a Casanova y a la horrible máscara
de la muerte cada vez que cerraba los ojos. Guardaba un pensamiento secreto enterrado en el centro del pecho: *Él vendría a
buscarla otra vez, ¿no era así?*

A las siete de la mañana sonó el teléfono. Era Alex.

—Kate, estuve en su casa —le dijo.

CAPÍTULO 79

A eso de las diez, la noche que regresamos de California, decidí dar una vuelta en el auto por la zona residencial de Hope Valley en Durham. Fui solo para ver a Casanova. El detective doctor Cross estaba de nuevo en acción.

Tenía tres pistas que consideraba esenciales para resolver el caso y a medida que conducía les daba vuelta en mi cabeza. Estaba el simple hecho de que ambos cometían "crímenes perfectos". Luego, estaba el asunto del "hermanamiento", es decir la codependencia que existía entre Casanova y el Caballero. Por último, estaba el misterio de la casa que desaparecía.

Algo tenía que salir de uno o de todos estos fragmentos de información. Tal vez alguna cosa estaba por ocurrir en el suburbio de Hope Valley. Eso esperaba.

Conduje lentamente por la carretera de Old Chapel Hill hasta llegar a la elegante portada de ladrillos blancos que marcaba la entrada a las ricas propiedades de Hope Valley. Tuve la sensación de que no debía llegar más allá de la portada, que sería una intrusión ya que tal vez era el primer negro que pasaba por allí sin tener puesto su overol de trabajo.

Sabía que estaba asumiendo un riesgo, pero tenía que ver el sitio en que vivía el doctor Wick Sachs. Necesitaba *sentir* las cosas que lo rodeaban, necesitaba conocerlo mejor, y todo esto hacerlo cuanto antes.

Las calles de Hope Valley no estaban trazadas en línea recta. La vía por donde estaba pasando no tenía andenes ni alcantarillas y no había muchos postes de luz. El terreno era desagradablemente inclinado y, entre más avanzaba, más perdido me sentía, como si estuviera moviéndome en un gran círculo. La mayoría de las casas eran del elegante estilo gótico del sur, antiguas y costosas. La idea de que el asesino estaba muy cerca me asaltó con fuerza inusitada.

El doctor Wick Sachs vivía en una casona de ladrillo ubicada en la cima de una de las lomas más altas.

Los desaguaderos estaban pintados de blanco, y hacían juego con las canales del techo. La casa lucía demasiado costosa para un profesor universitario, aun si este era de Duke, la "Harvard del Sur".

Todas las ventanas estaban oscuras y brillaban como pizarras. La única luz provenía de un farol de cobre colocado encima de la puerta principal.

Yo ya sabía que Wick Sachs tenía una esposa y dos niños pequeños. Ella era enfermera en el Hospital de la Universidad de Duke. El FBI había revisado sus credenciales. Tenía una excelente reputación y todo el mundo daba muy buenas referencias de ella. La hija de los Sachs, Faye Anne, tenía siete años y su hijo Nathan, diez.

Me imaginaba que seguramente el FBI me estaba observando conducir hasta la casa de los Sachs, pero eso me tenía sin cuidado. Me preguntaba si Kyle Craig estaba con ellos... él estaba profundamente involucrado en este espeluznante caso, casi tanto como yo. Kyle también había estudiado en Duke. ¿Era este caso también de carácter personal para él? ¿Qué tanto?

Paseé mis ojos lentamente de arriba a abajo por toda la casa y luego por los bien cuidados jardines. Todo lucía sumamente ordenado, de verdad muy hermoso, tan perfecto como era posible.

Ya había aprendido que los monstruos humanos podían vivir en cualquier parte; que algunos de los más astutos solían escoger casas de apariencia completamente normal. Justamente como la que estaba examinando en este momento. Los monstruos están literalmente en todas partes. Hay una epidemia fuera de control en los Estados Unidos y las estadísticas son aterradoras. En este país se encuentra cerca del setenta y cinco por ciento de los cazadores humanos. El resto están casi todos en Europa, con Inglaterra a la cabeza, seguida por Alemania y

Francia. Los asesinos en serie le están cambiando el rostro a las investigaciones modernas sobre homicidios en las ciudades, pueblos y aldeas americanas.

Estudié lo mejor que pude el exterior de la casa. El costado suroriental tenía lo que se conoce como una "Sala de la Florida", que consiste en una terraza del tamaño de una sala. El prado estaba muy bien cuidado, sin musgo ni malezas. El pasadizo de entrada, de ladrillo adoquinado, estaba perfectamente delineado y no se veía ni una brizna de yerba entre las piedras; además, sus ladrillos hacían juego perfecto con los del resto de la casa.

Perfecto.

Meticuloso.

Mientras permanecía sentado en el auto, parecía que me iba a estallar la cabeza por la tensión. Dejé el motor en marcha, por si acaso la familia Sachs regresaba repentinamente a casa.

Sabía lo que quería hacer, lo que debía hacer, lo que había planeado hacer desde hacía algunas horas. *Necesitaba colarme dentro de la casa.* Me preguntaba si el FBI intentaría detenerme, pero era casi seguro que no. De hecho, creía que ellos querían que me colara dentro de la casa y echara un vistazo. Sabíamos muy poco sobre el doctor Wick Sachs. Yo todavía no estaba oficialmente involucrado en la persecución de Casanova y podía intentar cosas que otros no podían. Se suponía que yo era una "bala perdida". Ese era mi acuerdo con Kyle Craig.

Peguita se encontraba en algún sitio de los alrededores, o al menos yo rogaba que siguiera con vida. Esperaba que todas las chicas desaparecidas estuvieran vivas. *Su harén. Sus odaliscas. Su colección de mujeres bellas y especiales.*

Apagué el motor y respiré profundamente antes de apearme del auto.

Caminé medio agachado y con paso veloz por el mullido prado. Recordé algo que acostumbraba decir Satchel Paige: "Mantén los jugos fluyendo por medio del suave tintineo que produce tu movimiento." Yo estaba *tintineando.*

Pinos recortados artísticamente y azaleas rodeaban la casa. Recostada en la pared del porche había una bicicleta de niño roja y con tiras plateadas que le colgaban del manubrio.

Bello, pensaba a medida que caminaba apresurado, *demasiado bello.*

La bicicleta del niño de Casanova.

La respetable casa de Casanova en los suburbios. La fingida vida perfecta de Casanova. Su disfraz perfecto. Su horrible broma para todos nosotros. En toda la mitad de la ciudad de Durham. Haciéndole pistola a todo el mundo.

Rodeé la casa hasta llegar a una terraza de baldosa blanca. Tenía un borde del mismo ladrillo de la casa y del pasadizo. Noté que algunas malezas habían invadido la pared de ladrillo. Tal vez, después de todo, no era tan perfecto.

Crucé con rapidez la terraza y vi que ya no había vuelta atrás. Ya antes había hecho algunas pequeñas intrusiones en propiedad privada en nombre del cumplimiento del deber. Eso no las disculpaba pero sí las facilitaba.

Quebré un pequeño panel de vidrio de una puerta y entré. Nada, ni siquiera un sonido. No creí que Wick Sachs se molestara en tener un sistema de alarma. Dudaba seriamente de que él quisiera que la policía de Durham investigara una intromisión en su residencia.

Lo primero que noté fue ese familiar y empalagoso olor del líquido a base de limón para brillar los muebles. Respetabilidad. Civismo. Orden. Todo era una fachada, una máscara perfectamente diseñada.

Me encontraba en el interior de la casa del monstruo.

CAPÍTULO 80

La casa estaba tan limpia y ordenada como los jardines exteriores. Tal vez un poco más. *Bello, bello, demasiado bello.*

Me sentía nervioso y atemorizado, pero eso ya no importaba. Estaba acostumbrado a vivir con los sentimientos del miedo y la incertidumbre. Recorrí con precaución cuarto por cuarto. Nada parecía fuera de lugar, aun con dos niños pequeños viviendo allí. *Extraño. Extraño, muy extraño.*

La casa me recordaba un poco el apartamento de Rudolph en Los Ángeles. Era como si de verdad nadie viviera allí. *¿Quién eres? Muéstrame quién eres verdaderamente, hijo de puta. ¿Esta casa no muestra lo que eres, verdad? ¿Te conoce alguien sin tus máscaras? El Caballero te conoce, ¿no es cierto?*

La cocina parecía extraída de la revista *Country Living*. Antigüedades y otros objetos "hermosos" decoraban casi todos los cuartos.

En un pequeño estudio había notas y papeles del profesor por todos lados, que cubrían prácticamente todas las superficies disponibles. *Se supone que es limpio y organizado,* pensé, a medida que almacenaba esta conflictiva información. *¿Quién era él?*

Buscaba algo específico, pero no sabía exactamente dónde encontrarlo. Abajo, en el sótano, vi una pesada puerta de roble. Estaba sin seguro. Conducía a un pequeño cuarto de caldera. Requisé cuidadosamente el cuarto. En el extremo opuesto había otra puerta de madera. Parecía la puerta de un clóset, o de algún pequeño e insignificante espacio.

Esa puerta estaba cerrada con un pestillo que retiré con el mayor sigilo posible. Me preguntaba si podía haber más cuartos allí. ¿Tal vez un espacio subterráneo? ¿Quizás una casa del horror? ¿O un túnel?

Empujé el portón de madera. Oscuridad total. Encendí las luces y entré en un cuarto independiente que debía medir unos siete metros por doce. Mi corazón se detuvo por algunos instantes. Mis rodillas se debilitaron y sentí un malestar general.

Allí no estaban las mujeres, ni el harén, pero había encontrado el cuarto de fantasías de Wick Sachs. Estaba justo en su casa. Escondido en un rincón del sótano. El cuarto no concordaba con el diseño del resto de la casa. *Había construido su cuarto especialmente para él. Le gustaba construir cosas, ser creativo, ¿no es cierto?*

El cuarto especial estaba dispuesto como una biblioteca. Había un pesado escritorio de roble y dos sillones de cuero rojo a lado y lado del mismo. Los estantes en las cuatro paredes estaban repletos de libros y revistas desde el piso hasta el techo. Mi presión arterial debió haber trepado unos cincuenta puntos. Traté de permanecer quieto, pero no pude.

Era una colección de pornografía y literatura erótica; la más extraordinaria que yo hubiera visto o escuchado describir alguna vez. Había por lo menos mil libros en el cuarto. Leí algunos títulos a medida que caminaba de pared a pared, de estante en estante.

* * *

Los más extraños actos sexuales en las costumbres amatorias de todas las razas.

Cerezas ilustradas. Impreso para la Sociedad erótica de Nueva York.

Las humillaciones de Anastasia y Perla.

El harén Ómnibus: un compendio.

Hasta que ella grite.

El himen. Un estudio médico-legal sobre la violación.

Traté de concentrarme en lo que necesitaba de allí, pero primero debí calmar el ruido atronador que había en mi cabeza.

Quería dejarle a Wick Sachs una señal de que había estado allí; de que sabía sobre su cochino lugar secreto; que ya él no tenía secretos. Deseaba que experimentara el mismo tipo de presión, temor, y tensión por el que todos estábamos pasando. Quería hacerle daño al doctor Wick Sachs. Lo odiaba más allá de cualquier límite que pudiera imaginar.

En el escritorio había una copia del folleto promocional de un distribuidor de libros y revistas eróticas: *Nicholas J. Soberhagen, 1115 Victory Bulevar , Staten Island , N.Y. Cita previa*. Tomé nota rápidamente. Quería también hacerle daño a Nicholas Soberhagen.

Sachs, o alguien más, había señalado algunos de los libros listados en el folleto. Lo ojeé rápidamente teniendo el oído atento a cualquier ruido de motores en la calle. Ya quedaba poco tiempo.

Los votos especiales de Sta. Teresa. *¡No se lo pierda! Esta es la reimpresión de una edición original extremadamente rara que circuló por el año de 1880. Allí se encuentra una serie de descripciones sobre el uso adecuado de la vara en un monasterio de monjas en las afueras de Madrid...* La instructora del amor. *Las vívidas aventuras sexuales de una bailarina en Berlín; los diferentes maniáticos sexuales con los que se encuentra. Obra obligada para el coleccionista serio!...* Liberación. *Una primera novela interpretativa sobre la vida real e imaginaria del asesino en serie francés, Gilles de Rais.*

Examiné a continuación los estantes de madera que había detrás del escritorio de trabajo. ¿Cuánto tiempo más debía tentar mi suerte permaneciendo dentro de la casa? Se estaba haciendo tarde para que Sachs y su familia estuvieran fuera de casa. Me detuve ante un estante detrás de su asiento.

¡Se me encogió el corazón cuando vi varios libros sobre Casanova! Leí los títulos conteniendo el aliento:

Memorias de Casanova
Casanova. 102 Grabados eróticos.
Las más maravillosas noches de amor de Casanova

Pensé en los dos niños que vivían en esta casa, Nathan y Faye Anne, y sentí lástima de ellos. Su padre, el doctor Wick Sachs, tenía las más delirantes y perversas fantasías en ese cuarto. Estimulado por sus sucios libros, por su colección de literatura erótica, decidía qué fantasía iba a satisfacer en la vida real, ¿no era así? Podía sentir la presencia de Sachs en el cuarto. Finalmente, estaba empezando a conocerlo.

¿Era posible que mantuviera a las mujeres en algún lugar cercano? ¿O en algún sitio de la ciudad en el que nunca se nos ocurriría buscar? ¿Era por esto que ninguna de las pesquisas había dado con la casa de los horrores? ¿Quedaba en alguno de los suburbios del respetable Durham?

¿Estaría Naomi cerca de aquí, a la espera de que alguien la encontrara? Mientras más tiempo estuviera cautiva, más peligrosa se volvía su situación.

Oí un ruido en la parte de arriba de la casa y me dispuse a escuchar atentamente, pero no se oyó nada más. Pudo haber sido un aparato eléctrico, o sólo el viento, o algo flojo dentro de mi cráneo.

Era más que tiempo de salirme de la casa. Rápidamente subí las escaleras y crucé la terraza. Había sentido la tentación de dibujar una cruz en el folleto del escritorio de Sachs para dejar mi marca personal, pero resistí el impulso. Él sabía quién era yo. Me había contactado en cuanto llegué a Durham. ¡Ahora era yo el que llevaba las de ganar!

Estuve de regreso en mi habitación del hotel un poco después de la media noche. Me sentía vacío y entumecido. Mi organismo bombeaba adrenalina a un ritmo febril.

El teléfono sonó casi en el momento en que cruzaba la puerta, con el repique insistente, desagradable, de los teléfonos de hotel que exigen ser contestados de inmediato.

—¿Quién *demonios es?* —masculé. Para entonces ya estaba a punto de chiflarme. Quería correr a través de la noche sureña y buscar a Naomi. Quería agarrar al doctor Wick Sachs y sacarle la verdad a punta de golpes. O *como fuera necesario.*

—Sí, ¿quién habla? —pregunté con una voz demasiado alta para el teléfono.

Era Kyle Craig.

—Entonces —comenzó—, ¿qué fue lo que encontraste?

CAPÍTULO 81

La mañana había despuntado de nuevo: nada había cambiado realmente en esta macabra investigación. Kate continuaba siendo mi socia en la lucha contra el crimen. Había sido su decisión, pero yo estaba de acuerdo. Ella conocía mejor a Casanova que todo el resto de nosotros.

Ella y yo habíamos espiado la enorme y hermosa casa de los Sachs desde el triángulo de frondosos abetos en las afueras de Chapel Hill Road. Ya habíamos visto una vez a Wick Sachs esa mañana. Era nuestro día de suerte.

La Bestia se había levantado muy, muy temprano. Era alto y tenía aspecto profesoral; su cabello era de color rubio arena cepillado hacia atrás; además, usaba lentes con montura de carey. Aparentaba tener una muy buena constitución.

Alrededor de las siete de la mañana había salido al porche para recoger el periódico local. Uno de los titulares decía: *Continúa la vigilancia a Casanova.* Los editores del periódico no tenían ni idea, ni una pista, de cuán certeras eran esas palabras.

Sachs ojeó la primera página y dobló el diario despreocupadamente bajo el brazo. No había nada de interés para él en el día de hoy. Otro aburrido día en el caso del asesino en serie.

Un poco antes de las ocho, salió en el coche con sus hijos a bordo. Tenía puesta una gran sonrisa llena de dientes para sus niños. El buen padre los llevaba a la escuela.

Los chicos estaban vestidos como si hubieran salido de una vitrina de *Gap for Kids* o de *Esprit*. Se veían como un par de adorables muñecos. El FBI siguió a Sachs y a los niños hasta la escuela.

—¿No es esto un poco raro, Alex? ¿Dos trabajos seguidos de vigilancia como estos? —me preguntó Kate. Su mente analítica nunca cesaba de considerar todos los ángulos. Estaba tan obsesionada con el caso como lo estaba yo. Aquella mañana vestía tan informalmente como siempre. Jeans gastados, camiseta azul oscura y tenis. De todas formas, su belleza se destacaba. No podía ocultarla.

—Las investigaciones sobre asesinatos en serie casi siempre son inusuales. Esta es más extraña que la mayoría —admití. Volví a discutir el asunto del hermanamiento. Dos hombres de mentes retorcidas que no tienen a nadie con quién hablar, con quién compartir. Nadie que los entienda hasta que se conocen. Luego se produce una poderosa conexión entre los asesinos. Kate era una gemela, pero experimentaba una forma benigna de este hermanamiento. Con Casanova y el Caballero, la cosa era distinta.

Wick Sachs regresó inmediatamente después de dejar a sus hijos en el colegio. Podíamos escucharlo silbar alegremente al acercarse a su casa perfecta. Kate y yo habíamos concluido que después de todo él era un doctor, pero un doctor en filosofía.

No mucho más sucedió en el par de horas siguientes. No había ninguna señal de Sachs o de su esposa, la adorable señora de Casanova.

Wick Sachs salió de nuevo de la casa en la colina a eso de las once. Estaba faltando hoy a sus clases. Según el horario que le había fijado el rector Lowell, ya había faltado a su tutoría de las diez en punto. ¿A qué se debía esto? ¿Qué clase de juego jugaba ahora?

Había dos autos en la glorieta de estacionamiento. Escogió el de color granate, un Jaguar convertible con techo habano y motor de doce cilindros. El otro era un Mercedes sedán. Demasiado para el sueldo de un profesor.

Ahora cogía camino. ¿Salía a visitar a sus chicas?

CAPÍTULO 82

Seguimos el deportivo Jaguar de Wick Sachs hasta la carretera de Old Chapel Hill. Recorrimos Hope Valley, y pasamos ante las imponentes mansiones que debieron haber sido construidas en los años veinte o treinta. Sachs parecía no tener ninguna prisa.

Hasta el momento ese era su juego. No sabíamos las reglas, ni siquiera cuál era el juego que estaba jugando.

Casanova.

La Bestia del sureste.

Kyle Craig continuaba trabajando en una investigación financiera sobre Sachs con el Servicio Nacional de Impuestos. Kyle también tenía a una media docena de agentes conectando todos los puntos que pudieran vincular a Sachs y a Rudolph en el pasado. Se sabía con seguridad que los dos habían sido compañeros de estudio en Duke. Merecedores de los más altos honores académicos. Elegidos por lo tanto para formar parte del *Phi Beta Kappa*. Se conocieron en la universidad pero no habían sido amigos cercanos, al menos no lo parecía. De hecho, Kyle también había estado en Duke, en la escuela de Leyes y también había sido un estudiante que se había hecho acreedor a los más altos honores.

¿Cuándo se había llevado a cabo el hermanamiento? ¿Cómo se había creado este fuerte y anormal vínculo? Todavía había algo entre Sachs y Rudolph que no tenía mucho sentido para mí.

—¿Qué tal si le da rienda suelta a ese Jaguar? —preguntó Kate mientras seguíamos discretamente al monstruo hasta lo que esperábamos fuera su guarida en el bosque, su harén, su "casa que desaparece". Le pisábamos los talones a Sachs con mi viejo Porsche.

—Dudo de que él quiera llamar mucho la atención —le dije. Aunque el Jaguar XSJ y el Mercedes no corroboraban precisamente esa teoría–. Además, un Jaguar no constituye un reto serio para un Porsche.

–¿Aún para un Porsche de otro siglo? –preguntó Kate.

–Ojo –le contesté–. Ojo.

Sachs tomó la autopista interestatal 85, y luego la 40. Después giró por la salida para Chapel Hill. Lo seguimos otras dos millas a través de la ciudad. Finalmente se detuvo y estacionó cerca al campus de la Universidad de Carolina del Norte, en la calle Franklin.

–Todo esto me está haciendo sentir muy rara, Alex. Un profesor de la Universidad de Duke, con esposa y dos bellos niños –comentó Kate–. El día que me agarró, seguro que me siguió desde el campus. Me espió. Creo que me escogió *aquí mismo*.

Miré de reojo a Kate.

–¿Estás bien? –le pregunté–. Dime si no te sientes en condiciones para seguir con esto.

Kate me devolvió la mirada. Sus ojos se mostraban intensos, perturbados.

–Acabemos esto de una buena vez. Agarrémoslo hoy. ¿Vale?

–Es un trato –dije.

–Te pescamos –masculló Kate.

La pintoresca y hermosa calle Chapel Hill ya se veía muy concurrida a las doce menos cuarto. Universitarios y profesores entraban y salían de la cafetería Carolina, de Peppers Pizza y de la recién reconstruida Intimate Bookstore. Todos los sitios favoritos de la calle Franklin estaban vendiendo a manos llenas. La atmósfera de la ciudad universitaria era atractiva; me devolvió a los días en John Hopkins. Recordé en especial la Avenida Cresmont en Baltimore.

Kate y yo podíamos seguir a Wick Sachs desde una calle y media de distancia aproximadamente. Yo sabía que en ese momento sería fácil para él perdernos. ¿Se iría a escapar hacia su casa del bosque? ¿Iría a ver a sus chicas? ¿Estaría Naomi todavía allí?

No tendría problema para escabullirse dentro del Bar Record, o en el restaurante Spanky's de la esquina. De cualquiera de los dos podía salir por una puerta lateral y desaparecer. El juego del gato y el ratón había comenzado. Su juego; sus reglas. Hasta ahora, sólo sus reglas.

—Parece muy prepotente, muy seguro de sí mismo —observé mientras le seguíamos el rastro a una distancia razonable. Ni siquiera había volteado la cabeza para comprobar si lo estaban siguiendo. Parecía un aristocrático y garboso profesor que hiciera una diligencia en su hora de almuerzo. A lo mejor no era más que eso.

—¿Sigues bien? —le pregunté de nuevo a Kate para asegurarme.

Ella observaba a Sachs con la expresión de un perro de basurero con una pelea casada. Recordé que había tomado clases de karate en algún lugar cerca de Chapel Hill.

—Sí, sí —dijo Kate—. Pero se me han revuelto varios recuerdos desagradables. Volver a ver la escena del crimen y todo eso.

Wick Sachs por fin se detuvo frente al teatro Varsity que estaba decorado al estilo "retro" en el centro de Chapel Hill. Se detuvo junto a una cartelera comunitaria cubierta de todo tipo de avisos y notas escritas a mano, destinadas sobre todo a los universitarios y a los miembros de la facultad.

—¿Por qué esa porquería va a querer ir al cine? —se preguntó entre dientes Kate, y sonaba más iracunda que nunca.

—Tal vez porque le gusta evadirse, como en una sublimación. Esta es la vida secreta de Wick Sachs. Somos sus espectadores.

—De cierta manera me gustaría ir tras él ahora mismo. Atacar sin tardanza —dijo Kate.

—Sí, a mí también Kate, a mí también.

Había notado la abigarrada cartelera en uno de mis paseos anteriores por allí. Había varios mensajes sobre personas desaparecidas en el área de Chapel Hill. *Estudiantes desaparecidas.*

Todas mujeres. Me impactó el hecho de que fuese como una especie de cruel plaga que se había abatido sobre esta comunidad, y a la que nadie había podido combatir. Nadie poseía la cura.

Wick Sachs parecía estar esperando algo o a alguien.

—¿A quién demonios espera aquí en Chapel Hill? —masculló.

—A Will Rudolph —dijo Kate sin pestañear—. Su compinche de la universidad. Su mejor amigo.

Ya se me había pasado por la cabeza un regreso de Rudolph a Carolina del Norte. El hermanamiento podía ser casi una adicción física. En su variante negativa, se basaba en la codependencia o en un comportamiento de apoyo que se convertía en una especie de espaldarazo. Ambos raptaban mujeres hermosas y luego las torturaban o asesinaban. ¿Era ese el secreto que compartían? ¿O existía algo más además de eso?

—Se ve como se veía Casanova sin la máscara —dijo Kate. Nos habíamos deslizado dentro de una pastelería llamada School Kids—. Tiene el mismo color de pelo. ¿Pero por qué no ocultará su cabello? —murmuró—. ¿Por qué sólo una máscara?

—A lo mejor la máscara no pretende ser un disfraz. Puede significar algo diferente en su mundo privado de fantasías —sugerí—. Es posible que Casanova sea su verdadera personalidad. La máscara, el aura de sacrificio humano, el simbolismo... todo eso puede ser muy importante para él.

Sachs continuaba esperando frente a la cartelera comunitaria. ¿Esperando qué? Yo tenía la corazonada de que algo no cuadraba en esta puesta en escena. Le eché un vistazo con mis binoculares.

Su rostro se veía despreocupado, casi sereno. Un día en el parque para el vampiro Lestat. Me preguntaba si estaría bajo el efecto de alguna droga. Por supuesto que estaba enterado del efecto de los tranquilizantes más sofisticados.

En la cartelera comunitaria que había a sus espaldas aparecían todo tipo de mensajes. Yo alcanzaba a leerlos con los binoculares.

Desaparecida — Carolyn Eileen Devito.
Desaparecida — Robin Schwartz.
Desaparecida — Susan Pyle.
Mujeres a favor de Jim Hunt para gobernador.
Mujeres a favor del vice-gobernador Laurie Garnier.
Las sirenas de la mente se presentan en La Caverna.

De repente tenía una posible respuesta. *¡Mensajes!*
Casanova nos estaba enviando un cruel mensaje... para cualquiera que lo estuviera vigilando, para el que se atreviera a seguirlo.

Di un golpe con la mano en la polvorienta vitrina del pequeño almacén.

—¡El hijo de perra está jugando juegos de inteligencia! —casi grité en la concurrida tienda desde donde espiábamos a Wick Sachs. La anciana empleada me miró como si yo fuera peligroso. Yo *era* peligroso.

—¿Qué sucede? —preguntó Kate mirando inquisitivamente por encima de mi hombro al tiempo que recostaba su cuerpo contra mí, tratando de ver lo que fuera que yo hubiera visto.

—Es el *cartel.* Ha estado parado frente a él durante los últimos diez minutos. Ese es su mensaje, Kate, a quien quiera que lo esté siguiendo. Ese brillante cartel naranja y amarillo lo dice todo.

Le pasé mis binóculos. Uno de los carteles era más grande y prominente que los otros. Kate lo leyó en voz alta.

—*Las mujeres y los niños se mueren de hambre... mientras que usted tiene siempre dinero suelto en los bolsillos. ¡Por favor cambie su comportamiento ahora! Usted realmente puede salvar vidas.*

CAPÍTULO 83

—Dios mío, Alex —susurró tensamente Kate—. Si él no puede ir a la casa, ellas se van a morir de hambre y si alguien lo está siguiendo, no volverá a la casa. ¡Eso es lo que nos está diciendo! Las mujeres se están muriendo de hambre... cambie su comportamiento ahora.

Hubiera querido darle una buena zurra a Wick Sachs ahí mismo. Sabía que no podíamos hacerle nada. Al menos nada que fuera legal. Nada que fuera cuerdo.

—Mira, Alex —dijo Kate en tono alarmado mientras me pasaba los binoculares.

Una mujer se había acercado a Sachs. Apreté los ojos para mirar mejor, pues la calle Franklin encandilaba con sus vidrios y metales que resplandecían con el sol del mediodía.

La mujer era esbelta y atractiva, pero mayor que las que habían sido raptadas. Llevaba una blusa de seda negra, pantalones de cuero apretados y zapatos negros. Cargaba un maletín repleto de libros y papeles.

—Ella no parece encajar en su molde, en su tipo, —le comenté a Kate— Parece estar rondando los cuarenta.

—La conozco. Sé quién es, Alex —susurró Kate.

La miré.

—¿Quién es, por Dios bendito?

—Es una profesora del Departamento de Inglés. Se llama Suzanne Wellsley. Algunos estudiantes le tienen el apodo de "la casquivana Sue". Circula un chiste sobre Suzanne Wellsley según el cual, si tirara su ropa interior contra la pared, se quedaría pegada.

—Podrían aplicarle el mismo chiste al doctor Sachs —dije—. Tenía una pésima reputación de libertino en el campus. La ha tenido desde hace años, pero nunca se ha tomado una acción disciplinaria contra él. ¿Más crímenes perfectos?

Él y la señorita Suzanne Wellsley se besaron frente a la cartelera del "hambre". Un beso con lengua, según pude comprobar con mis binóculos. Se dieron también un abrazo ardiente, sin que pareciera importarles demasiado el carácter eminentemente público del sitio.

Me surgieron algunas dudas sobre el "mensaje". A lo mejor era una coincidencia, sólo que ya no creía en las coincidencias. A lo mejor Suzanne Wellsley estaba involucrada con la "casa" que él regía. También podía haber otros. A lo mejor todo esto involucraba algún tipo de culto sexual para adultos. Sabía que existían; hasta en la capital de nuestra nación existían y prosperaban.

La pareja caminó un breve trayecto por la concurrida calle Franklin, sin ninguna prisa aparente. Se acercaban a nosotros. Luego se detuvieron en la taquilla del teatro Varsity, tomados de la mano, tan encantadores como la pareja ideal.

—Maldito. Sabe que está siendo observado —dije—. ¿Cuál es su juego?

—Ella está mirando en esta dirección. A lo mejor también lo sabe. Hola, Suzanne. ¿Qué es lo que te propones, vampiresa?

Compraron boletos como si fueran una pareja normal y entraron al teatro: *Roberto Benigni es Johny Stecchino – una comedia divertidísima*. Me preguntaba cómo podía Sachs estar de ánimo para una comedia italiana. ¿Era Casanova así de fresco? Sí, probablemente lo era. En especial si esto formaba parte de uno de sus planes.

¿Otro mensaje? ¿Qué nos está tratando de decir, Alex?

—¿Qué todo esto es sólo una comedia muy divertida para él? Puede que lo sea —dije.

—Sí que cree tener sentido del humor, Alex. Puedo dar fe de eso. Es capaz de reírse de sus propios chistes malos.

Llamé a Kyle Craig desde el teléfono público de la heladería Ben & Jerry. Le comenté sobre el cartel de *las mujeres y los niños se mueren de hambre.* Él estuvo de acuerdo en que podía ser un mensaje para nosotros. Con Casanova cualquier cosa era posible.

Cuando salí de la heladería, Sachs y Suzanne Wellsley continuaban en el interior del teatro Varsity, presumiblemente riéndose muy divertidos del actor italiano Roberto Benigni. ¿O tal vez Sachs se estaba riendo de nosotros? *Las mujeres y los niños se mueren de hambre.*

Recién pasadas las dos y media, Sachs y la doctora Wellsley salieron del teatro Varsity. De nuevo caminaron despacio hasta la esquina de Franklin y Colombus. La caminata de media calle pareció tomar como diez minutos. Se escabulleron en el siempre popular Spanky's, y allí comieron un almuerzo tardío.

—¿No es esto tierno? Amor juvenil —dijo Kate con un dejo en la voz—. Maldito sea. Y maldita ella también. Maldito Spanky's por darles comida y bebida.

Se sentaron cerca a la ventana principal del restaurante. ¿A propósito? Se tomaron de la mano en la mesa y se besaron un par de veces. ¿Casanova el Amante? ¿Una aventurilla con otra profesora a la hora del almuerzo? Nada parecía tener sentido aún.

A las tres y media abandonaron el restaurante y caminaron otra media calle hasta la cartelera. Se besaron de nuevo, pero esta vez conteniéndose más. Finalmente, partieron. Sachs regresó a su casa de Hope Valley. Definitivamente Wick Sachs estaba jugando con nosotros. Su propio juego, para su propio placer privado.

El juego del gato y el ratón.

CAPÍTULO 84

Kate y yo decidimos ir a cenar tarde en un restaurante llamado Frog and the Redneck en el centro de Durham. Ella me había dicho que necesitaba descansar de la acción durante unas cuantas horas y yo estaba de acuerdo.

Kate quería ir a casa primero, así es que me pidió que la recogiera en un par de horas. Yo no estaba preparado para la Kate que me abrió la puerta. No era la usual apariencia *bas couture* de Kate. Tenía un vestido "talego" de lino habano con una blusa de flores que utilizaba como chaqueta. Su largo pelo castaño estaba recogido con un pañuelo amarillo.

—Mi pinta de salir a comer los domingos —dijo Kate con un guiño conspirador—. Excepto que nunca me alcanza para salir a comer afuera con mi presupuesto de médica recién graduada. De vez en cuando un pollo frito Kentucky o una hamburguesa de Arby's.

—¿Tienes una ardiente cita romántica esta noche? —le dije con mi usual tono de broma, aunque me preguntaba quién le estaba jugando la broma a quién.

Me tomó del brazo y contestó.

—De hecho puede que sí la tenga. Te ves bien esta noche. Muy apuesto, muy atractivo.

También yo había abandonado mi usual apariencia *bas couture.* En su lugar había optado por lucir apuesto y atractivo.

No recuerdo mucho sobre el trayecto en auto hasta el restaurante de Durham, exceptuando el hecho de que hablamos todo el camino. Nunca teníamos problema cuando hablábamos. No recuerdo exactamente qué fue lo que me sirvieron, pero sé que era una combinación muy buena regional-continental. Recuerdo vagamente un pato a la Muscovy, frutillas y ciruelas con crema batida.

Lo que recuerdo con más nitidez es a Kate sentada con un brazo sobre la mesa y su rostro descansando suavemente sobre el dorso de la mano. Una foto preciosa para un portarretrato. También recuerdo que en un momento de la cena Kate se desanudó el pañuelo amarillo mientras decía con una sonrisa:

—Esto es demasiado. Tengo una nueva teoría sobre nosotros dos, la teoría *du jour*. Creo que esta es correcta. ¿Deseas escucharla? —me preguntó. Estaba de buen ánimo, a pesar de la horrenda y frustrante investigación. Ambos lo estábamos.

—No —contestó el sabihondo dentro de mí, el que le teme a las emociones fuertes. Al menos últimamente.

Kate me ignoró sabiamente y continuó con su teoría.

—Voy a comenzar... Alex, ambos estamos de verdad atemorizados de apegarnos a alguien en este momento de nuestras vidas. Eso es obvio. Ambos estamos demasiado asustados, creo yo —estaba encausando la conversación con sumo cuidado, pues percibía que este era un territorio difícil para mí y en eso tenía razón.

Suspiré. No sabía si quería meterme en ese tema en este momento, pero me zambullí.

—Kate, no te he contado mucho sobre María... estábamos muy enamorados cuando ella murió. Durante seis años estuvimos así de enamorados. Esto no es memoria selectiva por parte mía. Acostumbraba a decirme "Por Dios, soy muy afortunado de haber encontrado a esta persona". María sentía lo mismo... O al menos eso era lo que me decía. De modo que sí, me da miedo apegarme a alguien. Más que nada temo mucho volver a perder a alguien a quien quiero mucho.

—Yo también temo perder a alguien más, Alex —repuso Kate con una voz suave. Casi no podía escuchar sus palabras. Algunas veces parecía tímida y esto me conmovía—. Hay una frase mágica en *El Prestamista,* en todo caso mágica para mí: "Todo lo que amaba me fue quitado y no morí".

Tomé su mano y la besé con suavidad. Sentí en ese momento una ternura sobrecogedora por Kate.

—Conozco la frase —le dije.

Podía ver la ansiedad en sus ojos castaños oscuros. A lo mejor debíamos continuar esto, lo que fuera que estuviera comenzando entre nosotros. Fuese cual fuese el riesgo.

—¿Puedo decirte algo más? ¿Otra confesión verdadera de las que no salen muy fácilmente? Esta es mala —dijo ella.

—Quiero escucharla. Por supuesto que sí. Cualquier cosa que quieras decirme.

—Temo que voy a morir de la misma forma que mis hermanas, que también voy a desarrollar un cáncer. A mi edad. Soy una bomba de tiempo médica. Oh, Alex, temo acercarme a alguien y que luego tengan que sobrellevar mi enfermedad —Kate exhaló larga y profundamente. Era obvio que le costaba decir esto.

Nos tomamos de la mano durante un largo rato en el restaurante. Bebíamos oporto lentamente. Ambos estábamos un poco callados; dejábamos que calaran los nuevos sentimientos que habían surgido entre nosotros para acostumbrarnos a ellos.

Después de la cena nos dirigimos de nuevo hacia el apartamento de ella en Chapel Hill. Lo primero que hice fue revisar que no hubiera huéspedes inesperados. Había tratado de convencerla de que tomara un cuarto en un hotel durante nuestro viaje de regreso pero, como de costumbre, Kate se había negado. Yo continuaba paranoico con Casanova y sus juegos.

—Eres tan condenadamente terca —le dije mientras revisaba puertas y ventanas.

—Ferozmente independiente es una descripción mucho mejor —respondió Kate—. Se obtiene con el cinturón negro de karate. Segundo grado. Ten cuidado.

—Lo tengo —contesté riendo—. Aunque te llevo unos treinta y seis kilos de ventaja.

Kate replicó meneando su cabeza.

—No serían suficientes.

—Seguramente tienes razón —le dije riendo.

Nadie se escondía en el apartamento de la Callejuela de Las

Viejas. No había nadie excepto nosotros dos. Tal vez eso era lo más temible.

—Por favor no vayas a salir corriendo ahora. Quédate un rato. A menos que tengas que salir corriendo o quieras hacerlo —me pidió Kate.

Todavía estaba parado en su cocina. Mis manos se encontraban extrañamente agarrotadas dentro de los bolsillos.

—No puedo pensar en otro sitio en el que preferiría estar —le dije. Estaba sintiéndome un poco nervioso y acorralado.

—Tengo una botella de Château de la Chaize. Creo que ese es el nombre. Sólo me costó nueve barras, pero es bastante decente. Lo compré justamente para esta noche, aunque no lo sabía en ese momento —Kate sonrió—. O sea, que no lo sabía hace tres meses cuando lo compré.

Nos sentamos en el sofá de la sala de Kate. El sitio estaba ordenado pero aún producía miedo. Colgadas de las paredes había fotos en blanco y negro de su madre y sus hermanas. Tiempos muy felices para Kate. Había una foto de ella con su uniforme rosado en el restaurante de carretera Big Top Truck Stop, en el que estuvo trabajando para pagarse sus estudios universitarios. Su trabajo como mesera simbolizaba lo importante que le resultaba haber terminado la carrera de medicina.

Tal vez el vino me hizo contarle a Kate más de lo que hubiese deseado sobre Jezzie Flanagan. Había sido mi único intento de acercamiento serio desde la muerte de María. Kate me contó sobre su amigo, Peter McGrath. Un profesor de historia de la universidad de Carolina del Norte. Mientras me hablaba de Peter, me cruzó el perturbador pensamiento de que a lo mejor él era un sospechoso que habíamos descartado demasiado rápido.

No podía sustraerme del caso, ni siquiera por una noche. A lo mejor sólo estaba tratando de huir de nuevo hacia mi trabajo. No obstante, me hice una nota mental de investigar un poco más detenidamente a Peter McGrath.

Kate se encontraba cerca a mí en el sofá. Nos besamos.

Nuestras bocas encajaban a la perfección. Ambos habíamos hecho esto antes, besar, pero tal vez nunca tan bien.

—¿Te quedarás esta noche? Por favor quédate —susurró Kate—. Sólo esta noche, Alex. No tenemos por qué asustarnos por esto, ¿verdad?

—No, no tenemos por qué —musité como respuesta. Me sentía como un colegial. Lo cual a lo mejor no estaba tan mal.

No sabía muy bien qué hacer a continuación, cómo tocar a Kate, qué decirle, qué *no* hacer. Escuché el suave sonido de su respiración. Dejé que todo tomara su curso natural.

Nos besamos de nuevo, tan delicadamente como nunca recordaba haberlo hecho antes. Ambos nos necesitábamos. Pero éramos muy vulnerables en ese momento.

Kate y yo nos dirigimos al cuarto. Nos abrazamos durante un largo tiempo. Hablamos en susurros. Dormimos juntos. Esa noche no hicimos el amor.

Éramos amigos del alma. No queríamos echarlo a perder.

CAPÍTULO 85

Naomi pensó que después de todo estaba perdiendo los últimos retazos de su cordura. Acababa de ver a *Alex matar a Casanova,* aunque sabía que esto en realidad no había sucedido. Había presenciado el tiroteo con sus propios ojos. Estaba alucinando y ya no podía detener las ráfagas de visiones.

Algunas veces hablaba con ella misma. El sonido de su propia voz le resultaba reconfortante.

Naomi se quedó callada y pensativa al sentarse en un brazo del sillón de la celda a oscuras en que se encontraba prisionera. Su violín estaba allí, pero no lo había tocado desde hacía días. Estaba atemorizada por una razón completamente nueva. *A lo mejor él no iba a regresar más.*

Tal vez habían apresado a Casanova y él no le iba a contar a la policía en dónde mantenía a sus cautivas. Ese sería su último as. ¿No es así? Aquel sería su diabólico secreto. Su ventaja final en el momento de negociar.

Quizás habría caído muerto durante un tiroteo. ¿Y cómo podía la policía esperar encontrarla a ella y a las otras si él estaba muerto? *Algo ha sucedido* pensó ella. *No ha venido desde hace dos días. Algo ha cambiado.*

Ella deseaba desesperadamente ver cielos azules y soleados. Hierba. Los capiteles góticos de la universidad, las terrazas en distintos niveles de los jardines Sarah Duke, incluso el río Potomac con toda su pantanosa gloria. Quería regresar a su casa en Washington.

Finalmente se incorporó del sillón al lado de su cama. Muy, muy despacio, Naomi cruzó por el piso de madera, se detuvo junto a la puerta trancada, y presionó su mejilla contra la fría madera.

¿Debería hacer esta locura? Se preguntaba. *¿Debería firmar mi propia sentencia de muerte?*

Tenía que hacer un esfuerzo al respirar para no ahogarse. Trató de escuchar algún sonido en la misteriosa casa, el más mínimo o insignificante sonido. Los cuartos eran insonorizados... pero si se hacía el suficiente estruendo, algo se colaba a través de la espeluznante edificación.

Repasó lo que quería decir, exactamente lo que iba a decir.

Mi nombre es Naomi Cross. ¿Dónde estás Kristen? *¿Ojos verdes?* He decidido que tienes razón. Tenemos que hacer algo. Él no va a regresar.

Naomi había anticipado aquel momento de forma clara e inteligente, eso esperaba... pero aún no había podido decir nada... Sabía de sobra que confabularse contra él significaba su propia muerte.

Kristen Miles la había llamado varias veces durante las últimas veinticuatro horas, pero Naomi no le había contestado. Estaba prohibido hablar y ella había asimilado la advertencia: la mujer colgada hace algunos días. Pobre Anna Miller. Otra estudiante de Leyes.

En este momento no podía escuchar nada. El sonido del silencio, eso era todo. La estática. El apacible zumbido de la eternidad. Nunca se escuchaba el ruido de un auto, ni siquiera el sonido de un pito a lo lejos, o el rugido de un avión al pasar sobre sus cabezas.

Naomi había concluido que debían estar en un lugar subterráneo, al menos dos niveles bajo tierra. ¿Habría construido este complejo subterráneo él mismo? ¿Ese imbécil? ¿Lo había ideado todo, soñado cada detalle y luego construido en un arranque de furia y energía sicopática? Se respondía a sí misma que seguramente así era.

Se estaba alistando para romper el silencio. Tenía que hablar con Kristen, con *Ojos verdes*. Su boca estaba completamente seca. La sentía como una madeja de algodón. Se humedeció los labios.

—Mataría por una Cocacola, lo mataría a *él* por una Cocacola —se dijo entre dientes—. Si se me presentara la oportunidad lo mataría.

Podría matar a Casanova. Podría cometer un asesinato. He llegado hasta ese punto ¿verdad? Al pensar esto debió contener un sollozo.

Finalmente Naomi habló con una voz fuerte y decidida.

—Kristen, ¿me puedes escuchar? ¿Kristen? ¡Soy Naomi Cross!

Estaba temblando y tibias lágrimas rodaban por sus mejillas. Ella se había revelado contra él y contra sus sagradas reglas de mierda.

Ojos verdes contestó de inmediato. La voz de la otra mujer sonó muy agradable.

—¡Te escucho, Naomi! Creo que estoy apenas a unas puertas de ti. Te oigo bien. Sigue hablando, estoy segura de que él no está aquí.

Naomi dejó de pensar en lo que estaba haciendo. A lo mejor él no estaba allí y a lo mejor sí. Ya no importaba.

—Nos va a matar —le replicó—. ¡Hay algo diferente en él! Con seguridad nos va a matar. Si pensamos hacer algo, tendremos que hacerlo a la primera oportunidad.

—¡Naomi tiene razón! —la voz de Kristen sonaba algo amortiguada, como si estuviera hablando desde el fondo de un foso—. ¿Escuchan todas a Naomi? ¡Por supuesto que sí!

—Tengo una idea para que todas consideren —dijo Naomi levantando el tono de su voz. Ahora sí que quería que continuara esta comunicación. Tenían que escucharla todas, todas las mujeres atrapadas—. La próxima vez que nos reúna tenemos que intentarlo. Si nos abalanzamos todas contra él, puede ser que algunas resulten heridas, ¡pero no podrá detenernos a todas! ¿Qué les parece?

Justo en ese momento en la puerta de madera del cuarto de Naomi se abrió una rendija que dejó colar algo de luz.

Naomi observó horrorizada cómo se abría la puerta. Se sintió paralizada, no podía moverse, no podía decir una palabra.

Su corazón desbocado le palpitaba dolorosamente en el pecho y no conseguía recobrar el aliento. Sintió como si se fuera a morir. Él había estado allí, esperando, escuchando todo el tiempo.

La puerta se abrió de par en par.

—Hola, mi nombre es Will Rudolph —dijo con una voz agradable el hombre alto y apuesto que se encontraba en el umbral—. Me gusta mucho tu plan, pero no creo que funcione. Déjame decirte por qué.

CAPÍTULO 86

Estaba en el aeropuerto internacional de Raleigh-Durham, un poco antes de las nueve de la mañana. Llegaba la "caballería". Un refuerzo de tropas. El equipo Sampson volvía a la ciudad.

En contraste con el terror y la paranoia que reinaban en las calles de Durham y Chapel Hill, los madrugadores hombres y mujeres de negocios con sus trajes oscuros y bien planchados y vestidos floreados de Neiman Marcus y Dillard, *parecían estar completamente inconscientes del peligro circundante.* Me gustaba eso. Felices ellos. Negar que existan peligros es otra manera de afrontarlos.

Al fin vi a Sampson que cruzaba por la puerta de salida de USAir con zancadas largas y decididas. Agité mi periódico local a manera de saludo. Era ya característico que yo saludara con la mano y que el Hombre-montaña no lo hiciera. Sin embargo, reconoció mi presencia con una leve y citadina inclinación de cabeza. Mala para los huesos. Justo lo que el doctor me había dicho.

Actualicé a Sampson sobre los últimos descubrimientos durante el trayecto desde el aeropuerto hasta Chapel Hill.

Necesitaba investigar el área del río Wykagil. Era otra de esas corazonadas mías, pero podía llevar a algo... por ejemplo a la ubicación de la "casa que desaparece". Me había asesorado del Dr. Freed, un mentor y exprofesor de Seth Samuel. El profesor Freed era un notable historiador negro especialista en la Guerra Civil, un período que también me interesaba a mí. Los esclavos y la Guerra Civil en Carolina del Norte... De manera particular, el ferrocarril clandestino que había sido utilizado por los esclavos para escapar hacia el norte.

Al irnos adentrando en Chapel Hill, Sampson pudo comprobar con sus propios ojos el impacto que los espeluznantes crímenes y secuestros habían tenido sobre el antes pacífico pueblo universitario. El ambiente de pesadilla me hacía pensar en algunos de mis viajes en el metro de Nueva York. También me traía recuerdos de mi ciudad, la capital de la nación. La gente se apresuraba por las pintorescas calles con las cabezas gachas. Ya no había contacto visual, especialmente con las personas extrañas al lugar. La confianza había sido reemplazada por el temor y el recelo. Se había desvanecido la agradable atmósfera propia de las ciudades pequeñas.

—¿Crees que Casanova disfruta de este ambiente sacado de *La invasión de los raptores de cuerpos?* —preguntó Sampson mientras cruzábamos las calles que lindaban con el campus de la universidad de Carolina, anterior sede de Michael Jordan y muchas otras estrellas del baloncesto.

—Creo que ha aprendido a disfrutar del hecho de ser una pequeña celebridad local, sí. Le gusta jugar este juego. Se siente particularmente orgulloso de su trabajo, de su obra de arte.

—¿No le gustará cubrir un paisaje más grande? ¿Unos lienzos más amplios, por decirlo así? —preguntó Sampson mientras ascendíamos por las suaves lomas que aparentemente le daban su nombre al pueblo universitario.

—De eso todavía no estoy tan seguro. Puede ser un asesino en serie muy territorial. Algunos de ellos lo han sido: Richard Ramírez, El hijo de Sam, el asesino del *Green River.*

Luego le comenté a Sampson sobre mi teoría del hermanamiento. Mientras más la pensaba, más acertada me parecía. Hasta el FBI estaba comenzando a darle cierta credibilidad.

—Los dos deben compartir un gran secreto. El hecho de que rapten mujeres hermosas es sólo una parte. Uno de ellos se cree un amante, un artista. El otro es un asesino brutal, un asesino en serie típico. El uno complementa al otro, se corrigen sus mutuas debilidades. Juntos me parece que son virtualmente imparables. Lo que es más importante, creo que ellos también lo piensan así.

—¿Cuál de los dos es el líder? —preguntó Sampson, una pregunta muy buena. Surgía de manera totalmente intuitiva. Ese era su modo habitual de solucionar los problemas.

—Yo diría que es Casanova. Es definitivamente el más imaginativo de los dos. Es el que aún no ha cometido errores graves. Pero el Caballero no se siente muy cómodo de segundón. Seguro que se mudó a California para ver si tenía éxito por sí solo. Y no lo tuvo.

—¿Entonces Casanova es ese lascivo profesor universitario? ¿El doctor Wick Sachs? ¿El profesor pornográfico del que me hablaste? ¿Es ese nuestro hombre, Tigre?

A través del asiento delantero miré con el rabillo del ojo a Sampson. Entrábamos en materia. Conversación de policías.

—Algunas veces creo que es Sachs y que es tan endemoniadamente inteligente y astuto que *puede permitirse que sepamos quién es.* Se divierte mortificándonos. Ese podría ser su ulterior juego de poder.

Sampson asintió con un breve movimiento de cabeza:

—Y las otras veces, doctor Freud, ¿cuál es su proceso alternativo de pensamiento sobre el doctor Sachs?

—Las otras veces me pregunto si Sachs fue inculpado siendo inocente. Casanova es muy brillante y ha sido muy cuidadoso. Parece esparcir desinformación de tal forma que tiene a todo el mundo tras su propia cola. Hasta el mismo Kyle Craig está últimamente tenso y medio desquiciado.

Sampson mostró por fin sus grandes y blancos dientes. No estaba muy seguro de si era una sonrisa o si se disponía a morderme.

—Maldición, entonces por lo visto llegué aquí en el momento crítico.

Cuando disminuí de velocidad para hacer un pare, se nos abalanzó revólver en mano un hombre que salió de un auto que estaba estacionado. No alcancé a hacer nada para detenerlo. Sampson no alcanzó a hacer nada para detenerlo.

El pistolero apuntaba una Smith y Wesson directo a mi cara, contra uno de mis pómulos.

¡Fin del juego!, pensé.

¡Jaque!

—Policía de Chapel Hill —gritó el hombre a la ventana abierta—. Salgan del condenado auto y asuman la posición de requisa.

CAPÍTULO 87

Por lo visto llegaste en el momento crítico –le dije a Sampson entre dientes. Nos apeamos del auto muy lenta y cuidadosamente.

–Así parece –contestó él–. No te pongas impertinente ahora, Alex, no vaya a ser que nos disparen o nos golpeen. No estoy preparado para apreciar la ironía.

Creí saber lo que estaba sucediendo y eso me enfureció. Sampson y yo éramos "sospechosos". ¿Por qué lo éramos? Simplemente porque éramos un par de hombres negros transitando por las calles de Chapel Hill a las diez de la maldita mañana.

Me daba cuenta de que Sampson estaba furioso también, pero que manejaba la ira a su manera. Fingía una sonrisa y meneaba su cabeza hacia adelante y hacia atrás.

–Estupendo –dijo–. Esto sí que no tiene precio.

Otro detective de Chapel Hill apareció para ayudar a su compañero. Eran un par de tipos de apariencia dura, entre los veinticinco y los treinta años. Con el pelo más bien largo. Bigotes. Cuerpos musculosos y firmes, probablemente labrados en el gimnasio de la policía. Nick Ruskin y Dave Sikes en pleno entrenamiento.

–¿Creen que esto es en chiste? –dijo el otro oficial con un tono tan bajo que casi no se le entendían las palabras–. ¿Te crees muy gracioso "boy"? –le preguntó a Sampson. Había sacado un bolillo y lo tenía sobre la cadera, listo para golpear.

–Fue lo más gracioso que se me ocurrió –dijo Sampson, con un vestigio de sonrisa. No le tenía miedo a los bolillos.

Mi cuero cabelludo hervía y sentía gotas de sudor que me descendían lentamente por la espalda. No recordaba haber sido requisado últimamente y no me gustaba en lo más mínimo. Sentí que todas las cosas malas que me habían sucedido desde mi llegada eran mínimas. Y no porque requisar negros fuera una práctica exclusiva del estado de Carolina o en general del sur.

Comencé a decirles a los policías quiénes éramos.

—Mi nombre es...

—¡Cállate imbécil! me espetó uno de ellos dándome un golpe en el coxis. No lo suficientemente fuerte como para dejar un hematoma, pero me dolió como un corrientazo. De hecho, me dolió de distintas maneras.

—Este me parece que está vuelto mierda, mira esos ojos inyectados de sangre —le dijo el de la voz cavernosa a su compañero—. Está drogado —se estaba refiriendo a mí.

—Soy Alex Cross. Soy un policía detective, grandísimo *hijo de perra* —le grité de repente—. Estoy participando en la investigación sobre Casanova. ¡Llamen a los detectives Ruskin y Sikes ahora mismo! ¡Llamen a Kyle Craig del FBI!

Al tiempo que terminaba la frase di un giro rápido y golpeé en la garganta al policía que tenía más cerca. Cayó al suelo como una piedra. Su compañero saltó en su ayuda, pero Sampson lo tenía en la acera antes de que pudiera hacer algo demasiado tonto. Extraje el revólver del primero con la misma facilidad con la que hubiera podido desarmar a un alborotador de catorce años en el D.C.

—¿*Que asuma la posición de requisa?* —le dijo Sampson a su "sospechoso". No había regocijo alguno en su voz profunda—. ¿A cuántos de mis hermanos les has impuesto esta mierda. A cuántos jóvenes has llamado "boys" y humillado así?... ¿Crees que tienes la más puta idea de cómo son sus vidas? Me enfermas.

—Ustedes saben de sobra que el asesino en serie, Casanova, no es negro —les dije a los desarmados policías de Chapel Hill—. Y esto que acaba de pasar no se queda así; les doy mi palabra.

—Ha habido una serie de robos en este vecindario —dijo uno de ellos. De repente sonaba contrito, al igual que tantas empresas norteamericanas de repente "muy apenadas" de sus prácticas racistas. Ya ese baile lo conocemos de sobra: patada en el culo, lo siento, patada en el culo, disculpe...

—¡Guárdense sus disculpas de mierda! —les dijo Sampson mientras los apuntaba con su revólver para que los policías recibieran su propia dosis de humillación.

Sampson y yo regresamos a nuestro auto. Nos quedamos con los revólveres de los detectives. Los *souvenirs* del día. Ya verían ellos cómo se lo explicaban a sus jefes en la estación de policía.

—¡Hijos de puta! —exclamó Sampson mientras nos alejábamos del lugar. Golpeé el timón con la palma de la mano. Luego, le di un segundo golpe. Esta escena me había afectado más de lo que creía. ¿O era que ya estaba muy herido y frágil en este momento?

—Nos libramos de esos muchachos como si fueran colegiales —dijo Sampson. Esas expresiones imbéciles de racismo hacen que la adrenalina fluya y que la sangre hierva. Ayuda a que los demonios se pongan en movimiento. Eso es bueno—. Ya me encuentro en el estado de animo adecuado.

—Cuánto me alegra volver a ver tu horrible cara —le dije a Sampson. Tuve que sonreír, por fin. Ambos sonreímos. Un momento después estábamos los dos riéndonos a carcajadas en el auto.

—A mí también me alegra volver a verte, Azúcar moreno. Te alegrará saber que todavía te ves bien. No se te nota demasiado la tensión. Bueno, manos a la obra de una vez. ¿Sabes una cosa? Me da lástima del pobre psicópata si lo agarramos justamente hoy... lo cual es muy probable, debo añadir.

Samson y yo también estábamos hermanándonos. Resultaba tan agradable como siempre.

CAPÍTULO 88

Sampson y yo encontramos al decano Browning Lowell haciendo ejercicio en el nuevo gimnasio para profesores en Allen Hall dentro del campus de Duke. El gimnasio tenía lo último en equipos de formación de masa muscular y tonificación: relucientes máquinas neumáticas, escaladores, caminadores, *Gravitrons*.

El decano Lowell estaba alzando pesas. Necesitábamos hablarle de Wick Sachs, doctor en pornografía.

Sampson y yo observamos a Browning Lowell efectuar una difícil serie de ejercicios de brazos, seguida por encogimiento y estiramiento de piernas. Se trataba de una demostración impresionante, incluso para un par de ratones de gimnasio como nosotros dos. Lowell era en realidad un especimen admirable.

—Así es como luce un dios olímpico visto de cerca —dije cuando atravesábamos el gimnasio para llegar hasta donde él estaba. De los parlantes colgados de la pared salía la voz de Whitney Houston, haciendo que todos aquellos profesores inflaran sus músculos al máximo.

—*Estás caminando* con un dios olímpico —me recordó Sampson.

—Es fácil olvidarlo estando en la presencia de aquellos que aun siendo grandiosos son humildes —le contesté con una sonrisa.

El decano Lowell levantó la vista al escuchar el martilleo de los zapatos de calle en el pulido piso del gimnasio. Su sonrisa era amistosa y cordial. El buenazo de Browning Lowell. De hecho parecía un buen tipo. Y él hacía lo que fuera necesario para crear esa impresión.

Me urgía tener la mayor cantidad posible de detalles que me pudiera proporcionar alguien de la institución y en el menor tiempo posible. En alguna parte de Carolina del Norte tenía que estar la pieza faltante del rompecabezas que comenzaría a dar coherencia a todos estos crímenes e intrigas. Presenté a

Sampson y omitimos la consabida charla protocolaria. Fui directo y le pregunté a Lowell qué sabía sobre Wick Sachs.

El decano fue extremadamente colaborador, al igual que lo había sido en nuestra primera entrevista.

—Sachs es el "dañado" de nuestro campus, lo ha sido desde hace una década. Toda universidad parece tener por lo menos uno —comentó Lowell frunciendo el ceño profundamente. Noté que hasta su ceño era musculoso—. Sachs es conocido como el Doctor Sucio. Sin embargo, ya tiene el rango de profesor titular y nunca ha sido atrapado haciendo algo indiscutiblemente indebido. Me imagino que le debería conceder al doctor Sachs el beneficio de la duda, pero no lo voy a hacer.

—¿Ha escuchado hablar alguna vez sobre la colección de libros exóticos y de películas que tienen en su casa? ¿Pornografía disfrazada de erotismo? —Sampson decidió hacer esta pregunta por mí.

Lowell interrumpió sus vigorosos ejercicios. Nos miró durante un momento antes de comenzar a hablar de nuevo.

—¿El doctor Sachs es un serio sospechoso de las desapariciones de las jóvenes?

—Hay muchos sospechosos, decano Lowell. No puedo adelantarle nada más en este momento —le contesté con la verdad.

Lowell asintió.

—Respeto su criterio, Alex. Déjenme decirles algunas cosas de Sachs que pueden ser importantes —dijo. Para entonces había suspendido sus ejercicios. Comenzó a secarse con una toalla el cuello y los voluminosos hombros. Su cuerpo parecía de piedra pulida. Continuó hablando mientras se secaba meticulosamente—. Déjenme comenzar por el principio: Hace ya algún tiempo ocurrió aquí un asesinato infame, el asesinato de una pareja. Eso fue en el ochenta y uno. Wick Sachs aún no se había graduado, era un estudiante de artes liberales, muy brillante por cierto. Por ese entonces, yo ya estaba haciendo un postgrado. Cuando me nombraron decano, me enteré de que Sachs había sido uno de los sospechosos de la investigación del crimen, pero que había sido declarado totalmente inocente. No se encontró evidencia de que hubiese estado comprometido en manera alguna. Desconozco los detalles, pero ustedes los podrían investigar personalmente con la policía de Durham. Sucedió en la primavera del ochenta y uno. Los estudiantes asesinados se llamaban Roe Tierney y Tom Hutchinson. Recuerdo que fue un gran escándalo. Por aquellos días un solo asesinato podía conmocionar a toda la comunidad. La cuestión es que el caso nunca fue resuelto.

—¿Por qué no había mencionado esto antes? —le pregunté a Lowell.

—El FBI lo sabía todo al respecto, Alex. Se lo dije yo mismo. Sé que hablaron con el doctor Sachs hace unas cuantas semanas. Mi impresión es que no estaba bajo sospecha y que ellos habían decidido que no había ninguna conexión con el anterior caso de asesinato. Estoy absolutamente seguro de ello.

—De acuerdo —le dije al decano, y en seguida le pedí otro gran favor. Le pregunté si podía desempolvar de nuevo cualquier cosa que el FBI hubiera solicitado inicialmente sobre Sachs. También deseaba ver el anuario de Duke de la época en que Sachs y Will Rudolph eran compañeros. Tenía pendiente una importante tarea sobre la clase del ochenta y uno.

Alrededor de las siete de esa noche, Sampson y yo nos reunimos de nuevo con la policía de Durham. Entre otros, también hicieron acto de presencia los detectives Ruskin y Sikes. Ellos también estaban sintiendo una presión enorme.

Nos llamaron a un lado antes de iniciar la actualización sobre el caso de Casanova. La tensión los había alcanzado, bajándoles un poco el vapor.

—Escuchen, ustedes ya han trabajado antes en casos grandes y complicados como este —dijo Ruskin. Como de costumbre, casi siempre era él quien tomaba la palabra. Daba la impresión de que a Dave Sikes no le gustábamos mucho más de lo que le habíamos gustado el día en que nos conoció.

—Soy consciente de que al principio mi compañero y yo nos comportamos un poco territorialmente. Sin embargo, quiero que sepan que lo único que nos interesa en este momento es que se acaben *los asesinatos ahora mismo* —Sikes asintió con su cabeza grande como un bloque de ladrillo—. Queremos echarle mano a Sachs. El problema es que, como siempre, nuestros superiores nos tienen girando en círculo.

Ruskin sonrió y enseguida yo hice lo mismo. Todos habíamos padecido por culpa de políticas internas. Aún no confiaba en los detectives policiales de Durham. Estaba seguro de que nos querían mantener a raya.

Tenía la sensación de que nos estaban ocultando alguna evidencia.

Los detectives de homicidios de Durham nos dijeron que estaban empantanados con la investigación de todos los médicos del área que tuvieran algún tipo de antecedente criminal. Wick Sachs era el principal sospechoso, pero no el único.

Todavía existía el riesgo de que Casanova resultara ser alguien de quien ni siquiera hubiéramos escuchado hablar. Era así como muchas veces sucedía en los casos de asesinatos en serie. El tipo se encontraba libre y era posible que no tuviéramos ni idea de quién era. Esa era la parte más espantosa de todas, además de ser la más frustrante.

Nick Ruskin y Sikes nos llevaron a Sampson y a mí a una cartelera de sospechosos que habían instalado. En este momento había inscritos diecisiete nombres. Cinco eran médicos. Kate había sospechado desde el principio que Casanova era médico. Kyle Craig también.

Leí la lista de médicos.

Dr. Stefan Romm
Dr. Francis Constantini
Dr. Richard Dilallo
Dr. Miguel Fesco
Dr. Kelly Clark

Me pregunté una vez más si varias personas podrían estar involucradas de alguna forma en la casa de los horrores. ¿O Wick Sachs era nuestro hombre? ¿Era él Casanova?

—Usted es el gran gurú —dijo Dave Sikes de repente, al tiempo que se recostaba sobre mi hombro—. ¿Quién es él, amigo mío? Ayude a estos palurdos locales. Agarre al coco, doctor Cross.

CAPÍTULO 89

Tarde esa noche, Casanova se puso de nuevo en acción. Estaba otra vez cazando. Se había privado de esa emoción durante los últimos días, pero esta iba a ser una noche importante.

Sorteó con facilidad los dispositivos de seguridad del extenso complejo del centro médico universitario a través de una pequeña puerta de metal gris en el área de estacionamiento reservada para los médicos. En el camino hacia el sitio adonde iba, pasó delante de varias enfermeras parlanchinas y adustos médicos jóvenes. Algunos le hacían una venia al pasar y hasta le dirigían sonrisas.

Como siempre, Casanova encajaba a la perfección dentro del ambiente en el que se movía. Podía ir a cualquier parte y por lo general lo hacía.

Mientras que se apresuraba por los esterilizados corredores del hospital, su cabeza estaba ocupada en discernir importantes y complicados cálculos sobre su futuro. Había tenido un desempeño muy exitoso aquí en el Triángulo de Investigación, al igual que en el suroriente, pero después de todo, aquello estaba llegando a su fin. A partir de esta noche.

Alex Cross y otros investigadores insistentes se estaban acercando demasiado a él. Incluso la policía de Durham se estaba poniendo peligrosa. Él era un "asesino territorial". Conocía la inadecuada terminología que utilizaban para clasificarlo. Tarde o temprano alguien iba a encontrar la casa. O lo que era peor aún, alguien lo iba a encontrar a él por pura casualidad, en un arranque de suerte.

Sí, había llegado el momento de ponerse en movimiento. *Tal vez él y Will Rudolph deberían mudarse a Nueva York,* pensó. *O a la soleada Florida. Arizona podía resultar placentera. Pasar la estación del otoño en Tempe o en Tucson... animadas ciudades universitarias repletas de presas. O tal vez se podrían establecer cerca de uno de los inmensos campus de Texas. Se suponía que Austin era agradable. ¿O Urbana, Illinois? ¿Madison, Wisconsin? ¿Columbus, Ohio?*

Aunque también se inclinaba por Europa, bien fuera Londres, Munich o París. Su versión del *Gran Tour*. Tal vez ese era el concepto adecuado para los tiempos cambiantes. Verdaderamente un viaje de lujo para los chicos genios. ¿Quién necesitaba ir a ver a Drácula cuando había monstruos de verdad merodeando las ciudades día y noche?

Casanova se preguntaba si alguien había logrado seguirlo al laberinto del centro médico. ¿Tal vez Alex Cross? Era una posibilidad. El doctor Cross había dado relativas muestras de persistencia en el pasado. Él había capturado en el D.C. a aquel abusador de niños poco imaginativo, a aquel psicópata asesino de la variedad de jardín infantil. Cross tenía que ser eliminado antes de que él y Will Rudolph se marcharan del área en busca de cosas más grandes y mejores. Si no, Cross era capaz de seguirlos hasta el infierno.

Casanova pasó a la torre dos del laberíntico y bizantino complejo hospitalario. Este era el camino hacia la morgue del hospital y a la sección de mantenimiento, de modo que el tráfico de peatones era por lo general más liviano.

Revisó el corredor largo y blancuzco que dejaba detrás de él. *Ningún seguidor.* Nadie con ganas de liderar en esta era insensible y absurda.

Tal vez ellos *no* sabían aún sobre él. A lo mejor no habían dilucidado nada específico. Pero eventualmente lo harían. *Existían* algunas pistas. Podía hacerse un seguimiento desde la época de Roe Tierney y Tom Hutchinson. El asesinato sin resolver de la pareja dorada. El verdadero comienzo para él y Will Rudolph. Cómo se alegraba de que su amigo hubiera regresado. Siempre se sentía mejor cuando sabía que Rudolph estaba cerca. Rudolph sí *entendía* lo que eran el deseo y la libertad. Rudolph lo entendía a *él* como nadie más lo había entendido jamás.

Casanova comenzó a descender rápidamente por un reluciente corredor de la torre dos del centro médico.

A medida que avanzaba con mayor rapidez, el eco que hacían sus pasos resonaba por los corredores vacíos. En unos minutos ya estaba en la torre cuatro, completamente en el otro extremo, en el sector noroeste del hospital.

Miró hacia atrás una vez más.

Nadie lo había seguido. Todavía nadie había adivinado quién era. Quizás nunca lo podrían adivinar.

Casanova salió al área de estacionamiento brillantemente iluminada con una luz casi naranja. Había un jeep negro estacionado cerca al edificio y se subió en él con movimientos desenfadados.

El vehículo tenía placas de médico del estado de Carolina del Norte. Otra de sus *máscaras*.

Nuevamente se sentía fuerte y seguro de sí mismo. Se sentía maravillosamente libre y vivo. Todo esto era estimulante; de hecho, podía ser uno de sus momentos culminantes. Tuvo la sensación de que sería capaz de volar a través de esa noche sedosamente oscura.

Se disponía a cobrar su víctima.

La doctora Kate McTiernan era la próxima, *otra vez*.

La echaba tanto de menos...

La amaba.

CAPÍTULO 90

El Caballero Visitante estaba en acción. El doctor Will Rudolph avanzaba inexorable al abrigo de la noche hacia su confiada presa. Empezaba a segregar sus jugos internos. Que se desbordaban. Iba a hacer una visita a domicilio, como solían hacer los médicos notables como él, por lo menos aquellos verdaderamente dedicados.

Casanova no quería que él deambulara por las calles de Durham o de Chapel Hill. De hecho se lo había *prohibido.* Lo cual era comprensible, pero no posible. Estaban trabajando juntos de nuevo. Además, de noche el daño era mínimo y la recompensa sobrepasaba con creces cualquier riesgo.

Este próximo episodio en el drama tenía que hacerse de forma perfecta y él era el que debía interpretarlo. Will Rudolph estaba seguro. Con esta mujer no tenía ninguna carga emocional. No había talón de Aquiles. Casanova sí lo tenía... Su nombre era Kate McTiernan.

De una forma extraña, pensó, ella se había convertido en su competencia. Casanova se había unido a ella de una manera especial. Estaba muy cerca de ser la "amante" que, según decía tan obsesivamente, estaba buscando. Como tal, ella constituía un peligro para su relación con Casanova.

Mientras conducía hacia Chapel Hill pensaba en su "amigo". Ahora, algo era diferente y aún más satisfactorio entre ellos. Haberse separado durante casi un año los había hecho apreciar más su singular relación. Nunca había sido tan poderosa. No había nadie más con quien pudiera hablar, ni una sola persona.

Qué triste, pensó Rudolph.

Pero también, qué divertido.

Durante su año en California, Will Rudolph había revivido la terrible soledad de su infancia. Había crecido en Fort Bragg, Carolina del Norte y luego en Ashville. Era el hijo de un coronel del ejército, un verdadero hijo del sur. Desde muy muy joven había sido lo suficientemente listo como para mantener una fachada: estudiante con honores, educado, colaborador, de atributos sociales incomparables. El caballero perfecto. Nadie había adivinado la verdad sobre sus deseos y necesidades... razón por la cual su soledad le había resultado tan insoportable.

Sabía muy bien cuándo había llegado a su fin la soledad. Exactamente cuándo y dónde. Recordó el primer encuentro vertiginoso con Casanova. Había tenido lugar justo en el campus de Duke y había sido una reunión peligrosa para ambos.

El Caballero recordaba la escena con nitidez. Tenía un cuarto pequeño, como cualquier otro estudiante en el campus. Casanova se había aparecido una noche, bien pasada la medianoche, más bien hacia las dos de la mañana. Por poco lo mata del susto.

Parecía muy seguro de sí mismo cuando Rudolph le abrió la puerta y lo vio ahí parado. Había una película de suspenso llamada *La soga.* Esa escena le recordó la película de inmediato.

—¿Me vas a invitar a seguir? No creo que te guste que lo que tengo que decirte se haga público aquí en medio del corredor.

Rudolph lo había dejado entrar. Cerró la puerta. Su corazón latía atronadoramente.

—¿Qué deseas? Por Dios, son casi las dos de la madrugada.

La sonrisa de nuevo. Tan engreído. Sabihondo.

—Mataste a Roe Tierney y a Thomas Hutchinson. A ella la estuviste acechando durante más de un año. Conservas un recuerdo amoroso de Roe aquí mismo en tu cuarto, su lengua, creo.

Fue el momento más dramático en la vida de Will Rudolph. Alguien sabía a ciencia cierta quién era él. Alguien lo había descubierto.

—No te alarmes. También sé que no hay forma de que *prueben* que tú fuiste el que cometió los crímenes. Cometiste crímenes perfectos. Bueno, *casi perfectos.* Felicitaciones.

Actuando lo mejor que podía dadas las circunstancias, Rudolph se rió en la cara de su acusador.

—Estás completamente loco. Quiero que salgas de aquí ahora mismo. Esa es la ocurrencia más disparatada que he escuchado.

—Sí, lo es —dijo el acusador—, pero has estado esperando escucharla toda tu vida... Déjame decirte algo más que has estado deseando escuchar. Yo *entiendo* lo que hiciste y por qué lo hiciste. Yo mismo lo he hecho. Me parezco mucho a ti, Will.

Rudolph había sentido en forma inmediata una poderosa conexión. La primera conexión humana verdadera en su vida. ¿Sería eso el amor? ¿Sería posible que el común de la gente sintiera mucho más de lo que sentía él? ¿O se estaban engañando a sí mismos? ¿Simplemente creando grandiosas fantasías románticas alrededor del mundano intercambio de fluidos seminales?

Sumido en sus recuerdos se encontraba ya en su destino final antes de que se diera cuenta. Detuvo su auto bajo un majestuoso y antiguo roble y apagó las luces delanteras. Dos hombres negros estaban parados en el porche de la casa de Kate McTiernan.

Uno de ellos era Alex Cross.

CAPÍTULO 91

Un poco después de las diez, Sampson y yo conducíamos por una calle oscura y tortuosa en las afueras de Chapel Hill. Había sido un largo día para ambos.

Había llevado a Sampson a que conociera a Seth Samuel Taylor, temprano en la tarde. También habíamos hablado con el doctor Louis Freed, exprofesor de Seth. Le conté al doctor Freed mi teoría sobre la "casa que desaparece"; aceptó ayudarme con la investigación para dar con su posible ubicación.

No le había hablado mucho a Sampson de Kate McTiernan. Sin embargo, había llegado el momento de que se conocieran. Yo no sabía exactamente en qué consistía nuestra amistad y Kate tampoco lo sabía. Tal vez Sampson podría clarificar algo después de que la viera. Estaba seguro de que lo haría.

—¿Estás trabajando hasta así de tarde todas las noches? —deseaba saber Sampson a medida que transitábamos por la Callejuela de las Viejas, como la llamaba Kate.

—Hasta que encuentre a Peguita, o admita que no puedo hacerlo —le dije—. Luego pienso tomarme una noche entera libre.

Sampson repuso con una risa divertida:

—Qué diablo eres.

Saltamos fuera del auto y nos dirigimos hacia la puerta. Timbré.

—¿No tienes llaves? —preguntó Sampson socarronamente.

Kate encendió la luz exterior para nosotros. Me pregunté por qué no la mantendría siempre encendida. ¿Porque ahorraría cinco centavos al mes si no la utilizaba? ¿Porque la luz atraía los bichos? ¿Porque era terca, y a lo mejor quería otra oportunidad para enfrentar a Casanova? Esto último era lo más seguro, conociéndola como estaba empezando a hacerlo. Ella deseaba tanto agarrar a Casanova como yo.

Nos abrió la puerta vestida con un viejo buzo gris de sudadera algo andrajoso, unos *jeans* rotos y descalza, con las uñas pintadas juguetonamente de rojo. Su cabellera oscura estaba recogida a la altura del hombro y se veía hermosa. No había modo de negarlo.

—Esta es como la maldita casa del coco —comentó Kate paseando su mirada por el porche.

Me abrazó y me estampó un beso en la mejilla. En mi mente rondaban los recuerdos de la noche anterior. ¿A dónde iría a parar todo esto?, me preguntaba. ¿Era necesario que fuera hacia algún lado?

—Hola, John Sampson —saludó Kate con un vigoroso apretón de mano—. Sé algunas cosas sobre ti, a partir del momento en que se conocieron cuando tenían diez años. Me puedes contar el resto mientras nos tomamos una o dos cervezas frías. Contarme tu versión —añadió sonriendo. Siempre era un placer recibir una de sus bellas sonrisas.

—Así es que tú eres la famosa Kate —le dijo Sampson mientras sostenía su mano y miraba el profundo pozo de sus oscuros ojos—. Escuché que te pagaste tus estudios de medicina trabajando en un restaurante de camioneros o en un sitio por el estilo. También que eres cinturón negro en segundo grado. Una *Nidan* —se rió e hizo una venia respetuosa.

Kate devolvió la sonrisa y la venia.

—Por favor entren y pónganse fuera del alcance de los eternos bichos y del calor infernal. Parece que Alex ha estado hablando a nuestras espaldas. Ya nos las pagará. Te propongo que lo ataquemos en equipo.

—Esta es Kate —le dije a Sampson mientras lo seguía al interior de la casa—. ¿Qué te parece?

Él me devolvió la mirada.

—Tú le gustas por alguna extraña razón. Hasta yo le gusto, lo cual tiene mucho más lógica.

Nos sentamos en la cocina y nuestra conversación fue fácil y

cómoda, como solía serlo siempre con ella. Sampson y yo tomamos cervezas y Kate varios vasos de té helado. Podía percibir
que ella y Sampson se caían bien. No había ninguna razón para
que no fuera así. Los dos eran personas de espíritu independiente, ambos eran listos y generosos.

La puse al corriente de nuestra jornada de trabajo de detectives, de nuestra decepcionante reunión con Ruskin y Sikes, y
ella nos habló sobre su día en el hospital, incluyendo algunos
recuentos palabra por palabra de las notas que había tomado.

—Parece que tienes una memoria fotográfica para complementar el cinturón negro —dijo Sampson, y alzó una ceja del
tamaño de un bumerang—. Con razón que el doctor Alex está
tan embelesado contigo.

—¿Lo estás? —preguntó Kate lanzándome una mirada pícara—. Bueno, tú nunca *me* lo dijiste.

—Aunque no lo creas, Kate no es tan egocéntrica —le dije a
Sampson—. Una enfermedad muy, muy rara de este último
cuarto de siglo. Tal vez se deba a que no ve suficiente televisión.
En cambio, lee demasiados libros.

—Es mala educación analizar a los amigos delante de otros
amigos —me dijo Kate dándome una palmadita en el brazo.

Hablamos un poco más sobre el caso que nos ocupaba. Sobre el doctor Wick Sachs y sus juegos mentales. Sobre el harén.
Las máscaras. La "casa que desaparece". Sobre mi teoría más reciente, que involucraba al doctor Louis Freed.

—Estaba leyendo algo ligero antes de que ustedes llegaran
—nos informó Kate—. Un ensayo sobre la urgencia sexual masculina, la belleza natural y el poder que esta posee. Se refiere a
cómo el hombre moderno intenta distanciarse de su madre, de
la asfixiante madre cósmica. Dice que muchos hombres desean
esta libertad para reforzar su identidad masculina, pero que la
sociedad contemporánea siempre se encarga de frustrarla. ¿Comentarios, caballeros?

—Los hombres serán siempre hombres —comentó Sampson

mostrando sus grandes dientes blancos—. Un botón de muestra. En el fondo seguimos siendo leones y tigres. Nunca conocí a la mamá cósmica, así es que omito mi comentario al respecto.

—¿Qué crees tú, Alex? —me preguntó Kate—. ¿Eres un león o un tigre?

—Hay algunos aspectos en la mayoría de los hombres que nunca me han gustado —le dije—. Somos increíblemente reprimidos. Monocromáticos, por esta misma razón. Inseguros, a la defensiva. Rudolph y Sachs están afirmando su masculinidad hasta el extremo. Se niegan a ser reprimidos por las normas o leyes sociales.

—Bam dum bun —cantó Sampson cuando terminé de hablar, remedando los tambores de un programa de entrevistas.

—Ellos creen que son más listos que todos los demás —dijo Kate—. Al menos Casanova lo cree. Se burla de todos nosotros. Es un cabrón hijo de puta.

—Esa es la razón por la que estoy aquí —le repuso Sampson—; para capturarlo, colocarlo en una jaula y ponerlo a buen recaudo en lo más alto de una montaña. O mejor, emparedarlo vivo en su propia jaula.

El tiempo corrió velozmente. Hasta que llegó el momento en que se estaba haciendo tarde y debíamos partir. Traté de convencer a Kate de que se quedara en un hotel esa noche. Habíamos tratado ese tema en repetidas ocasiones y su respuesta era siempre la misma.

—Gracias por preocuparse por mí, pero no gracias —nos dijo mientras nos acompañaba hasta el porche. No puedo permitir que me capture fuera de mi propia casa. Eso no sucederá. Si él regresa habrá camorra.

—Alex tiene razón en lo del hotel —le dijo Sampson con esa voz suave que tenía reservada para sus amigos. Estaba muy claro: una doble recomendación de dos de los mejores policías de los alrededores.

Kate negó con la cabeza y comprendí que era inútil insistir sobre el tema.

—Pueden estar tranquilos, estaré bien, lo prometo —dijo ella.

No le pregunté a Kate si podía quedarme, aunque deseaba hacerlo. No sabía siquiera si ella quería que yo me quedara. Resultaba un poco complicado con Sampson ahí. Supongo que le hubiera podido dejar mi auto para que regresara, pero ya eran algo más de las nueve y media. De cualquier manera, todos necesitábamos algo de sueño. Finalmente Sampson y yo nos marchamos.

—Muy agradable. Una mujer muy interesante. *Muy* lista. No es tu tipo —observó Sampson mientras nos alejábamos de la casa. Viniendo de él era un resumen muy, muy extraño—. Más bien es mi tipo de mujer —añadió.

Cuando llegamos al final de la calle, me di vuelta para mirar la casa una vez más. Hacía más fresco ahora, la temperatura estaba alrededor de los veinte grados y Kate ya había apagado la luz del porche y había entrado. Era una mujer testaruda, pero lista. Era eso lo que le había permitido terminar sus estudios en la Facultad de Medicina. Lo que la había llevado a soportar las muertes de sus seres queridos. Ella estaría bien, siempre lo había estado.

Sin embargo, al regresar al hotel llamé a Kyle Craig.

—¿Cómo está nuestro hombre? —le pregunté.

—Sachs está muy bien. Ya se ha ido a la camita. No te preocupes.

CAPÍTULO 92

Después de que la buena compañía había partido, Kate revisó y volvió a revisar cuidadosamente cada puerta y cada ventana de su apartamento. Todo estaba con seguro y cerrado a cal y canto. Sampson le había caído bien desde un primer momento. Era grandote y aterrador, agradable y aterrador, dulce y aterrador. Alex le había presentado a su mejor amigo y eso le gustaba.

A medida que efectuaba su ronda de seguridad, su revisión del "hogar dulce hogar", acariciaba la idea de una nueva vida, lejos de Chapel Hill, lejos de todo lo terrible y malo que había sucedido aquí. *Diablos, estoy viviendo una película de Hitchcock,* pensó, *si Alfred Hitchcok hubiera vivido lo suficiente para ver y reaccionar ante la locura y el horror de los noventa.*

Exhausta, finalmente se fue a la cama. Con asco, sintió migas de pan o de algo que rozaba sus piernas. Aquella mañana no había tendido la cama.

Últimamente estaba dejando de hacer muchas cosas y eso también le daba rabia. Se había impuesto una programación que le permitiría terminar el año de internado durante la primavera. Ahora no sabía si lo iba a lograr antes del final del verano.

Kate se subió las cobijas hasta el mentón, a pesar de que ya estaban a principios de junio. Se estaba volviendo excesivamente cobarde. Sabía que su ansiedad no desaparecería mientras que el monstruo de Casanova anduviera por ahí suelto. Pensó en aniquilarlo. Su primera y única fantasía violenta hasta la fecha. Se imaginaba yendo a la casa de Wick Sachs. Ojo por ojo. Recordó el pasaje correspondiente en el Libro del Éxodo. Claro, una memoria fotográfica.

De verdad le habría gustado que Alex se quedara, pero no quería avergonzarlo delante de Sampson. Quería hablar con Alex como siempre lo había hecho y más que nada, deseaba que estuviera allí con ella. Aquella noche hubiera querido estar en sus brazos. Tal vez algo más que sólo estar en sus brazos. Tal vez estaba lista para algo más. Poco a poco.

No estaba segura de seguir siendo creyente, si es que creía en algo. Últimamente estaba rezando, así es que tal vez sí creyera. Oraciones de memoria, pero de todos modos oraciones. *Padre nuestro que estás... Dios te salve María llena eres...* Se preguntaba si mucha gente hacía lo mismo. "Me encanta la idea de que existas, Dios mío", murmuró finalmente. "Por favor, que a Ti también te encante la idea de que yo exista."

No podía dejar de obsesionarse con Casanova, con el doctor Wick Sachs, con la misteriosa casa de horrores que desaparece y con las pobres mujeres que aún permanecían allí atrapadas. Pero ya estaba tan acostumbrada a las continuas y aterradoras pesadillas que al final se fue adormeciendo.

No lo escuchó entrar en la casa.

CAPÍTULO 93

Tic-tock *Tick-tock.*

Finalmente escuchó un ruido. Crujió un tablón hacia el lado derecho de la alcoba.

Un sonido diminuto, casi imperceptible... pero inequívoco.

Aquello no era su imaginación, ni era un sueño. Sintió que él estaba de nuevo en su habitación.

Que sea un pensamiento alocado; que sea la escena de una pesadilla; que todo este mes pasado no sea más que una pesadilla que me ha asaltado.

¡Oh Jesús, oh Dios, no!, pensó.

Él estaba dentro de su habitación. ¡Había regresado! Era algo tan horrible que no podía creer que estuviera sucediendo.

Kate retuvo el aliento hasta que el pecho le dolió y amenazó con explotar. Nunca había creído que de verdad iba a volver.

Ahora se daba cuenta de que se trataba de un terrible error. El peor de su vida, pero no el último que se le permitiera, al menos eso esperaba.

¿Quién podía ser este hombre tan absolutamente chiflado? ¿La odiaría tanto como para arriesgarlo todo? ¿O sería que este enfermo y patético cabrón creía amarla tanto?

Se incorporó tensamente en el borde de la cama y escuchó con toda su atención. Estaba lista a saltar sobre él. El sonido se repitió... *un diminuto crujido.* Provenía del lado derecho de la alcoba.

Por fin pudo ver la totalidad de la oscura silueta de su cuerpo. Tragó aire con ansiedad y estuvo a punto de sofocarse.

Ahí estaba, el maldito de los infiernos.

Una energía poderosa y cargada de odio, similar a una corriente eléctrica, surgió entre ellos. Los ojos finalmente se encontraron. Aun en la oscuridad sus ojos parecían quemarla con la mirada. Ella recordaba tan bien sus ojos...

Kate trató de rodar por la cama para esquivar el primer golpe.

La arremetida fue rápida e intensa. No había perdido su agilidad. Sintió un dolor atroz en el hombro y en la parte inferior del costado izquierdo.

Su entrenamiento de karate le permitió de alguna forma mantenerse en movimiento. Pura testarudez. Una voluntad de vivir que se había convertido en su sello característico. Se encontraba ya fuera de la cama. Completamente en pie de lucha. Lista para enfrentarlo.

—Otra equivocación —murmuró ella—. Esta vez de tu parte.

Vio de nuevo la silueta. Esta vez contra la luz de la luna que entraba por la ventana. El temor y el odio hicieron presa de ella. Sintió como si su corazón estuviera a punto de detenerse, que simplemente iba a dejar de funcionar.

Le propinó al hombre una poderosa patada voladora. Le dio de lleno en la cara y alcanzó a escuchar el crujido de un hueso. Un sonido horrible, pero maravilloso en ese momento.

Se escuchó un profundo quejido. ¡Lo había herido!

Ahora hazlo de nuevo, Kate. Se balanceó, se movió y lanzó una patada en la oscuridad, propinándole un golpe en el estómago. De nuevo hubo un quejido de dolor.

¿Qué te parece? —le gritó Kate—. ¿Qué te está pareciendo?

Lo tenía en su poder y esperaba que no fuera a perderlo esta vez. Ella sola iba a capturar a Casanova. Estaba más que pasada la hora de capturarlo. Sin embargo, primero lo iba a golpear hasta hacerle daño.

Le dio un puñetazo de nuevo. Corto, sólido, a la velocidad de un rayo, y poderoso. Una sensación más satisfactoria de lo que jamás habría podido imaginarse. El hombre daba traspiés y se quejaba en voz alta.

Su cabeza retrocedió con violencia mientras sus cabellos volaban por los aires. Ella lo quería *abajo,* en el piso. Tal vez inconsciente. Luego encendería la luz. Después posiblemente lo patearía mientras estaba en el suelo.

—Eso fue sólo un calentamiento cariñoso —le dijo—. Para empezar.

Vio cómo se tambaleaba frente a ella. Ya iba a caer.

¡Uf! De repente algo o alguien la golpeó con fuerza en la espalda. El golpe le sacó todo el aire de los pulmones.

No podía creer que hubiera sido emboscada. Un dolor intenso recorría su cuerpo, como si le hubieran dado un tiro.

¡Uf!

La golpearon de nuevo.

Había *dos* de ellos en la habitación.

CAPÍTULO 94

Kate sintió un dolor apabullante, pero permaneció de pie y, por fin, vio al segundo hombre en el cuarto. Este tomó impulso y le dio un golpe en la frente. Escuchó algo así como un *timbre* metálico y al suelo, se derrumbó. En realidad, sintió *que se vaporizaba*. Su cuerpo rebotó en las tablas.

Un par de voces flotaban sobre ella. Dos monstruos dentro de su alcoba. Una pesadilla en estéreo.

—No deberías estar aquí —Kate reconoció la voz de Casanova, que se dirigía al segundo intruso. El demonio detrás de la puerta número dos. ¿El doctor Will Rudolph?

—Sí, yo soy el que debería estar aquí. Yo no estoy involucrado con esta estúpida perra, ¿verdad? Ella me importa un bledo. Piénsalo. Usa tu inteligencia.

—Está bien, está bien, Will. ¿Qué quieres hacer con ella? —habló Casanova de nuevo—. Este es tu *show*, ¿no es eso lo que deseas?

—Personalmente, me gustaría devorarla. De mordisco en mordisco —dijo el doctor Will Rudolph—. ¿Te parece demasiado?

Se rieron como un par de amigotes que hablaran de deportes en un bar. Kate sentía que se desvanecía. *Se estaba yendo. ¿Hacia dónde iba?*

Will Rudolph dijo que le había comprado *flores* a ella. Ambos comenzaron a reírse del chiste. Estaban cazando juntos de nuevo. Nadie podía detenerlos. Kate podía sentir el olor corporal de los dos, un fuerte almizcle de macho que parecía combinarse en una sola y dominante presencia.

Kate se mantuvo consciente durante largo rato. Luchó con todas sus fuerzas. Era testaruda, voluntariosa y orgullosa en extremo. Finalmente la luz se apagó para ella como un tubo de un anticuado televisor. Una escena borrosa, luego un pequeño punto de luz y, por último, la oscuridad total. Era así de simple, así de prosaico.

Cuando los dos hombres terminaron, encendieron la luz de

la alcoba, de tal forma que todos los admiradores de Kate Mc-
Tiernan pudieran verla bien.

Asesinada *más* que a sangre fría.

CAPÍTULO 95

Mis brazos y piernas temblaban de forma incontrolable mientras trataba de conducir los siete u ocho kilómetros que separan a Durham de Chapel Hill. Hasta los dientes me castañeteaban con fuerza.

Tuve que estacionar en el bulevar Chapel Hill-Durham, pues de lo contrario iba a acabar estrellándome.

Me encontraba desplomado en el asiento delantero con las luces frontales iluminando las danzantes partículas de polvo y los insectos que flotaban en el aire matutino.

Respiraba lenta y profundamente, mientras trataba de inhalar algo de cordura. Eran las cinco de la mañana pasadas y ya se comenzaba a escuchar el trinar de los pájaros. Me coloqué las manos sobre los oídos para no escuchar su canto. Sampson continuaba dormido en el hotel. Había olvidado que estaba allí.

Kate nunca le había temido a Casanova. Confiaba en su habilidad para cuidar de sí misma, incluso después de su secuestro.

Sabía que era irracional y malsano culparme, pero lo hacía. En algún punto, en algún momento durante los últimos años, había dejado de comportarme como un detective policiaco profesional. Había algo positivo en ello, pero en cierto modo, era también malo. Había demasiado dolor en mi trabajo, si uno se permitía sentirlo. Esa era la forma más segura y rápida de "quemarse".

Pasado un buen rato, volví a entrar con cuidado a la carretera. Unos quince minutos después estaba frente a la ya familiar casa de Chapel Hill.

La Callejuela de las Viejas, había sido el nombre que Kate le había puesto a la calle. Podía ver su rostro, su sonrisa dulce y fácil, su entusiasmo y convicción sobre las cosas que le importaban. Aún podía escuchar su voz.

Sampson y yo habíamos estado en esta casa hacía menos de

tres horas. Mis ojos lagrimeaban y mi cerebro daba alaridos. Estaba perdiendo el control.

Recordé una de las últimas cosas que ella me había dicho. Podía escuchar la voz de Kate. "Si él regresa, habrá camorra".

Autos policiales de color blanco y negro, ambulancias sombrías y camiones de la televisión estaban estacionados a lo largo de la estrecha calle. Ocupaban cualquier lugar disponible. Yo ya estaba hasta la coronilla de las "escenas del crimen". Parecía como si medio pueblo de Chapel Hill se encontrara congregado afuera del apartamento de Kate.

A la luz de la madrugada todas las caras parecían pálidas y lúgubres. La gente estaba aterrada y furiosa. Se suponía que este era un tranquilo pueblo universitario, de pensamiento liberal, un refugio seguro del caos y la locura que reinaban en el resto del mundo. Esa era la razón por la que muchas de estas personas habían escogido vivir allí, pero ya no era así. Casanova lo había cambiado para siempre.

Me calé un par de lentes de sol polvorientos que habían permanecido en la guantera del auto durante meses. Originalmente habían pertenecido a Sampson, quien se los había obsequiado a Damon para que pudiera tener un aspecto tan rudo como él. Yo necesitaba tener un aspecto rudo en este momento.

CAPÍTULO 96

Comencé a caminar hacia la casa de Kate con paso inseguro y sintiendo las piernas como si fueran de caucho. A lo mejor tenía el aspecto del más rudo hijo de puta de los alrededores, pero sentía el corazón pesado e increíblemente frágil.

Los reporteros gráficos tomaron una multitud de instantáneas de mi llegada. Los *flashes* de las cámaras sonaban como si fueran disparos de revólver, un sonido hueco y amortiguado. Los reporteros intentaban acercarse pero les pedí con un gesto que se retiraran.

—Manténganse retirados —les advertí a un par de ellos. Una advertencia en serio—. ¡Este no es el momento, *no ahora*!

Pero noté que hasta los reporteros y fotógrafos parecían aturdidos y confundidos por los últimos acontecimientos.

Tanto el FBI como el Departamento de Policía de Chapel Hill se encontraban en la escena del alevoso y cobarde ataque. Vi a muchos policías locales. Nick Ruskin y Davey Sikes habían venido desde Durham. Sikes me lanzó una mirada envenenada, como si preguntara: ¿Y qué diablos crees que estás haciendo aquí?

Kyle Craig estaba ya en la escena. Había sido él quien personalmente llamó a mi hotel para comunicarme la terrible noticia.

Kyle se me acercó, colocó su brazo en mi hombro y me dijo en voz baja:

—Está en muy, muy malas condiciones, Alex, pero de alguna manera ha resistido. Debe tener unas ganas enormes de vivir. No tardarán en sacarla. Quédate aquí afuera conmigo. No entres. Confía en mí esta vez, ¿quieres?

Escuché las palabras de Kyle y creí que me iba a desmoronar ahí en frente de las cámaras, en frente de todos los extraños allí presentes y de las pocas personas que conocía. Mi cabeza, mi corazón, todo era un reverberante caos. Finalmente entré en el interior de la casa y miré tanto como me fue posible soportar.

Él se había metido en su alcoba de nuevo... había estado allí mismo.

Sin embargo, algo no encajaba... algo no tenía lógica. Algo... ¿qué era lo que no encajaba?

Los integrantes del equipo de emergencias del centro médico de Duke colocaron a Kate en una camilla elástica especial, de las que se usan cuando alguien se ha roto la columna vertebral o ha tenido heridas de consideración. Creo que nunca antes, bajo ninguna circunstancia trágica, había visto que alguien fuera transportado con una mayor suavidad. Los médicos que la sacaron de la casa estaban pálidos. La multitud se silenció cuando apareció el grupo en el exterior.

—Se la están llevando al centro médico de Duke. Puede que exista alguna oposición por parte de la gente de la universidad, pero sin duda es el mejor sitio del estado —me dijo Kyle. Estaba tratando de darme confianza a su manera tranquilizadora y mecánica. De hecho era sorprendentemente efectivo.

Algo está mal... algo no encaja bien... Piensa. De alguna forma trata de concentrar tus pensamientos. Esto podría ser importante... Pero no podía pensar de forma lógica. Todavía no lo lograba.

—¿Qué pasó con Wick Sachs? —le pregunté a Kyle.

—Llegó a su casa antes de las diez. Está allí ahora... Supongo que no tenemos plena seguridad de que no haya salido. Pudo haberse escabullido sin que nos diéramos cuenta. A lo mejor tiene un pasadizo secreto para salir de su casa. Sin embargo, no lo creo.

Me alejé de Kyle Craig y me dirigí hacia uno de los médicos de la Universidad de Duke que se encontraba al lado de la ambulancia. Los *flashes* de las cámaras relampagueaban por todas partes. Los "merodeadores nocturnos" presentes en la escena del crimen estaban tomando cientos de fotos "memorables".

—¿Puedo viajar con ella?

El médico de la ambulancia negó gentilmente con la cabeza.

—No, señor —contestó. Parecía estar hablando en cámara lenta—. No, señor; sólo los familiares pueden ir en la ambulancia. Lo siento doctor Cross.

—Yo soy su familia esta noche —le dije. Pasé por un lado y me encaramé en la parte de atrás de la ambulancia. No intentó detenerme. De todas formas no lo hubiera podido hacer.

Me sentía completamente entumecido. Kate yacía en medio de un solemne monitor y un equipo de resucitamiento dentro del recinto cerrado de la ambulancia de rescate. Yo temía que fuera a morirse mientras la subían a la ambulancia o mientras la sacaban de ella.

Me senté junto a Kate y tomé sólo la punta de sus dedos. —Soy Alex, estoy aquí para ti —le susurré—. Tienes que ser fuerte en este momento. De todas maneras tú eres fuerte, así es que sigue siendo fuerte.

El mismo médico que me había dicho que no podía subirme a la ambulancia se sentó junto a mí. Se había sentido obligado a comunicarme las reglas, pero no había tenido la menor intención de hacerlas cumplir. La escarapela que portaba decía DR. B. STRINGER, EQUIPO EMS UNIVERSIDAD DE DUKE. Le debía un favor grande.

—¿Puede decirme algo sobre las probabilidades de supervivencia de Kate? —le pregunté cuando la ambulancia se alejó de la espeluznante escena en Chapel Hill.

—Me temo que esa es una pregunta difícil. El hecho de que esté viva es ya de por sí un milagro —pronunció en voz baja y respetuosa—. Tiene múltiples fracturas y contusiones, algunas con laceraciones abiertas. Ambos pómulos están fracturados. Podría tener un esguince en el cuello. Debió haberse hecho la muerta y él le creyó. De alguna forma tuvo la presencia de ánimo para engañarlo.

El rostro de Kate se veía penosamente inflamado y cortado. Estaba casi irreconocible. No me cabía duda de que el resto de su cuerpo estaría igual. Apreté con suavidad la mano de Kate mientras la ambulancia aceleraba su paso hacia el centro médico de Duke. *¿Había tenido la presencia de ánimo para engañarlo?* Esa era Kate, genio y figura. Pero me seguían rondando las dudas.

Me estaba dando vueltas por la cabeza otro pensamiento tenaz. Se me había ocurrido mientras me encontraba en el exterior de la casa. *Creía saber ahora qué era lo que no cuadraba en la alcoba de Kate.*

Will Rudolph había estado en la alcoba, ¿verdad? El Caballero Visitante había estado presente en el ataque. Tenía que ser él. Era su estilo. Violencia gráfica extrema. *Ensañamiento.*

Había pocas evidencias de la presencia de Casanova. Ningún toque artístico. Por el contrario, había signos de una violencia extraordinaria... *¡Se estaban hermanando! Los dos monstruos unidos para formar uno.* Tal vez Rudolph sentía resentimiento hacia Kate porque Casanova la había amado. Tal vez, en su retorcida percepción, Kate se había interpuesto entre ellos. A lo mejor habían dejado viva a Kate a propósito, para que quedara como un vegetal por el resto de su vida.

Ahora estaban trabajando juntos, ¿no era así? Eran dos los monstruos que había que capturar, que había que detener.

CAPÍTULO 97

El FBI y la policía de Durham decidieron interrogar al doctor Wick Sachs temprano en la mañana del día siguiente. Era una acción importante; una decisión crítica dentro de este caso.

Un investigador especial fue traído en avión desde Virginia para llevar a cabo el delicado interrogatorio. Era uno de los mejores hombres del FBI, un hombre llamado James Heekin. Interrogó a Sachs durante buena parte de la mañana.

Me senté con Sampson, Kyle Craig y los detectives Nick Ruskin y Davey Sikes. Presenciamos el interrogatorio a través de un espejo de doble faz dentro del salón de la estación de policía de Durham. Me sentía como un hombre muerto de hambre con las narices pegadas a la vitrina de un restaurante costoso. Pero en el interior no se estaba sirviendo comida.

El encargado del interrogatorio era bueno, muy paciente y tan astuto como un abogado defensor estrella. Pero igual de hábil era Wick Sachs. Hablaba bien, permanecía extremadamente tranquilo bajo el fuego verbal; parecía incluso prepotente.

—Este hijo de perra la va a embarrar —dijo finalmente Davey Sikes en el silencioso cuarto de observación. Me alegraba ver que por lo menos a él y a Ruskin les importaba el asunto. De alguna forma había empatía con ellos en su papel de detectives locales: se habían tenido que mantener al margen, como observadores durante la mayor parte de esta frustrante investigación.

—¿Qué saben sobre Sachs? Dime si están reteniendo alguna información —le dije a Nick Ruskin cuando nos servíamos el café de la máquina.

—Lo trajimos porque nuestro jefe de policía es un imbécil —me dijo Ruskin—. Todavía no tenemos nada sobre Sachs.

Me preguntaba si le podía creer a Ruskin o a cualquiera que estuviera relacionado con este caso.

Después de cerca de dos horas de forcejeos en un sentido y en otro, el interrogatorio del agente Heekin no había conseguido establecer gran cosa, más allá del hecho de que Sachs era un coleccionista de material erótico, y que había sido promiscuo durante los pasados once años en la universidad con estudiantes y profesoras que habían aceptado sus propuestas.

Aunque deseaba acabar con Sachs, no lograba aún entender por qué lo habían citado en ese momento. ¿Por qué ahora?

—Descubrimos de dónde proviene su dinero —me comentó Kyle esa mañana—. Sachs es el propietario de un servicio de "acompañantes" que opera en Durham y Raleigh. El servicio se denomina Kissmet. Un nombre interesante. Hacen sus anuncios como "modelaje de ropa interior" en las Páginas Amarillas. Como mínimo, el doctor Sachs va a tener problemas con el Servicio Nacional de Impuestos. Washington decidió que presionáramos ya. Temen que se escape.

—No estoy de acuerdo con su gente de Washington —le dije a Kyle. Sabía que algunos de los agentes llamaban a la oficina central "la Disneylandia del Este". Ahora entendía por qué. En este momento podían estar poniendo en peligro la investigación y todo a control remoto.

—¿Quién está de acuerdo con Washington? —dijo Kyle encogiendo sus huesudos hombros. Era una forma de admitir que ya él no tenía el control de la situación. El caso se había vuelto demasiado grande—. A propósito, ¿cómo va Kate McTiernan? —preguntó.

Yo ya había llamado tres veces en el transcurso de la mañana al centro médico de Duke. Me habían pedido que les diera un número en la estación de Durham para ser notificado en caso de que se presentara algún cambio en la condición de Kate.

—Está en la lista de pacientes graves, pero ahí se sigue aferrando —le dije a Kyle.

Tuve la oportunidad de hablar con Wick Sachs justo antes de las once de esa mañana. Fue la concesión que me hizo Kyle.

Traté de retirar de mi mente a Kate antes de estar en el mismo salón con Sachs. De cualquier modo la ira tronaba y me consumía por dentro. No sabía si iba a ser capaz de controlarme. Ni siquiera estaba seguro de si quería hacerlo.

—Déjame estar, Alex. Déjame estar ahí adentro con él —me dijo Sampson agarrándome del brazo antes de que yo entrara. Me le solté y entré para encontrarme con el doctor Wick Sachs.

—Déjenmelo a mí.

CAPÍTULO 98

—Hola, doctor Sachs.

La iluminación dentro de la pequeña e impersonal sala de interrogatorios era más brillante y molesta de lo que se veía desde detrás del espejo de doble faz. Sachs tenía los ojos rojos y era evidente que estaba tan tenso como yo. Pero se mostraba conmigo tan confiado y seguro de sí mismo como lo había estado con James Heekin del FBI.

¿Estaría mirando a Casanova cara a cara en este momento?, me pregunté. *¿Podría ser él el monstruo humano?*

—Mi nombre es Alex Cross —le dije mientras me sentaba pesadamente en un asiento metálico—. Naomi Cross es mi sobrina.

Sachs habló con los dientes apretados. Parecía tener una leve inflexión sureña. Según Kate, Casanova no tenía ningún acento marcado.

—*Sé quién diablos es usted.* Yo *leo* los diarios, doctor Cross. No conozco a su sobrina. *Leí* que fue secuestrada.

Asentí.

—Si lee los diarios, entonces también debe estar enterado de las acciones de un pedazo de mierda que se llama a sí mismo Casanova.

Sachs sonrió con una sonrisa afectada, o al menos eso me pareció. Sus ojos azules estaban llenos de desprecio. Era fácil entender por qué caía tan mal en la universidad. Su cabello rubio estaba engominado y peinado hacia atrás; ni un solo cabello fuera de lugar. Sus lentes con montura de carey le daban un aire condescendiente y entrometido.

—No existe ningún registro de violencia en mi pasado. Nunca habría podido cometer esos horripilantes crímenes. Ni siquiera soy capaz de matar los insectos que se meten a mi casa. Mi aversión por la violencia está bien documentada.

Apuesto a que sí, pensé. Todos tus frentes y fachadas están perfectamente dispuestos e intachables, ¿verdad? Tu devota esposa, la enfermera. Tus dos niños. Tu bien documentada "aversión por la violencia".

Me froté la cara con ambas manos. Tuve que hacer un esfuerzo para no darle un golpe. Él continuaba comportándose de un modo arrogante e inabordable.

Me incliné sobre la mesa y le hablé en voz baja.

—Le eché un vistazo a su colección de libros eróticos. Estuve allá en su sótano, doctor Sachs. La colección está *llena* de perversidad y *violencia* sexual. La degradación física de hombres, mujeres y niños. Puede que esto no constituya un "registro de violencia", pero me da unas leves pistas sobre su verdadero carácter.

Sachs ignoró lo que le dije con un gesto de la mano.

—Soy un reconocido filósofo *y* sociólogo. Sí, estudio el *erotismo*, igual que usted estudia la mente criminal. No sufro de demencia libertina, doctor Cross. Mi colección erótica es la clave para comprender la vida de fantasías de la cultura occidental, la batalla progresiva entre hombres y mujeres —el nivel de su voz se fue elevando—. Además, no tengo por qué explicarle ninguno de mis asuntos privados a usted. No he violado ninguna ley. Estoy aquí por mi propia voluntad. Usted en cambio entró a mi casa sin una orden de registro domiciliario.

Traté de desestabilizar a Sachs con otro tipo de pregunta.

—¿Por qué cree usted que tiene tanto éxito con las mujeres jóvenes? Ya estamos enterados de sus conquistas sexuales con estudiantes de la universidad. De dieciocho, diecinueve, veinte años. Hermosas mujeres jóvenes; en algunos casos, sus propias estudiantes. Existe un registro de eso.

Por unos instantes su ira se puso de manifiesto. Luego se contuvo e hizo algo extraño y tal vez muy revelador. Sachs mostró su necesidad de ejercer poder y control, de ser la estrella del espectáculo, aun ante mí, que era tan insignificante para él.

—¿Por qué tengo éxito con las mujeres, doctor Cross? —Sachs sonrió y dejó que su lengua jugueteara entre sus dientes. El mensaje era sutil, pero claro. Sachs me estaba diciendo que sabía cómo controlar sexualmente a la mayoría de las mujeres. Continuó sonriendo. Una sonrisa obscena proveniente de un hombre obsceno—. Muchas mujeres desean ser liberadas de sus inhibiciones sexuales, sobre todo las jóvenes, las mujeres modernas de los campus. Yo las libero. Libero a tantas mujeres como me resulta posible.

Esto prendió la chispa. Crucé la mesa en un santiamén. El asiento de Sachs se fue hacia atrás. Caí pesadamente sobre él. Soltó un gruñido de dolor.

Presioné mi cuerpo fuertemente contra el suyo. Mis brazos y piernas temblaban. Me contuve para no lanzarle un puñetazo. Caí en cuenta de que *era absolutamente impotente para detenerme. Él no sabía cómo defenderse. No era fuerte ni atlético.*

Nick Ruskin y Davey Sikes estuvieron dentro de la sala de interrogatorios en un instante y Kyle y Sampson llegaron detrás de ellos. Irrumpieron en la sala y trataron de separarme de Sachs.

De hecho, yo mismo me separé de Wick Sachs. No le hice ningún daño, no era mi intención. Le susurré a Sampson.

—Él no es físicamente fuerte y Casanova sí lo es. Este no es el monstruo. *Él no es Casanova.*

CAPÍTULO 99

Esa noche Sampson y yo cenamos es un buen lugar de Durham. Irónicamente se llamaba Nana's.

Ninguno de los dos tenía demasiada hambre. Los inmensos filetes, con cebollas y montañas de puré de papas, quedaron casi intactos. Cuando ya el juego con Casanova se encontraba tan adelantado, nosotros habíamos regresado al punto de partida.

Hablamos sobre Kate. Algunos funcionarios del hospital me habían informado que su condición aún era grave. *Si* lograba sobrevivir, los médicos pensaban que tenía muy pocas probabilidades de una recuperación total, de poder ejercer de nuevo su profesión.

—¿Ustedes dos eran más que... tú sabes, buenos amigos? —preguntó finalmente Sampson. Estaba siendo gentil en sus indagaciones, como podía serlo cuando se lo proponía.

Negué con un movimiento de cabeza.

—No. Éramos amigos, John. Podía hablar con ella de cualquier cosa y de una manera que ya casi había olvidado. Nunca me había sentido tan cómodo con una mujer y tan rápidamente, excepto, tal vez, con María.

Sampson asentía una y otra vez y por lo general se limitaba a escucharme mientras yo aireaba todo eso. Él me conocía de sobra, pasado y presente.

Mi buscapersonas sonó mientras aún tratábamos de encontrarle el lado a nuestras generosas porciones de comida. Llamé a Kyle Craig desde un teléfono en la planta baja del restaurante. Se iba en su auto. Se dirigía a Hope Valley.

—Vamos a detener a Wick Sachs por los crímenes de Casanova —me informó. Casi que se me cae el auricular—. ¿Que van a *qué*? —grité por el teléfono. No podía creer lo que acababa de oír.

—¿Cuándo diablos van a hacerlo? —pregunté—. ¿Cuándo se tomó esa decisión? *¿Quién* la tomó?

Kyle se mantuvo tan fresco como siempre. El hombre de hielo.

—Llegaremos a su casa dentro de un par de minutos. Esta vez es la iniciativa del jefe de policía de Durham. Por algo que encontró en la casa. *Una evidencia física.* Va a ser un arresto conjunto, El FBI en colaboración con el Departamento de Policía de Durham. Quería que lo supieras, Alex.

—Él no es Casanova —le dije a Kyle—. No se lo lleven. No arresten a Wick Sachs.

—El tono de mi voz era alto. El teléfono público estaba ubicado en un estrecho corredor del restaurante y había gente pasando constantemente hacia los baños, que quedaban un poco más adelante. Me estaba ganando miradas tanto de desaprobación, como de temor.

—Esto ya está en marcha —dijo Kyle—. Personalmente lo siento mucho. Luego me colgó el teléfono. Fin de la discusión.

Sampson y yo nos apresuramos hacia la casa de Sachs en los suburbios de Durham. El Hombre Montaña estaba callado al principio, y luego me hizo la pregunta de los sesenta y cuatro mil dólares:

—¿Es posible que tengan suficiente evidencia para acusarlo, sin que tú lo sepas?

Era un pregunta complicada para mí. Su significado: ¿Qué tan fuera de base estaba yo?

—No creo que Kyle tenga los suficientes datos como para efectuar un arresto ahora. Me lo habría dicho. ¿La policía de Durham? No estoy muy seguro de qué diablos se proponen. Ruskin y Sikes han estado haciendo lo suyo. Nosotros también.

Cuando llegamos a Hope Valley, descubrimos que no habíamos sido los únicos llamados a la escena del arresto. La tranquila calle suburbana se encontraba bloqueada. Varios camiones y camionetas de la televisión ya se encontraban allí. Había autos de la policía y del FBI estacionados por doquier.

—Esto es un despropósito. Parece una fiesta de barrio —dijo Sampson cuando nos apeábamos del auto—. Esto es lo peor que he visto, la peor metida de pata.

—Así ha sido desde el principio —dije—. Una *pesadilla multijurisdiccional*. Estaba temblando como un vagabundo alcoholizado en una calle del D.C. en pleno invierno. Había sufrido una decepción tras otra. Ya nada tenía sentido. ¿Qué tan fuera de base estaba yo?

Kyle Craig me vio llegar. Se me acercó y me asió con firmeza del brazo. Me di cuenta de que estaba dispuesto a bloquearme el paso si era necesario.

—Sé qué tan iracundo te sientes. Yo también lo estoy —fueron sus primeras palabras. Si bien estaba hablando con tono apenado, resultaba evidente que Kyle estaba furioso—. Esto no es obra nuestra, Alex. Esta vez la policía de Durham nos hizo una mala jugada. El jefe de policía tomó la decisión él solo. Alrededor del caso existe presión política a distintos niveles, incluso desde la misma gobernación. Algo huele tan mal que me dan ganas de ponerme un pañuelo sobre nariz y boca.

—¿Qué diablos fue lo que encontraron en la casa? —le pregunté a Kyle—. ¿Cuál es la evidencia física? ¿No serán los libros pornográficos?

Kyle negó con la cabeza.

—Ropa interior femenina. Tenía una buena cantidad escondida en su casa. Había una camiseta de la universidad de Carolina del Norte que pertenecía a Kate McTiernan. Por lo visto, Casanova también tenía la costumbre de guardar *souvenirs*. Igual que el Caballero de Los Ángeles.

—Él no haría eso. Es muy distinto al Caballero —le dije a Kyle—. En su escondite tiene a las muchachas y un montón de sus ropas. Él es cuidadoso y obsesivo con esto. Kyle, esto es una verdadera locura. Esta no es la solución, es una gran metida de pata.

—Eso no lo sabes a ciencia cierta —dijo Kyle—. Las buenas teorías no van a hacer que esto se detenga.

—¿Qué tal una buena lógica y un poco de sentido común?

—Me temo que eso tampoco va a funcionar.

Comenzamos a caminar hacia el porche trasero de la casa de los Sachs. Las cámaras de televisión zumbaron y entraron en acción, para filmar cualquier cosa que se moviera. Era un circo monumental de tres pistas para los medios de comunicación; lo que se estaba desarrollando era un desastre portentoso.

—Requisaron la casa en algún momento hacia el final de la tarde —me contó Kyle mientras caminábamos—. Ingresaron perros especialmente entrenados en Georgia.

—¿Para qué diablos hicieron eso? ¿Por qué una repentina requisa a la casa de los Sachs ahora? Maldita sea.

—Recibieron una pista y tenían motivos para creerla cierta. Eso es lo que me han dicho. Yo también me estoy manteniendo al margen de esto, Alex. No me gusta más de lo que te gusta a ti.

Casi no podía ver a medio metro delante de mí. La visión se me había reducido como si estuviera entrando en un túnel, producto de la tensión y de la ira.

Deseaba gritar, darle alaridos a alguien. Quería destrozar a golpes las lámparas del porche estilo terraza de los Sachs.

—¿Te dijeron algo sobre el informante anónimo? Por Dios, Kyle. ¡Malditos sean los infiernos! Un informante anónimo ¡qué carajo!

Wick Sachs estaba retenido en el interior de su propia y hermosa casa. Aparentemente la policía de Durham deseaba que este momento histórico fuera registrado en la televisión local y nacional. Para ellos, con esto se resolvía todo, era el momento preciso de ingresar al salón de la fama para los adalides de la ley en Carolina del Norte.

Tenían al hombre equivocado y querían exhibirlo ante el mundo entero.

CAPÍTULO 100

Reconocí de inmediato al jefe de policía de Durham. Tenía unos cuarenta y pico años y parecía un exjugador profesional de fútbol americano. El jefe Robby Hartfield medía casi uno con ochenta y seis, tenía una quijada cuadrada, y una constitución física poderosa. Por mi mente a veces se cruzaba la idea desquiciada, paranoica, de que él pudiera ser Casanova. Al menos tenía la apariencia del personaje, sobre todo en su parte física.

Los detectives Sikes y Ruskin permanecían al lado del prisionero, el doctor Wick Sachs. También reconocí a otro par de detectives de Durham. Todos se veían bastante nerviosos pero llenos de júbilo y sobre todo como si les hubieran quitado un peso de encima. Sachs tenía más bien la apariencia de haber tomado una ducha con la ropa puesta. Se veía como si fuera culpable.

¿Eres tú Casanova? ¿Eres tú la bestia, después de todo? ¿Si es así, qué diablos piensas hacer ahora? Quería hacerle a Sachs un centenar de preguntas, pero no podía.

Nick Ruskin y Davey Sikes bromeaban con sus colegas dentro del atiborrado salón. Los dos detectives me recordaban a unos cuantos deportistas profesionales que había conocido en Washington. A la mayoría les encantaba ser el centro de atención; algunos vivían para ello. La mayor parte de la fuerza policíaca de Durham parecía operar de esta forma.

El cabello de Ruskin, brillante y peinado hacia atrás, estaba alisado de tal forma que parecía pegado al cráneo. Ya se encontraba listo para las cámaras. Davey Sikes también estaba listo. *Ustedes, par de payasos, deberían estar revisando su lista de médicos sospechosos,* me habría gustado decirles. *¡Esto aún no se ha terminado! El verdadero Casanova los debe estar aclamando en este momento. A lo mejor los está observando mezclado entre la multitud.*

Me abrí camino hacia Wick Sachs. Necesitaba ver todo de

cerca. Sentirlo. Observar y escuchar. Entenderlo de alguna manera.

La esposa de Sachs y sus dos hermosos niños habían sido relegados a permanecer en el comedor, afuera del vestíbulo. Se veían acongojados, muy tristes y confundidos. También ellos sabían que debía existir alguna equivocación. La familia Sachs no parecía culpable.

El jefe Robby Hartfield y Davey Sikes finalmente me vieron. La actitud de Sikes hacia su jefe me parecía la de un perro faldero. Me estaba señalando en este momento.

—Doctor Cross, gracias por su ayuda en todo esto —el jefe Hartfield se sentía magnánimo en ese momento de triunfo. Se me había olvidado que había sido yo quien trajo la foto de Sachs del apartamento del Caballero en Los Ángeles. Una grandiosa labor de detective... Qué conveniente resultaba ahora haber desentrañado esa pista.

Todo era un error. Sentía que estaba mal y que olía mal. Era un montaje de primer orden y estaba saliendo a las mil maravillas. Casanova se estaba escapando; en este preciso momento debía estar poniendo tierra de por medio. Nunca podría ser atrapado.

El jefe de policía de Durham estiró la mano. La tomé y la estreché con fuerza, prolongando el apretón.

Creo que estaba aterrorizado de que yo fuera a dirigirme hacia las cámaras con él. Hasta el momento Robby Hartfield parecía un administrador que delegaba funciones. Él y sus detectives estrella estaban a punto de iniciar el desfile para llevar a Wick Sachs hacia el exterior. Iba a ser un momento grandioso y deslumbrante bajo la luz de la luna llena y de las potentes lámparas electrónicas. Lo único que faltaba eran los sabuesos aullando.

—Sé que ayudé a encontrar a Wick Sachs, pero no fue él quien lo hizo —le dije a Hartfield en plena cara—. Están arrestando al hombre equivocado. Déjeme decirle la razón. Concédame diez minutos ahora mismo.

Me miró y me dio lo que parecía una sonrisa condenadamente condescendiente. Era casi como si estuviera bajo el efecto de una droga. El jefe Hartfield se apartó de mí y prosiguió hacia el exterior.

Caminó frente a las resplandecientes luces de las cámaras de televisión, interpretando su papel de manera admirable. Estaba tan ocupado consigo mismo que casi se le olvida Sachs.

Quienquiera que haya llamado a informar lo de la ropa interior de mujer tiene que ser Casanova, pensé para mis adentros. Mentalmente estaba avanzando a grandes pasos hacia la solución del caso. *Casanova hizo esto. De cualquier forma, Casanova está detrás de todo esto.*

El doctor Wick Sachs pasó a mi lado mientras lo conducían hacia la calle. Estaba vestido con una camisa blanca de algodón y pantalones negros. Todas sus finas prendas se encontraban empapadas en su propio sudor. Me imaginé que nadaba en sus zapatos: unos mocasines con hebillas doradas. Tenía las manos esposadas detrás de la espalda. Su arrogancia había desaparecido por completo.

—Yo no hice nada —me dijo en voz baja y sofocada. Su mirada imploraba que le creyeran. Él tampoco podía dar crédito a que esto estuviera sucediendo. A continuación pronunció las palabras más patéticas de todas—. Yo no les hago daño a las mujeres. Yo las amo.

Ahí mismo, en el porche de Sachs, recibí el impacto del pensamiento más loco y alucinante que se me había ocurrido en mucho tiempo. Sentí como si me encontrara en medio de un salto mortal y de repente me hubiera frenado. El tiempo se detuvo. *¡Este es Casanova!,* comprendí de repente.

De todas formas, Wick Sachs era el modelo original utilizado por Casanova. Casanova. Ese era el plan del monstruo desde un principio; tenía un chivo expiatorio para sus crímenes perfectos y sus aventuras al estilo del marqués de Sade.

El doctor Sachs era de hecho Casanova, pero no era uno de los monstruos. Casanova era también una fachada. Él no sabía nada del verdadero "coleccionista". Era una víctima más.

CAPÍTULO 101

—Yo soy el Caballero Visitante, anunció Will Rudolph con una venia cortés y teatral. Llevaba puesto un saco de ceremonia, un corbatín negro y una camisa almidonada blanca. Su cabello estaba recogido en una pequeña cola de caballo. Había comprado rosas blancas para esta ocasión especial.

—Y ustedes, mis queridas damas, saben quién soy yo. Se ven todas tan hermosas —dijo Casanova, de pie a su lado. Ofrecía un fuerte contraste con su compañero. *Jeans* negros apretados y botas de vaquero. No llevaba camisa, y destacaban sus perfectos abdominales. Se había puesto una máscara de terror negra con una franjas pintadas a mano de color gris.

Los asesinos se presentaron a sí mismos a medida que las mujeres iban entrando al salón del escondrijo y se iban colocando en línea recta al frente de una larga mesa.

Antes se les había informado que esta iba a ser una celebración especial.

—El perro rabioso de Casanova finalmente ha sido detenido —les informó el mismo Casanova—. Está en todas las noticias. Resultó ser un demente profesor universitario ¿Hoy en día en quién se puede confiar?

Se les había pedido a las mujeres que utilizaran vestidos de fiesta; lo que ellas habrían escogido para una salida de noche especial. Trajes escotados, tacones con medias de seda y tal vez perlas o pendientes largos. Ningún otro tipo de joyas. Debían lucir "elegantes".

—Sólo siete bellas mujeres hay aquí ahora —observó Rudolph mientras que él y Casanova las observaban ingresar en el salón y formar una fila—. Eres demasiado remilgado, ¿sabes? El Casanova original era un amante voraz que no se detenía a escoger.

—Tienes que admitir que las siete son extraordinarias —le dijo Casanova a su amigo—. Mi colección es una obra maestra, la mejor del mundo.

—Estoy muy de acuerdo contigo —dijo el Caballero—. Parecen pinturas. ¿Procedemos?

Habían acordado jugar uno de sus juegos favoritos. "El siete de la suerte". En otras ocasiones había sido "El cuatro de la suerte", 'El once de la suerte", "El dos de la suerte." De hecho, era un juego del Caballero. Esta era su noche. Tal vez la última noche en la casa para ambos.

Calmadamente pasaron revista a la fila. En primer lugar se dirigieron a Melissa Stanfield, que llevaba una túnica de seda roja. Había recogido su larga cabellera rubia a un lado. A Casanova le recordaba a una Grace Kelly joven.

—¿Te has estado guardando para mí? —le preguntó el Caballero.

Con una sonrisa recatada ella contestó:

—He estado guardando mi corazón para alguien...

Will Rudolph sonrió ante la atinada respuesta. Pasó el dorso de su mano por una de las mejillas de la muchacha y dejó que se deslizara lentamente por el cuello y sobre los firmes senos. Ella se lo permitió sin mostrar temor o repulsión. Esa era una de las reglas cuando se jugaba el juego.

—Eres muy, muy buena para este juego —le dijo—. Eres una jugadora que vale mucho, Melissa.

Naomi Cross era la próxima en la fila. Llevaba un traje de coctel color marfil. Muy *chic*. Hubiera sido la reina en una fiesta de una firma de abogados en Washington. El aroma de su perfume hizo sentir a Casanova un poco mareado. Había estado a punto de declararla fuera de concurso para el Caballero. Aunque por otra parte no sentía mucha simpatía por su tío, Alex Cross.

—Es posible que volvamos a visitar a Naomi —dijo el Caballero. Luego besó suavemente su mano—. *Enchanté.*

Rudolph asintió con la cabeza. Luego se detuvo ante la sexta mujer en la fila. Se volteó e inspeccionó a la última chica de la fila, pero sus ojos volvieron a la número seis.

—Eres muy especial —le dijo con voz suave, casi tímida—. Más que especial, extraordinaria.

—Esta es Christa —dijo Casanova con una sonrisa de conocedor.

—Christa es mi pareja esta noche —exclamó el Caballero con entusiasmo. Había hecho su elección. Casanova le había hecho un regalo... para que hiciera con ella lo que quisiera.

Christa Akers trató de esbozar una sonrisa. Esa era la regla de la casa. Pero no pudo. Eso era lo que más le había gustado al Caballero: *el delicioso terror en sus ojos.*

Estaba listo para jugar a *los besos que matan.*

Por última vez.

PARTE QUINTA

Besos que matan

La mañana siguiente al arresto del doctor Wick Sachs, Casanova se paseaba por los corredores del centro médico Duke. Ingresó con calma en el cuarto privado de Kate McTiernan.

Podía ir a cualquier lado ahora. Era libre de nuevo.

—Hola, mi vida. ¿Cómo va esa batalla? —le susurró a Kate.

Estaba completamente sola aunque aún había un guardia de la policía de Durham estacionado en el piso. Casanova se sentó en el sillón de espaldar recto junto a la cama. Contempló el triste despojo humano que alguna vez había sido una belleza sobresaliente.

Ya no sentía ira hacia Kate. Ya no quedaba mucho de ella, en todo caso no lo suficiente para sentir ira. *Las luces están todavía encendidas, se dijo, mirando hacia el fondo de sus vacíos ojos castaños, pero no hay nadie en casa. ¿Verdad, Katie?*

Disfrutaba mucho de poder estar en su cuarto de hospital, lo hacía segregar sus jugos, lo excitaba, impulsaba su espíritu hacia grandes cosas. Es más, el solo hecho de sentarse junto a la cama de Kate McTiernan lo hacía sentirse en paz.

Eso era importante en este momento. Había que tomar decisiones. ¿Exactamente cómo había que manejar la situación con el doctor Wick Sachs? ¿Habría que arrojarle más leña al fuego? ¿O eso sería una sobreactuación y por lo tanto implicaría un mayor peligro?

Pronto habría que tomar otra decisión complicada. ¿Todavía era necesario que Rudolph y él escaparan del Triángulo de Investigación? Él no deseaba hacerlo, este era su hogar, pero a lo mejor no había otra opción. ¿Y qué hacer con Will Rudolph? No cabía duda de que había estado perturbado emocionalmente en California. Que Casanova supiera, había estado tomando Valium, Halción y Xanax. Tarde o temprano lo iba a echar a perder todo. ¿No era así? Aunque por otra parte se había sentido tan insoportablemente solitario cuando Rudolph no estaba. Era como si lo hubieran cortado por la mitad.

Casanova escuchó un ruido a sus espaldas junto a la puerta del cuarto. Se volteó *y le sonrió a aquel hombre.*

—Ya me iba Alex —le dijo y se levantó del sillón—. Todavía ningún cambio. Esto es una verdadera desgracia, maldita sea.

Alex Cross dejó que Casanova pasara a su lado y saliera por la puerta.

Encajaba en cualquier parte, se dijo Casanova para sus adentros mientras cruzaba el corredor del hospital. Nunca iban a pescarlo. Contaba con la máscara perfecta.

CAPÍTULO 103

Había un antiguo piano de pared en el interior del bar en el hotel Washington Duke Inn. Yo estaba allí sentado entre las cuatro y las cinco de la mañana, interpretando tonadas de Joe Turner y Blind Lemon Jefferson. Toqué melodías con ritmo de blues, de abatimiento, de desesperación, de ira. El personal de mantenimiento debía estar muy impresionado.

Estaba tratando de poner en perspectiva todo lo que sabía. No lograba dejar de dar vueltas alrededor de los mismos tres o cuatro puntos, los pilares sobre los cuales se asentaba mi investigación.

Crímenes perfectos, tanto aquí como en California. El conocimiento que tenía el asesino de las escenas del crimen y las prácticas forenses de la policía.

El hermanamiento entre los monstruos. Una unión masculina como nunca había existido.

La desaparición de la casa en el bosque. ¡Una casa que de hecho había desaparecido! ¿Cómo podía suceder eso?

El harén de mujeres especiales de Casanova, pero aún más que eso, las "rechazadas".

El doctor Wick Sachs era un profesor universitario con una moral y unas actuaciones cuestionables. Pero, ¿podría ser él el asesino a sangre fría sin ninguna conciencia? ¿Podría ser él ese animal que había tomado prisioneras a una docena o más de mujeres jóvenes en algún lugar cercano a Durham y a Chapel Hill? ¿Sería él el Sade de los tiempos modernos?

Yo no lo creía así. Más bien creía y estaba casi seguro de que la policía de Durham había arrestado al hombre equivocado y que el verdadero Casanova estaba libre, riéndose de todos nosotros. Tal vez la situación era aún peor. Podría estar en este momento acechando a otra mujer.

Esa mañana, un poco más tarde, hice mi acostumbrada visita a Kate en el centro médico de Duke. Todavía se encontraba en un coma profundo y su estado era aún muy delicado. La policía de Durham había retirado al guardia de la puerta.

Hice un rato de vigilia al lado de ella, tratando de no pensar en la Kate que yo había conocido. Durante una hora estuve hablándole suavemente mientras la tomaba de la mano. Su mano estaba desmadejada, casi sin vida. Extrañaba tanto a Kate. Ella no podía responder y eso me hacía sentir como si tuviera un doloroso agujero en el pecho.

Finalmente, tuve que partir. Sentía la necesidad de perderme en mi trabajo.

Desde el hospital, Sampson y yo nos fuimos en el auto a ver a Louis Freed en Chapel Hill. Le había pedido al doctor Freed que nos preparara un mapa especial del área del río Wykagil.

Este profesor de historia de setenta y siete años había hecho su trabajo muy bien. Yo tenía esperanzas de que el mapa nos ayudara a Sampson y a mí a encontrar la "casa que desaparece". Esta idea me llegó después de leer varios artículos de periódico sobre el asesinato de la pareja dorada. Hacía más de doce años, el cuerpo sin vida de Roe Tierney había sido encontrado cerca de una "granja abandonada donde los esclavos escapados se escondían en unos amplios sótanos. Estos sótanos eran como pequeñas casas bajo la tierra, algunas hasta con doce cuartos o compartimentos".

¿Pequeñas casas bajo la tierra?

¿La casa que desaparece?

En algún sitio de los alrededores estaba aquella casa. Las casas no desaparecen.

CAPÍTULO 104

Sampson y yo nos dirigimos a Brigadoon, Carolina del Norte. Habíamos pensado caminar por los bosques cercanos al río Wykagil, en donde Kate había sido encontrada. Ray Bradbury escribió alguna vez que "vivir en riesgo, es como saltar por un precipicio y construir unas alas durante el descenso." Sampson y yo nos estábamos alistando para saltar.

A medida que nos abríamos trocha por el ominoso bosque, los altos robles y pinos de Carolina comenzaron a obstruir cualquier rayo de luz. A nuestro alrededor un coro de cigarras se oía espeso como la melaza. El aire estaba detenido.

Podía imaginar, podía ver a Kate corriendo a través de estos oscuros bosques tan sólo hace unas pocas semanas, mientras luchaba por su vida. Pensé en ella ahora, que seguía con vida gracias únicamente a los equipos de supervivencia. Podía escuchar los sonidos metálicos que emitían esos equipos. El solo pensamiento me hería el corazón.

—No me gusta internarme en bosques oscuros —me confesó Sampson cuando pasábamos bajo una sombrilla de enredaderas retorcidas y copas de árboles que semejaban una gran tienda de campaña. Llevaba puesta una camiseta con un letrero de Cypress Hill, lentes para el sol marca Ray-Ban, jeans y botas de trabajo—. Esto me recuerda a Hansel y Gretel y toda su mierda melodramática. Odiaba ese cuento cuando era niño.

—Tú nunca fuiste niño —le recordé—. Medías uno ochenta cuando tenías once años y ya llevabas a la perfección esa mirada gélida y fija.

—Puede que sí, pero de todas maneras odiaba a esos hermanos Grimm. El lado oscuro de la mentalidad alemana, que elaboraba fantasías para retorcer las mentes de los niños alemanes. Y por lo visto surtió efecto.

Sampson me tenía riendo de nuevo con sus distorsionadas teorías sobre nuestro distorsionado mundo.

–¿Así que no te da miedo caminar de noche por las barriadas pobres de Washington, pero sí pasear por estos encantadores bosques? Aquí nada puede hacerte daño. Pinos. Enredaderas silvestres. Espinosas zarzamoras. Tienen un aspecto siniestro, tal vez, pero son inofensivos.

–Si algo parece siniestro, *es* siniestro. Ese es mi lema.

Sampson luchaba por penetrar con su formidable cuerpo por entre los arbustos y madreselvas estrechamente entrelazados que bordeaban el bosque. Las madreselvas de hecho parecían cortinas en algunos sitios.

Me preguntaba si Casanova estaría observándonos. Sospechaba que tenía que ser un observador muy paciente. Tanto él como Will Rudolph eran muy astutos, organizados y cuidadosos. Habían estado haciendo eso durante muchos años y aún no los habían capturado.

–¿Qué tal están tus conocimientos sobre la historia de la esclavitud en esta región? –le pregunté a Sampson mientras continuábamos nuestro camino. Quería que se olvidara por un rato de las serpientes venenosas y de las lianas que se parecían a esas serpientes. Necesitaba que se concentrara en el asesino, o tal vez los asesinos, que podían estar cohabitando estos bosques con nosotros.

–Conozco someramente los escritos de E.D. Genovese y algo de Mohamed Auad –contestó–. Yo no sabía si lo decía en broma o en serio. Para ser un hombre de acción, Sampson había leído bastante.

–El tren clandestino funcionaba activamente en esta área. Esclavos fugitivos y familias enteras que se dirigían hacia el norte encontraban un refugio durante días, aun durante semanas, en algunas de las granjas locales –le dije–. Se les denominaba "estaciones". Eso es lo que muestra el mapa del doctor Freed. Ese es el tema de su libro.

–Yo no veo ninguna granja por aquí, doctor Livingstone. Sólo la mierda esta de los arbustos con espinas –dijo Sampson en tono de protesta, mientras apartaba otras ramas con sus largos brazos.

—Las grandes haciendas de tabaco estaban ubicadas al occidente de aquí. Han estado desiertas por más de sesenta años. ¿Recuerdas que te conté que una estudiante de la universidad de Carolina del Norte fue brutalmente violada y asesinada en 1981? Su cuerpo en descomposición fue encontrado en este lugar. Creo que Rudolph y, posiblemente Casanova, la asesinaron. Fue por esa época que se conocieron. El mapa del doctor Freed muestra la ubicación del tren clandestino, o sea la mayor parte de las granjas del área en las que se escondían los esclavos fugitivos. Algunas de esas granjas poseían sótanos expandidos, e incluso habitaciones subterráneas habilitadas para vivienda. Las granjas como tal ya no existen. En una inspección aérea no se vería nada. Las madreselvas y las zarzamoras también se han hecho cada vez más frondosas. Sin embargo, los sótanos continúan aquí.

—¡Ah! ¿Y tu manualito y precioso mapa nos dice dónde estaban las antiguas haciendas de tabaco?

—¡Sip! Tengo el mapa, tengo la brújula y tengo mi pistola Glock —dije, y di unas palmaditas en la funda.

—Y lo más importante —dijo Sampson—, me tienes a mí.

—Eso también. Dios proteja a sus dos rufianes.

Sampson y yo caminamos juntos durante largo rato en medio de la tarde caliente, húmeda y plagada de bichos. Nos las arreglamos para localizar tres de las haciendas donde las hojas de tabaco alguna vez florecieron; donde aterrorizados hombres y mujeres, y algunas veces hasta familias enteras, se habían ocultado en antiguos sótanos, tratando de escapar hacia la libertad del Norte, a ciudades como Washington D.C.

Dos de los sótanos estaban ubicados exactamente en donde el doctor Freed había dicho que estarían. Antiguos tablones de madera y trozos oxidados y retorcidos de metal constituían los únicos vestigios de las haciendas originales. Era como si algún dios iracundo hubiera bajado y destruido el escenario de las antiguas costumbres esclavistas.

Alrededor de las cuatro de la tarde, Sampson y yo llegamos al punto en el que alguna vez había estado la orgullosa y próspera granja de Jason Snyder y su familia.

—¿Cómo sabes que estamos *aquí*? —Sampson miró alrededor de aquella zona desolada y desierta en la que yo había dejado de caminar.

—Así lo establece el mapa del doctor Louis Freed. Los mismos puntos de brújula. Él es un historiador famoso, así que debe ser verdad.

Sin embargo, Sampson tenía razón. No había nada que ver. La granja de Jason Snyder había desaparecido por completo. Justamente como había dicho Kate que sucedería.

CAPÍTULO 105

—Este sitio me produce escalofríos —dijo Sampson—. La así denominada *hacienda tabacalera*.

Lo que alguna vez fue la hacienda Snyder era ahora un lugar particularmente espeluznante y sobrenatural; sí, escalofriante por decir lo menos. Casi no existían evidencias visibles de que algún ser humano hubiese vivido allí alguna vez. No obstante, podía sentir la sangre y los huesos de los esclavos mientras contemplaba las ruinas de la antigua hacienda tabacalera.

Arboles de sasafrás, arbustos de arruruz, madreselvas y enredaderas venenosas habían crecido hasta la altura de mi quijada. Robles rojos y blancos, sicomoros, gomeros y eucaliptos se alzaban imponentes y maduros allí donde había existido una próspera hacienda. Pero la hacienda misma *había* desaparecido.

Sentí un punto frío en la mitad del pecho. ¿Sería este entonces el sitio maligno? ¿Podríamos estar cerca de la casa de los horrores que había descrito Kate?

Nos habíamos abierto camino hacia el norte y ahora avanzábamos hacia el oriente. No nos encontrábamos demasiado lejos de la autopista estatal, donde me habría encantado tener estacionado el auto. De acuerdo con mis cálculos, no debíamos estar a más de tres o cuatro kilómetros de la carretera estatal.

—Los equipos de búsqueda de Casanova nunca llegaron hasta aquí —dijo Sampson mientras merodeaba por los alrededores—. La vegetación del área es espesa, desagradable. Se ve que en mucho tiempo no ha sido hollada por el pie humano.

—El doctor Freed dijo que probablemente él había sido la última persona que vino a inspeccionar los terrenos del antiguo tren clandestino —le conté a Sampson—. Ya los bosques se estaban poniendo demasiado espesos y salvajes para los visitantes ocasionales.

Sangre y huesos de mis ancestros. Esto era algo poderoso, una noción casi sobrecogedora: caminar por los lugares en los que los esclavos permanecían cautivos a veces *durante años.*

Nadie venía a rescatarlos. A nadie le importaban. En aquel entonces no existían detectives que buscaran a los monstruos humanos que habían arrebatado a familias enteras de negros de sus hogares.

Utilicé los puntos de referencia naturales marcados en el mapa para localizar el sitio en el que estaba ubicado el sótano de los Snyder. También estaba tratando de prepararme psicológicamente por si acaso encontrábamos algo que yo no quisiera encontrar.

—Probablemente lo que debemos buscar es una vieja compuerta —le dije a Sampson—. No hay nada específico marcado en el mapa de Freed. Se supone que el sótano está ubicado a unos doce o quince metros al oeste de aquellos sicomoros. Creo que esos son los árboles correctos y debemos estar en este momento exactamente sobre el sótano. ¿Pero dónde diablos está la puerta?

—Probablemente en un sitio en el que nadie podría pararse ni por equivocación en ella —dedujo Sampson. Estaba tratando de abrir un sendero en el espeso y silvestre piso del terreno.

Más allá de la abigarrada maleza se podía percibir un espacio abierto, una especie de pradera en la que alguna vez se sembró y cosechó el tabaco. A continuación había más bosques espesos. El aire estaba caliente e inmóvil. Sampson se estaba poniendo impaciente y tumbaba madreselvas como un poseso. Golpeaba con sus pies para tratar de encontrar la compuerta escondida. Escuchaba entonces si se producía un sonido hueco, o si se veía algún tipo de madera o metal bajo la alta hierba y la maleza gruesa y entrelazada.

—En un comienzo este fue un gran sótano con dos niveles. Casanova pudo haberlo ampliado con el propósito de construir algo grandioso para su casa de horrores —comenté mientras buscaba entre la espesa maleza del suelo.

Pensé en Naomi, que había sido mantenida bajo tierra durante tanto tiempo. Ella había sido mi obsesión todos estos días y semanas. Lo seguía siendo. Sampson tenía razón respecto de estos bosques. Eran espeluznantes y yo tenía la impresión de que estábamos parados sobre un lugar maligno en el que habían sucedido cosas prohibidas y secretas. Naomi podía estar en algún lugar cercano, bajo la tierra.

—Otra vez te me estás poniendo supersticioso. Tratando de adivinar los pensamientos de ese loco. ¿Estás seguro de que el emérito Sachs no es el dichoso Casanova? —preguntó Sampson mientras continuaba sus labores.

—No, no lo estoy. Pero tampoco sé por qué la policía de Durham lo detuvo. ¿Cómo hicieron para enterarse de pronto y como por casualidad de que la ropa interior estaba allí? ¿En primer lugar, cómo llegó la ropa interior hasta su casa?

—Tal vez porque él es Casanova, Tigre. Porque puso la ropa interior allí para poder olerla en las tardes lluviosas. ¿Supongo que el FBI y los luchadores contra el crimen pensarán cerrar el caso ahora?

—Si no hay otro crimen o secuestro durante algún tiempo. Una vez que cierren el caso, el verdadero Casanova puede descansar y planear su futuro.

Sampson se paró cuan largo era y estiró el cuello. Suspiró y luego se quejó en voz alta. Su camiseta estaba empapada de sudor. Se empinó para mirar por encima de las enredaderas colgantes y exclamó:

—Nos espera una larga caminata de regreso al auto. Una caminata, larga, oscura, caliente y llena de bichos.

—Todavía no. Vamos a aguantar un poco más.

Yo no quería partir y suspender la búsqueda del día. Tener a Sampson cerca era una gran ventaja. Quedaban aún tres granjas más en el mapa del doctor Freed. Dos de ellas parecían prometedoras; la otra parecía demasiado pequeña. A lo mejor esa era la que había escogido Casanova como escondite; él era el epítome de la terquedad, ¿no?

Pues yo también lo era. Quería seguir buscando toda la noche, estuviéramos o no en un bosque oscuro, con o sin serpientes negras o de cabeza cobriza y con o sin asesinos hermanados.

Recordé las aterradoras historias de Kate sobre la casa que desaparece y lo que sucedía en su interior. ¿Qué le había sucedido realmente a Kate el día en que escapó? Si la casa no estaba en estos bosques... ¿dónde, en nombre de Dios, podría estar? Tenía que estar bajo tierra. Ninguna otra explicación resultaba plausible...

Nada hasta el maldito momento resultaba plausible.

A no ser que alguien hubiese quitado a propósito hasta el último remanente de la hacienda.

A no ser que alguien hubiera utilizado la madera vieja para otros fines de construcción.

Finalmente saqué la pistola y busqué a mi alrededor algo a qué dispararle, cualquier cosa. Sampson me observaba con el rabillo del ojo. Con curiosidad, pero sin decir nada todavía.

Necesitaba exteriorizar mi ira. Soltar algo del veneno, algo de la tensión. Allí mismo y en ese momento. Sin embargo, no había nada que pudiera utilizar como blanco. Ninguna casa de los horrores.'

Tampoco había tablones enmohecidos de la hacienda o del establo. Todavía no había visto ningún vestigio.

Decidí entonces descargar una ronda de tiros en el nudoso tronco de un árbol cercano. En mi demencia incipiente, el nudo de un árbol se me asemejaba a la cabeza de un hombre. Un hombre como Casanova. Disparé una y otra vez. Todos tiros perfectos, sin fallar ninguno. ¡Había matado a Casanova!

—¿Te sientes mejor ahora? —me preguntó Sampson inspeccionándome por encima de sus lentes Ray-Ban—. ¿Le diste al diablo en su maligno ojo ?

—Me siento algo mejor. No mucho —le dije, y le mostré mis dedos pulgar e índice a un milímetro escaso de distancia.

Sampson se apoyó en un árbol pequeño que parecía un esqueleto humano, quizás por no haber recibido suficiente luz.

—Yo creo que ya es hora de que demos por terminada la jornada y nos vayamos de aquí.

¡Fue entonces cuando escuchamos los gritos!

Voces de mujeres que provenían *del interior de la tierra.*

Los gritos llegaban amortiguados, pero de todos modos podíamos escucharlos con claridad. Provenían de un sitio al norte de donde estábamos, aún más al interior de las densas zarzas, pero más cerca del campo abierto de los antiguos sembrados de tabaco.

Una compacta y áspera bola de tensión pareció impactarme al escuchar los gritos subterráneos. La cabeza se me derrumbó involuntariamente sobre el pecho.

Sampson sacó su Glock y disparó dos tiros rápidos, nuevas señales para las mujeres atrapadas o para quienquiera que estuviera gritando ahí abajo.

Los gritos amortiguados se iban haciendo más claros, y su volumen se elevaba como si provinieran del décimo círculo del infierno.

—Dulce Niño Jesús —susurré—. Las encontramos, John. Encontramos la casa de los horrores.

CAPÍTULO 106

Sampson y yo caímos de bruces. Buscamos frenéticamente la entrada oculta a la casa subterránea; arañamos el terreno con los dedos y las palmas hasta cortarnos y sangrar. Cuando me miré las manos, me temblaban convulsivamente.

Disparé unos cuantos tiros más para que las mujeres atrapadas supieran que las habíamos escuchado y que todavía estábamos ahí arriba. En cuanto acabé de disparar, volví a cargar rápidamente.

—¡Estamos aquí arriba! —grité con la cabeza pegada al piso. La hierba y la maleza arañaban mi cara—. ¡Somos de la policía!

—Aquí está, Alex —me llamó Sampson—. La puerta está aquí. En todo caso, parece una especie de puerta.

Correr sobre la espesa maleza era como intentar avanzar chapoteando en el agua. La puerta, una especie de escotilla horizontal, estaba oculta detrás de las madreselvas y de una hierba tan alta que llegaba hasta la cintura, en la zona en que había estado buscando Sampson. La puerta había sido recubierta con un nivel adicional de hierba, tierra y una gruesa capa de agujas de pino. Era muy poco factible que hubiera sido encontrada por un equipo de búsqueda o por cualquiera que estuviera paseando por esos bosques.

—Yo bajo primero —le dije a Sampson. La sangre rugía en mi interior y hacía eco en mis oídos. Por lo general él se habría opuesto a mi iniciativa. Esta vez no.

Bajé a toda prisa, precipitadamente, por una estrecha escalera de madera que parecía haber estado ahí durante más de cien años. Sampson me seguía muy de cerca. Los mellizos *buenos*.

¡Detente!, me dije a mí mismo. *Tómalo con calma.* En la parte inferior de la escalera había una segunda entrada. La pesada puerta de roble se veía nueva, como si hubiera sido instalada recientemente, posiblemente hacía uno o dos años. Giré con lentitud la manija, pero tenía puesto el seguro.

—Voy a entrar —le grité a quienquiera que pudiera estar detrás de la puerta. Luego disparé dos tiros al seguro y este se desintegró. Abrí la puerta con una arremetida del hombro.

Finalmente estaba dentro de la casa de los horrores. Lo que vi me produjo náuseas. El cuerpo de una mujer yacía en el sofá de la que parecía haber sido una sala muy *chic*. El cadáver había comenzado a descomponerse. Sus rasgos eran irreconocibles. Una multitud de gusanos pululaban sobre el cuerpo de la víctima.

Muévete, me tuve que decir. *¡Sigue! Sigue de una vez.*

—Estoy detrás de ti —me susurró Sampson con su voz profunda, una voz adecuada para la escena de un levantamiento de cadáver—. Ten mucho cuidado, Alex.

—¡Es la policía! —anuncié. Mi voz salía temblorosa y se estaba poniendo ronca. Tenía temor de las barbaridades que podríamos encontrar en el escondrijo. ¿Estaría Naomi todavía allí? ¿Estaría viva?

—Estamos aquí abajo —gritó una mujer—. ¿Puede escucharme alguien?

—Te escuchamos; vamos en camino —grité de nuevo.

—¡Por favor ayúdenos! —clamó una voz que se escuchaba más lejana en el interior de la casa subterránea—. Tengan cuidado. Es muy mañoso.

—Ves. Es muy mañoso —susurró Sampson. Siempre tenía que decir la última palabra.

—¡Él está en la casa! *¡En este momento está en la casa!* —nos advirtió otra de las mujeres.

Sampson aún continuaba detrás de mí, a uno o dos pasos.

—¿Quieres mantener la figura, compañero? Será mejor que camines de puntillas.

—Quiero ser el que la encuentre —le dije—. Tengo que encontrar a Peguita.

No discutió.

—¿Crees que el gran conquistador esté por aquí abajo en alguna parte? —musitó.

—Ese es el rumor que corre por ahí —le dije sin dejar de moverme. Ambos teníamos nuestras pistolas empuñadas y listas. No teníamos ninguna idea de lo que podíamos esperar a continuación. ¿Estaba el "encantador" Casanova esperándonos?

¡Muévete! ¡Muévete! ¡Mueve esas piernas!

Busqué el camino para salir de la desierta sala. En el techo del corredor adyacente se veían lámparas de alta tecnología. ¿Cómo podía haber llevado la energía eléctrica hasta allí? ¿Por medio de un transformador? ¿De un generador? ¿Y eso qué indicaba? ¿Que era un hombre con dotes prácticas? ¿Que tenía conexiones con la compañía local de electricidad? ¿Cuánto le había tomado poner el sótano subterráneo en esas condiciones?, me preguntaba. ¿Arreglarlo así? ¿Volver esa fantasía realidad?

El espacio era inmenso. Entramos a un largo pasadizo que serpenteaba hacia la derecha a partir de la sala. Había puertas a cada lado, aseguradas con pestillos exteriores, como celdas de una prisión.

—Cuídame la espalda —le dije a Sampson—. Voy a entrar en la puerta número uno.

—Yo siempre cuido tu espalda —me susurró.

—Cuida también *la tuya.*

Me dirigí a la primera puerta.

—Es la policía —anuncié—. Soy el detective Alex Cross. Todo va a estar bien.

Abrí la puerta y miré en su interior. Quería que fuera Naomi. Rezaba para que así fuera.

CAPÍTULO 107

—Son unos completos idiotas —dijo el Caballero, intolerante e impaciente como siempre—. Dos payasos de carnaval con rostros negros.

Casanova, impaciente, esbozó una sonrisa.

—¿Qué diablos esperabas? ¿Neurocirujanos del hospital militar Walter Reed en Washington? No son más que un par de policías callejeros.

—Tal vez no tanto. Encontraron la casa ¿verdad? Están en su interior en este momento.

Los dos amigos observaban cómo se desarrollaba todo desde un escondite cercano en el bosque. Habían estado siguiéndole la pista a los detectives toda la tarde. Los observaban con un par de binoculares. Tramaban, planeaban, pero también jugaban con su presa. Estaban cuidándose mientras se preparaban para la confrontación final.

—¿Por qué no trajeron a los otros? ¿Por qué no trajeron a los del FBI? —preguntó Rudolph. Como siempre, era inquisitivo y muy lógico. Una máquina lógica; una máquina de la muerte; pero una máquina que funcionaba sin un corazón humano.

Casanova miró una vez más a través de los poderosos binoculares alemanes. Podía ver que estaba abierta la escotilla que conducía hacia la casa subterránea, la obra maestra que habían construido a mano Rudolph y él.

—Es su arrogancia de policías —dijo contestando por fin la pregunta de Rudolph—. De alguna forma son como nosotros. Sobretodo Cross. Confía sólo en él mismo y en nadie más.

Miró de reojo a Will Rudolph y ambos sonrieron. De hecho, la ironía era hermosa. Los dos detectives contra ellos dos.

—Cross a lo mejor cree que nos entiende, que comprende nuestra relación —dijo Rudolph—. Es posible que la entienda un poco.

Rudolph había estado paranoico en todo lo referente a Alex

Cross desde su cercano encuentro en California. Después de todo, Cross le había seguido la pista, y eso lo asustaba. Pero al Caballero, Cross le parecía un oponente interesante. Disfrutaba compitiendo, el deporte de la sangre.

—Él entiende algunas cosas, observa patrones de conducta, de tal forma que cree que sabe más de lo que realmente sabe. Sólo ten un poco de paciencia y dejaremos al descubierto las debilidades de Cross.

Casanova creía que mientras fueran pacientes, y mientras pensaran bien las cosas, ganarían; nunca serían capturados. Así había sido durante años, desde que ellos se conocieron en la Universidad de Duke.

Casanova sabía que Will Rudolph había sido negligente en California. Tenía esa perturbadora tendencia, aun desde que era un brillante estudiante de medicina. Era impaciente y había actuado de forma torpe y melodramática cuando mató a Roe Tierney y a Tom Hutchinson. Casi lo pescan en esa época. Fue interrogado por la policía y fue uno de los principales sospechosos del caso.

Casanova pensó en Alex Cross de nuevo, y evaluó los puntos fuertes y las debilidades del detective. Cross *era* cuidadoso y era un profesional competente. Acostumbraba pensar las cosas minuciosamente antes de actuar. Sin duda era más listo que el resto del grupo. Policía *además* de psicólogo. Era él quien había encontrado el escondite, ¿no es así? Había llegado así de lejos, mucho más cerca que cualquier otro.

John Sampson era más impulsivo. Él era el punto débil, aunque por supuesto no lo parecía. Era poderoso físicamente, pero sería el primero en perder el control. Y acabar con uno sería acabar con el otro. Los dos detectives eran amigos cercanos; una cercanía bastante emocional existía entre los dos.

—Fue estúpido habernos separado hace un año, haber tomado rutas distintas —dijo Casanova a su único amigo en el mundo—. Si no hubiéramos comenzado a competir y a jugar juegos egocéntricos, Cross nunca habría descubierto nada sobre nosotros. No te hubiera encontrado a ti y ahora no tendríamos que matar a las muchachas y destruir la casa.

—Déjame hacerme cargo del buen doctor Cross —dijo Rudolph. No había reaccionado ante ninguna de las cosas que acababa de decir Casanova. Rudolph nunca había demostrado mucha emoción, pero en realidad también se había sentido solitario. Había regresado ¿verdad?

—Nadie se va a hacer cargo a solas del doctor Cross —dijo Casanova—. Vamos a ir los dos tras ellos. Lo haremos dos contra uno, que es la mejor forma de trabajar. Primero Sampson. Luego Alex Cross. Yo sé cómo va a reaccionar él. Sé cómo piensa. Lo he estado observando. De hecho, lo he estado cazando desde que llegó al sur.

Los dos monstruos humanos se aproximaron a la casa.

CAPÍTULO 108

Encendí las luces de la alcoba y pude ver a una de las mujeres cautivas. Marie Jane Capaldi estaba encogida contra la pared más alejada de la puerta, como si fuera una pequeña niña asustada. Yo sabía quién era ella. Había conocido a sus padres hacía unas dos semanas; me habían mostrado antiguas fotos suyas, preciosas para ellos.

—Por favor, no me haga daño. Ya no puedo resistir más esto —suplicó Marie Jane con un ronco susurro.

Tenía los brazos cruzados sobre el pecho como si se estuviera abrazando a sí misma y se mecía suavemente hacia atrás y hacia adelante. Llevaba puestos unos apretados pantalones negros recortados por encima de las rodillas y una arrugada camiseta de Nirvana. Marie Jane sólo tenía diecinueve años y era estudiante de Bellas Artes en la Universidad de Carolina del Norte, en Raleigh.

—Soy un detective de la policía —le susurré con la voz más suave que me fue posible—. Nadie te puede hacer daño ahora. No se lo permitiremos.

Marie Jane dejó escapar un quejido y comenzó a llorar lágrimas de alivio. Su cuerpo continuaba temblando.

—Él ya no puede hacerte daño, Marie Jane —le volví a asegurar en el tono más tranquilizador de que era capaz. En ese momento casi no podía hablar—. Tengo que encontrar a las otras. Voy a regresar, te lo prometo. Voy a dejarte la puerta abierta. Puedes salir si quieres. Ahora estás a salvo.

Tenía que ayudar a las otras. *Su harén de mujeres especiales se encontraba allí mismo. Naomi era una de ellas.*

Irrumpí en el siguiente cuarto del corredor. Aún no recuperaba el aliento. Me sentía gozoso, atemorizado, entristecido, todo al mismo tiempo.

La mujer alta y rubia que ocupaba el cuarto me dijo que ella era Melissa Stanfield. Recordaba ese nombre. Era una estudiante de enfermería. Tenía muchas preguntas que hacerle, pero sólo había tiempo para una.

Toqué su hombro con gentileza. Ella se estremeció y luego se desplomó sobre mí.

—¿Sabes dónde está Naomi Cross? —le pregunté.

—No estoy segura —respondió Melissa—. No sé cómo es la disposición de los cuartos aquí —sacudió la cabeza y comenzó a llorar. No creo que siquiera supiera a quién me refería.

—Estás a salvo ahora. La pesadilla por fin ha terminado, Melissa. Ayúdame a liberar a las demás —le susurré.

Al salir de nuevo al corredor vi que Sampson le estaba quitando el seguro a una puerta. Lo escuché decir "Soy un detective de la policía. Están a salvo ahora". Su voz era suave: *Sampson el Gentil.*

Las mujeres que habíamos liberado deambulaban, aturdidas y confundidas, fuera de las celdas que habían sido sus habitaciones. Se abrazaban entre sí en el corredor. La mayoría estaba sollozando, pero pude percibir su alivio, incluso su gozo. Al fin alguien había llegado a ayudarlas.

Entré a un segundo corredor al final del primero. Había más puertas con seguro. ¿Estaría Naomi allí? ¿Estaría viva? El fragor de mi corazón en el pecho se estaba volviendo insoportable.

Abrí la primera puerta a la derecha y allí estaba ella. Allí estaba Peguita. La mejor visión del mundo entero.

Las lágrimas no tardaron en caer de mis ojos. Ahora era yo el que no podía hablar. Por un momento pareció que iba a aflorar a mi mente todo lo que había sucedido entre nosotros. Cada palabra, cada mirada, cada matiz.

—Sabía que ibas a venir por mí, Alex —dijo Naomi. Se tambaleó hacia mis brazos y me apretó.

—Oh, mi dulce, Naomi —le dije quedamente. Sentí como si me hubieran quitado de encima toneladas de peso—. Esto hace que todo valga la pena. Bueno, casi todo.

Tenía que mirarla de cerca mientras sujetaba su preciosa

cara entre mis dos manos. Se veía tan frágil y diminuta en ese cuarto. ¡Pero estaba viva! Por fin la había encontrado

Le grité a Sampson:

—*¡Encontré a Naomi! ¡La encontramos, John! ¡Aquí adentro! ¡Estamos aquí adentro!*

Peguita y yo buscamos refugio uno en los brazos del otro, como en los viejos tiempos. Si en algún momento de mi vida me había arrepentido de ser un detective, esto lo compensaba todo. Caí en cuenta de que pensaba que ella estaba muerta, sólo que no podía dejar la lucha. No habría podido perdonarme nunca si lo hubiera hecho.

—Sabía que llegarías aquí, justo así. Lo soñé. Viví para *este instante.* Recé cada día y aquí estás —Naomi me brindó la más hermosa sonrisa que hubiese visto—. Te amo.

—Yo también te amo. Te extrañé como un loco. Todo el mundo te extrañó —después de algunos instantes, me separé de Naomi.

Recordé los monstruos y lo que debían estar pensando en ese momento. Todavía andaban tramando cosas. Leopold y Loeb ya crecidos, cometiendo crímenes perfectos.

—¿Estás segura de que estás bien? —pregunté sonriendo, o al menos intentando hacerlo.

Pude observar que la antigua intensidad volvía a los ojos de Naomi.

—Anda, Alex. Saca a las otras —me urgió—. Por favor saca a las otras de estas jaulas en las que nos ha tenido retenidas.

Justo en ese momento, un ruido terrible hizo eco en el corredor. Un grito de dolor. Corrí desde el cuarto de Naomi y vi algo que nunca me imaginé que podría pasar, ni siquiera en mis peores pesadillas.

CAPÍTULO 109

La sonora y profunda llamada de auxilio venía de Sampson. Mi compañero estaba en problemas. Dos hombres, que utilizaban máscaras macabras, forcejeaban sobre él. ¿Casanova y Rudolph? ¿Quiénes más podían ser?

Sampson se encontraba tirado en el piso del corredor. Su boca estaba abierta por la conmoción y el dolor. Un cuchillo, o un picahielo, sobresalía del centro de su espalda.

Era una situación a la que me había enfrentado en dos oportunidades anteriores, cuando montaba patrulla en las calles de Washington. Un compañero en problemas. En este instante no tenía otra opción y probablemente sólo una única oportunidad. No vacilé. Levanté mi Glock y disparé.

Los sorprendí por la velocidad con que disparé. No esperaban que lo hiciera mientras tenían a Sampson. El más alto de los monstruos se agarró el hombro y cayó hacia atrás. El otro miró a través del corredor, hacia donde yo estaba. La fría mirada de la fiera máscara era una advertencia. Pero les había quitado su ventaja.

Disparé por segunda vez, ahora hacia la otra máscara. De repente, todas las luces se apagaron en la casa subterránea. Al mismo tiempo, una música rock brotó de parlantes escondidos en algún lugar entre las paredes. Axl Rose aullaba *Wellcome to the Jungle.*

El corredor quedó tan oscuro como el fondo de un pozo. La música estremecía los cimientos de la edificación. Me pegué a la pared y avancé hacia donde Sampson había caído.

Mis ojos se esforzaban por ver en la oscuridad y un miedo terrible se apoderó de mí. Habían derribado a Sampson y eso no era una tarea fácil. Los dos parecían haber salido de la nada. ¿Habría otra entrada o salida?

Escuché un grave quejido que me resultó familiar; Sampson estaba cerca.

—Estoy aquí. Supongo que no cuidé la espalda lo suficiente —dijo con dificultad.

—No hables —le dije. Me acerqué al sitio de donde provenía la voz. Ahora más o menos sabía dónde se encontraba. Temía que los otros no se hubieran ido. De improviso habían recuperado la ventaja y no me cabía duda de que estaban esperando para atacarme.

Les gustaba *trabajar dos contra uno. Necesitaban hermanarse. Se necesitaban el uno al otro. Juntos eran invencibles. Hasta el momento.*

Me fui moviendo de centímetro en centímetro con la espalda pegada a la pared. Me moví hacia las formas y sombras cambiantes que divisaba al final del corredor.

Adelante había un tenue reflejo de luz amarillenta. Pude ver a Sampson enroscado en el suelo. Mi corazón latía a tal velocidad que casi no había pausa entre un latido y otro. Mi compañero estaba mal herido. Esto nunca antes había sucedido, ni siquiera cuando éramos niños en las calles de Washington.

—Estoy aquí —le dije a Sampson, mientras me arrodillaba junto a él. Toqué su brazo—. Si te desangras, me voy a enfadar muchísimo. Quédate bien quieto.

—Tranquilo Alex —gruñó—. Tampoco me va a dar un shock nervioso. Ya nada es capaz de producirme un shock nervioso.

—No te hagas el héroe —recosté su cabeza con suavidad en mi costado—. Tienes un cuchillo clavado en la mitad de la espalda.

—Yo *soy* un héroe... No te quedes aquí. Sigue... No puedes dejarlos escapar ahora. Ya le diste a uno. Se fueron hacia la escalera. El mismo sitio por donde entramos.

—Anda, Alex, ¡tienes que agarrarlos! —di media vuelta al escuchar la voz de Naomi. Se arrodilló junto a Sampson—. Yo me encargo de él.

—Regresaré —dije, y al instante siguiente ya había salido como un resorte.

Volteé por una esquina oscura del largo corredor, medio agachado, en posición de disparar. Entré en el primer corredor por el que habíamos pasado. *Se fueron hacia la escalera,* había dicho Sampson.

¿Una luz al final del túnel? ¿Monstruos que se escondían por el camino? Podía moverme más velozmente en la semioscuridad. Nada me podía a detener ahora. Bueno, tal vez Casanova y Rudolph podrían hacerlo. Dos contra uno no era mi apuesta favorita y menos si jugaba de visitante.

Por fin encontré la puerta de salida. Estaba sin pestillo ni seguro en el picaporte. Yo lo había volado.

La escalera estaba libre, al menos así parecía. La compuerta estaba abierta, y podía ver los oscuros pinos como parches en el cielo azul. ¿Me estarían esperando allá arriba aquellos dos monstruos mañosos?

Subí las escaleras tan rápido como pude. Mi dedo listo en el gatillo de la Glock. Todo parecía de nuevo fuera de control. Pasé por el último escalón como si fuera un profesional del fútbol abriéndose paso por una pequeña hendidura en la línea de defensa. Salí por el agujero rectangular a nivel del piso y di un giro semiacrobático. Salí disparando la Glock. Al menos confiaba en que aquel recurso de combate hiciera flaquear el pulso de algún tirador.

No me esperaba nadie para dispararme, ni tampoco nadie que aplaudiera mi actuación. El profundo bosque estaba silencioso y parecía completamente vacío.

Los monstruos habían desaparecido... La casa también había desaparecido.

Decidí seguir la misma dirección por la que Sampson y yo habíamos llegado. Con toda seguridad era una de las salidas del bosque y bien podría ser la ruta que Casanova y Rudolph tomaran. No me gustaba en absoluto tener que dejar a Sampson y a las muchachas, pero no había otra opción, ni otra manera de proceder.

Guardé mi Glock en la cartuchera que llevaba colgada del hombro y eché a correr. Más rápido con cada paso que daba, a medida que mis piernas entraban de nuevo en acción y empezaban a recordar lo que de verdad significaba *correr rápido*.

Sobre la hierba había una estela de sangre fresca que se perdía a los pocos metros entre la espesura de la vegetación. Uno de los dos sangraba copiosamente. Ojalá cayera pronto. Al menos sabía ya que me encontraba bien encaminado.

Las enredaderas y los arbustos espinosos se me clavaban en los brazos y las piernas mientras avanzaba por la tupida vegetación. Las ramas golpeaban constantemente mi cara. Me tenían sin cuidado los azotes que recibía.

Recorrí a toda velocidad un kilómetro y medio, o al menos eso me pareció. Estaba sudando abundantemente y una serie de dolores punzantes me sacudían el pecho. La cabeza me hervía como el motor de un auto recalentado. Cada paso que daba parecía más difícil que el anterior.

Había corrido sin descanso, convencido de que a cada paso me acercaba más a aquellos dos hombres. ¿O a lo mejor estaban justo detrás de mí? ¿Me habrán visto salir? ¿Me habrían seguido? ¿Habrían dado un círculo completo para ponerse otra vez a mis espaldas? Dos contra uno, no era ese realmente el desenlace que había esperado.

Busqué nuevos rastros de sangre o de ropa rasgada. Alguna señal de que hubieran pasado por allí. Ahora sentía los pulmo-

nes en llamas y estaba empapado en sudor. Las piernas me dolían y empezaban a entumecérseme.

Tuve una regresión, una sucesión de imágenes. Corría con
Marcus Daniels en los brazos en Washington, D.C. Volvía a ver
la cara del pobre chico. Recordé el grito de dolor de Sampson
en la casa subterránea. Vi la cara de Naomi.

Alcancé a ver algo más adelante *a dos hombres que corrían.* Uno
de ellos se sujetaba el hombro. ¿Casanova o el Caballero? Realmente no importaba... yo quería acabar con ambos. No me tran-
saría por menos.

El monstruo herido no daba muestras de disminuir el paso.
Sabía que yo iba tras de él y soltó un aterrador alarido. Esto me
hizo recordar que era un loco imprevisible. El grito hizo eco en
los bosques de abeto como el aullido de un animal salvaje.

Luego otro alarido primitivo. Esta vez era el otro loco.

Hermanamiento, pensé. Ambos eran animales naturales. No
podían sobrevivir el uno sin el otro.

El sonido repentino de un disparo me tomó completamente
por sorpresa. Una astilla arrancada de un pino pasó veloz por
encima de mi cabeza. La bala estuvo a unos tres o cuatro centímetros de darme de lleno, de matarme en el acto. *Uno de los
monstruos había girado con rapidez y había disparado su arma.*

Me agazapé detrás del árbol que había recibido la bala en
mi lugar. Me asomé por entre las ramas frondosas. No podía ver
a ninguno de los dos en la distancia. Esperé. Contaba los segundos. Estaba tratando de que mi corazón se pusiera de nuevo en
marcha. ¿Cuál de ellos era el que había disparado? ¿Cuál era el
que estaba herido?

Cuando se produjo el disparo estaban muy cerca de la cresta
de una empinada loma del bosque. ¿Habrían pasado al otro lado? Si lo habían hecho, ¿me estarían esperando allá? Lentamente me aparté del árbol y di un vistazo alrededor.

De nuevo me rodeaba un silencio completo y aterrador. Nada de gritos. Nada de disparos. No parecía que hubiera nadie allí. *¿Qué demonios se proponían? Sin embargo acababa de aprender algo nuevo sobre ellos.* Contaba con otra pista. Un instante antes había descubierto algo importante.

Corrí hasta la cresta de la loma que estaba al frente. ¡Nada! Mi corazón desfalleció como si hubiera caído en un profundo abismo de millones de kilómetros. ¿Habrían escapado? ¿Después de todo el esfuerzo?

Seguí corriendo. No podía permitir que ese horror sucediera: No iba a permitir que los monstruos quedaran en libertad.

Creía saber en qué sentido se encontraba la autopista estatal y me dirigí hacia ella. Había recuperado el aliento por segunda vez, tal vez por tercera, y ahora era capaz de correr con mayor velocidad. Alex el Explorador.

Volví a divisarlos, a unos cien o ciento veinte metros. Luego vi una franja gris que me resultó familiar: una de las curvas de la autopista. Pude divisar también unos pocos edificios de tejas blancas y unos viejos postes telefónicos. *Una autopista. Por allí podrían escapar.*

Ambos corrían hacía un destartalado motel de carretera. Todavía llevaban las máscaras de la muerte, lo que significaba que Casanova estaba al mando. El líder natural. Amaba sus máscaras, pues representaban lo que realmente él creía ser: un oscuro dios. Libre de hacer lo que le viniera en gana. Superior al resto de los mortales.

Un letrero de neón azul y rojo con el nombre de Trail Dust se encendía y apagaba intermitentemente sobre el techo del motel. Era uno de esos paradores campestres que siempre están llenos de clientes. Los monstruos se dirigían hacia allá.

Casanova y el Caballero Visitante se treparon a una camioneta azul nueva que había allí estacionada. Los estacionamientos de las tabernas de mucho movimiento resultan un buen lugar para dejar un auto sin que se note mucho. Eso lo sabía como detective. Corrí a lo largo de la carretera estatal hacia el motel.

Un hombre de cabello rojizo, largo y ensortijado, se estaba subiendo a su Plymouth Duster en el área de estacionamiento. Llevaba una arrugada camisa con la insignia de Coca-Cola y cargaba bajo el brazo una voluminosa bolsa de papel. Víveres líquidos.

—Policía —le dije, mientras exhibía mi carnet a unos treinta centímetros de su barba incipiente—. ¡Necesito llevarme su auto! —tenía la pistola desenfundada, lista para enfrentar los problemas en el momento mismo en que se presentaran. Definitivamente me iba a llevar el auto.

—Por Dios, hombre. Este es el auto de mi novia —masculló rápidamente. Pero al ver la pistola me entregó las llaves.

Señalé en la dirección por la que había llegado y dije:

—Llame a la policía ahora mismo. Las mujeres desaparecidas están por ese lado, tal vez a unos tres kilómetro de aquí. ¡Dígales que hay un oficial herido! Dígales que es el escondite de Casanova.

Salté dentro del Duster y ya iba a sesenta antes de salir del estacionamiento. Por el retrovisor pude ver al hombre con las cervezas, que todavía me miraba. Quería llamar a Kyle Craig yo mismo y pedirle que enviara ayuda, pero ya no podía parar, no podía perder a Casanova y su amigo.

La camioneta azul oscura se dirigió hacia Chapel Hill... donde Casanova había intentado asesinar a Kate, donde la había secuestrado. ¿Sería esa su sede después de todo? ¿Sería él algún miembro de la Universidad de Carolina del Norte? ¿Otro médico? ¿Alguien de quien nunca habíamos oído hablar? No sólo era posible, sino muy probable.

Ya en las afueras de la ciudad, me acerqué a una distancia de cuatro automóviles. No tenía forma de saber si ellos habían advertido que yo estaba allí. A lo mejor sí. La versión local de la hora pico estaba en todo su furor en Chapel Hill. La calle Franklin era un estrecho flujo de tráfico serpenteante, que se movía lentamente a lo largo del campus.

Adelante podía ver el teatro Varsity, adonde Wick Sachs había ido a ver una película extranjera con una mujer llamada Suzanne Wellsley. Había sido adulterio, nada más y nada menos. El doctor Wick Sachs había caído en la trampa de Casanova y Rudolph. Sachs parecía el sospechoso perfecto en el caso. *El pornógrafo local.* Casanova lo sabía todo sobre él. ¿Por qué?

Estaba próximo a agarrarlos; lo podía sentir. Tenía que creerlo. El semáforo los detuvo en la esquina de Franklin y Colum-

bia. Estudiantes con camisetas raídas marca Champion o Nike
y logos de Bass Ale, caminaban despreocupadamente por entre
los automóviles detenidos. Desde el radio de algún vehículo se
escuchaba *I know I Got Skillz* de Shaquille O'Neal.

Esperé unos instantes entonces me abalancé. *Listo o no, aquí
voy.*

CAPÍTULO 112

Me deslicé fuera del Duster y corrí encorvado por todo el centro de la calle Franklin. Tenía la Glock afuera, pero aplastada contra mi pierna para que se notara menos. *Que nadie vaya a gritar o a sentir pánico ahora. Que esto salga bien, aunque sea una sola vez.*

Los dos ya debían de haber notado el auto que los seguía. Eso ya me lo había imaginado. Tan pronto salí a la calle, se lanzaron de la camioneta por lados contrarios.

Uno de ellos se dio vuelta y disparó tres tiros rápidos. *Pum. Pum. Pum.* Y sólo uno de los dos tenía la pistola afuera. Algo me volvió a la cabeza de nuevo: recordé la rápida escena del bosque. Mi mente estableció una conexión. Un destello de reconocimiento.

Me agazapé detrás de un Nissan "Z" negro que estaba esperando en el semáforo y grité con toda la fuerza de mis pulmones:

—¡Policía! ¡Al suelo todo el mundo! ¡Bájense de los autos!

La mayoría de los conductores y peatones obedeció mis órdenes. Qué diferencia entre Chapel Hill y Washington en ese aspecto. Di un rápido vistazo entre la fila de automóviles y no vi a los asesinos por ningún lado.

Me deslicé en cuclillas a lo largo del auto deportivo negro. Los estudiantes y los dueños de los almacenes me observaban peocupados desde las aceras.

—¡Policía. Al suelo. Saquen a ese niño de aquí! —grité.

Por la mente me pasaban todo tipo de escenas alocadas. Imágenes intermitentes. Sampson... con un cuchillo clavado en la espalda. Kate... golpeada hasta quedar como una piltrafa ensangrentada y exánime. Los ojos hundidos de las mujeres cautivas allá en la casa.

Me mantenía casi pegado al suelo, pero uno de los monstruos me divisó y me disparó un tiro a la cabeza. Ambos disparamos casi al mismo tiempo.

La bala hizo mella en uno de los espejos laterales de un auto que se interponía entre los dos, que probablemente me salvó la vida. No pude ver el resultado final de mi disparo.

Me volví a agachar detrás de los autos. El olor a aceite de motor y a gasolina era casi insoportable. Una sirena de policía que ululaba en la distancia me indicó que ya venía ayuda en camino. Desde luego no se trataba de Sampson. No era la clase de ayuda que yo necesitaba en ese momento.

Lo que tienes que hacer es seguir moviéndote. Mantenlos de alguna forma en la mira... ¡a los dos! Dos contra uno. Aunque se podía pensar de otra manera: ¡dos por el precio de uno!

Me preguntaba qué tan bien se las iban arreglar en esa ocasión. Qué era lo que estaban pensando. Planeando. ¿Era Casanova el líder ahora? ¿Y quién era él?

Levanté rápidamente la vista, y vi a un policía. Estaba cerca de la esquina de la calle y tenía el revolver afuera. No alcancé a gritarle que se cuidara.

Dos disparos desde su izquierda y el patrullero cayó pesadamente. La gente gritaba por toda la calle Franklin. Algunos universitarios engreídos, de esos que se las saben todas, ya no parecían tan indiferentes. Algunas de las muchachas lloraban. Tal vez habían entendido por fin que todos somos muy mortales.

—Al suelo —grité de nuevo—. ¡Todo el mundo al suelo de una puta vez!

Me escondí de nuevo detrás de los autos y, centímetro a centímetro, avancé hasta quedar al lado de una furgoneta pequeña. Vi a *uno* de los monstruos mientras mis ojos se reponían del encandilamiento producido por la lámina metálica del auto.

Mi próximo tiro no fue tan ambicioso; nada de ínfulas heroicas en ese momento. Me bastaba con darle en alguna parte. Pecho, hombros, parte inferior del torso. ¡Disparé!

Un tiro imprevisible, hijo de perra. Observa esto. La bala explotó a través de las dos ventanillas laterales de un Ford Taurus abandonado. Le di a uno de aquellos tipejos arriba del pecho, justo debajo de la garganta.

Cayó como si lo hubieran jalado desde abajo. Corrí tan rápido como pude hacia el sitio donde lo había visto parado la última vez. *¿Cuál fue el que cayó?* Me gritaba mi cerebro. *¿Dónde está el otro?*

Avancé raudo en zigzag por entre los autos estacionados. *¡Se había esfumado! ¡No estaba allí!* ¿Dónde diablos podía estar? ¿Y dónde estaba escondido el otro?

Vi al que había sido alcanzado por mi disparo. Yacía con las piernas abiertas debajo del semáforo de Columbia y Franklin. La máscara macabra aún cubría su rostro, pero se veía casi como un transeunte común y corriente con un buzo blanco, pantalones caqui y una chaqueta impermeable.

No vi ninguna pistola a su lado. No se estaba moviendo y yo sabía que estaba mal herido. Me arrodillé junto a él, sin dejar de mirar a mi alrededor mientras lo examinaba. *¡Cuidado! ¡Cuidado!*, me advertí a mí mismo. No veía a su compañero por ninguna parte. *Está por ahí en algún lado. De sobra sabe disparar.*

Le retiré la máscara, con lo que lo privaba de su última fachada. *No eres un dios. Sangras como el resto de nosotros.*

Era el doctor Will Rudolph. El Caballero Visitante se estaba acercando a la muerte en la mitad de una calle de Chapel Hill. Sus ojos azul grisáceos se estaban poniendo vidriosos. La sangre arterial que chorreaba en abundancia había ya formado un charco debajo de él.

La gente empezaba a acercarse desde las aceras sofocando sus gritos de terror y asombro. Llegaban con los ojos abiertos como platos. Probablemente la mayoría no había visto morir a nadie. Yo sí.

Le levanté la cara. El Caballero. El azote asesino y mutilador de Los Ángeles. Él no podía creer que le hubieran disparado, no lo podía aceptar. Me lo decían sus ojos esquivos, atemorizados.

—¿Quién es Casanova? —le pregunté al doctor Will Rudolph. Quería sacárselo cuanto antes—. ¿Quién es Casanova? Dímelo.

No dejaba de vigilar a mis espaldas y a mi alrededor. ¿Dónde estaba Casanova? Él no iba a dejar a Rudolph morir así, ¿verdad? Dos patrullas llegaron por fin. Tres o cuatro policías locales corrieron hacia mí con sus pistolas listas.

Rudolph luchaba por enfocar la vista para verme claramente, o tal vez para ver el mundo por última vez. Una burbuja de sangre se formó en sus labios y luego se reventó con un suave soplo.

Sus palabras salieron con lentitud.

—Nunca vas a encontrarlo —me dijo sonriendo—. No eres lo suficientemente bueno, Cross. No estás ni siquiera cerca. Él es el mejor de todos.

Un ronco aullido salió de la garganta del Caballero. Reconocí el sonido del cascabel de la muerte mientras volvía a colocar la máscara en el rostro del monstruo.

CAPÍTULO 113

Fue una escena frenética y jubilosa que nunca podré olvidar mientras viva. Los familiares inmediatos y amigos cercanos de las mujeres cautivas seguían llegando al centro médico de Duke en el transcurso de la noche. En los terrenos adyacentes al hospital y el estacionamiento cercano a Erwin Road, una nutrida y emotiva multitud de estudiantes y de habitantes de la zona se reunió y permaneció allí hasta pasada la media noche. Ya nunca podría olvidar esas escenas.

Las fotografías de las sobrevivientes habían sido ampliadas y colocadas en cartelones. Los estudiantes y miembros de la facultad cantaban tomados de la mano cantos espirituales como *Dale una oportunidad a la paz*. Al menos durante una noche todo el mundo prefirió olvidarse de que Casanova andaba por ahí suelto. Yo mismo lo intenté durante algunas horas.

Sampson estaba vivo y se recuperaba en el hospital. Al igual que Kate. Personas que jamás había visto en mi vida se me acercaban y me daban enérgicos apretones de mano al interior de ese centro médico, repentinamente festivo. El padre de una de las sobrevivientes no resistió y lloró en mi hombro. Nunca me había sentido tan satisfecho de ser policía.

Tomé el ascensor hasta el cuarto piso para visitar a Kate. Antes de entrar, respiré profundamente. Por fin, me decidí a hacerlo. Parecía una misteriosa momia con tantas vendas alrededor de la cabeza y el rostro. Su condición era estable; no iba a morir, pero seguía en coma.

La tomé la mano y le conté las noticias sobre el largo día.

—Las mujeres cautivas están libres. Estuve en la casa con Sampson. Ya están a salvo, Kate. Ahora queremos que vuelvas con nosotros. Esta noche sería una gran noche para que lo hicieras —le susurré.

Me moría por escuchar de nuevo su voz, al menos una vez más. Pero de sus labios no salió ningún sonido. Me preguntaba si Kate me podía escuchar, o entender mis palabras. Le di un beso suave antes de abandonar el cuarto.

—Te amo, Kate —musité cerca de su mejilla vendada. Dudaba que me pudiera escuchar.

Sampson estaba un piso encima del de Kate. El Hombre Montaña ya había salido de cirugía y su condición había sido catalogada como buena.

Lo encontré despierto y alerta cuando entré a verlo.

—¿Cómo están Kate y las otras muchachas? —me preguntó—. Yo ya casi estoy listo para abandonar este sitio.

—Kate todavía está en coma. Acabo de estar en su cuarto. Tu condición es "buena", si estás interesado en saberlo.

—Dile a los médicos que tienen que mejorar la clasificación a "excelente". Oí que Casanova escapó —comenzó a toser, y se podía ver que estaba furioso.

—Cálmate. Lo agarraremos —sabía que era hora de marcharme.

—No olvides traerme mis lentes oscuros —me dijo cuando salía—. Hay demasiada luz en este lugar. Me siento como en un centro comercial.

A las nueve y media de la noche estaba de nuevo en el cuarto de Peguita. Seth Samuel estaba allí. Era admirable verlos juntos. Eran fuertes, pero también dulces. Comencé la feliz tarea de conocer a Naomi y a Seth.

—¡Tía Peg! ¡Tía Peg!

Oí una voz familiar detrás de mí; una voz que para mis oídos resultaba el mejor de los sonidos. Nana, Cilla, Damon y Jannie entraron en tropel. Habían volado desde Washington. Cilla perdió el control y comenzó a llorar al ver a su "nena". También vi a Nana Mamá secándose algunas lágrimas. Cilla y Naomi parecían empeñadas en darle a la palabra *abrazo* un nuevo significado.

Mis hijos observaban a su tía Peg acostada en la lánguida cama de hospital. Yo podía percibir el temor y la confusión brillando en sus pequeños ojos, sobre todo en los de Damon, que

siempre intenta sobreponerse a cualquier forma de incertidumbre y terror en su vida.

Fui hasta donde mis hijos y los levanté en brazos. Los apreté
con todas mis fuerzas.

—Hola hijo, ¡mi bolita de billar! ¿Cómo está mi Jannie?
—pregunté. Para mí no hay nada como mi familia, nada que se
le aproxime. Supongo que esta es una de las razones por las que
hago lo que hago. Sé que lo es. Doctor detective Cross.

—Encontraste a tía Peg —me susurró Jannie en el oído. Se me
aferró fuertemente con sus pequeños brazos y piernas. Ella estaba aún más entusiasmada que yo.

CAPÍTULO 114

El trabajo no había terminado para mí, estaba apenas a medio hacer. Dos días después incursioné por un sendero entre la Ruta 22 y la casa subterránea. Los oficiales de policía con los que me encontré en esos parajes se veían sombríos y silenciosos. Vagaban por los bosques con las cabezas gachas, sin hablar entre sí y con los rostros vacíos de color o afecto.

Ya habían tenido un contacto de primera mano con los monstruos humanos, y vieron con sus propios ojos la intrincada y espantosa obra del doctor Will Rudolph y del otro monstruo que se llamaba a sí mismo Casanova. Algunos de ellos habían explorado la casa de los horrores.

La mayoría de ellos ya me conocía. Ya estaban acostumbrados a verme en ese infierno. Algunos me hacían una venia o me saludaban con la mano y yo les retornaba el saludo.

Finalmente me habían empezado a aceptar en Carolina del Norte. Hace unos veinte años aquello no habría sido posible, ni siquiera bajo circunstancias extremas. Me estaba empezando a gustar un poco el sur, más de lo que hubiera creído.

Tenía una nueva idea, una teoría plausible sobre Casanova. Se basaba en algo que había notado durante los tiroteos, tanto en estos bosques como en las calles de Chapel Hill. *Nunca lo vas a encontrar*, recordé que fueron las últimas palabras de Rudolph. Nunca digas nunca, Will.

Kyle Craig se encontraba en la casa de los horrores en la tarde caliente y brumosa, al igual que unos doscientos hombres y mujeres de las fuerzas de policía de Durham y Chapel Hill y soldados de Fort Bragg, Carolina del Norte. Estaban conociendo a los monstruos de una forma personal e íntima.

—Es un momento extraordinario para estar vivo, para ser policía —me dijo Kyle. Su humor tomaba un tono más oscuro cada vez que me lo encontraba. Kyle me preocupaba. La mayoría del tiempo era un solitario. Totalmente imbuido en su carrera. Aparentemente recto como una flecha. Me había dado cuenta de que ya tenía esa misma apariencia en las fotos del anuario de su época de estudiante.

—Lo siento por los policías locales, toda esa gente que se ha visto obligada a presenciar esto —le dije a Kyle. Mis ojos pasearon lentamente por la espantosa escena del crimen—. No van a ser capaces de olvidarlo hasta el día en que mueran. Soñarán con esto durante años.

—¿Y tú, Alex? —preguntó Kyle. Sus ojos azul grisáceos buscaron los míos. Algunas veces parecía que incluso se preocupaba por mí.

—Oh, tengo ya tantas imágenes de pesadilla que me resulta difícil escoger una favorita —confesé con una sonrisa un poco forzada—. Pronto me iré a casa. Haré que mis hijos duerman conmigo durante un tiempo. De todas maneras les encanta. No entenderán la *verdadera* razón. Podré dormir tranquilo con los niños conmigo para protegerme. Me despertarán con una palmadita en el pecho si tengo una pesadilla.

Kyle por fin sonrió.

—Eres un hombre poco común, Alex. Al mismo tiempo eres increíblemente comunicativo *y* reservado.

—Y cada día me estoy volviendo un poco más raro —le dije a Kyle—. Si un día de estos te topas con otro monstruo, no te molestes en llamarme. Ya estoy hasta la coronilla de monstruos —lo miré a los ojos tratando de establecer contacto, pero sin lograrlo del todo. Kyle también era reservado; que yo supiera, no era muy comunicativo con nadie.

—Trataré de no llamarte —dijo Kyle—. Sin embargo, es mejor que descanses un poco y te vayas preparando. Hay otro monstruo trabajando ahora mismo en Chicago. Otro en Lincoln y Concord, Massachusetts. Alguien muy maligno se está llevando niños en Austin, Texas. Bebés, de hecho. Hay asesinos en serie en Orlando y Minneapolis.

—Aún tenemos trabajo aquí —le recordé a Kyle.

—¿Ah sí? —preguntó con un dejo de ironía en su voz—. ¿A qué clase de trabajo te refieres? ¿A trabajos manuales?

Kyle Craig y yo observamos la aterradora escena que se estaba desarrollando cerca de la casa subterránea. Entre setenta y ochenta hombres se dedicaban a cavar la explanada al occidente de la casa "que desaparece". Trabajaban con pesadas palas y azadones. En busca de los cadáveres de las víctimas. Trabajos manuales.

Desde 1981, mujeres hermosas e inteligentes de todo el sur habían sido secuestradas por los dos monstruos y luego asesinadas. Trece años en los que había reinado el terror. *Primero, me enamoro de una mujer. Luego, simplemente la tomo.* Lo había escrito Will Rudolph en sus diarios publicados en California. Me preguntaba si ese sentimiento era suyo o de su *gemelo*. También me preguntaba qué tanto estaría extrañando Casanova a su amigo en ese momento. Cómo llevaría su duelo. Cómo pensaba adaptarse a la pérdida. ¿Tendría ya un plan?

Por lo que sabía, Casanova había conocido a Rudolph alrededor de 1981. Habían compartido su secreto prohibido; les gustaba secuestrar, violar y algunas veces torturar mujeres. De alguna forma se les ocurrió la idea de mantener un harén de mujeres muy especiales, mujeres que fueran lo suficientemente brillantes y fascinantes como para mantener su interés. Nunca antes habían tenido a alguien con quién compartir sus secretos. De pronto, se tenían el uno al otro. Traté de imaginarme lo que era no tener a nadie en quien confiar —ni una sola vez en la vida y, de repente, encontrar a una persona con la que se puede conversar de todo cuando se tienen veintiuno o veintidós años.

Ambos habían realizado sus viles juegos y reunido su harén de bellezas en el área del Triángulo de Investigación y a lo largo de todo el sureste americano. Mi teoría sobre el hermanamiento se había acercado a la verdad. Disfrutaban raptando y manteniendo cautivas a mujeres hermosas. Ellos también *competían*. Tanto era así, que Will Rudolph había tenido que ausentarse por algún tiempo e ir a Los Ángeles, donde se convirtió en el Caballero Visitante. Había tratado de salir adelante por sus propios medios. Casanova, el más territorial de los dos, continuaría trabajando en el sur, pero estarían en permanente comunicación. Compartirían sus historias. *Necesitaban* compartirlas. Compartir sus logros era una de las emociones que los unía. Rudolph, eventualmente contó sus historias a una reportera de *Los Ángeles Times*. Probó la fama y la notoriedad y le gustaron. No fue así con Casanova. Tenía una tendencia mucho más marcada a la soledad. Él era el genio, el creativo; al menos eso creía yo.

Me pasó por la cabeza que sabía quién podría ser. Pensé que tal vez había visto a Casanova sin su máscara.

Olas de pensamientos cruzaban por mi cabeza en la sobrecogedora escena del crimen. Me sentía exhausto a más no poder, pero ya no me importaba; había dejado de importarme desde hacía algún tiempo.

Pensaba en Casanova, el asesino territorial. A lo mejor todavía estaba en el área de Durham y Chapel Hill. Él había conocido a Will Rudolph por la época del asesinato de la pareja dorada. Hasta el momento había pensado todo con una claridad casi perfecta. Hasta que por fin cometió un error durante los tiroteos de hacía dos días. Un error pequeño, pero a veces es todo lo que se necesita... *Creía* saber quién podía ser Casanova. Pero no podía compartirlo con el FBI. Yo era la "bala perdida" de ellos ¿verdad?, el "extraño" en este caso. Que así fuera.

Kyle y yo mirábamos hacia el mismo punto distante entre la hierba crecida y la maleza en donde se estaban llevando a cabo las excavaciones. *Fosas comunes,* pensé mientras observaba la horrible escena. *Qué concepto en plenos años noventa.*

Un hombre alto y casi calvo se incorporó desde el hoyo que excavaba en la blanda arena. Hacía señales con sus largos brazos por encima de su cabeza, que brillaba con el sudor.

—¡Aquí Bob Shaw! —gritó su nombre con voz alta y clara.

El nombre del excavador era la señal verbal de que había

sido encontrado el cuerpo de otra mujer. Un equipo completo de investigadores médicos de Carolina del Norte se encontraba presente en esta pesadillesca, horripilante escena. Uno de los miembros del equipo corrió como un pato hasta donde estaba el excavador, con extraños movimientos que en otras circunstancias nos hubieran causado risa a Kyle y a mí, y le extendió la mano a Shaw para ayudarlo a salir.

Las cámaras de televisión presentes en el lugar se trasladaron hasta donde estaba Shaw, un cadete de Fort Bragg. Una atractiva reportera retocaba su maquillaje antes de hablar frente a la cámara.

—Acaban de encontrar a la víctima número veintitrés —dijo la reportera con apropiada solemnidad—. Hasta el momento parece que todas las víctimas eran mujeres jóvenes. Estos crímenes espantosos...

Me retiré del cubrimiento televisivo y tuve que sollozar en voz alta.

Pensé en niños como mis Damon y Jannie presenciando este espectáculo en sus hogares. Este era el mundo que estaban heredando. Monstruos humanos que merodeaban por la tierra, la mayoría de ellos en los Estados Unidos y Europa. ¿A qué se debía eso? ¿A alguna sustancia en el agua? ¿A la comida rápida altísima en grasa? ¿A los programas de televisión de los sábados por la mañana?

—Vete de una vez a tu casa, Alex —me dijo Kyle—. Ya se acabó. No lo vas a capturar, te lo prometo.

CAPÍTULO 115

Nunca digas nunca. Ese es uno de los pocos lemas que tengo como policía. Mi cuerpo estaba bañado en un sudor frío. Mi pulso era irregular. Había llegado el momento culminante. ¿Verdad? Necesitaba creer que así era.

Esperé en la oscuridad caliente e inmóvil fuera de la casa de tablones de madera en el sector de Edgemont en Durham. Era un barrio típico de clase media del sureste americano, con casas bonitas y autos americanos y japoneses (más o menos en igual proporción), prados podados a máquina y aroma a cocina casera. Era el sitio que Casanova había escogido para vivir durante los últimos siete años.

Había pasado las primeras horas de esa noche en las oficinas del *Herald Sun,* releyendo todo lo que habían sacado los periódicos sobre los asesinatos sin resolver de Roe Tierney y Tom Hutchinson. Un nombre mencionado en el *Herald Sun* me ayudó a aclarar todo, o más bien a confirmar mis temores y sospechas. Cientos de horas de investigación, leyendo y releyendo los informes de la policía. Y de repente, todo quedó aclarado en un solo renglón impreso.

El nombre aparecía en una de las historias perdidas en las páginas intermedias del diario de Durham. Apareció solamente una vez. El caso es que lo encontré.

Me había quedado mirando durante un largo rato aquel nombre tan conocido en el artículo periodístico. Pensé en algo que había notado durante el tiroteo en Chapel Hill. Reflexioné sobre el tema general de los "crímenes perfectos". Todo encajaba muy bien para mí. Moñona, como quien dice.

Casanova había parpadeado sólo una vez. Sin embargo, lo había visto con mis propios ojos. El nombre en el artículo periodístico era una verificación. Vinculaba claramente a Will Rudolph y a Casanova por primera vez. También me daba una explicación de cómo se habían conocido y de *por qué* habían entablado conversación.

Casanova era cuerdo y completamente responsable de sus
actos. Había planeado cada paso a sangre fría. Ese era el asunto
más aterrador y poco usual de aquella larga cadena de crímenes.
Él sabía lo que estaba haciendo. Era un puerco que había *escogido* secuestrar jóvenes estudiantes en la flor de la vida. Había *elegido* asesinar y violar una y otra vez. Estaba obsesionado con las
mujeres jóvenes y perfectas, con *amarlas,* como decía él.

En mi imaginación sostuve una entrevista con Casanova
mientras esperaba afuera de su casa. Podía ver su rostro tan claramente como veía los números en el tablero del auto.

Tú no sientes nada, ni positivo ni negativo, ¿verdad?

*Claro que sí. Siento júbilo. Siento el más tremendo éxtasis cuando
atrapo a una dama. Siento varios niveles de excitación, anticipación,
lujuria animal. Siento un increíble sentido de libertad que la mayoría
de las personas nunca llegará a sentir.*

¿Pero culpa no?

Sentado en mi auto, podía verlo sonreír con satisfacción. De
hecho, ya le había visto ese tipo de sonrisa antes. Sabía quién
era él.

Nada que me mueva a dejar de hacerlo.

¿Tuviste o diste de niño algún tipo de cariño, o de amor?

Lo intentaron. Sin embargo, yo no era realmente un niño. No recuerdo haber pensado o actuado como un niño.

Una vez más yo estaba pensando como los monstruos. Era el
domador de dragones. Odiaba esa responsabilidad. Odiaba también la parte mía que se convertía en el monstruo. En este punto no había nada que pudiera hacer para impedirlo.

Estaba afuera de la casa de Casanova en Durham. El temor
martillaba levemente en mi corazón. Esperé ahí durante cuatro
noches.

Sin compañeros. Sin refuerzos.

Lo cual no significaba ningún problema para mí. Podía ser tan paciente como lo era él.

Ahora era yo el que estaba cazando.

CAPÍTULO 116

Aspiré abruptamente una bocanada de aire y me sentí un poco trastornado. ¡Ahí estaba él!

Casanova estaba abandonando la casa. *Observé su cara y también su lenguaje corporal. Era un hombre confiado, muy seguro de sí mismo.*

Un poco después de las once de mi cuarta noche de vigilancia, vi salir al detective Davey Sikes con paso tranquilo de su casa a su auto. Era un hombre fornido, atlético. Vestía jeans, una chaqueta oscura y botas de baloncesto color negro. Sikes se subió a un Toyota Cressida, un modelo de hace unos diez o doce años que guardaba en su garaje.

El sedán debía ser su auto para ir de conquista; su remolque; su vehículo anónimo de recolección. "Crímenes perfectos". Davey Sikes definitivamente poseía el conocimiento. Era uno de los detectives del caso y *lo había sido durante más de doce años.* Él sabía que el FBI investigaría a cada uno de los policías locales cuando ingresaran a trabajar en el caso. Ya tenía preparadas sus coartadas "perfectas". Sikes hasta había alterado la fecha de uno de los secuestros para "probar" que estaba fuera de la ciudad cuando sucedió.

Me preguntaba si Sikes se atrevería a ir ahora tras otra mujer. ¿Habría estado acechando y cazando cautelosamente? ¿Qué estaría sintiendo ahora? ¿Qué estaría pensando justo en este momento? Me preguntaba mientras veía el Toyota retroceder fuera del garaje en el suburbio de Durham. ¿Echaría de menos a Rudolph? ¿Estaría considerando continuar el juego de los dos, o habría decidido que tenía que suspenderlo? ¿Le sería posible suspenderlo?

Yo sentía tantos deseos de agarrarlo. Sampson había dicho al principio que este caso era demasiado personal para mí. Tenía toda la razón. Ningún otro caso había tenido un carácter tan personal para mí, ni por asomo.

Estaba intentando pensar del mismo modo que podía hacerlo él. Traté de incorporarme a su ritmo. Tenía la sospecha de que ya había escogido una víctima, aunque aún no se atreviera a actuar. ¿Se trataría de otra hermosa e inteligente universitaria? Aunque también era posible que ahora cambiara sus patrones de conducta. Yo lo dudaba. Estaba demasiado apegado a su vida, a su creación.

Seguí al monstruo humano por calles oscuras y desiertas del suroeste de Durham. La sangre me llegaba a borbotones a la cabeza. Casi que no lograba escuchar nada más. Conduje con las luces apagadas mientras Sikes circulaba por calles secundarias. A lo mejor sólo se dirigía a la tienda Circle K por cerveza y cigarrillos.

Tenía la sensación de haber dilucidado lo que ocurrió en 1981 y de haber resuelto quizá el crimen de la pareja dorada que tanto había impactado a la comunidad estudiantil en Chapel Hill. Will Rudolph había planeado y cometido los crímenes sexuales cuando aún era un estudiante. Había "amado" a Roe Tierney, pero ella estaba interesada en las estrellas del fútbol. El detective Davey Sikes había conocido e interrogado a Rudolph durante la investigación policial subsecuente.

En un momento dado, Sikes había comenzado a compartir sus propios secretos oscuros y prohibidos con el brillante estudiante de medicina. Habían sabido cosas el uno del otro. Habían sentido la cercanía, con los *cinco sentidos*. Ambos deseaban desesperadamente compartir su secreta necesidad con alguien. De repente, se tenían el uno al otro. *Hermanamiento*.

Ahora resultaba que yo había matado a su único amigo. ¿Estaría deseando Davey Sikes matarme por eso? ¿Estaba enterado de que yo estaba detrás suyo y de que venía por él? ¿Qué estaría pensando en este momento? Ahora no sólo me interesaba capturarlo a él, sino también sus pensamientos.

Casanova ingresó a la autopista interestatal 40 y se dirigió al sur. Se encaminaba hacia Garner y McCullers, de acuerdo con

las brillantes señales viales blancas sobre verde. Había un tráfico relativamente pesado en la autopista y pude seguirlo desde
una situación segura, a una distancia de cinco o seis automóviles. Hasta ahora, todo iba bien. Detective contra detective.

Sikes tomó la salida 35, que tenía marcada en forma vistosa
el nombre McCullers. Avanzaba a un poco más de 50 kilómetros por hora. Eran casi las once y media de la noche. La hora de
las brujas.

Me iba a enfrentar a él esa noche, pasara lo que pasara. Era
algo que no había hecho nunca antes, no lo había hecho jamás
en toda mi carrera como detective de homicidios en Washington.

Esta vez *era* algo personal.

Un kilómetro y medio después de la salida de la autopista 41, una camioneta Ford hizo un viraje repentino desde un camino escondido. Fue totalmente inesperado, pero un golpe de suerte para mí. La deslustrada camioneta se interpuso entre Sikes y yo y me sirvió para ocultarme un poco. No fue mucho, pero lo suficiente por unos cuantos kilómetros más.

El Cressida acabó saliéndose de la carretera principal a unos tres kilómetros en dirección a McCullers. Sikes cuadró el auto en el concurrido estacionamiento de un bar denominado el Sports Page Pub. Un auto más en el sitio no tenía por qué llamar la atención.

Eso era lo que había empezado a delatarlo. Por esa razón hasta Kyle Craig había hecho parte de mi lista de sospechosos. Casanova parecía estar enterado de cada movimiento que daría la policía *antes de que se hiciera*. Probablemente había secuestrado a algunas de las mujeres presentándose como oficial de policía. *¡El detective Davey Sikes! Durante el tiroteo de Chapel Hill se había colocado en una posición de cuclillas que casi llevaba el sello propio de un profesional.* Yo sabía que tenía que ser otro policía.

Cuando investigué los artículos periodísticos sobre el asesinato de la pareja dorada, me topé con su nombre. Sikes había sido un joven policía que hacía parte del equipo inicial de investigación. Había entrevistado a un estudiante llamado Will Rudolph por esa época, pero nunca nos lo había mencionado a ninguno de nosotros; no había dejado entrever nunca que conoció a Will Rudolph en 1981.

Seguí de largo frente al Sports Page Pub, y me salí de la carretera tan pronto encontré el siguiente retorno. Me apeé del auto y me apresuré hacia el bar. Llegué a tiempo para ver a Davey Sikes cuando cruzaba la autopista a pie.

Casanova caminó por la cuneta de una carretera secundaria que interceptaba la autopista, con sus manos entre los bolsillos del pantalón. Daba la impresión de pertenecer por completo a aquel ambiente pueblerino. *¿Con una pistola paralizante en uno de esos bolsillos profundos? ¿Sentía ya esa comezón tan familiar? ¿Regresaban las emociones?*

Seguí a Sikes hasta una franja rodeada de pinos, donde comenzó a moverse con más rapidez. Era veloz para ser tan corpulento. En cualquier momento podría perderse de mi vista. La vida de alguien estaría en peligro en el pacífico vecindario. Otra Peguita Cross. Otra Kate McTiernan. Recordé las palabras de Kate: *Clávale una estaca en el corazón, Alex.*

Saqué la Glock de nueve milímetros de la cartuchera del hombro. Liviana. Eficiente. Semiautomática. Doce tiros mortales. Tenía los dientes tan apretados que me dolían. Le quité el seguro. Estaba listo para sacar de escena a Davey Sikes.

A medida que avanzaba, observaba las formas siniestras que tomaban las ramas que colgaban de los pinos. Adelante se veía una casa con tejado de dos aguas, dibujada contra una luna llena de color amarillo pálido. Me moví rápidamente a través del suave piso tapizado de agujas de pino. No produje ni el más mínimo sonido. Había captado el tiempo y el ritmo con que él se movía.

Vi a Casanova acercarse rápidamente a la casa, ganando cada vez más velocidad. Conocía el camino. *Había estado allí antes, ¿no es cierto? Había estado espiando para estudiar a su próxima víctima, para que todo saliera bien.*

Apreté el paso para acercarme a la casa. Y de repente no lo vi más. Lo perdí de vista por unos segundos. Se podría haber deslizado al interior.

Una sola luz tenue iluminaba la casa. Mi corazón iba a explotar si no me cargaba a Sikes cuanto antes. Tenía el dedo en el gatillo de la semiautomática.

Clávale una estaca en el corazón, Alex.

Saca de circulación a Sikes.

Luchaba por controlar mis emociones, por encontrar ese pozo de calma interior mientras corría hacia el porche trasero enmallado, que albergaba oscuridad y sombras cambiantes. De pronto, alcancé a escuchar el zumbido del aire acondicionado interior. Me fijé en la calcomanía sobre la puerta enjalbegada del porche, QUE DECÍA: NADA ME GUSTA MÁS QUE LAS GALLETAS DE LAS *GIRL SCOUTS*.

Había encontrado a otra linda jovencita. ¿No era así? Se la iba a llevar esta noche. La Bestia no podía controlarse a sí misma.

—Hola, Cross. Ahora baja la pistola, muy despacio —dijo una profunda voz a mis espaldas proveniente de la oscuridad.

Mis ojos se cerraron por un instante. Bajé la pistola y luego la tiré en la alfombra de agujas de pino del piso. Sentía el cuerpo como si fuera un ascensor en caída libre.

—Ahora date la vuelta, gran hijo de puta. Entrometido de mierda.

Me di la vuelta y miré de frente a Casanova. Al fin lo tenía allí, lo suficientemente cerca como para tocarlo con la mano. Tenía una Browning semiautomática que apuntaba a mi pecho.

Ya no tenía oportunidad para pensar cuál sería el mejor movimiento, tenía que seguir mis instintos básicos. Doblé la pierna súbitamente como si hubiera perdido el pie. En ese mismo instante lo sorprendí con un potente puñetazo sobre un lado de su cabeza. Fue un golpe duro, arrasador, con la potencia de un peso pesado.

Sikes perdió el equlibrio y una de sus rodillas dio en tierra, pero se volvió a levantar rápidamente. Agarré su chaqueta por el frente y lo golpeé varias veces seguidas contra la pared de la casa. Su brazo crujió contra las tabletas de madera y dejó caer la pistola. El terreno era firme bajo mis pies y volví a arremeter.

Aquel instante me hacía pensar en una pelea callejera a la vieja usanza. La estaba deseando. Mi cuerpo estaba ansioso por establecer contacto físico y desfogarse.

—Ven aquí, cabrón —me desafió. También él deseaba la pelea.

—Tú no te preocupes —le dije—. No te voy a hacer esperar.

Otra luz destelló en el interior de la casa.

—¿Quién está ahí afuera? —el sonido de la voz femenina me tomó por sorpresa—. *Por favor, ¿quién está ahí afuera?*

Me lanzó una trompada de gancho. Muy buena velocidad y tino. Era un boxeador decente, no sólo un amante. Recordé que Kate decía que era aterradoramente fuerte. Por eso, no pensé pasar mucho tiempo al alcance del asesino.

Detuve el golpe con el hombro derecho, que de inmediato me quedó entumecido. Lo de su fuerza era muy cierto. Apártate de su fuerza, me advertí a mí mismo. Pero hazle daño, hazle mucho daño.

Le disparé un derechazo hacia la parte baja del estómago. Pensé en Kate y en las palizas que había recibido por ser desobediente. Recordé con toda viveza la última paliza que le había propinado.

Le acomodé otro derechazo en el estómago y sentí que se le ablandaba. Creo que le di debajo de la correa. Sikes gimió y se sumió como si estuviera mal herido. Era un truco, una hábil estratagema de su parte.

Disparó una trompada y me dio en un lado de la cabeza. Me dio un buen campanazo. Solté un bufido, me tambaleé un poco, pero le dejé ver que no me había hecho demasiado daño. Esto era como una pelea callejera al estilo de Washington. *Vamos, muchachito blanco. Acércate, hombre monstruo.* Necesitaba enfrentarlo de este modo.

De nuevo conecté un puñetazo con todas mis fuerzas en la parte baja de su estómago. Mata el cuerpo y la cabeza morirá. Quería estropear esa cabeza también. De ñapa le di un buen golpe en la nariz. Mi mejor golpe hasta el momento. Sampson habría estado orgulloso. Yo lo estaba.

—Este va por Sampson —le dije entre dientes—. Él me pidió que te lo diera. Que te lo entregara personalmente.

Le di un golpe en la garganta y comenzó a boquear. Yo no paraba de moverme de un lado para otro. No sólo me parecía un poco a Alí, sino que podía pelear como él cuando tenía que hacerlo. Era capaz de defender lo que tenía que ser defendido. Podía ser un rudo peleador cuando era necesario.

—Este va por Kate —le di de nuevo en la nariz, en todo el centro. Luego le di un derechazo en el ojo izquierdo. Su rostro comenzaba a hincharse. *Clávale una estaca en el corazón, Alex.*

Era un hombre fornido, estaba en buenas condiciones y todavía era peligroso. Volvió a enfrentarme como un toro en una corrida. Me hice a un lado de modo que con los brazos abiertos fue a estrellarse contra la pared de la casa, como si quisiera nivelarla. La pequeña construcción retumbó y se estremeció.

Le propiné otro duro golpe a Sikes a un lado de la cabeza, que lo hizo retroceder violentamente hasta dar con el marco de aluminio donde dejó una marca. Ahora comenzaba a aflojar, su respiración se había vuelto jadeante. De repente, escuché sirenas ululando en la distancia. La mujer de la casa debía haber llamado la policía. Yo era la policía ¿no es así?

Alguien me dio por detrás un duro golpe. *"Oh, Dios mío, no", gemí, tratando de ignorar el dolor.*

¡Esto no era posible! ¡No podía estar sucediendo!

¿Quién me había golpeado? ¿Por qué? No lo captaba, no podía entender, no podía aclarar mi mente con la suficiente rapidez.

Me sentía mareado y malherido, pero de todas maneras *me di vuelta.*

Vi a una rubia de cabellos rizados que llevaba una camiseta marcada Farm Aid que le quedaba enorme. Aún sostenía la pala con la que había estado a punto de descerrajarme.

—¡Suelte a mi novio! —me gritó. Su rostro y cuello estaban colorados como una remolacha—. Apártese de él o lo golpeo de nuevo. Apártese de mi Davey.

¡Mi Davey? ¡Jesús! Mi cabeza daba vueltas, pero capté el mensaje. Al menos creí haberlo captado. Davey Sikes había venido a este sitio para ver a su novia. *No estaba cazando a nadie. No estaba aquí para asesinar a nadie. Él era el novio de la muchacha con la camiseta de Farm Aid.*

Tal vez lo había perdido, pensé mientras me retiraba de donde estaba Sikes. A lo mejor me encontraba exhausto y sin ninguna reserva de fuerzas. O quizás yo era como la mayoría de los detectives de homicidios que conocía: sobrecargados de trabajo y falibles como un demonio. Había cometido un error. Me había equivocado con Davey Sikes; sólo que no entendía cómo había sucedido.

Kyle Craig llegó al sitio de los hechos antes de que pasara una hora. Estaba tan calmado como siempre, completamente imperturbable. Me habló en voz baja.

—El detective Sikes tiene un romance con la dueña de la casa desde hace más de un año. Ya estábamos enterados. El detective Sikes no es un sospechoso en este caso. Él no es Casanova. Vete a casa, Alex. Lo mejor que puedes hacer es empacar y volverte a casa. Ya terminaste tu trabajo aquí.

CAPÍTULO 119

En lugar de volver a casa, me dirigí a visitar a Kate en el centro médico de la Universidad de Duke. No se veía nada bien; estaba pálida y ojerosa; delgada como un palillo. Tampoco sonaba nada bien. Pero estaba mucho, mucho mejor. Había salido del coma.

—Pero miren quién se despertó por fin —le dije desde el umbral de su habitación.

—Agarraste a uno de los malos, Alex —musitó al verme. Sonrió débilmente y habló en un tono lento e incierto. Era Kate, pero le faltaba mucho para volver a ser Kate.

—¿Lo viste en tus sueños? —le pregunté.

—Sí —y sonrió de nuevo con su suave sonrisa. Hablaba muy parsimoniosamente—. Si quieres que te diga la verdad, así fue.

—Te traje un pequeño regalo —le dije. Alcé un osito de peluche vestido de médico. Kate tomó el osito y continuó sonriendo abiertamente. Su sonrisa mágica casi la hacía ver como antes.

Incliné mi cabeza para acercarla a la de ella. Besé su frente hinchada como si fuera la flor más delicada que existiera sobre la tierra. Volaron chispas, unas chispas muy singulares, pero tal vez las más fuertes hasta el momento.

—Te extrañé más de lo que puedo decirte —susurré con mis labios pegados a su cabello

—Dímelo —me contestó con otro susurro. Luego sonrió de nuevo. Ambos sonreímos. Tal vez su dicción era un poco lenta, pero no su mente.

Diez días después, Kate pudo levantarse con la ayuda de un incómodo caminador metálico de cuatro patas. Se quejaba de lo mucho que odiaba el "artilugio metálico" y decía que saldría de él en una semana. De hecho, le llevó casi cuatro semanas pero de todos modos su recuperación se consideró milagrosa.

Le había quedado una cicatriz en forma de media luna en la parte izquierda de la frente, producto de la última y terrible paliza. Hasta el momento se había negado a una cirugía plástica para arreglarla. Pensaba que la muesca le añadía carácter.

En cierta manera lo hacía. Era Kate McTiernan pura e inalterable.

—También es parte de la historia de mi vida, así que se queda —decía. Su dicción ya se aproximaba a la normal, y se hacía un poco más clara cada semana.

Cada vez que veía la media luna de Kate, recordaba a Reginald Denny, el camionero que fue tan salvajemente golpeado durante los disturbios de Los Ángeles. Recordaba el aspecto de Denny después de que se hizo público el veredicto en el caso de Rodney King. La cabeza de Denny había quedado visiblemente golpeada, de hecho fracturada en un lado. Todavía se veía así cuando lo vi en la televisión un año después del incidente. También pensé en el cuento de Nathaniel Hawthorne llamado "La marca de nacimiento". La media luna era la única imperfección de Kate. De todas formas, a mis ojos resultaba ahora aún más bella y especial de lo que había sido antes.

Pasé la mayor parte del mes de julio con mi familia en Washington. Hice dos viajes cortos para ver a Kate en Durham, pero eso fue todo. ¿Cuántos padres llegan a pasar un mes al año con sus hijos, poniéndose al día sobre las minucias del transcurso de su niñez? Tanto Damon como Jannie estaban jugando en equipos infantiles de béisbol durante ese verano. Todavía eran adictos a la música, las películas, cualquier cosa que hiciera mucho estruendo, y a las galletas con relleno de chocolate. Ambos durmieron bajo la colcha conmigo durante los primeros ocho o diez días, mientras me recuperaba y trataba de olvidar el tiempo que acababa de pasar en el infierno.

No dejaba de preocuparme que Casanova viniera en mi busca por haber matado a su mejor amigo, pero hasta el momento no había señales de él. Ninguna otra mujer bella había sido secuestrada en Carolina del Norte. Ya era completamente seguro que Davey Sikes no era Casanova. Varios policías del área habían sido investigados, incluyendo a su compañero Nick Ruskin y al jefe Hartfield. Todos contaron alguna historia que exoneraba a Sikes de culpa y al confrontarlas unas con otras no había fisuras. ¿Quién diablos era entonces Casanova? ¿Simplemente iba a desaparecer, al igual que la casa subterránea? ¿Se había salido con la suya después de todos esos horribles crímenes? ¿Podría dejar de matar ahora?

Mi abuela seguía ofreciéndome volúmenes enteros de consejos que creía que yo debía seguir, tanto psicológicos como de otro tipo. Muchos de ellos estaban orientados hacia el tema de mi vida amorosa, y al hecho de que por una vez estuviera viviendo una vida normal. Ella quería que me convirtiera en un detective privado, o en cualquier otra cosa con tal de que no tuviera que ver con la policía.

—Los niños necesitan una abuela y una *mamá* —me decía Nana Mamá desde el púlpito de su estufa donde preparaba su desayuno una mañana.

—¿Entonces tengo que ir a encontrar una mamá para Damon y Jannie? ¿Es eso lo que me dices?

—Sí, deberías hacerlo, Alex y tal vez debas hacerlo antes de que pierdas esa apariencia y encanto juveniles.

—Me voy a poner a hacerlo ya mismo —le decía—. Voy a atrapar una esposa y una madre este verano.

Nana Mamá me daba un golpe con su espátula y volvía a hacerlo por si acaso no me daba por aludido.

—No te hagas el listo conmigo —decía.

Ella *siempre* tenía la última palabra.

* * *

La llamada telefónica entró alrededor de la una de la mañana a finales de julio. Nana y los niños estaban acostados. Yo tocaba algunas melodías de jazz en el piano, y así me divertía y mantenía despiertos a algunos de los *drogos* de la calle Quinta con la música de Miles Davis y Dave Brubeck.

Kyle Craig estaba al otro lado de la línea. Se me salió un gruñido al escuchar la calmada voz de subalterno de Kyle.

Yo esperaba malas noticias desde el momento en que entró la llamada, por supuesto, pero no barruntaba en absoluto las noticias que me iba a dar.

¿De qué diablos se trata Kyle? —le pregunté de inmediato, tratando de volver broma su llamada inesperada—. Te dije que nunca más me volvieras a llamar.

—Tenía que llamarte, Alex. Tenías que enterarte —dijo, su voz acompañada por el bisbiseo propio de la larga distancia—. Escúchame con atención.

Kyle estuvo hablándome por lo menos durante media hora. No era lo que yo esperaba. Era mucho, mucho peor.

Después de hablar con Kyle, regresé al porche. Me senté allí durante un largo rato para pensar en lo que debería hacer a continuación. No había nada que pudiera hacer. Nada en absoluto.

—Es la historia de nunca acabar, la pesadilla interminable —afirmé, dirigiéndome a las cuatro paredes que me rodeaban—. ¿Verdad?

Fui a agarrar la pistola. Odiaba cargarla dentro de la casa. Revisé todas las puertas y ventanas. Por último, me fui a la cama.

Volvía a escuchar las palabras ominosas de Kyle mientras permanecía acostado en mi habitación oscura. Escuché a Kyle contarme sus desconcertantes noticias. Vi un rostro que no deseaba volver a ver nunca más. Lo recordé *todo*.

—Gary Soneji, escapó de la prisión, Alex. Dejó una nota. La nota decía que pasaría pronto a verte, un día de estos.

La pesadilla interminable.

Recostado en la cama pensaba en el hecho de que Gary Soneji aún deseara matarme. Él mismo me lo había dicho. Había tenido suficiente tiempo en la prisión para obsesionarse con aquello de cómo, cuándo y dónde iba a hacerlo.

Luego caí dormido. Estaba a punto de amanecer. Otro día estaba a punto de comenzar. *Realmente, es la historia de nunca acabar.*

CAPÍTULO 120

Quedaban todavía dos misterios por resolver, o al menos por encarar de una forma más apropiada. Estaba el misterio de Casanova, y de quién era él. Y el otro, en el que Kate y yo éramos los protagonistas.

Kate y yo paseamos por una zona de islotes en Carolina del Norte llamada Outer Banks, durante los últimos seis días de finales de agosto. Nos hospedamos cerca de un pintoresco balneario llamado Nags Head.

El incómodo caminador metálico de Kate ya no hacía falta, aunque a ella le gustaba llevar en algunas ocasiones un anticuado bastón burdo de grueso mango. La mayoría de las veces lo que hacía era practicar karate con él. Lo usaba en la playa como si fuera una vara de las que se usan en las artes marciales, haciéndola girar alrededor de su cuerpo y cabeza con una enorme habilidad y destreza.

Al mirar a Kate, me parecía que su aspecto era casi radiante. Había recuperado su buena forma. Su rostro estaba casi como antes, exceptuando la cicatriz en su frente. "Es el sello de mi testarudez", me decía "y lo llevaré conmigo hasta el último día que viva".

Fue una temporada idílica desde distintos puntos de vista. Todo parecía como mandado a hacer para nosotros dos. Kate y yo teníamos desde hacía algún tiempo la sensación de que merecíamos unas vacaciones y mucho más.

Cada mañana tomábamos juntos el desayuno en un porche fabricado con listones de madera grises, que miraba hacia el trémulo océano Atlántico. (Yo hacía el desayuno cuando me tocaba el turno; Kate iba a las tiendas de Nags Head y traía a casa unos panes pegajosos y donuts de crema bávara, cuando le tocaba a ella). Hacíamos caminatas muy largas por la orilla del mar. Algunas veces pescábamos y cocinábamos los pescados ahí mismo en la playa. Otras veces, simplemente observábamos los brillantes botes que patrullaban la zona. Un día hicimos una excursión para ver a los intrépidos cometistas que se lanzaban desde las altas dunas del Jockey's Ridge State Park.

Esperábamos a Casanova. Lo estábamos retando a que viniera por nosotros. Hasta el momento no se mostraba interesado, o al menos no lo parecía.

Pensé en el libro y la película *El príncipe de las mareas*. Kate y yo éramos un poco como Tom Wingo y Susan Lowenstein, sólo que unidos de una forma diferente, aunque igualmente compleja. Según recordaba, la Lowenstein había logrado que Tom Wingo exteriorizara la necesidad de sentir y *dar* amor. Kate y yo estábamos aprendiendo todo lo concerniente al otro, las cosas importantes y lo hacíamos rápidamente.

Temprano, en una mañana de agosto, caminamos hacia las aguas claras y de color azul profundo frente a nuestra casa. La mayoría de las personas que frecuentaban la playa no se habían levantado aún. Un solitario pelícano pardusco rozaba con insistencia la superficie del mar.

Nos tomamos de la mano por encima de las bajas olas. Todo era perfecto como en una postal. ¿Por qué entonces me estaba sintiendo como si tuviera un agujero en el lugar donde debía tener el corazón? ¿Por qué continuaba aún obsesionado con Casanova?

—¿Estás teniendo malos pensamientos verdad? —me interrogó Kate al tiempo que me empujaba con la cadera—. Estás en vacaciones. Ten pensamientos de vacaciones.

—En realidad estaba teniendo pensamientos muy buenos, pero me hicieron sentir mal —le dije.

—No me vengas con esos cuentos —contestó ella. Me dio un abrazo para recordarme que estábamos juntos en eso, fuese lo que fuese.

—Apostemos una carrera hasta Coquina Beach —propuso ella—. Listo, en tus marcas, prepárate para perder.

Comenzamos a trotar. Kate no mostraba ninguna señal de

cojera. Fuimos aumentando el paso. Ella era muy fuerte, en todos los sentidos. Ambos lo éramos. Al final corrimos a toda velocidad y nos dejamos caer sobre un colchón de espuma marina azul-plateada. Mientras corríamos pensaba que no deseaba perder a Kate. No quería que esto se acabara. No sabía qué podía hacer para evitarlo.

En una noche de sábado tibia y con brisa, Kate y yo nos recostamos en la playa sobre una vieja manta india. Hablábamos de medio centenar de temas en una sola sentada. Ya nos habíamos dado un banquete con un pato asado en salsa de mora, al estilo de Carolina, que habíamos preparado juntos. Kate llevaba puesta una sudadera que decía: CONFÍA EN MÍ, SOY MÉDICO.

—Yo tampoco quiero que esto se acabe —dijo Kate con un profundo suspiro—. Entonces, Alex, hablemos sobre las razones que ambos tenemos para que esto se acabe.

Sacudí la cabeza y sonreí al constatar una vez más lo directa que podía ser.

—Bueno, esto nunca se va a acabar realmente. Siempre nos quedará este viaje. Es uno de esos tesoros especiales que se consiguen de vez en cuando en la vida.

Kate tomó mi brazo y lo sostuvo con ambas manos. Sus ojos castaños brillaban con intensidad.

—¿Entonces por qué tiene que acabar aquí?

Ambos conocíamos algunas, aunque no todas, las razones.

—Somos *demasiado* parecidos. Ambos somos obsesivamente analíticos. Somos tan lógicos que *sabemos* la media docena de razones por las que esto no funcionaría. Somos testarudos y voluntariosos. Tarde o temprano habría una explosión —le dije en un tono medio en broma.

—Me suena como a una antigua profecía que se cumple a sí misma —dijo Kate.

Sin embargo, ambos sabíamos que yo estaba diciendo la verdad. ¿Una verdad triste? ¿Existe algo así? Me imagino que sí.

—Podría haber una explosión —dijo Kate y sonrió dulcemente—. Y después ni siquiera podríamos ser amigos. No sería capaz de soportar la idea de perderte como amigo, Alex. Para mí sigue siendo una razón de peso. Todavía no puedo arriesgarme a una pérdida tan grande.

—Ambos somos muy fuertes físicamente. Tarde o temprano nos mataríamos el uno al otro, *Nidan* —le dije. Estaba tratando de darle un cariz más liviano a la conversación.

Ella me apretó un poco más.

—No bromees con esto. No me hagas reír, maldita sea, Alex. Quiero que este sea por lo menos nuestro momento triste. Es tan triste que creo que voy a llorar. Ya estoy llorando. ¿Ves?

—Es triste —le dije a Kate—. Es lo más triste.

Nos recostamos en la áspera manta y nos abrazamos hasta la mañana siguiente. Dormimos bajo las estrellas y escuchamos el continuo vaivén de las olas del Atlántico. Todo en esa noche en Outer Banks parecía haber recibido un gentil toque del pincel de la eternidad. Bueno, casi todo.

Kate se volvió hacia mí y entre gallos y medianoche me preguntó:

—Alex. ¿Vendrá por nosotros otra vez? Sí vendrá, ¿no es cierto?

No lo sabía en ese momento, pero ese era el plan.

CAPÍTULO 121

Tic-toc.

Tic-toc.

Tic-toc.

Él aún continuaba obsesionado con Kate McTiernan, sólo que ahora todo era mucho más perturbador y complejo el destino de la doctora Kate. Ella y Alex Cross habían conspirado para arruinar su creación única, su preciosa y muy privada obra de arte, su vida como había sido hasta el momento. Casi todo lo que alguna vez había amado, no existía o se encontraba en caos total. Había llegado el momento de su regreso. El momento de darles una lección, de una vez por todas. De que conocieran cómo era él en realidad.

Casanova se dio cuenta de que extrañaba mucho a su "mejor amigo". Esa era la prueba de que, después de todo, él estaba cuerdo. Podía amar; podía tener sentimientos. Él había observado incrédulo cómo Alex Cross le había disparado a Will Rudolph en las calles de Chapel Hill. Rudolph valía por diez Alex Cross, y ahora Rudolph estaba muerto.

Rudolph había sido un genio raro. Will Rudolph *era* Jekyll y Hyde, pero sólo Casanova había podido apreciar ambos aspectos de su personalidad. Recordó los años que habían pasado juntos y no pudo apartarlos de su pensamiento. Ambos habían entendido ese exquisito placer que se intensificaba mientras más prohibido fuera. Ese era el principio que regía la cacería, la colección de mujeres brillantes, hermosas y talentosas y, a partir de un momento dado, la larga cadena de crímenes. La increíble y *sin igual* emoción de romper con los tabúes más sagrados de la sociedad, de vivir las más elaboradas fantasías, era absolutamente irresistible. Constituían placeres por completo increíbles.

Igual ocurría con las cacerías en sí: la selección, observación y aprehensión de las bellas mujeres y de sus posesiones más personales.

Pero ahora Rudolph ya no estaba; Casanova entendía que no era únicamente el hecho de estar solo; de repente tenía miedo de estarlo. Sentía como si lo hubieran cortado en dos. Tenía que tomar el control de nuevo. Eso era lo que iba a hacer ahora.

Tenía que concederle algún crédito a Alex Cross. Había estado a punto de agarrarlo. Se preguntaba si Cross sabía qué tan a punto. Alex Cross estaba obsesionado: esa era su ventaja sobre todos los otros en el caso. Nunca se daría por vencido, hasta que fuese eliminado.

Cross se había tendido a sí mismo una deliciosa trampa en Nags Head. ¿No era así? Claro que sí. Él sabía que de todos modos iría tras él y Kate McTiernan. ¿Entonces por qué no hacer que esto sucediera bajo circunstancias controladas? Claro que sí.

La luna estaba casi llena la noche en que llegó a Outer Banks. Casanova pudo vislumbrar a dos hombres entre la hierba alta y ondeante de las dunas que se levantaban al frente suyo. Eran agentes del FBI asignados para cuidar a Cross y a la doctora Kate. Los guardianes elegidos cuidadosamente.

Encendió intermitentemente la linterna, de tal forma que los hombres pudieran verlo llegar. Sí, él encajaba perfectamente en cualquier sitio. Sin embargo, esto era sólo parte de su genialidad, apenas una pequeña parte de su puesta en escena.

Al llegar a una distancia en que la voz resultaba audible, Casanova se dirigió a los guardias:

—Buenas, soy yo.

Colocó la linterna hacia su rostro de tal forma que se pudiera ver. Había dejado que lo vieran, había mostrado quién era.

Tic—toc.

Era una de las mañanas en que me tocaba encargarme de nuestro desayuno, y democráticamente me había decidido por los panes pegajosos, favoritos de Kate, para reemplazar mi infame tortilla de cebollas salteadas y queso Monterey.

Pensé en ir y volver al trote a la panadería, por cierto costosísima, de Nags Head. Algunas veces, trotar me ayudaba a pensar en línea recta.

Corrí por un sendero en zigzag a través de hierbas suavemente ondeantes que me llegaban hasta la cintura. El camino conducía hasta la carretera pavimentada que sobre las marismas llegaba hasta el pueblo. Era un hermoso día de finales del verano.

Al comenzar a trotar sentí que me relajaba. Había bajado la guardia y por poco no lo veo. Un hombre rubio con una chaqueta impermeable azul y pantalones caqui manchados yacía con las piernas abiertas sobre la alta hierba, justo al lado del sendero. Parecía que le hubieran roto el cuello. No hacía mucho que había muerto. Su cuerpo estaba todavía tibio cuando le busqué el pulso.

El hombre muerto era del FBI. Un profesional que no debía ser fácil de abatir. Había sido comisionado para que nos cuidara a Kate y a mí y para que ayudara a atrapar a Casanova. El plan era de Kyle Craig y Kate y yo habíamos estado de acuerdo.

—No, maldita sea. No —gemí. Saqué mi pistola y comencé a correr a toda velocidad de regreso a la casa. Kate estaba amenazada por un terrible peligro, ambos lo estábamos.

Traté de concentrarme para pensar como Casanova, en cuál sería su próximo paso, en lo que era capaz de hacer. Claramente, la defensa del perímetro alrededor de la casa había sido violada.

¿Cómo lograba seguir haciendo eso? *¿Quién demonios era él?* ¿Con quién iba a tener que enfrentarme?

No estaba esperando el segundo cadáver y por poco me tropiezo con él. Estaba oculto entre la hierba de la duna. El agente tenía también una chaqueta azul. Yacía boca arriba y su cabello rojo estaba cuidadosamente peinado. No había señales de lucha, sus inertes ojos castaños miraban fijamente a un grupo de gaviotas que volaban en círculo y a un sol amarillo como mantequilla. Otro guardaespaldas del FBI muerto.

Ahora sentía pánico mientras corría hacia la casa de playa enfrentándome al intenso viento y a las hierbas ondeantes. Estaba tranquila y en calma, justo como la había dejado.

Estaba casi seguro de que Casanova ya se encontraba allí. Había venido a cazarnos. Era el momento de la venganza. Él tenía que hacer todo bien. Tenía que hacerlo "perfecto". A lo mejor sólo necesitaba vengar a Rudolph.

Alcé mi pistola Glock y entré con cautela por la puerta de angeo de la entrada principal. Nada se movía en la sala. El único sonido era el zumbido que emitía el viejo refrigerador de la cocina, semejante al que haría un nido de insectos.

—Kate —grité a todo pulmón—. ¡Él está aquí! ¡Kate! ¡Está aquí! ¡Casanova está aquí!

Apresuradamente crucé la sala hacia el cuarto del primer piso y abrí de un golpe la puerta.

Kate no estaba allí.

Kate no estaba donde la había dejado hacía algunos minutos.

Me escondí de nuevo en el corredor. De repente, la puerta de un clóset se abrió. Una mano me agarró.

Giré rápidamente hacia la derecha.

Era Kate. El gesto de su cara era de determinación y claro odio. No vi temor en sus ojos. Puso un dedo en sus labios.

—Shhh. Shhh —susurró—. Estoy bien, Alex.

—Yo también. Hasta el momento.

Llegamos paso a paso hasta la cocina, donde se encontraba el teléfono. Debía ponerme en contacto con la policía de Cape Hatteras *ahora mismo*. Ellos llamarían a Kyle y al FBI.

El estrecho corredor estaba oscuro y no vi el destello del metal hasta que ya era muy tarde. Me invadió un dolor agudo cuando el dardo alargado se clavó en la parte izquierda de mi pecho.

Me disparó al corazón. Y acertó. Me disparó con una pistola paralizante último modelo marca Tensor.

Un poderoso choque de corriente eléctrica cruzó como un rayo por mi cuerpo. Mi corazón comenzó a latir vertiginosamente. Podía oler mi propia carne quemándose.

No sé cómo lo hice, pero me fui sobre él. Ese es el problema con las pistolas paralizantes, incluso con una costosa Tensor de ochenta mil voltios. No siempre derriban a un hombre corpulento. Sobretodo a uno enloquecido de ira y con una misión que cumplir.

No me quedaba la suficiente fuerza. No para enfrentar a Casanova. El ágil y poderoso asesino se hizo a un lado y me golpeó con fuerza en la nuca. Me golpeó una segunda vez y caí de rodillas.

Esta vez no tenía la máscara puesta.

Alcé la vista para verlo. Ahora llevaba una pequeña barba, como Harrison Ford, la estrella de *El fugitivo.* Su pelo castaño estaba recogido atrás, un poco más largo y revuelto. Había descuidado un poco su aspecto. ¿Estaría llevando duelo por su amigo?

Sin máscara. Él quería que yo viera quién era. Su juego había sido destruido. ¿No era así?

Por fin, allí estaba Casanova.

No me había equivocado tanto con lo de Davey Sikes. Estaba seguro de que tenía que ser alguien relacionado con la fuerza de policía de Durham. Alguien vinculado con el caso del crimen de la pareja dorada. Sin embargo, él había borrado toda huella. Tenía coartadas que hacían imposible *que él fuera el asesino.*

Había calculado todo de manera impecable. Era un genio, por eso es que había tenido éxito durante tanto tiempo.

Miré fijamente el rostro impasible del detective Nick Ruskin.

Ruskin era Casanova. Ruskin era la Bestia. ¡Ruskin! ¡Ruskin! ¡Ruskin!

—¡Yo puedo hacer cualquier cosa que quiera hacer! *No te olvides de eso Cross* —me dijo Ruskin. Había sido tan perfecto en su arte. Se había amoldado. Se había sabido mezclar, había creado la mejor fachada como detective. La estrella local; el héroe local. El que estaba por encima de toda sospecha.

Ruskin se aproximó a Kate mientras que yo permanecía impotente por la acción del dardo.

—Te extrañé Katie. ¿Me extrañaste tú también?

Reía con facilidad al hablar. Sin embargo había trazos de demencia en sus ojos. Finalmente había sobrepasado la línea. ¿Se debería a que su "gemelo" ahora estaba muerto? ¿Qué diablos quería hacer?

—Entonces, ¿me extrañaste? —repitió a medida que se acercaba a Kate con la poderosa Tensor en la mano.

Kate no contestó la pregunta. En lugar de ello se fue contra él. Lo había deseado desde hacía tanto tiempo.

Una patada explosiva dirigida hacia el hombro derecho de Casanova le hizo soltar la pistola de la mano extendida. La patada fue una belleza, lanzada en forma perfecta. *Dale de nuevo y luego retírate de ahí,* quería gritarle a Kate.

Aún no podía hablar. No me salió ningún sonido cuando lo intenté. Finalmente logré levantarme apoyándome en un codo.

Kate estaba desplazándose como lo había practicado en la playa. Casanova era un hombre corpulento, poderoso, pero la fuerza de Kate surgía de una ira equivalente a la de él. *Si viene, habrá verdadera camorra, había dicho alguna vez.*

Kate se movía como una sombra, era la luchadora perfecta. Aún mejor de lo que yo esperaba.

No pude ver el siguiente golpe. El cuerpo de él me bloqueaba la visión. Vi la cabeza de Nick Ruskin girar con violencia hacia un lado, mientras que su larga cabellera flotaba alborotada por los aires. Sus piernas flaquearon notoriamente. Ella le había hecho daño.

Kate se dio vuelta y lo golpeó de nuevo. Un golpe con la velocidad de un rayo cayó sobre el lado izquierdo del rostro de su agresor. Yo hubiera querido vitorearla. Sin embargo, el golpe no lo detuvo. Ruskin era implacable; pero ella también lo era.

Se lanzó contra Kate, pero ella logró darle un nuevo golpe. La mejilla de Ruskin parecía a punto de estallar. Ya no era un contendor para ella.

A continuación, le propinó un golpe directo a la nariz que lo derribó. Ruskin se quejó estentóreamente. Estaba apaleado; no se podía volver a levantar. Kate había ganado.

El corazón me tronaba dentro del pecho. Vi a Ruskin tratando de alcanzar la funda de la pistola de su tobillo. Casanova no iba a ser vencido por una mujer, ni por nadie.

La pistola apareció como si hubiera sido un truco de prestidigitación. Era una semiautomática. *Smith & Wesson. Estaba cambiando las reglas de la pelea.*

¡Nooo! —le gritó Kate.

—¡Oye cabrón! —le mascullé roncamente. Yo también estaba cambiando las reglas.

Casanova se dio vuelta. Me vio y apuntó la semiautomática en mi dirección. Tenía agarrada la Glock con mis dos manos. Mis brazos estaban algo temblorosos, pero pude sentarme. Le vacié casi la totalidad de las municiones. *Clava una estaca en su corazón.* Eso fue lo que hice.

Casanova salió lanzado violentamente contra la pared de la casa. Su cuerpo se convulsionó. Las piernas no le funcionaron. Ya el entumecimiento se esparcía por todo su cuerpo. La expresión de su rostro era de shock. Después de todo, se daba cuenta de que él también era humano.

Los globos de sus ojos parecieron flotar hacia arriba y desaparecer en la parte superior de la cabeza. Quedaron en blanco. Sus piernas lanzaron un puntapié, después otro y luego se inmovilizaron. Casanova murió casi instantáneamente en el suelo de la casa de playa.

Me incorporé; sentía las piernas como si fueran de caucho. Noté que estaba cubierto de un sudor helado. Más desagradable que el diablo. Tuve que hacer un gran esfuerzo por acercarme a Kate y luego nos abrazamos durante un largo rato. Ambos temblábamos del susto, pero también por la emoción del triunfo. Habíamos ganado. Habíamos derrotado a Casanova.

Lo odiaba tanto —masculló Kate—. Nunca antes había entendido siquiera el significado de esa palabra.

Telefoneé a la policía de Cape Hatteras. Luego me comuniqué con el FBI y con Nana y los niños en Washington. Finalmente todo había terminado.

CAPÍTULO 123

Me senté en el porche familiar de mi hogar, dulce hogar, en Washington. Bebía una cerveza helada con Sampson.

Era otoño, y el azote del frío ya se sentía en el aire. Nuestros bienamados y despreciados *Redskins* ya estaban en concentración para la temporada de fútbol; los *Orioles* ya estaban de nuevo fuera de combate por el título. "Y la vida va siguiendo su curso", escribió alguna vez Kurt Vonnegut, cuando yo estudiaba en el John Hopkins y era susceptible a los sentimientos fáciles.

Podía ver a mis niños en la sala. Estaban juntos en el sofá mirando por enésima vez a *La bella y la bestia.* Yo no tenía ninguna objeción. Era una historia buena y poderosa y bien valía la pena verla un par de veces. Al día siguiente le tocaría el turno a *Aladino,* que era mi favorita.

—Leí hoy que Washington tiene en sus calles tres veces más agentes de policía que el promedio del resto del país —me estaba comentando Sampson.

—Sí, pero tenemos veinte veces más crímenes. Por algo llegamos a ser la ciudad *capital* de los Estados Unidos —le contesté—. Como dijo uno de nuestros alcaldes, "exceptuando los asesinatos, Washington tiene una de las tasas más bajas de crímenes en el país".

Sampson soltó una carcajada. Ambos nos reímos. La vida estaba volviendo a su normalidad.

—¿Estás bien? —me preguntó Sampson después de un rato. No me lo había preguntado desde que había vuelto del sur, de mis "vacaciones de verano" en Outer Banks, como solía llamarlas.

—Estoy bien, soy un detective duro a prueba de todo. Como tú.

—Eres un mentiroso de mierda, Alex —dijo—. Un mentiroso de aquí a la China.

—No lo puedo negar. Por supuesto que sí —le dije. Tenía que admitirlo.

—Maldita sea, te hice una pregunta seria —me recriminó, al

tiempo que me clavaba una mirada fría e inexpresiva desde detrás de sus lentes. Se me asemejaba un poco a Hurricane Carter en su época de boxeador. ¿La extrañas, hombre?

—Claro que la extraño. Carajo, sí que la extraño. Sin embargo, te dije que estaba bien. Nunca había tenido una amiga como ella. ¿Y tú?

—No, no así. ¿Te das cuenta de que *ambos,* tanto tú como ella, son muy *extraños?* —sacudió la cabeza y no supo qué más decir. Yo tampoco.

—Ella quiere ejercer su carrera en el sitio en que creció. Le hizo una promesa a su familia. Es lo que ha decidido hacer por el momento. Yo necesitaba estar aquí ahora, para asegurarme de que crecieras sano y recto. Eso fue lo que yo decidí también. Eso fue lo que *decidimos* juntos en Nags Head. Es mejor para los dos.

—Ajá.

—Es lo mejor John. Es lo que ambos decidimos.

Sampson le dio un largo sorbo a su cerveza sumido en sus pensamientos, como hacemos a menudo los hombres duros. Se mecía despreocupadamente en su silla y me miraba con suspicacia por encima de la botella. Me estaba analizando, eso era lo que hacía.

Más tarde, esa misma noche, me senté solo en el porche.

Toqué en el piano *Judgement Day* y luego *God Bless the Child.* Pensé de nuevo en Kate y en el espinoso asunto de perder a alguien que se quiere. La mayoría de nosotros aprendemos a lidiar con eso. Vamos encarándolo mejor con el tiempo.

Kate me había contado una historia que me impactó mucho cuando estábamos en Nags Head. Era una buena narradora de historias, una reencarnación de Carson McCullers.

Cuando ella tenía veinte años, me contó, se enteró de que su padre atendía una cantina cerca de la frontera con Kentucky y decidió ir una noche. No había visto a su padre desde hacía dieciséis años. Se sentó en la sórdida y maloliente barra y lo observó cerca de media hora. Odió todo lo que vio. Finalmente se marchó, sin presentarse nunca ante su padre ni decirle quién era ella. Simplemente se fue.

Ella era una mujer dura y eso estaba bien en casi todos los aspectos. Así era como había sobrevivido a todas esas muertes en su familia. Probablemente también esa era la razón por la cual era la única que había logrado escapar de la casa de Casanova.

Recuerdo muy bien lo que ella me dijo: *"Sólo una noche, Alex"*. Una noche que ninguno de los dos iba a ser capaz de olvidar. Yo no había podido olvidarla. Esperaba que Kate tampoco.

Mientras miraba la oscuridad a través de las ventanas del porche, no podía sacudirme la espeluznante sensación de que me estaban observando. Resolví el problema al mejor estilo de un médico-detective. Dejé de mirar por la ventana manchada de mugre.

Sin embargo, sabía que estaban ahí afuera.

Que ya sabían dónde vivía.

Al final me acosté y, al poco rato de haberme quedado dormido, escuché el sonido de golpes en la casa. Golpes escandalosos. Ruidos persistentes. Problemas graves.

Agarré mi pistola de servicio y me apresuré a bajar las escaleras, en busca del sitio en donde sonaban los golpes. Le eché una ojeada a mi reloj de pulsera. Eran las tres y media. Una hora embrujada. Tendría que hacer frente a quién sabe qué problema.

Encontré a Sampson que rondaba la puerta trasera. Era él quien había armado todo ese escándalo.

—Se ha presentado un asesinato —me dijo mientras yo le quitaba el pestillo y la cadena a la puerta antes de abrirla—. Esto sí que es candela pura, Alex.

FIN